KB070724

미셸 오바마 자기만의 빛

THE LIGHT WE CARRY

THE LIGHT WE CARRY

미셸 오바마

자기만의 빛

미셸 오바마 지음
이다희 옮김

웅진 지식하우스

일러두기

- 본문의 각주는 옮긴이 및 편집자 주입니다.
- 단행본은 『 』, 시는 「 」, 신문과 잡지는 《 》, 공연과 영화, TV 프로그램 제목은 〈 〉로 표기했습니다.
- 국내에 출간된 도서는 한국어판 제목을 따랐고, 출간되지 않은 도서는 원서명을 병기했습니다.

자신의 빛으로 다른 이들을 비추는 모두에게

오랜 세월 이 세상을 항해하는 동안 나를 인도해준 가치들을 내 안에 불어넣어주었던 어머니 메리언, 아버지 프레이저에게 이 책을 바친다. 어머니와 아버지는 상식과 지혜로 가정을 일구었고, 우리 집은 내가 눈에 보이는 존재로 거듭나고 내 목소리가 존중받는 공간이었다. 스스로 결정을 내리는 습관을 들이고, 내가 되고 싶은 사람이 될 수 있는 공간이었다. 두 분은 항상 내 곁을 지키며 무조건적인 사랑으로 나에게 목소리가 있다는 사실을 아주 어릴 적부터 일깨워주었다.

내 안의 빛을 밝혀준 부모님에게 깊은 감사를 전한다.

팬데믹 이후 우리는 생각하게 됐습니다. '이대로 살아도 괜찮을까?'

우리와 같은 고민을 하고, 우리보다 많은 경험을 한 미셸 오바마에게 귀 기울여볼까요. 편견과 한계를 극복해나가는 그의 이야기는 힘과 용기를 줍니다. 두려움을 곁에 두고 돌보면서 사소한 즐거움을 누리며 내 안의 소중한 빛을 찾을 수 있도록 말이죠.

— 이금희(방송인, 『우리, 편하게 말해요』 저자)

미셸 오바마의 글은 놀랍게도, 나와 그녀가 살아온 삶이 무척 다르다는 사실을 늘 잊게 만든다. 이미 그녀의 삶은 다양한 방식으로 공개되어왔지만, 그녀의 입으로 직접 듣는 어린 시절의 기억, 일하는 여성이자 두 딸의 엄마, 남편의 동반자로서 삶의 도전들을 헤쳐온 이야기는 누구의 말에도 비할 수 없이 흥미롭게 다가온다.

미셸 오바마는 우리 모두가 실패에 대한 두려움을 느끼고, 자신에 대한 믿음을 잃고 수렁에 빠진 것 같은 순간과 마주한다는 것을 누구보다 깊이 이해하고 공감한다. 그럴 때마다 그녀는 언제나 자기만의 빛을 원동력으로 삼아 조금씩 앞으로 나아가는 과정을 거듭했다. 힘겨운 시기를 건너는 모든 이에게 이토록 따뜻하고 현명한 조언과 희망을 건네는 책은 다시 만나지 못할 것 같다.

— 김소영(방송인, 책발전소 대표)

빛으로 둘러싸인 것들은 눈부시다. 멀리서 보면 환함 속에 어떤 고민도 없는 것처럼 보인다. 하지만 그 안을 자세히 들여다보면 무언가 숨겨져 있다. 빛을 내기 위해 존재하는 얇은 섬유 필라멘트, 반딧불이 같은 것 말이다. 내게는 미셸 오바마가 환한 별처럼 보였다. 보통의 사람들처럼 겁을 내고, 두려워하기도 하고, 마음을 가라앉히려 뜨개질을 하는 이 여인이 별처럼 빛나는 건 무엇 때문일까?

별이 빛을 내는 이유는 두 가지다. 태양의 빛을 반사하거나 스스로 핵을 융합하는 것. 인간도 마찬가지다. 높은 곳을 바라보고, 누려움을 연료 삼아 나아가면 빛을 낼 수 있다. 그건 분명 눈부신 '자기만의 빛'일 것이다.

— 이연(85만 드로잉 유튜버, 『매일을 헤엄치는 법』 저자)

인생에서 깨달은 것이 하나 있다. 오랫동안 성공한 인생에는 반드시 '품위'라는 자산이 필요하다는 것이다. 품위는 인생의 주인공이 자기가 되어야만 가질 수 있다. 내 안의 잠재력에 불을 지피고 변화를 향해 나아가는 사람 말이다. 미셸 오바마는 우리 모두가 그렇게 될 수 있다고 말한다. 마음속 깊은 곳에 있는 '자기만의 빛'을 발견한다면!

이 책에는 미셸 오바마가 온갖 편견과 한계를 뚫고 계속 성장할 수 있었던 삶의 태도와 원칙, 깨달음이 담겨 있다. 자존감 부자가 되고 싶다면, 내 인생의 주인이 되고 싶다면 지금 당장 이 책을 펼쳐라.

—켈리최(켈리델리 회장, 『웰씽킹』 저자)

미셸 오바마, 그녀는 온갖 차별과 편견, 불확실한 상황과 마주해도 균형을 잃지 않았다. 미셸을 그토록 단단하고 강인하게 만든 저력은 무엇일까? 기울어진 운동장 위에서 그녀는 어떻게 성장해나갈 수 있었을까?

이 책을 통해 미셸 오바마는 우리 각자의 잠재력을 환하게 비출 수 있는 능력을 선물한다. 바로 '자기만의 빛'이다. 그 빛을 따라가다 보면, 혼돈 가득한 세상에서도, 인생의 여러 난관 앞에서도 무너지지 않고 길을 찾을 수 있을 것이다.

—김유진(변호사, 『나의 하루는 4시 30분에 시작된다』 저자)

불확실성 앞에서 우리를 똑바로 서게 하는 것이 무엇인지, 지극히 개인적이고 고무적인 방식으로 탐구하는 책이다. 한마디로, 지금을 위한 완전무결한 책이다.

—《오프라 매거진》

불확실한 시대를 살아가는 우리 모두를 위한 로드맵. 여느 자기계발서에선 찾을 수 없는 특별한 울림을 선사한다. 미셸의 이야기, 경험, 생각을 이정표 삼아 따라가다 보면 누구나 자기만의 빛과 마주하게 될 것이다.

—《뉴욕타임스》

미셸 오바마의 명확한 자신감은, 힘겨운 시기를 건널 분별력과 힘, 낙관이 필요한 사람에게 훌륭한 본보기가 되어준다.

—《타임》

기적 같은 일이다. 미셸 오바마의 입김이 닿는 순간 흔해빠진 이야기도 진부함을 잃는다. 우리의 마음을 무장해제시킬 정도로, 미셸이 자신의 두려움과 실패, 인간적인 결점들에 대해 지극히 솔직한 이야기를 들려주기 때문이다. 이토록 유능하고 뛰어난 여성이 온몸으로 쟁취한 지혜에 누가 토를 달 수 있겠는가!

—《가디언》

이 시대의 멘토이자 인생의 길잡이로서 미셸 오바마만큼 완벽한 사람이 없다는 걸 다시금 깨닫게 된다. 『비커밍』을 읽었다면 더욱 특별한 선물이 될 것이다.

—《워싱턴포스트》

막연한 희망 대신 희망의 근거를 건네는 책이다. 페이지를 넘길 때마다 인생에 관한 구체적이고 실용적인 조언과 마주하게 된다. 아마도 이 책을 읽어야 할 가장 중요한 이유일 것이다.

—《옵저버》

미셸 오바마는 모든 문제에 대한 해답을 갖고 있지 않다는 점을 분명히 인정한다. 그럼에도 더 충만하고 더 따뜻하며 더 나은 삶을 위한 완전한 지도를 건넨다.

—《USA투데이》

우리의 마음을 어지럽히는 것들을 잠재우고 앞으로 계속 나아갈 방법을 알려준다. 모두의 귓가에 "지금도 충분히 괜찮아"라고 속삭이는 언니 같은 책이다.

—《필라델피아 인콰이어러》

✦ 차례 ✦

조상 중에 누구 한 명이 가문에 먹칠했다면
백 명은 그러지 않았다.

악한 자는 승리하지 않는다, 종국에는,
아무리 요란스러울지라도.

승리했다면
우린 결코 여기 있지 못할 테니.

그대는 근본적으로 선한 것으로 만들어졌다.
이를 알면, 홀로 전진하지 않으리라.

그대는 금세기의 긴급 속보다.
그대는 앞으로 나선 선한 자다,

온갖 난관에도, 그 반대라고 느껴지는 날이
아무리 많더라도.

—알베르토 리오스, 「내일이라는 집(A House Called Tomorrow)」

어릴 적 언젠가부터 아버지는 지팡이를 짚기 시작했다. 걸을 때 균형을 잡기 위해서였다. 지팡이가 정확히 언제 시카고 사우스사 이드의 우리 집에 등장했는지 뚜렷한 기억은 없다. 내가 네다섯 살 되던 무렵이었던 것 같다. 어두운 빛깔의 매끈한 나무로 된 가 느다랗고 튼튼한 지팡이가 갑자기 나타났다. 다발성경화증으로 왼발을 심하게 절뚝이게 된 아버지가 처음으로 병을 인정하고 지 닌 물건이 바로 이 지팡이였다. 정식 진단을 받기 오래전부터 다 발성경화증은 천천히, 그리고 소리 없이 아버지의 몸을 허물어가 고 있었다. 아버지는 시 정수장에서 근무하며 어머니와 함께 가 정을 꾸리고 아이들을 잘 키우려 애쓰던 평범한 가장이었다. 병 은 그런 아버지의 중추신경계를 좀먹고 다리 힘을 빼앗아갔다.

아버지는 지팡이에 의지해 집으로 향하는 계단을 오르내리고 동네를 거닐었다. 저녁때가 되면 안락의자 팔걸이 옆에 지팡이를 세워둔 채, TV로 스포츠 중계방송을 보거나 전축에서 흘러나오는 재즈를 듣거나 나를 무릎에 앉히고 학교생활에 대해 물었다. 마치 지팡이의 존재는 까맣게 잊은 것처럼. 지팡이의 구부러진 손잡이와 끝에 달린 고무 덮개, 지팡이가 바닥으로 쓰러질 때 나는 텅 빈 소리가 내게는 마냥 신기했다. 때로는 지팡이를 들고 아버지처럼 다리를 절름대며 거실을 걸어보기도 했다. 그렇게 하면 아버지의 기분을 느낄 수 있을 것만 같았다. 하지만 나는 너무 작았고 지팡이는 너무 컸다. 머지않아 지팡이는 나의 흉내 내기 놀이 소품이 되었다.

우리 가족에게 지팡이는 아무것도 상징하지 않았다. 그저 도구일 뿐이었다. 어머니가 주방에서 쓰던 뒤집개, 할아버지가 기울어진 선반이나 커튼 봉을 손보려고 가져오던 망치가 그랬듯이. 지팡이는 아버지를 보호해주고 필요할 때 기댈 수 있는 실용적인 물건이었다.

다만 우리가 인정하고 싶지 않았던 건, 아버지의 병세가 갈수록 악화되고 있으며 아버지의 몸이 소리 없이 스스로를 공격하고 있다는 사실이었다. 아버지도, 어머니도 그 사실을 알고 있었다. 오빠 크레이그와 나는 당시 어린아이에 지나지 않았지만 나이가 어리다고 해서 바보는 아니다. 아버지는 우리와 함께 뒤뜰에서

미셸 오바마 자기만의 빛

공놀이를 하고 피아노 리사이틀과 꼬마 야구단 경기에도 참석했지만 우리는 깨달아가고 있었다. 아버지의 병으로 인해 우리 가족이 취약해지고 보호막이 약해졌다는 것을. 화재가 발생하거나 누군가의 침입을 받았을 때 아버지가 우리를 보호하기는 점점 어려워질 수밖에 없었다. 그렇게 우리는 인생이 스스로의 통제 아래 있지 않다는 사실을 배워갔다.

지팡이 하나로 부족한 상황도 종종 벌어졌다. 아버지는 이따금 발을 헛디디거나 구겨진 깔개에 걸려 비틀거리다 넘어졌다. 정지 화면처럼 아버지의 몸이 공중에 붕 뜬 순간, 우리가 보고 싶지 않았던 모든 것이 눈앞에 펼쳐졌다. 한없이 쇠약해진 아버지, 그 모습을 바라볼 수밖에 없는 우리의 무력함, 앞으로 닥쳐올 불확실하고 고생스러울 날들.

성인 남성이 바닥에 넘어지는 소리는 우레처럼 요란해서 절대 잊을 수 없다. 작은 우리 집이 지진이 난 듯 흔들렸고 모두가 아버지를 도우러 허겁지겁 달려갔다.

"여보, 조심해야지!"

어머니는 외쳤다. 오빠와 나는 작은 체구에 힘을 실어 아버지를 일으켜 세우고 어디론가 날아간 지팡이와 안경을 재빨리 챙겼다. 그렇게 하면 있던 일이 없던 일이 되기라도 할 것처럼, 우리가 잘만 하면 뭐든 바로잡을 수 있을 것처럼 말이다. 그때마다 나는 걱정과 두려움에 휩싸이며, 우리가 무엇을, 얼마나 쉽게 빼앗길 수 있는지 깨달았다.

아버지는 이 모든 것을 웃어넘겼다. 넘어지는 건 대수롭지 않은 일이며 웃거나 농담을 해도 괜찮다는 신호였다. 이런 순간들을 심각하게 받아들이지 말자는 무언의 약속이 우리 사이에 있는 것 같았다. 우리 집에서는 웃음이야말로 아주 유용한 도구였다.

어른이 된 지금, 내가 다발성경화증에 대해 알고 있는 바는 이렇다. 다발성경화증은 면역 체계에 오작동을 일으켜 우리 몸 내부를 공격한다. 우군을 적군으로, 나를 남으로 잘못 인식하는 것이다. 축삭이라는 신경섬유를 감싼 보호막을 손상시키고 민감한 섬유 가닥이 노출되게 해 중추신경계를 교란한다. 전 세계의 수백만 명이 이 질병을 앓고 있다.

다발성경화증으로 통증에 시달려도 아버지는 아무 말이 없었다. 장애 때문에 굴욕을 느끼고 마음에 그늘이 져도 거의 내색하지 않았다. 우리가 곁에 없을 때—시 정수장에서 일할 때든 이발소에 드나들 때든—아버지가 넘어진 적이 있는지 나는 알지 못한다. 가끔은 그랬을 것이라고 짐작할 뿐이다. 그럼에도 세월은 흘렀다. 아버지는 출근을 하고 퇴근을 했으며 늘 웃고 있었다. 일종의 현실 부정이었을지 모른다. 어쩌면 스스로 선택한 삶의 방침이었을 수도 있다. '넘어지면 일어나서 가던 길을 가면 된다'라는.

돌이켜보면 아버지의 장애는 나에게 남들과는 다른 삶, 통제할 수 없는 것들로 점철된 세상을 헤쳐나가는 일에 대해 일찍부터 중요한 교훈을 가르쳐주었다. 우리가 연연하지 않아도 우리의 '다름'은 없어지지 않았고, 우리 가족은 그걸 품고 다녔다. 우리는 다른 가족이 걱정하지 않아도 될 일을 걱정했다. 다른 가족이 경계하지 않아도 될 것을 경계했다. 외출할 때면 주변에 어떤 장애물이 있는지 차분하게 살폈다. 아버지가 주차장을 가로질러 가거나 오빠의 농구 시합에서 관객석을 지나는 데 필요한 에너지의 양을 계산했다. 우리는 거리와 높이도 다르게 헤아렸다. 계단과 얼어붙은 보행로, 도로변의 높은 턱을 다른 눈으로 바라보았다. 공원과 박물관에 갈 때면 지친 몸을 가눌 만한 벤치가 얼마나 있는지를 따졌다. 어디를 가든 아버지의 입장에서 위험 여부를 가늠하고 조금이라도 효율적인 방법을 고민했다. 한 걸음도 허투루 내딛지 않았다.

병세의 악화로 아버지가 사용하던 도구가 쓸모를 다하면 다른 도구를 찾아냈다. 그렇게 지팡이가 전완 목발로 바뀌고, 목발은 다시 전동 휠체어로, 각종 레버와 유압 설비가 가득한 특수 차량으로 바뀌어 아버지의 몸이 더 이상 할 수 없는 기능을 대신했다.

아버지는 결코 이러한 도구를 애지중지하거나 도구가 자신의 모든 문제를 해결해주리라고 생각하지 않았다. 그러나 아버지에게 그 도구들은 전적으로 필요했다. 그것이 바로 도구의 존재 이유다. 도구는 우리가 균형을 잡고 똑바로 설 수 있도록 해준다. 불확실성과 좀 더 잘 공존할 수 있도록 해준다. 인생이 통제를 벗어

사우스사이드의 무더운 여름 열기를 식혀주고 있는 아버지.

난다고 느낄 때 어떻게든 버텨낼 수 있도록, 끊임없는 변화에 대처할 수 있도록, 계속 앞으로 나아갈 수 있도록 돕는다. 신경섬유 가닥이 노출된 채 불편한 몸으로 살아야 하는 순간에도.

끊임없이 생각해왔다. 우리가 품고 사는 것들에 대하여. 불확실성 앞에서 우리를 똑바로 서게 하는 것들에 대하여. 혼돈의 시기에 우리가 의지할 만한 도구를 찾는 방법에 대하여. 다름의 의미에 대해서도 생각해보았다. 수많은 사람이 남과 다르다는 기분과 씨름하며 산다는 사실을 깨달았을 때 나는 충격을 받았다. 다름에 대한 인식은 우리가 살고 싶은 세상, 믿고 따라야 할 사람, 버리고 갈 사람에 관한 폭넓은 대화에서 핵심을 이룬다.

하나같이 복잡한 해결책을 요구하는 복잡한 문제다. 게다가 '다르다는 것'의 의미는 다양한 방식으로 정의 내릴 수 있다. 그러나 다름을 경험한 사람들을 대신해 이 말은 꼭 하고 싶다. 남들은 볼 수 없거나 보지 않으려는 장애물로 가득한 세상에서 나만의 길을 찾기란 결코 쉬운 일이 아니다. 어쩌면 나만 다른 지도를 보면서 움직이고, 남들과는 다른 난관에 맞닥뜨린다는 기분에 사로잡힐지 모른다. 때로는 지도가 아예 없는 것처럼 느껴지기도 한다. 사람들은 나라는 사람을 보기 전에 나의 다름부터 볼 것이다. 내게는 이 모든 것을 극복해야 할 임무가 주어진다. 그리고 극복은, 내포된 의미처럼 몹시 지치는 일이다.

그렇게 생존을 위해서 주위를 경계하는 법을 배우게 된다. 에너지를 아끼고 한 걸음도 허투루 내딛지 않는 법을 터득하게 된다. 우리 가족이 그랬던 것처럼 말이다. 바로 여기에 현기증 나는 역설이 있다. 세상은 남과 다른 사람에게 신중함뿐 아니라 대담함도 요구한다는 사실이다.

*　　　*　　　*

　나는 바로 이 지점에서 신중함과 대담함을 갖고 이 책을 쓰기 시작했다. 2018년 『비커밍』을 출간했을 때 마주한 반응은 놀라웠다. 정말이지, 기절할 정도로 깜짝 놀랐다. 나는 미국의 퍼스트 레이디로 보낸 시간과 인생 전반을 되짚어보기 위해 그 책을 집필하는 데 몰두했다. 기쁘고 눈부신 순간뿐 아니라 힘든 순간들에 대해서도—스물일곱에 마주한 아버지의 죽음, 가장 친한 대학 친구의 죽음, 난임으로 버락과 고군분투했던 시간에 대해서도—털어놓았다. 어린 시절 유색인으로서 겪었던 힘 빠지는 경험들을 돌아보기도 했다. 우리 가족이 집으로 여기며 사랑했던 백악관을, 그리고 남편이 대통령으로서 갖은 고생으로 쌓아 올린 유산을 무모하고 무심한 후임자의 손에 넘기고 떠나면서 느낀 고통에 대해서도 가감 없이 이야기했다.

　이 모든 것에 목소리를 내는 일이 조금은 위험하게 느껴졌지만 한편으로는 개운했다. 8년간 퍼스트레이디로 살면서 나는 매사에 긴장을 늦추지 않고 조심했다. 온 국민의 눈이 버락과 나, 그리고 두 딸을 향해 있다는 사실을 잘 알고 있었다. 역사적으로 백인만 거주해온 백악관에 흑인으로는 처음 입성한 우리에게 어떠한 실수도 용납되지 않는다는 사실을 아주 잘 알고 있었다. 나는 퍼스트레이디로서 내게 주어진 영향력을 통해 의미 있는 변화를 이끌어내야 했고, 내가 참여한 작업들은 제대로 실행되어야 했다. 대통령이 추진하는 의제들도 보완해야 했다. 동시에 어머니로서 아이들을 보호하고 아이들이 조금이나마 일상의 기쁨을 누릴 수 있도록 도와야 했으며, 아내로서 온 세상의 짐을 짊어진 듯한 버락을 뒷바라지해야 했다. 모든 위험을 고려하고 모든 난관을 가늠하면서 모든 결정에 신중을 기했다. 나아가 우리 가족이 단순히 미국에 대한 호불호를 보여주는 상징이 아니라 각자 한 인간으로서 성장할 수 있도록 최선을 다했다. 긴장감은 하루하루 실체를 드러내며 나를 압박했지만 낯선 상황은 아니었다. 나는 한 걸음도 허투루 내딛지 않으려 다시 한번 애쓰고 있었다.

『비커밍』을 쓰면서 참았던 숨을 내쉬는 기분이었다. 앞으로의 삶이 어떻게 펼쳐질지는 알 수 없지만, 이 책의 집필은 내 삶에서 다음 단계가 시작되고 있음을 의미했다. 『비커밍』은 오롯이 나 혼자 진행한 첫 번째 프로젝트였다. 남편이나 오바마 정부, 아이들의 삶뿐 아니라 내가 이전까지 쌓아온 경력과도 관계가 없었다. 그런 독립적인 면이 좋았지만 한편으로는 익숙하지 않은 일이 주는, 이전에는 느껴본 적 없는 위태로움도 느꼈다. 출간이 눈앞으로 다가온 어느 날 밤, 나는 백악관을 나온 뒤 살게 된 워싱턴 D.C.의 집 침대에 뜬눈으로 누워 있었다. 나의 가장 솔직한 이야기를 담은 책이 곧 수많은 서점과 도서관에 진열되고, 수십 개 언어로 번역되고, 전 세계 비평가들의 면밀한 평가를 거치는 상상에 빠져 있었다. 날이 밝으면 비행기를 타고 시카고로 날아가, 약 1년간 세계 31개 도시를 돌면서 한 번에 최대 2만여 명의 관객 앞에 서는 북투어를 시작해야 했다. 침실 천장을 뚫어져라 쳐다보았다. 불안감이 가슴속에 밀물처럼 차올랐다. 머릿속에는 의심이 맴돌았다.

너무 미주알고주알 털어놓았나?

내가 잘 해낼 수 있을까?

모든 걸 망쳐버리진 않을까? 그러면 어떡하지?

그 너머에는 좀 더 심오하고 원초적이고 견고하며 너무나 두려운 목소리가 도사리고 있었다. '나는 이대로 충분할까?' 그것은 모든 의심의 기저에 자리한 채 내가 아는 가장 훌륭하고 힘 있는 사람들마저 사정없이 괴롭혀온 의문이었고, 시카고 사우스사이드의 소녀였을 때부터 나를 집요하게 따라다닌 질문이었다. 그 순간 떠오른 유일한 답변은 '모르겠다'였다.

나를 바로 세워준 사람은 버락이었다. 끝내 잠들지 못하고 애만 태우다가 위층으로 갔더니 마침 버락이 서재에서 전등불 아래 일하고 있었다. 내가 머릿속에 든 모든 의심을 하나도 빠짐없이 쏟아놓으며 일이 잘못될 가능성을 낱낱이 짚어보는 동안 버락은 침착하게 귀를 기울였다. 내가 그랬듯이 버락도 우리 가족이 백악관에 들어가 다시 나오기까지의 여정을 여전히 곱씹고 있었다. 내가 그랬듯이 버락도 자신에 대한 의심과 걱정, 이대로 충분치 않다는 생각을―이따금 떠오르는 바보 같은 생각일지라도― 품고 있었다. 버락은 누구보다 나를 잘 이해했다.

내가 나의 모든 두려움을 털어놓자, 버락은 내 책은 훌륭하며 나라는 사람 또한 그렇다고 안심시켰다. 무엇보다 새롭고 큰 일을 앞두고 불안해지는 건 자연스러운 현상임을 내게 일깨워주었다. 그러고는 두 팔로 나를 안으면서 이마를 내 이마에 가볍게 갖다 댔다.

다음 날 나는 잠자리에서 일어나 『비커밍』을 선보이는 여정에 올랐다. 내가 살면서 가장 많은 행복과 긍정을 느낀 시기였다. 책은 좋은 평가를 받았고 놀랍게도 세계 곳곳에서 판매 기록을 갈아치웠다. 때때로 북투어 중에 따로 시간을 내어 독자들과 만나는 소규모 모임에 참석했는데, 나의 이야기와 다양한 지점에서

『비커밍』북투어는 내 생애 가장 의미 있는 경험 중 하나였다.

교차하는 독자들의 이야기를 들으면서 커다란 보람을 느꼈다. 저녁이 되면 북투어 행사가 열리는 경기장으로 수많은 사람이 모여들었다. 한 번에 수만 명도 넘는 사람이 모였다. 경기장을 채운 에너지는 짜릿했다. 음악이 쿵쾅거렸고 사람들은 통로에서 춤추거나 셀카를 찍거나 서로 얼싸안으며 내가 무대로 나오기를 기다렸다. 90분 동안 진행자와 대화를 이어갈 때마다 나는 언제나 있는 그대로의 진심만 털어놓았다. 어떤 것도 숨기지 않았고, 내가 들려준 이야기에 만족했으며, 나를 나로 만들어준 경험들을 인정받는 느낌을 받았다. 그리고 나의 이야기를 듣는 사람들도 스스로 인정받는 기분을 느끼길 바랐다.

재미있었고 기뻤다. 하지만 거기서 끝나지 않았다.

관객들을 지켜보면서 나는 이 나라, 더 넓게는 세계 전반에 대해 내가 알고 있는 진실을 다시금 확인할 수 있었다. 관객들은 다채로웠다. 서로 다른 점이 아주 많았고 그래서 더욱 강했다. 그 공간에서 다양성은 인정받았고 강점으로 치켜세워졌다. 나이와 인종, 젠더, 문화, 정체성, 차림새 등 다르지 않은 것이 없는 사람들이 함께 웃으며 박수를 치고 눈물을 흘리고 이야기를 나누었다. 나는 많은 사람이 나를, 내 책을 넘어서는 어떤 이유들 때문에 그곳에 모였다고 진심으로 믿는다. 적어도 어떤 면에서는, 세상에 나 혼자뿐이라는 생각을 떨치기 위해, 잃어버린 소속감을 되찾기 위해 왔다는 생각이 들었다. 그들의 존재감, 그 공간의 에너지와 온기, 다양성은 어떤 이야기를 들려주고 있었다. 사람들이 그곳에 온 이유는 우리의 다름이 우리의 유대감과 결합될 때 만족감이— 사실상 굉장한 만족감이—느껴지기 때문일 것이다.

*   *   *

당시에는 얼마나 엄청난 일이 곧 벌어질지 아무도 예상하지 못했다. 행사장에서 우리가 만끽하던 유대감이 갑자기 멸종 위기에 처하리라고 그 누가 예측했을까? 전 지구적인 팬데믹으로 인해 격의 없는 포옹, 마스크로 가리지 않은 미소, 낯선 이들과의 가벼운 인사를 순식간에 포기하게 되고, 세계 곳곳이 고통과 상실, 불확실성의 늪에 한동안 빠지게 될 줄 누가 알았을까? 알았다면 우리는 달리 행동했을까? 알 수 없다.

내가 아는 사실은 팬데믹을 지나면서 우리가 휘청이고 불안정한 상태에 놓였다는 것이다. 우리는 더 조심스러워하고 더 경계하며 더 단절되고 있다. 균형을 잃어버린 기분, 통제력을 상실한 것 같은 무력감, 미래에 대한 깊은 불안⋯⋯ 무수히 많은 사람이 매일같이 느껴왔던 그 감정들을 처음 체감한 사람도 많다. 지난 몇 해 동안 우리는 유례없는 고립의 시간과 헤아릴 수 없는 슬픔, 견디기 어려울 만큼 광범위한 불확실성을 감내하며 살아왔다.

팬데믹이 일상의 리듬을 무참하게 재설정하는 동안에도 우리

사회에 깊이 뿌리박힌 오래된 질병은 그대로 남아 있었다. 무장하지 않은 흑인 시민들이 계속해서 경찰의 손에 죽었다. 편의점에서 나오다가 죽고 이발소로 걸어가다 죽었으며 일상적인 교통 단속 중에 죽었다. 아시아계 미국인들과 LGBTQ+ 공동체들이 비열한 혐오 범죄에 피해를 입었다. 불관용과 편견은 감소하기는커녕 점점 더 노골적으로 드러났으며, 권력에 굶주린 독재자들이 세계 여러 국가를 장악했다. 백악관 앞에서 혐오를 줄이고 공정한 세상을 만들자고 외치며 평화로운 시위를 이어가던 수천 명의 시민을 향해 경찰이 최루가스를 발사했지만 당시의 미국 대통령은 가만히 지켜만 봤다. 이후 국민들이 공정한 선거 절차에 따라 대통령을 떨어뜨리자 그를 지지하던 성난 폭도들은 미국에서 가장 신성한 공간에 쳐들어와 문을 부수고 하원의장 낸시 펠로시의 집무실에 방뇨를 하는 등 난폭한 짓을 일삼았다. 그런 와중에도 그들은 자기들이 이 나라를 위대하게 만들고 있다고 믿었다.

물론 화가 났다. 좌절하는 순간도 있었다.

적개심과 차별 가득한 편견을, 위대함 운운하는 포퓰리즘적 정치 슬로건으로 가장한 자들을 보면서 당연히 충격에 빠졌다.

다행히도 나만 이렇게 생각한 건 아니었다. 이러한 난관을 넘어 새 길을 찾으려는 사람늘의 이야기가 거의 매일 곳곳에서 들려온다. 그들은 사랑하는 사람들을 품에 꼭 안고, 자신의 에너지를 알맞게 관리하고, 이 세상에서 대담하게 살아가기 위해 최선을 다하고 있다. 나는 자신이 남과 다르다는 생각에 힘들어하는 사람들, 저평가되거나 보이지 않는 존재로 취급당하는 기분을 느끼는 사람들, 주변의 시선을 극복하는 데 지친 사람들, 자신의 빛이 희미해졌다고 느끼는 사람들과 종종 이야기를 나눈다. 그중에서도 청년들은 인간관계와 일터에서 자신의 목소리를 찾고 자신의 가장 진정한 모습을 보여줄 수 있는 자리를 마련하기 위해 힘쓰고 있다. 그들은 내게 온갖 물음을 던진다.

"어떻게 의미 있는 인간관계를 맺을 수 있을까요?"

"문제를 제기할 때에는 언제 어떻게 목소리를 내야 하나요?"

"힘겨운 시기에도 '품위를 지킨다'는 것은 무엇을 의미하나요?"

나에게 질문을 던지는 사람들은, 자신을 위해 설계되지 않은 제도와 전통, 구조 속에서 자신의 힘을 발견하려고 애쓴다. 불분명하고 잘 보이지 않는 지뢰를 탐지하고 지도에 경계선을 그어가는 것이다. 장애물을 피하지 못해 얻는 불이익은 처참할 수 있다. 엄청난 혼란과 위험을 야기할 수 있다, 그런 것들은.

사람들은 종종 내게 답변과 해결책을 묻는다. 지난번 책이 출간된 뒤 나는 수많은 이야기를 듣고 수많은 질문에 답하면서 우리가 왜 어떻게 불공정과 불확실성 사이에서 길을 찾아야 하는지에 관해 다양한 대화를 이어갔다. 누군가는 이런 문제들에 대처하는 공식 같은 것이 있는지 물었다. 내 주머니 어딘가에 있을, 눈앞의 혼란을 좀 더 수월하게 헤쳐나가고 극복할 수 있는 어떤 방

미셸 오바마 자기만의 빛

편을 말이다. 그런 공식이 얼마나 유용한지 모르는 것은 아니다. 모든 불확실성을 정복하고 원하는 고지에 도달하게 해줄 명확하고 간단한 단계별 공식이 있다면 지금 당장이라도 건네주고 싶다. 하지만 나 또한 다른 사람들처럼 잠들지 못하고 뜬눈으로 고민할 때가 있다. '내가 과연 이대로 충분할까' 하고. 나 또한 다른 사람들처럼 무언가를 극복해야 한다는 압박을 받곤 한다. 고지에 오르려고 고군분투하는 수많은 사람에 비하면 나는 상당수의 고지에 도달한 편이지만 그곳에도 불확실성과 불공정은 분명 존재한다. 오히려 그런 곳에서 번성한다.

요점만 말하면, 공식은 없다. 장막 뒤의 마법사는 없다. 인생의 심각한 문제들에 대한 깔끔하고 명쾌한 해결책이나 정답이 있다고는 생각하지 않는다. 본래 인간의 경험이란 그런 정답을 허용하지 않는다. 우리의 마음은 너무나 복잡하고, 우리의 과거는 너무나 뒤죽박죽이니까.

✦   ✦   ✦

내가 할 수 있는 일은 나만의 연장통을 살짝 열어 보이는 것이다. 이 책은 내가 살면서 어떤 도구를 왜 보관하게 됐는지 보여주기 위해 썼다. 내가 일상의 균형과 자신감을 유지하는 데 유용하게 쓴 도구들, 불안과 스트레스에도 불구하고 계속 앞으로 나아가게 해준 도구들을 소개한다. 그중에는 습관과 행동에 관한 도구도 있고, 물리적 실체를 지닌 도구도 일부 있다. 태도와 신념에 관한 도구도 있는데, 나의 삶과 경험을 통틀어 '무언가가 되어가는' 과정에서 비롯된 것이다. 이 책은 인생의 공식을 알려주는 지침서가 아니다. 그보다는 인생이 지금까지 내게 가르쳐준 것들, 힘든 순간을 헤쳐나가게 해준 도구들에 관한 진술한 성찰이 담겨 있다. 이 책을 통해 나를 바로잡아준 사람들을 소개하고, 불공정과 불확실성에 직면한 몇몇 여성에게 배운 놀라운 교훈을 나눌 것이다. 여전히 나를 넘어뜨리는 것들이 무엇인지, 무엇에 기대어 다시 일어서는지에 대해 이야기할 것이다. 세월이 흘러감에 따라 깨달은 것이 있다. 도구와 방어 수단은 완전히 다른 것이며 도구가 훨씬 더 쓸모 있다는 사실이다. 이를 깨닫고 나서 어떠한 태도들을 버리게 되었는지 또한 이야기할 것이다.

물론 모든 도구가 모든 상황에서 쓸모 있는 것은 아니다. 모든 사람에게 똑같이 유용하지도 않다. 내게는 든든하고 유효한 도구가 나의 어머니나 인생의 동반자, 직장 동료의 손에 들어갔을 땐 그렇지 않을 수도 있다. 뒤집개로 구멍 난 타이어를 때울 수 없고, 타이어 레버가 계란 프라이를 만드는 데 도움이 되지 않는 것처럼 말이다(이 말이 틀렸음을 증명해도 좋다). 도구는 우리의 상황과 성장 속도에 맞춰 진화한다. 삶의 어느 단계에서 효과적이었던 도구가 그다음 단계에서는 작동하지 않을 수도 있다. 다만 불안을 유발하고 자신감을 갉아먹는 습관과 흔들림 없이 중심을 잡는 습관을 구분하는 연습은 언제나 중요하다. 그러니 자신에게 맞는 인생의 도구들을 찾고 모으고 다듬는 과정에서 이 책에 유용한 게 있으면 가져가고 그렇지 않은 것은 버리길 바란다.

마지막으로, 나는 권력과 성공에 관한 통념들을 해부하고 재구성하려 한다. 이를 통해 독자들은 자신이 다다를 수 있는 고지를 간파하고 스스로의 강점을 키워나갈 자신감을 얻을 것이다. 나는 우리 각자가 내면의 밝음을 지니고 있다고 믿는다. 아주 고유하고 개별적이며 보호할 가치가 있는 불꽃, '자기만의 빛'이다. 자기만의 빛을 알아볼 능력이 생기면 그것을 사용할 힘도 생긴다. 나아가 다른 사람들이 지닌 빛을 돌보는 법을 터득하면 인정 넘치는 공동체를 구축하고 의미 있는 변화를 가져올 수 있다. 이 책의 1부는 자기만의 빛과 내 안의 잠재력을 찾는 과정을 살펴본다. 2부는 타인과의 관계 그리고 집이라는 개념을 들여다본다. 3부는 유독 힘든 시기에 우리의 빛을 품고 지키고 강화할 수 있는 방법을 모색하려 한다.

책장을 넘기면 개인의 힘, 공동의 힘, 그리고 의심과 무력감을 이겨낼 힘을 찾아가는 여정이 시작될 것이다. 간단한 과정이라고 말할 생각은 없다. 수십 가지 장애물이 가로막을지도 모른다. 내가 알고 있는 모든 것과 내가 의지해온 모든 도구는, 수년간 꾸준한 실천과 재평가를 거듭하며 시행착오 끝에 얻어낸 결과물이다.

나는 발로 뛰면서 배우고 실수하고 변화를 주고 경로를 수정해나가며 수십 년을 보냈다. 지금의 자리에 이르기까지는 꽤 오랜 시간이 걸린 셈이다.

이 책을 읽는 청년들에게 건네고 싶은 말이 있다. 인내심을 가져야 한다는 사실을 잊지 말기를 바란다. 지금 당신은 길고 흥미로운 여정의 시작점에 있고 그 여정은 언제나 편안하지만은 않을 것이다. 내가 누구인지, 어떤 기제로 움직이는지에 대한 데이터를 수집하면서 여러 해를 보내게 될 것이다. 자신에 대한 더 큰 확신과 뚜렷한 정체성을 찾는 길은 매우 더딜 것이다. 자기만의 빛을 발견하고 사용하려면 점진적인 과정을 거칠 수밖에 없다.

자존감이 취약성에 에워싸여 있다는 사실을 인정해도 괜찮다. 지구상의 모든 인간은 늘 어떤 형태로든 더 나아지기 위해 노력하며 서로를 자극해왔다. 우리는 밝음 속에서 훨씬 대담해진다. 자기만의 빛을 의식하는 순간, 온전한 나를 알게 되고 나의 이야기가 지닌 잠재력을 깨닫게 된다. 이러한 자기 인식을 통해 우리는 삶의 중심을 잡고 대담하게 앞으로 나아갈 수 있다. 소중한 인연의 꽃들을 피워내는 기쁨을 얻고, 힘겨운 시기를 의미 있게 건널 수 있다. 바로 이것이 모든 것의 근본을 이룬다. 한 사람의 빛은 다른 사람의 빛을 밝힌다. 하나의 강인한 가정은 더 많은 가정에 힘이 된다. 하나의 긴밀한 공동체는 주변의 공동체에 불을 붙인다. 이것이 우리가 품은 빛의 힘이다.

처음 책을 구상할 때에는 이 책이 부단한 변화의 시기를 겪는 사람들에게 일종의 동반자가 되어줄 수 있겠다고 생각했다. 졸업이나 이혼, 이직, 투병, 아이의 탄생, 가까운 사람의 죽음 등 어떤 계기로든 새로운 삶의 단계에 진입하는 사람에게 도움이 되길 바랐다. 나는 그 변화의 시기를 주로 바깥에서 바라보려고 했다. 불확실성과 두려움을 향한 도전에서 살아남은 생존자로서 거리를 두면서 말이다. 다행히도 그 모든 시기를 무사히 지나온, 예순이 머지않은 한 사람으로서 이야기하고 싶었다.

물론 내가 어리석었다.

지난 몇 해 동안 우리 모두는 극심한 변화의 소용돌이에 빠졌고 별다른 위안도 없이 그 안에 묶여 있었다. 대다수의 사람이 처음 겪는 일이었다. 적어도 우리 세대와 그다음 세대가 태어난 뒤에는 전 세계에 전염병이 유행하거나 유럽에 폭탄이 떨어지는 일이 없었고 여성은 자신의 몸에 대해 정보에 입각한 결정을 내릴 기본권을 보장받았기 때문이다. 우리는 비교적 보호받으며 살아왔던 것이다. 그러나 이제는 다르다. 불확실성이 삶의 거의 모든 부분을 구석구석 석시고 있으며, 핵전쟁의 위협만큼이나 광범위하고 아이의 기침 소리처럼 사사롭게 모습을 드러내고 있다. 제도는 흔들리고 시스템은 비틀거린다. 의료계와 교육계에 종사하는 사람들은 헤아릴 수 없는 스트레스에 시달린다. 청소년들은 유례없이 높은 비율로 외로움과 불안, 우울감을 호소하고 있다.[1]

누구를, 무엇을 신뢰해야 할지, 어디에 믿음을 두어야 할지 고민이 끊이지 않고 있다. 상처 또한 한동안 사라지지 않을 것이다. 코로나19로 인해 전 세계에서 790만여 명의 어린이가 부모를 잃거나 주 양육자인 조부모를 잃었다고 연구자들은 추산한다.[2] 미국에서만 25만 명 이상의 어린이가―대부분 유색인종 공동체의 어린이가―주 양육자나 보조 양육자를 잃었다. 아이들을 받쳐주던 그 많던 기둥이 사라져버린 것이 앞으로 어떤 충격으로 다가올지 상상조차 할 수 없다.

재기의 발판을 마련하려면 시간이 걸릴 것이다. 손실은 수년간 퍼져나갈 것이다. 다시, 또다시 흔들릴 것이다. 세계는 여전히 아름답지만 고장 난 상태로 남을 것이다. 불확실성은 사라지지 않을 것이다.

평형이 깨지면 언제나 그랬듯 우리는 진화할 수밖에 없다. 『비커밍』에서 나의 여정을 통해 얻은 깨달음을 이야기한 적이 있다. 인생에는 고정된 점이 거의 없으며, 우리가 으레 시작과 끝으로 여기던 지점이 사실은 훨씬 긴 궤적 위에 찍힌 점에 불과하다는 사실이다. 우리는 언제나 움직이고 진보하고 있다. 우리는 언제나 부단한 변화 속에 놓여 있다. 더 이상 배우기 싫을 때에도 배우고, 변화에 몹시 지쳤을 때에도 변하고 있다. 결과가 보장된 경우는 손에 꼽을 만큼 적다. 그렇게 우리에게는 매일 좀 더 새로운 우리가 되어갈 임무가 주어진다.

팬데믹에 따른 난관을 헤쳐나가는 동안, 불의와 불안정이라는 문제에 대해 고민하고 불확실한 미래를 걱정하는 동안, 우리가 '언제쯤 모든 것이 끝날까?' 하고 묻지 않으면 좋겠다. 그 대신에 어려움과 변화 속에서도 흔들림 없이 똑바로 서 있기 위한 색다르고 좀 더 실용적인 질문을 떠올려보면 좋겠다.

어떻게 적응할까? 불확실성 속에서 더 편안하고 유연해질 방법은 없을까? 우리 스스로를 지탱하기 위한 도구로는 어떤 것들이 있을까? 여러분의 지지대를 어디서 더 찾을 수 있을까? 어떻게 다른 사람들의 안전과 안정을 도모할 수 있을까? 우리가 하나 되어 힘쓴다면 어떤 고비를 함께 넘을 수 있을까?

이미 말했지만 내게 모든 해답이 있지는 않다. 하지만 대화는 시작하고 싶다. 함께 이 문제를 들여다보는 것만으로도 가치 있다. 더 크고 폭넓은 대화를 위한 공간을 열어두고 싶다. 우리가 더 안정적으로 바로 설 수 있는 방법은 바로 여기에 있다.

1부

자기만의 빛

내 안에서 반짝이는 빛은

누구도 어둡게 만들 수 없다.

— 마야 안젤루, 『구름 속의 무지개(Rainbow in the Cloud)』

1장

작고 사소한 것의 힘

어떤 도구는 그 효용을 체감한 뒤에야 비로소 알아보게 된다. 그리고 때때로 가장 사소한 도구가 가장 큰 감정을 정리하는 데 도움이 된다. 몇 년 전, 왜 필요한지도 모르고 인터넷으로 뜨개바늘을 주문하고 나서야 나는 그 사실을 깨달았다.

　팬데믹이 시작된 지 몇 주 되지 않은 시점에 나는 워싱턴 D.C. 집에 있었다. 온라인 쇼핑몰에서 잡다한 것들을 마구잡이로 사들였다. 무엇이 어떻게 흘러갈지 알 수 없는 불확실한 상황에서 보드게임이나 미술 재료 같은 것들을 식료품이나 두루마리 화장지와 함께 장비구니에 담았다. 충동구매가 불확실성에 대한 미국인의 전형적인 반응이라는 사실을 부끄럽지만 실감하면서. 순식간에 '평범한 일상'이 전 지구적인 비상사태로 바뀌고, 수억 명의 사람이 예고 없이 심각한 위험에 처한 현실을 이해하려고 애쓰는 중이었다. 나머지 사람들이 당시 할 수 있는 가장 안전하고 도움이 되는 일은 조용히 집에 들어앉아 있는 것이었다.

매일 멍하니 뉴스만 보았고 세상의 극심한 불평등에 충격을 받았다. 불평등은 뉴스 헤드라인과 실업률, 사망자 수, 그리고 구급차 소리가 가장 요란한 동네에 뿌리박혀 있었다. 가족들에게 병을 옮길까 봐 교대 근무가 끝나도 귀가를 망설이는 의료인들에 대한 기사를 읽었다. 도심 거리에 주차된 시체 보관 차량의 모습, 공연장이 야전병원으로 바뀌는 모습도 보았다.

아는 것은 아주 작고 두려움은 아주 컸다. 모든 것이 크고 막중하게 느껴졌다.

실제로도 모든 것이 크고 막중했다. 압도되지 않을 수 없었다.

초기에는 전화로 친구들의 안부를 묻고 시카고에서 홀로 살기 시작한 80대 어머니가 안전하게 식료품을 구할 수 있는지를 확인했다. 대학에 있던 딸들은 집으로 돌아왔다. 사샤와 말리아는 눈앞의 사태에 당황하고 있었고 그럼에도 친구들과 헤어지기가 약간은 아쉬운 듯했다. 나는 두 딸을 꼭 안아주면서 이 모든 건 일시적인 현상이며 머지않아 북적거리는 파티장으로 돌아갈 수 있을 거라고, 초조하게 사회학 시험을 준비하거나 기숙사에서 라면을 먹을 수 있을 거라고 다독였다. 이 또한 부모의 역할이라고 생각했다. 내 다리가 좀 후들거려도, 아이들이 친구들과 다시 어울리

미셸 오바마 자기만의 빛

는 것보다 더 심각한 일들에 대한 불안이 나를 잠식하고 있더라도, 나는 아주 작은 확신이나마 주어야 했다. 근심에 빠져 있어도 가장 희망적인 이야기만 입 밖으로 꺼내야 했다.

시간이 지날수록 우리 식구들은 차분한 일상에 익숙해져갔다. 평소보다 길어진 저녁 식사 시간이 의지가 되어주었다. 그날의 뉴스를 되짚어보며 침울한 통계 수치, 백악관의 몹시 괴이하고 변덕스러운 의견 전달 방식 등 우리가 듣고 읽은 것에 대해 의견을 나누었다. 내가 산 보드게임을 하거나 퍼즐을 맞추거나 소파에 앉아 영화를 보기도 했다. 웃을 일이 생길 때마다 웃었다. 그러지 않으면 모든 게 너무 무서울 것 같았다.

사샤와 말리아는 온라인으로 학교 공부를 이어갔다. 버락은 대통령 임기를 돌아보는 회고록을 쓰느라 바빴고, 얼마 지나지 않아 도널드 트럼프의 당락이 결정된다는 사실에 점점 더 주의를 기울이고 있었다. 나는 '우리 모두가 투표를 하면(When We All Vote)'이라는 투표 장려 운동에 몰두하고 있었다. 2018년 프로젝트가 시작될 때부터 줄곧 힘을 보탰는데, 유권자들에게 투표의 위력을 일깨워주고 투표율을 높이는 것이 목적이었다. 워싱턴 D.C. 시장의 요청에 따라 공익 캠페인 '집에 있어주세요 D.C.(Stay Home D.C.)'에도 동참했다. 주민들에게 집에 머물면서 봄 상태가 좋지 않으면 검사를 받으라고 권하는 활동이었다. 녹초가 된 응급실 의료인들에게 응원의 메시지를 담은 영상을 전달하기도 했다. 수많은 부모를 짓누르고 있을 무거운 짐을 조금이라도 덜어주고 싶어서 아이들에게 이야기책을 읽어주는 영상 시리즈를 제작해 매주 공개하기도 했다.

그럼에도 전혀 충분하지 않다고 느꼈다.

그리고 실제로 충분하지 않았다.

이것이 당시 많은 사람에게 닥친 현실이었다. 무엇을 해도 도무지 충분하게 느껴지지 않았다. 채워야 할 구멍이 정말이지, 너무나 많았다. 팬데믹의 거대한 심각성 앞에 모든 노력은 사소하게만 느껴졌다.

그나마 나는 상대적으로 운이 좋은 편이며 특권을 누리고 있다는 사실을 잘 알았다. 참혹한 전 지구적 비상사태를 앉아서 지켜보는 건 고생이라고 할 수도 없다. 훨씬 힘든 시기를 겪은 수많은 사람을 생각하면 말이다. 우리 식구들은 그저 모두의 안전을 위한 지시에 따라 행동했다. 몸을 웅크리고 사나운 폭풍이 지나가기를 기다리는 마음으로.

*　　　　*　　　　*

다른 많은 사람도 마찬가지였겠지만 내게는 이 침묵과 고립의 시기가 유독 힘겨웠다. 이해할 수도, 통제할 수도 없는 걱정들로 들끓는 스튜 속으로 함정에 빠지듯 떨어진 것 같았다.

　　　　　　　미셸 오바마 자기만의 빛

당시 나는 약간의 통제력이라도 느끼기 위해 바쁜 일상을 유지하는 삶, 그러니까 일부러 바쁘게 사는 삶에 익숙해져 있었다. 항상 체크리스트와 안건, 전략에 따라 살아온 나였다. 그것들을 지도 삼아 어디로 향하고 있는지를 가늠하면서 목적지에 가장 효율적으로 가닿으려 했고, 진전을 보여야 한다는 강박에 약간 사로잡히기도 했다. 그런 충동은 태어날 때부터 내게 장착되어 있던 것 같은데, 부모님에게 물려받았을지도 모른다. 어머니와 아버지는 오빠 크레이그와 내가 탁월한 사람이 될 능력이 충분하다고 굳게 믿었다. 하지만 우리를 대신해 노력하지 않겠다는 입장을 똑똑히 했고, 우리 스스로 탁월함을 발굴하는 편이 더 낫다고 생각했다. 주변 환경이 나를 부지런하게 만들었을 가능성도 있다. 임금 노동자들로 이루어진 우리 동네에서 기회라는 것은 누군가 집 앞에 던져놓고 가는 것이 아니었기 때문이다. 나가서 찾아야 했고, 때로는 끈질기게 사냥해야 했다.

끈질기게 파고드는 것은 내게 전혀 어려운 일이 아니었다. 수년 동안 성과를 얻기 위해 몸을 던졌고, 새로운 공간에 들어설 때마다 나를 입증할 기회를 놓치지 않았다. 바쁜 삶이 자랑스러웠다. 학점이나 등수 같은 수치를 통해 얼마나 진전을 보였는지 살폈고 그에 상응하는 보상을 받았다. 시가고의 이느 고층 빌딩 47층에 자리한 회사법 전문 법률 회사에서 일하면서 나는 매일, 매주, 매달 청구 가능한 근무시간을 최대한 욱여넣는 법을 배웠다. 꼼꼼하게 계산해 쌓아올린 근무시간이 곧 나의 삶이었다. 비록 만족감은 줄어들고 있었지만.

나는 취미와는 거리가 먼 사람이었다. 가끔씩 공항이나 대학 강의실, 출퇴근길 버스 안에서 뜨개질을 하는 사람들을 보긴 했다. 그러나 뜨개질, 바느질, 코바늘뜨기 그 어느 것에도 관심이 없었고 그것을 하는 사람들을 볼 때도 마찬가지였다. 오로지 근무시간을 기록하고 성과를 관리하느라 정신이 없었다.

사실 뜨개질은 나의 DNA 속에 숨어 있었다. 내 안에는 수많은 여성 재봉사의 피가 흐르고 있었다. 어머니는 모든 여자가 바늘과 실을 다룰 줄 아는 집안에서 바느질, 코바늘뜨기, 뜨개질을 배웠다. 흥미를 느껴서가 아니라 유용했기 때문이다. 바느질은 가난으로 추락하는 것을 막기 위한 간단한 울타리였다. 옷을 만들거나 수선할 줄 알면 언제나 돈을 벌 수 있었다. 딱히 믿을 구석이 없는 세상에서 나의 두 손만큼은 믿을 수 있었던 것이다.

내가 '매머'라고 불렀던 외증조할머니 애니 로슨은 일찍 남편을 여의었지만 다른 사람들의 옷을 수선해주면서 앨라배마주 버밍햄에서 자신과 두 어린 자녀를 먹여 살렸다. 같은 이유로 남자들도 목공이나 구두 수선 기술을 배웠다. 대가족이었던 외가는 자원과 수입, 집을 공유했다. 그래서 어머니는 부모와 여섯 형제뿐 아니라 한동안 증조할머니와 같이 살았다. 증조할머니는 버밍햄에서 시카고로 이사한 뒤에도 바느질을 멈추지 않았다. 주로

미셸 오바마 자기만의 빛

부유한 백인들의 옷을 수선하는 일이었다. 어머니는 종종 이렇게 회상했다. "넉넉하진 않아도 누구도 배고플 걱정은 안 했어."

여름이 오면 매머는 싱거 재봉틀을 싸 들고 버스에 몸을 실었다. 그리고 시카고 북쪽을 향해 몇 시간을 달려 증조할머니에게 일을 주던 어느 가족의 호숫가 별장으로 갔다. 매머는 그곳에서 며칠씩 머물곤 했다. 우리 집안의 누구도 별장의 모습을 상상할 수 없었다. 물 위로 요트가 떠다니고 아이들은 리넨 옷을 입었을 테고 휴가는 몇 달간 지속되었을 것이다. 하지만 이것만큼은 알고 있었다. 날씨는 무덥고 재봉틀은 무거웠으며 당시 매머는 젊다고 할 수 없는 나이였다.

이 고생스러운 여정을 두고 매머의 아들, 내가 훗날 '사우스사이드'라는 별명으로 부르게 된 외할아버지 퍼넬 실즈는 고개를 절레절레 흔들며 도대체 왜 별장도 있는 사람이 별장에 재봉틀하나 구비할 능력이 없어 매머를 매번 번거롭게 하는지 모르겠다고 혀를 찼다. 물론 고용주에게 그걸 예의 바르게 요구할 방도는 없었다. 어쨌든 이유는 명확했다. 구비할 능력이 없는 것이 아니라 그저 사놓지 않은 것이다. 아마 재봉틀에 대해 생각해본 적도 없을 것이다. 그렇게 매머는 여름 내내 재봉틀을 이고 지며 남의 옷을 손질하러 나섰다.

세월이 지나도록 그때의 일을 잊지 않은 어머니는 이야기를 들려주면서도 애써 가르침의 기회로 삼지는 않았다. 하지만 이야기

너머에는 우리 집안과 흑인들이 짊어진 무게를 아래 세대에게 말 없이 일깨워주는 무언가가 있었다. 그들이 먹고살기 위해 고치고 시중들고 매만지고 이고 져야 했던 모든 것 말이다.

어린 나는 그 실체를 의식하진 못했지만 본능적으로 그 무게를 조금은 느꼈다. 나의 부단한 노력에는 다른 사람들을 대신해 더 멀리 나아가고 더 많이 해내고 덜 타협해야겠다는 책임감이 자리했다. 어머니도 느꼈던 것 같다. 어느 날 아버지가 오빠와 나에게 구멍 난 양말은 꿰맬 줄 아는 게 좋겠다고 말했는데 어머니가 재빨리 반대했다. "여보, 나는 애들이 양말 같은 거 신경 안 쓰고 공부에 열중하는 게 좋아. 그러면 언젠가 필요한 양말은 다 살 수 있겠지."

그러니까 나는 양말을 깁는 삶보다 돈 주고 양말을 사는 삶에 초점을 맞추며 살아왔다고 할 수 있겠다. 성취를 위해 있는 힘을 다했고 몇 차례나 이직을 거듭했다. 청구 가능한 근무시간만 좇는 집단에서 빠져나와 공동체와 더 가깝게 이어질 수 있는 직장을 택했다. 물론 덜 바빠진 것은 아니었다. 그리고 나는 엄마가 되었다. 형언할 수 없는 기쁨을 느꼈지만 한편으로는 매일 반복되는 장애물달리기에 수많은 변수가 더해진 기분이었다. 여느 엄마들처럼 나는 계획을 짜고 정리하고 간소화하고 절약했다. 최대한 효율적으로 움직이려고 식료품점과 유아용품점의 매장 배치를 외웠다. 가족과 일, 건강, 분별력 모두를 잡기 위한 절차와 체계를 세우고 끊임없이 점검하고 다시 수정했다. 그사이 아이들은 크고 있었고, 버락의 정치 인생이 가족의 전부가 되어갔으며, 나는 나대로 성과를 달성하기 위해 밀고 나갔다.

중간중간 딴 생각이 들거나 마음의 상처가 덧나거나 쉽게 정의 내릴 수 없는 기분에 사로잡히면, 나중에 바쁜 일을 끝내고 해결할 작정으로 머릿속 외딴 구석의 선반 위에 얹어두곤 했다.

바쁜 삶에는 뚜렷한 이점이 있다. 백악관에서 보낸 8년의 세월이 이를 검증해주었다. 백악관에서는 하루에도 무수히 많은 책무가―행동하고 응답하고 대표하고 논평하고 위문해야 할 책무가―우르르 밀려들었고 좀처럼 그치지 않았다. 퍼스트레이디로서 나는 거대한 영역에서 움직이는 데 익숙해졌다. 거대한 문제, 거대한 행사, 거대한 관중, 거대한 성과…… 거대하다는 말답게 매 순간이 분주하게 돌아갔다. 그 어질어질한 속도 때문에 버락과 나, 그리고 우리 곁에서 일하는 사람들은 부정적인 것에 연연할 새가 없었다. 우리는 아주 효율적으로 운영해야 했고 발목을 잡히는 일이 없어야 했다. 어떤 의미에서 이것은 시야를 밝히는 효과가 있었다. 우리가 크고 넓은 시야를 유지하면서 대체로 낙관적인 자세를 취할 수 있도록 도와주었다. 그런 면에서 바쁘게 사는 것은 일종의 도구인 셈이다. 분주함이라는 이름의 갑옷을 걸친 이상, 누군가 쏜 화살에 맞는다 해도 해를 입지 않을 것이다. 그럴 틈이 없기 때문이다.

그러나 팬데믹이 시작되고 처음 몇 달간은 이 모든 것이 불도 저에 밀린 듯했다. 나의 일상을 지탱하던 체계도 어그러지고 말았다. 언제나 든든한 의지가 되어준 나의 체크리스트와 계획, 전략은 순식간에 온갖 취소와 연기, 엄청난 불확실성으로 가득 찼다. 전화를 걸어 온 친구들은 주로 불안한 감정에 대해 털어놓고 싶어 했다. 앞으로의 모든 계획, 나아가 미래 자체에 별표가 붙은 것 같았다. 그리고 불현듯 떠올랐다. 어릴 때 아버지가 바닥에 넘어지며 취약함을 드러내던 순간들이. 모든 것이 얼마나 위태로운지 깨달았던 찰나의 순간들이.

그 오래된 감정이 다시 모습을 드러낸 것이다. 이제야 사는 게 뭔지 알겠다 싶었는데 또다시 방향을 잃고 통제력을 상실한 느낌이었다. 누군가가 표지판과 랜드마크를 없앤 도시에 와 있는 것 같았다. 우회전을 해야 하나, 좌회전을 해야 하나? 도심으로 가려면 어떻게 해야 하지? 방향감각이 사라지고 걸쳤던 갑옷마저 사라져버렸다.

돌이켜보면 이것이 거대한 폭풍이 하는 일이다. 폭풍은 우리가 만든 경계를 침범하고 수도 설비를 파열시킨다. 건물을 허물고 우리가 평소에 다니던 도로와 인도를 침수시킨다. 표지판을 뜯어내고 우리를 뒤바뀐 풍경 속에 데려다놓으며 우리의 모습 또한 바꿔버린다. 우리는 새로운 길을 찾아 앞으로 나아갈 수밖에 없다.

이제는 이러한 사실을 알게 되었지만 당시엔 폭풍우밖에 보이지 않았다.

고립된 채로 속만 태우다보니 나는 자꾸 내부로 침잠했고 뒷걸음질을 쳤다. 머릿속 선반에 밀어놓았던 해결되지 않은 의문과 의심이 다시 고개를 들었다. 한번 꺼낸 뒤에는 이전처럼 쉽게 처박아둘 수가 없었다. 넣어둘 자리가 없는 것 같았다. 마무리된 느낌이 없었다. 모든 것이 깔끔하게 정돈된 상태에서 느꼈던 개운함은 곧 어수선하고 불안한 감정으로 바뀌었다.

어떤 의문은 구체적이었다. '과연 법대에 진학한 게 잘한 일일까, 학자금 대출이 아깝지 않을 만큼?' '관계가 복잡해진 친구와 거리를 둔 것은 잘못이었을까?'

어떤 의문은 더 폭넓고 무거웠다. 우리 국민들이 버락 오바마를 도널드 트럼프로 교체하기로 선택했다는 사실을 되새기지 않을 수 없었다. '이걸 어떻게 받아들여야 하는 걸까?'

버락과 나는 언제나 희망과 노력의 원칙 아래 움직이려고 애썼다. 의식적으로 나쁜 면보다는 좋은 면을 보려고 했고, 대부분의 사람이 공통의 **목표**를 가지고 있다고 믿었으며, 조금 오래 걸리더라도 눈에 보이는 진보를 이루어낼 수 있다고 생각했다. 자못 진지하고 희망찬 구상이었을지 몰라도 우린 여기에 힘을 쏟았고 인생 전부를 걸었다. 그리고 덕분에 진지하고 희망찬 우리 흑인 가족이 백악관까지 갈 수 있었다. 그 길목에서 우리는 우리와 생각이 비슷한 국민을 수천만 명 만났다. 백악관에 있던 8년 동안 우리는 그 원칙을 큰 소리로 외치며 살고자 했다. 우리가 미국인의 삶에 그토록 깊이 뿌리박힌 차별적인 편견과 선입관에도 불구하고, 심지어 그것에 저항해서 여기까지 왔다는 것을 보여주고 싶었다. 백악관에 처음 살게 된 흑인으로서 우리의 존재가 사람들에게 무엇이 어디까지 가능한지 보여준다는 것을 잘 알았다. 그래서 희망과 노력에 많은 것을 걸고 힘을 쏟았으며 우리의 존재에 깃든 가능성을 충실히 실현하고자 했다.

2016년의 선거 결과는, 그 모든 시도에 대한 직접적인 반박이든 아니든 간에 고통스러웠다. 아직도 고통스럽다. 남편의 뒤를 이어 대통령이 된 사람은 어떤 미안함도 없이 공개적으로 특정 인종을 차별하는 욕설을 내뱉고 이기주의와 혐오를 공공연한 것으로 만들었다. 백인 우월주의자들을 배척하지 않았으며 인종주의를 규탄하는 사람들을 지지하지 않았다. 그의 말을 듣고 있으면 마음이 심하게 요동쳤다. 남과 다른 사람들이 위협이라도 되는 듯이 여기는 모습은 충격적이었다. 단순한 정치적 패배보다 더한 무엇, 더 추악한 일을 겪은 느낌이 들었다.

이 모든 것의 이면에는 꼬리를 물고 이어지며 기운을 빠지게 하는 여러 생각이 있었다. 충분하지 못했다, 우리 스스로 충분하

미셸 오바마 자기만의 빛

지 못했다. 하나같이 큰 문제들이었다. 구멍이 너무 거대한 나머지 막을 수 없었다…….

그 선거 결과를 두고 전문가와 역사학자는 저마다의 관점을 제시하며 논쟁을 이어갈 것이다. 누가 무엇을 잘못했으며 무엇을 잘했는지 따질 것이다. 후보들의 인격과 경제적 파급력, 분열된 언론, 악플러와 봇의 역할, 인종차별, 여성 혐오, 잘못된 정보의 유포, 정치에 대한 환멸, 불평등, 역사의 진자 운동에 관해 분석할 것이다. 우리가 그 자리까지 갈 수 있었던 크고 작은 이유들을 설명하려 들 것이다. 무슨 일이 일어났으며 왜 일어났는지 거시적인 논리로 접근하며 살펴볼 것이고, 추측건대 이 일로 사람들은 아주 오랫동안 분주할 것이다. 하지만 2020년 초, 집에 갇혀 있던 끔찍한 몇 달 동안 나는 눈앞의 현실을 어떤 논리로도 설명할 수 없었다. 내 눈에 보이는 것은 도덕성이 결여된 대통령과 그로 인해 나날이 증가하는 전국 사망자 수, 그럼에도 그럭저럭 무난한 대통령의 지지율이었다.

나는 하던 일을 멈추지는 않았다. '모두가 투표를 하면' 활동의 일환으로 온라인 유권자 등록 행사에서 연설하고 대의를 위한 일에 힘을 보탰으며 사람들의 아픔에 귀 기울였다. 그러나 개인적으로는 내 안에서 희망을 찾거나 의미 있는 변화를 만들어낼 수 있다는 자신감을 갖기가 힘들어졌다. 그해 8월 중반에 예정된 민주당 전당대회에서 연설을 해달라는 요청을 받았지만 쉽게 수락

할 수 없었다. 연설할 생각만 해도 이 나라가 이미 잃어버린 것들에 대한 좌절감과 슬픔에 휩싸였다. 멈춰 선 채 더 나아갈 수 없는 느낌이었다. 당장 뭐라고 말을 해야 할지 상상조차 되지 않았다. 무기력이 이불처럼 나를 덮은 것 같았고 내 마음은 음산한 곳으로 빨려 들어갔다. 그 전까지 우울감 같은 것은 겪어보지 못했지만, 이것은 분명 약한 우울감 같았다. 미래에 대해 낙관적이고 합리적으로 생각하기가 쉽지 않았다. 설상가상으로 냉소주의의 가장자리를 맴돌고 있는 나를 발견했다. 내가 할 수 있는 일이 없다는 결론을 내리고 싶은 충동이 일었다. 매일같이 마주하는 육중한 문제와 막대한 고민에 답이 없을지도 모른다는 생각에 굴복하고 싶었다. 내가 가장 힘겹게 씨름해야 했던 생각은 바로 이것이었다. '어떤 것도 고칠 수 없고 마무리 지을 수 없을 것 같아. 그렇다면 시도해볼 필요도 없지 않을까?'

＊　　　＊　　　＊

이토록 가라앉은 상태에서 나는 온라인으로 구입한 초보자용 뜨개바늘을 마침내 집어 들었다. 절망감, 그리고 충분하지 못하다는 생각과 씨름하면서 두꺼운 회색 털실을 풀었다. 처음으로 털실을 바늘에 걸어 작은 풀매듭을 짓고는 다시 한번 실을 걸었다.

뜨개질 책도 몇 권 샀지만 종이 위의 그림을 따라 손을 움직이

미셸 오바마 자기만의 빛

기가 쉽지 않았다. 다른 사람들을 따라 유튜브에 들어갔더니 뜨개질 강습 영상이 망망대해를 이루듯 넘쳐났고, 전 세계 열정적인 뜨개인들의 인내심 넘치는 가르침과 신통한 팁이 가득했다. 머릿속은 여전히 온갖 불안으로 꽉 차 있었지만 나는 홀로 집 안의 소파에 앉아 영상 속 사람들이 뜨개질하는 모습을 보았다. 그리고 따라 하기 시작했다. 내 손은 영상 속의 손을 따라 움직였다. 겉뜨기를 하고 안뜨기를 하고 또 안뜨기를 하고 겉뜨기를 했다. 시간이 지나자 흥미로운 일이 벌어지기 시작했다. 집중력이 생겼다. 머릿속에 작은 물결이 번지며 편안함이 찾아왔다.

수십 년 동안 바쁘게 살면서 나는 내 머리가 모든 일을 지휘한다고 생각했다. 손을 움직이는 일도 포함해서 말이다. 반대로 흘러가게 할 생각은 한 번도 해본 적이 없었다. 하지만 뜨개질을 하니 그렇게 됐다. 흐름을 반대로 바꾼 것이다. 줄기차게 돌아가는 두뇌를 뒷좌석에 앉혀 벨트를 채워놓고 두 손에 운전을 맡긴 셈이다. 그렇게 나는 불안을 우회하며 짧게나마 안도감을 느꼈다. 뜨개바늘을 집어 들 때마다 무언가 다시 정리되고 있음을 감지했다. 손가락이 일을 하면 생각은 뒤따라왔다.

나의 두려움보다 작은 것에 나를 맡긴다. 나의 우려와 분노보다 작은 것, 압도적인 좌절감보다 작은 것에 나를 맡긴다. 그 삭고 정교하며 반복적인 움직임 속에, 바늘이 달각이며 지어내는 평온한 리듬 속에 있는 어떤 것이 내 생각을 새로운 방향으로 움직이

뜨개질은 불안한 마음을 안정시키는 법을 깨닫게 해주었다.

게 했다. 그리고 폐허가 된 도시를 빠져나와 고요한 언덕 위로 오르는 길 위로 나를 데려다주었다. 좀 더 명확하게 볼 수 있는 곳, 지표로 삼을 랜드마크가 다시금 눈에 들어오는 곳으로 향하는 길이었다. 눈앞에 우리의 아름다운 나라가 펼쳐졌다. 이웃을 돕고, 필수 노동자의 희생을 인정하고, 아이들을 돌보는 사람들의 다정함과 품위가 자리했다. 거리에는 또 다른 흑인의 죽음을 더 이상 묵과하지 않겠다는 결의를 품고 행진하는 무리들이 있었다. 충분히 많은 사람이 투표를 한다면 새로운 지도부가 선출될 가능성도 보였다. 그리고 나의 희망도 다시 시야로 들어왔다.

그렇게 고요하게 관망하면서 나는 슬픔과 좌절감 너머에 있는 잃어버렸던 확신을 되찾을 수 있었다. 새로운 상황에 적응하고 변화를 만들고 고난을 견뎌낼 능력이 우리 안에 있다는 믿음을 되찾을 수 있었다. 내 생각은 아버지, 외할아버지 '사우스사이드', 외증조할머니 '매머', 그 선조들로 향했다. 그들이 깁고 고치고 짊어져야 했던 모든 것을 되새겼다. 그들의 신념이 어디서 나왔는지 떠올렸다. 그것은 자식들, 그리고 자식들의 자식들이 더 나은 삶을 살리라는 믿음에 바탕을 두고 있었다. 그들의 노고와 희생을 어찌 기리지 않을 수 있을까? 미국인의 삶 한가운데 놓인 불의를 쫓아 없애는 일을 어찌 믿줄 수 있을까?

전당대회 연설을 미루고 미루던 나는 마침내 하고 싶은 말이 떠올랐다. 생각을 글로 옮기고 몇 차례 수정했다. 2020년 8월 어느 날 작은 공간을 빌려 몇몇 사람만 지켜보는 가운데 연설을 녹화했다. 나는 카메라의 검은 렌즈를 바라보며 우리 국민에게 가장 하고 싶었던 말을 했다. 우리가 잃어버린 것과 아직 되찾을 수 있는 것에 대해 슬픔과 열정을 실어 이야기했다. 도널드 트럼프는 지금 이 나라와 세계가 마주한 도전 과제들을 해결할 수 없다고 최대한 분명하게 이야기했다. 타인에게 공감하는 것의 중요성, 혐오와 불관용에 저항해야 할 필요성에 대해 이야기했다. 그리고 모두에게 투표하기를 촉구했다. 어떤 의미에서 보면 단순한 메시지였다. 동시에, 내가 했던 가장 강렬한 연설처럼 느껴졌다.

청중 없이 중요한 연설을 한 것도 처음이었다. 무대도 없고 우렁찬 박수와 환호도 없으며 천장에서 떨어지는 색종이 조각도, 연설이 끝나고 난 뒤 포옹을 나눌 사람도 없었다. 2020년이 대체로 그랬듯, 모든 것이 조금은 어색하고 조금은 고독했다. 그럼에도 나는 그날 밤 잠자리에 들면서 내가 어둠 속에서 벗어나 의미 있는 순간을 만들었다는 것을 상기했다. 존재의 가장 중심부에서 나온 목소리가 얼마나 폭발적인 명확성을 지니는지 어느 때보다 확실하게 경험한 듯했다.

조금 이상한 말처럼 들릴지도 모르지만, 뜨개질을 통해 강제로 고요와 안정의 시간을 경험하지 못했다면 아마도 그 명확성에 도달하지 못했을 것이다. 큰 것을 생각하기 전에 먼저 작은 것부터 시작해야 했다. 눈앞에 벌어지는 모든 것의 거대한 규모에 동요했던 나는 무엇이 선하고 단순하고 성취 가능한 일인지 나의 두 손으로 다시 배워야 했다. 알고 보니 그런 일은 아주 많았다.

이제는 어머니와 전화 통화를 하거나 사무실 직원들과 줌 미팅을 할 때, 여름 오후에 친구들과 뒤뜰 테라스에 앉아 있을 때에도 뜨개질을 한다. 뜨개질을 하면 저녁 뉴스를 보는 게 조금은 덜 괴로웠다. 혼자 있는 시간도 그다지 외롭지 않았고, 미래에 대해 좀 더 합리적으로 생각할 수 있게 되었다.

물론 뜨개질이 해결책이라고 말할 수는 없다. 뜨개질은 인종차별을 종식하거나 바이러스를 파괴하거나 우울증을 치료해주지 않는다. 정의로운 세상을 만들거나 기후변화를 늦추지도 못한다. 망가진 그 무엇도 치유할 수 없다. 그러기에는 너무 작다.

너무 작고 사소해서 중요해 보이지도 않는다.

바로 여기에 내가 말하고 싶은 핵심이 있다.

큰 문제 옆에 작은 문제를 두면 다루기가 좀 더 쉬워진다는 사실을 나는 깨달았다. 모든 것이 크게 다가와 두렵고 막막할 때, 과도한 감정과 생각에 빠지거나 너무 많은 것을 알게 되어 버거울 때, 일부러 작은 것부터 찾아가는 법을 배웠다. 나의 머리가 거대한 재앙과 파멸만 걱정하고 있을 때, 스스로 충분하지 못하다는 생각에 마비되고 동요될 때, 나는 뜨개바늘을 집어 들고 두 손에 모든 걸 맡긴다. 나지막이 달각이는 소리와 함께 그 혹독한 순간에서 빠져나오기를 바라면서.

새로운 작품을 뜨기 시작할 때에는 코잡기를 한다. 작품이 마무리되면 코막음을 한다. 둘 다 놀라울 만큼 만족스러운 행위라고 할 만한데, 다루기 쉽고 유한한 어떤 것을 양쪽에서 받침대처럼 받쳐주는 느낌을 준다. 영원히 혼란스럽고 불완전하게 느낄 이 세상에서 무언가를 완성하는 기분을 선사한다.

어떤 상황이 눈앞의 모든 것을 집어삼켜버리는 것 같은 순간이 있다. 그럴 때는 작은 것부터 찾아가는 식으로 방향을 바꿔보자. 생각의 배열을 바꾸게 해주는 무언가를 찾아보거나, 캥거루의 주머니처럼 마음이 편안해지는 곳에서 한동안 지내는 것도 좋다. TV 앞에 멍하니 앉아 있거나 휴대폰 화면을 기계적으로 넘기라는 말이 아니다. 정신을 집중하면서도 몸을 쓰는 능동적인 일을 찾아보자. 하나의 과정에 몰입해보자. 그리고 폭풍우에 잠시 몸을 피한다고 해서 자책하지는 말자.

나처럼 스스로에게 엄격한 사람이 있을 것이다. 모든 문제를 당장 해결해야 한다는 생각에 조급해하는 사람도 있을 것이다.

미셸 오바마 자기만의 빛

대단한 일을 해내는 인생을 살고 싶고, 단 1초도 허비하지 않으면서 대담한 계획에 따라 추진력 있게 나아가고 싶은 사람이 있을 것이다. 하지만 가끔은 작은 성취에서 오는 쾌감을 스스로에게 선사해보자. 어려운 문제와 기운 빠지는 생각들에서 한 걸음 떨어져 머리를 쉬게 할 필요가 있다. 어차피 어려운 문제와 기운 빠지는 생각들은 대개 마무리되지도, 바로잡히지도 않은 채로 자리를 지키고 있을 것이다. 구멍은 언제나 클 것이며, 해법은 언제나 느리게 올 것이다.

그러니 우선은 작은 승리를 쟁취하자. 사소하게나마 생산성을 높이는 것도, 큰 목표와 그보다 더 큰 꿈에 인접해 있는 작은 시도들에 투자하는 것도 괜찮다는 사실을 깨달을 필요가 있다. 능동적으로 완성해낼 수 있고 몰입할 수 있는 일을 한 가지 찾아보자. 내게만 유익하고 다른 누군가에게는 직접적인 이득이 되지 않는 일이라도 상관없다. 오후 내내 방을 꾸민다든가 빵을 굽거나 네일 아트를 하거나 장신구를 만들어볼 수도 있다. 엄마의 닭튀김 요리를 똑같이 재현하는 데 두 시간을 할애할 수도 있고, 노트르담 성당 모형을 만드느라 열 시간을 보내도 좋다. 나에게 몰입이라는 선물을 건네보자.

＊　　　　　　＊　　　　　　＊

백악관을 나온 직후, 나는 '걸스 어퍼튜니티 얼라이언스(Girls Opportunity Alliance)'라는 비영리단체의 설립에 참여했다. 전 세계 여성 청소년의 교육 수준을 향상시키려 힘쓰는, 여성 청소년과 풀뿌리 지도자들을 지원하기 위한 단체였다. 프로젝트의 일환으로 2021년 말에 나는 여성 청소년들과 직접 만날 기회가 있었다. 모두 시카고 남부와 서부에서 고등학교를 다니는 학생들이었는데, 가장 어린 학생들의 나이가 열네 살이었다. 어느 목요일의 방과 후에 열 명 남짓한 학생과 함께 원을 그리고 앉아 이야기를 나누었다. 아이들에게서 내 모습이 보였다. 나도 그들과 같은 동네, 같은 공립학교 학군에서 자랐고 동일한 문제를 겪었다. 나는 아이들 또한 나에게서 자신의 모습을 보길 바랐다.

전 세계 학생들과 마찬가지로, 이 아이들도 팬데믹으로 인해 1년 넘게 대면 수업을 하지 못했고 여전히 불안정한 상태였다. 한 학생은 친척이 코로나로 사망했다고 말했고, 한 학생은 또래들 사이에 퍼져 있는 무언가 망가진 느낌에 대해 털어놓았다. 총기 사건으로 남매를 잃은 일을 이야기한 학생도 있었는데, 울음을 참느라 입 밖으로 말을 꺼내는 데 애를 먹었다. 수많은 아이가 스트레스에 시달리며 잃어버린 시간, 잃어버린 추진력을 채우려고 애쓰는 중이었다. 몇 달 동안 모든 것이 멈췄고 슬픔이 이어지고 있었다. 이러한 상황은 학생들뿐 아니라 그 가족들, 지역공동체에게서 많은 것을 빼앗아갔다. 상실감이 피부로 느껴졌다. 눈앞에 마주한 난관은 버겁기만 했다.

한 학생은 이렇게 말했다.

"2학년 2학기도 모자라 3학년을 통째로 빼앗겼어요. 너무 화가 나요."

다른 학생들도 덧붙였다.

"정말이지, 고립된 기분이었어요."

"순식간에 소진되어버린 것 같아요."

가장 처음 이야기를 들려준 학생이 다시 입을 열었다. 이름은 디오나였다. 머리를 여러 갈래로 두껍게 땋아 내린, 볼이 통통한 소녀였다. 요리를 좋아하고 수다 떠는 것도 좋아한다고 모두에게 밝은 얼굴로 자기를 소개했다. 팬데믹으로 인한 제약 때문에 가장 힘든 점은 살고 있는 동네를 제외한 다른 세상을 접할 기회가 차단된 것이라고 디오나는 말했다.

"우리는 밖으로 나가 여러 가지를 보고 경험할 기회가 많지 않아요. 총기 난사와 마약, 도박, 갱단 같은 것들을 보면서 뭘 배울 수 있겠어요?"

디오나는 할머니를 돌보며 아르바이트도 하고 문제아들은 멀리한다고 덧붙였다. 대학에서 요리를 전공하고 싶어서 일단은 고등학교를 졸업하는 데 집중하고 있다고 했다. 정말 피곤하다고 디오나는 말했다.

"모든 게 한꺼번에 짓누르는 기분이거든요."

그러면서도 어깨를 으쓱하며 다시 밝은 모습을 되찾았다.

"하지만 할 수 있다는 걸 아니까 그렇게 힘들지는 않아요……."

디오나는 고개를 끄덕이는 다른 아이들을 바라보더니 시인하듯 털어놓았다.

"그런데 힘들어요."

그러자 다들 미소를 지으며 고개를 더욱 힘차게 끄덕였다.

나는 디오나가 무엇을 말하려고 했는지, 무엇이 모두의 고개를 끄덕이게 했는지 누구보다 잘 알았다. 그건 나의 상황이 진정 혹독한지, 그렇지 않은지 갈팡질팡하는 내면의 목소리였다. 힘겨운 동시에 힘겹지 않을 수 있고, 주어진 과제가 거대해 보이다가 해볼 만하다는 생각이 들 수 있다. 두 시간쯤 지나면 다시 버겁게 느껴질지도 모른다. 상황뿐 아니라 기분, 태도, 마음가짐도 이 모든 것을 한순간에 바뀌게 한다. 때로 우리는 아주 작은 요인에서—날씨가 맑은지, 머리 스타일이 얼마나 마음에 드는지, 잠을 잘 잤는지, 뭘 먹었는지, 누군가가 내게 상냥하게 대했는지 그러지 않았는지에서—힘을 얻거나 좌절한다. 수 세대에 걸친 제도적 억압이 빚어낸 사회적 환경 또한 많은 사람을 좌절하게 한다. 우리는 그 사실을 입 밖에 내기도 하고 내지 않기도 하지만, 그렇다고 억압이 존재하지 않는 것은 아니다.

미셸 오바마 자기만의 빛

고통을 털어놓거나 잃어버린 것에 대해 이야기할 때, 우리는 종종 그것이 자기 연민처럼 비춰질까 봐 말조심을 한다. 특히, 역사가 가로놓은 난관을 뛰어넘어 새로운 지위에 오르려는 젊은 흑인 여성에게 자기 연민은 어울리지 않는 것, 귀중한 시간을 낭비하는 것처럼 여겨지곤 한다. 우리는 불만을 말할 때 죄책감을 느낀다. 우리보다 훨씬 더 어려운 사람이 많기 때문이다. 그래서 어떻게 하느냐고? 세상을 향해 우리의 강점만을 내보이고 나머지는, 그러니까 민감한 문제와 고민은 안 보이는 곳에 쑤셔 넣는다. 하지만 그 내면을 들여다보면 할 수 있다는 생각과 도저히 감당할 수 없다는 생각 사이에서 왔다 갔다 부딪치며 시소를 타고 있다.

디오나가 했던 말 그대로, 힘들지는 않지만 힘든 것이다.

그날 시카고에서 만난 또 다른 학생들은 더 큰 문제를 걱정하고 있었다. 가족과 이웃, 산산조각 부서진 나라, 병든 지구, 망가진 채 방치된 모든 것을 위해 할 수 있는 일이 없어서 죄책감이 든다고 했다. 그들은 큼직한 문제들을 의식하면서 무력해했고, 무력감을 느낀다는 사실에 수치스러워했다. 이토록 성숙하고 따뜻하고 세상사에 관심 많은 열다섯, 열여섯 아이들이 있다는 건 물론 다행한 일이다. 하지만 매일 그렇게 무겁고 거대한 짐을 진 채 등교하고 하교한다고 생각해보자. 이렇게 감당할 수 있을까?

나는 늘 여러 사람에게서 절박함 어린 이메일과 편지를 받곤 한다. 저마다 커다란 포부와 커다란 감정을 편지에 담아 보낸다.

놀라울 정도로 많은 사람이 다음 중 하나, 혹은 둘 다를 선언한다.

나는 변화를 만들어내고 싶다.
나는 세상을 바꾸고 싶다.

활기와 선한 의도로 흘러넘치는 이런 편지는 주로 청년들이 보내온다. 하나같이 바로잡고 싶은 모든 문제, 성취하고 싶은 모든 것을 둘러싼 고뇌와 갈등을 토로한다. 그리고 젊음과 열정을 보여주듯, 모든 변화가 빠르게 일어나야 한다는 생각으로 가득하다. 2020년 조지 플로이드가 살해되고 나서 일주일쯤 지났을 때 이만이라는 젊은 여성이 내게 편지를 보냈다.

"시스템 전체를 당장 통째로 바꾸고 싶어요. 죄다 뜯어고치고 싶은 마음이 굴뚝같아요."

이만은 자기가 아직 열다섯 살밖에 되지 않았다고 덧붙였다.

플로리다에 사는 10대 소녀 티파니는 편지에서 자신의 꿈을 이렇게 설명했다.

"음악과 춤, 연기로 세계를 정복하고 싶어요. 비욘세처럼 말이에요. 하지만 비욘세보다 더 큰 사람이 되고 싶어요."

티파니는 숙명처럼 주어진 자신의 목적을 이뤄야 한다는 생각이 컸고, 부모와 조부모, 그보다 앞선 세대까지도 자랑스럽게 여기는 사람이 되고 싶어 했다.

미셸 오바마 자기만의 빛

"전부 해내고 싶어요."

티파니는 이렇게 선언하고 나서 덧붙였다.

"하지만 때때로 정신 건강이 저를 방해해요. 심적으로 힘들어지거든요."

티파니를 포함해 모두에게 하고 싶은 말이 있다. 나이와 무관하게 세상의 모든 거대하고 격심하고 시급한 일 사이에서 자신의 삶의 목적을 찾으려는 사람에게 하는 말이다. 그럴 수밖에 없다. 변화를 만들어내고 싶을 때, 세상을 바꾸고 싶을 때, 정신 건강이 때때로 우리를 방해할 것이다.

마땅히 그래야 하기 때문이다. 건강은 균형감에, 균형감은 건강에 기반을 두고 있다. 우리가 마음의 건강 상태를 세심하게, 때로는 경각심을 갖고 돌봐야 하는 이유다.

우리의 마음은 지속적으로, 그리고 불완전하게 레버를 밀고 당기면서 우리가 안정을 찾도록 해준다. 우리가 열정과 야망, 커다란 포부를 갖고 무엇을 할지, 상처와 한계, 두려움에 어떻게 대처할지 고민할 때, 마음은 브레이크를 살짝 밟아 일정한 속도감을 유지시킨다. 문제를 감지하면 신호를 보내기도 한다. 우리가 너무 빠르게 변화를 도모하거나 지속 불가능한 방식으로 일하거나 사고 장애 또는 유해한 행동 패턴에 빠졌을 때 일종의 구소 신호를 보내는 것이다. 그러니 감정에 주의를 기울이자. 몸과 마음이 보내는 신호를 감지하자. 나 자신, 그리고 주변 사람이 어려움을 겪고 있다면 주저 말고 도움을 청하자. 우리를 도와줄 수 있는 자원과 도구가 결코 적지 않다. 이미 많은 사람이 정신 건강을 위해 전문가의 도움을 받고 있다. 심리상담사와 이야기하기도 하고 상담 전화를 이용하기도 하고 병원을 찾기도 한다. 혼자가 아니라는 사실을 부디 기억하기 바란다.

속도를 조절하거나 조금은 쉬어도 괜찮다. 힘들다고 소리 내어 말해도 괜찮다. 내 건강을 우선순위에 두어도 괜찮다. 휴식과 재정비의 시간을 정기적으로 가져도 괜찮다. 정말로 세상에 변화를 불러오고 싶다면, '모 아니면 도' 방식을 내려놓고 커다란 목표를 작은 부분들로 나눠보는 게 유용할 수 있다. 그렇게 하면 과도한 부담감에 짓눌리거나 녹초가 되거나 허무함에 빠질 가능성도 낮아진다.

이것은 결코 패배가 아니다. 오히려 패배는, 완벽을 추구하다가 적당히 잘할 수 있는 일까지 그르치는 것, 너무 큰일을 해내려고 용쓰다가 시작도 못하고 멈추는 것이다. 또 문제를 지나치게 심각하게 여긴 나머지 작은 걸음조차 떼지 못하고, 통제할 수 있는 것조차 통제하지 못하고 지레 포기하는 것이다. 에너지를 낭비하지 않고 가능성을 넓히기 위해서라도 할 수 있는 일부터 해보자. 고등학교 졸업에 열중하거나 돈을 엄격하게 관리하면서 미래의 선택지를 열어두는 일일 수도 있다. 지속 가능한 인간관계를 구축해 장기적인 지지 기반을 마련하는 일일 수도 있다. 거대

미셸 오바마 자기만의 빛

한 문제를 해결하거나 위대한 과업을 완수하려면 오랜 시간이 걸린다는 사실을 기억했으면 좋겠다. 앞서 티파니는 세계를 제패할, 비욘세보다 큰 사람이 되기 위해 에너지와 불꽃을 끌어 올리고 싶지만 뜻대로 되지 않을 때가 있다고 말하려던 것 같다. 이만도 시스템 전체를 통째로 바꾸고 싶다는 뜨거운 열망을 장시간 지속하기는 쉽지 않을 것이다.

작은 것을 큰 것 옆에 두어야 한다는 점을 잊지 말자. 둘은 서로 좋은 동반자가 되어준다. 작은 노력은 우리의 행복을 지켜주고 큰 것에 먹히지 않도록 해준다. 무엇보다 기분이 편안해져야 무력감도 줄어든다. 연구에 따르면, 삶에서 행복을 느끼는 사람이 덜 행복한 사람에 비해 사회적 문제를 해결하려고 노력할 확률이 더 높다.[1] 이 연구 결과는 강력한 신념을 지키는 것만큼이나 스스로의 건강을 돌보기 위해 힘쓸 필요가 있다는 나의 주장을 뒷받침해준다. 작은 승리를 중요하고 의미 있게 기념할 때 변화의 점진적인 특성을 비로소 이해하게 된다. 한 사람의 표가 어떻게 민주주의를 바꿀 수 있는지, 한 아이를 건강하고 사랑받는 사람으로 키워내는 일이 어떻게 나라를 바꿀 수 있는지, 한 소녀에게 교육받을 기회를 제공하는 일이 어떻게 마을 전체를 바꿀 수 있는지 이해하게 된다.

백악관에 살던 시절, 봄이 되면 우리는 남쪽 잔디 광장의 정원에 옥수수와 콩, 호박을 한곳에 심은 '세 자매(three sisters)' 텃밭을 일구었다. 수백 년 동안 전해 내려온 아메리카 원주민의 전통 농법인데, 한 종류의 작물이 다른 작물의 성장에 매우 중요한 역할을 한다는 발상에 기초하고 있다. 이를테면 높은 키로 자라는 옥수수는 콩이 타고 오를 수 있는 자연적인 지지대가 되어주고, 콩은 토양의 질소 함량을 높여 주변 작물들이 쑥쑥 자라도록 한다. 땅에 붙어 자라는 호박의 커다란 잎은 잡초를 막아주고 흙을 촉촉하게 유지한다. 작물은 각기 다른 속도로 자라고, 열매도 각기 다른 시기에 수확한다. 이렇게 섞어서 기르면 작물들끼리 서로 보호하며 이익을 주고받는 시스템이 마련된다. 큰 것과 작은 것이 협동을 이어가듯 말이다. '세 자매' 텃밭은 옥수수와 콩과 호박이 전부 합쳐져야 풍성한 수확이 가능하다. 이렇듯 균형은 적절한 조합에서 온다.

나는 이러한 관점으로 나의 인생, 나아가 인류 공동체에 대해 생각하기 시작했다. 우리는 서로를 보호하고 서로에게 이익을 주기 위해 여기에 있다. 우리의 균형은 그 이상적인 관계와 풍부한 조합에 달려 있다. 뭔가 맞아떨어지지 않는다는 느낌, 지지받지 못한다는 느낌, 지나치게 버거운 느낌이 들 때마다 나는 이렇게 되새기고 곱씹어본다.

나의 텃밭에는 무엇이 심겨 있고 무엇을 더 심어야 할까?

무엇이 토양에 영양분을 공급하고 잡초를 막아주고 있을까?

나는 작은 작물과 큰 작물을 골고루 키우고 있을까?

이것은 내게 아주 귀중한 습관, 내가 기댈 수 있는 또 다른 도구로 자리 잡았다. 이를 통해 균형을 인지하고 소중히 여기는 법을 배웠다. 가장 안정감을 느끼고 고도로 집중하고 명확한 분별력을 확보했을 때 그 순간을 즐기고 기억한다. 무엇이 나를 그 상태로 이끌었는지 분석하고 생각한다. 그렇게 나 자신을 읽을 줄 알면, 균형이 흐트러지는 순간을 더 잘 알아채고 필요한 도움을 찾아 나설 수 있다. 내면에서 보내는 적신호가 무엇인지 깨닫게 되고, 감당할 수 없는 수준이 되기 전에 조치를 취할 수 있다. 스스로에게 되물으면서 말이다. '사랑하는 사람에게 너무 쏘아붙였나?' '내가 지금 통제할 수 없는 일을 걱정하고 있나?' '두려움이 발동하기 시작한 걸까?'

일단 불균형을 인지하면 가장 먼저 연장통에서 그것을 바로잡을 만한 도구들을 하나하나 꺼내본다. 나를 다시 정상 궤도에 올려놓기 위해 다양한 접근 방법을 시도해보는 것이다. 사소한 방법도 많은데 바깥 산책하기, 땀 흘리며 운동하기, 푹 자기 등이 있다. 자리를 털고 일어나 침대를 정리하거나, 샤워한 뒤 멀쩡한 옷으로 갈아입는 것 같은 아주 간단한 방법도 있다. 친구와 긴 대화를 나누거나, 홀로 시간을 보내며 생각을 글로 정리하는 것도 하나의 방법이 된다. 어떤 경우에는 미뤄왔던 프로젝트나 사람들과의 교류 같은 것을 그만 회피해야겠다고 마음먹기도 한다. 남을 도우면서 내가 도움을 받기도 하는데, 상대의 하루를 편안하고 밝아지게 만드는 데는 아주 작은 일 하나만으로 충분하다. 시원한 웃음으로 기분이 정리될 때도 있다.

시카고에서 소녀들과 둘러앉았던 날, 나는 학생들이 팬데믹이 불러온 상실과 스트레스, 정지된 일상을 극복하기 위해 무엇을 했었는지 물었다. 어떤 작은 것들이 위안을 주었는지 알고 싶었다. 한편으로는 아이들 스스로 불균형에 이름 붙이고 안정감을 되찾는 데 필요한 도구가 무엇인지 인지할 수 있도록 돕고 싶었다. 그러자 분위기가 가벼워졌다. 커다란 고민거리, 서로가 꺼내놓은 온갖 불안에 대한 이야기에서 멀어졌다. 아이들은 쉽게 답을 내놓았고 다들 더 많이 웃기 시작했다. 어떤 아이는 춤과 음악으로 버텼다고 했고, 다른 아이는 스포츠 덕분이었다고 했다. 이름이 로건인 소녀는 "그냥 그러고 싶어서" 뮤지컬 〈해밀턴〉에 수록된 모든 곡과 가사를 죄다 외웠다고 자랑스럽게 밝혔다.

이러한 작은 재배치는 우리가 더 큰 매듭을 풀 수 있게 돕는다. "그냥 그러고 싶어서" 하는 일들이 우리의 토양에 영양분을 제공한다. 그리고 작은 승리가 누적된다. 하나의 작은 동력이 종종 다른 동력을 낳고, 균형을 잡으려는 작은 노력이 더 큰 균형을 만들어낸다. 새로운 일 하나를 시도하는 것만으로, 사소한 과제를 완수해내는 것만으로 우리는 더 큰 행동과 영향력을 향해 점진적으로 나아갈 수 있다.

열네 살 소녀 애디슨의 이야기는 그 사실을 잘 보여준다. 힘겨

미셸 오바마 자기만의 빛

왔던 팬데믹 초기에 애디슨은 사랑하는 사람들과 만나고 싶어서 영상을 만들기 시작했다고 한다. 그러다가 사업을 기획해 자기 소유의 영상 제작사까지 차리게 됐다. 조지 플로이드의 사망으로 충격과 슬픔에 짓눌렸던 매디슨은 지역의 소외 계층에게 식료품을 나눠주고 동네를 청소하는 봉사 활동을 시작하면서 감사와 안정감을 되찾았다. 한편 코트니는 몇 달간 집에서 뭉개고 있다가 문득 '방 안을 벗어나 뭐라도 해야겠다'는 생각이 들었다고 한다. 그렇게 비대면으로 학생회에 출마하는 모험에 뛰어들었지만 결국 선출되지는 않았다.

"그래도 출마한 게 어디야!"

코트니가 다른 아이들을 향해 당당하게 말했다. 시도한 것만으로 의기양양해했다. 코트니는 선거에는 실패했지만 이제껏 경험하지 못한 새로운 자신감을 얻었고, 그것을 동기 삼아 지역 단위의 청소년 봉사 활동 단체를 설립했다.

이것이 작고 사소한 시도의 힘이다. 큰 성과로 향하는 중요한 중간 다리가 되어주고, 바로 눈앞에 놓인 무언가에 몰두하면서 위안도 얻을 수 있다. 일단 한번 시작하면 좀 더 쉽게 목표점에 다다를 수도 있다.

이것이 우리가 '도저히 감당할 수 없어'에서 '할 수 있어'로 나아가는 방법이다. 이것이 우리가 계속 성장하는 방법이다.

새로운 일에 착수할 때에는 내가 어디로 향하고 있는지 잘 보이지 않을 수 있다. 그러나 결과를 정확히 알 길이 없더라도 평정심을 잃지 말자. 뜨개질을 할 때는 도안을 보면서 코를 떠야 한다. 뜨개 도안은 기호와 숫자로 이뤄져서 뜨개질을 잘 모르는 사람에게는 해독할 수 없는 암호처럼 보이기도 한다. 도안에는 어떤 뜨개 기법을 어느 순서로 따라야 하는지 나와 있지만 직물의 형태가 갖춰지고 패턴이 드러나려면 시간이 걸린다. 그때까지는 그냥 손을 움직이며 도안이 가리키는 대로 단계를 밟아가야 한다. 그런 의미에서 뜨개질에는 일종의 믿음이 필요하다.

　그러고 보면 이 행위는 결코 사소하지 않다. 우리는 아주 사소한 방법을 통해 믿음을 다지곤 한다. 그리고 믿음을 다질 때 무엇이 가능한지 되새긴다. 믿음을 다진다는 것은 "할 수 있다"라고 말하는 것이다. "애쓰며 노력하고 있다"라고 말하는 것이다. 포기하지 않는 것이다.

　삶의 모든 부분이 그렇지만 뜨개질에서 더 큰 해답을 얻을 수 있는 유일한 방법은 한 코 한 코 떠나가는 것이다. 뜨고, 뜨고, 또 뜨면 한 단이 된다. 첫째 단 위에 둘째 단을 얹고 둘째 단 위에 셋째 단을 얹고 셋째 단 위에 넷째 단을 얹는다. 노력과 인내심을 기울이다 보면 마침내 형태가 언뜻 보이기 시작한다. 그토록 바라던 어떠한 해답이, 새로운 배열이 손안에서 완성되기 시작한다.

나에게 그것은 출산을 앞둔 친구에게 선물할 앙증맞은 녹색 모자였다. 그리고 하와이에서 태어나 겨울 추위에 약한 남편에게 줄 포근한 크루넥 스웨터였다. 열아홉 살 딸을 위해 알파카 털실로 뜬, 털실을 꼬아 만든 끈이 달린 민소매 니트였다. 딸의 곱디고운 갈색 피부에 꼭 어울렸다. 그 옷을 입은 딸은 미소 띤 얼굴로 자동차 열쇠를 집어 들고 내 곁을 쌩 지나 문밖으로, 이 혼란스럽고 무엇도 완전하지 않은 세상으로 나간다.

그 찰나의 순간, 내가 만든 것이 딱 충분하다는 사실을 깨닫게 된다. 그 자체만으로 의미 있다는 사실을 깨닫게 된다.

이 또한 진전일 것이다.

적어도 그렇다고 생각하고 싶다.

그러니까 지금 코잡기부터 시작해보자.

2장
두려움 해독하기

어렸을 때 오빠 크레이그는 공포물을 좋아했다. 무서운 것들에 조금도 동요하지 않는 것 같았다. 유클리드가에 있던 우리 집에서 나와 같은 방을 쓸 때도 오빠는 침대에 누워 유령 이야기를 전문으로 하는 AM 라디오 프로그램을 자장가처럼 들었다. 방에는 오빠의 공간과 내 공간을 나누는 얇은 칸막이가 있었지만, 묘지와 좀비, 어두운 다락과 죽은 선장들의 이야기를 들려주는 진행자의 중저음 목소리를 막지는 못했다. 이야기 곳곳에는 소름 끼치는 효과음이 삽입되었다. 문이 끼익 닫히는 소리라든가, 낄낄대는 웃음소리, 공포에 질린 비명 같은 것들이었다.

"라디오 좀 꺼! 정말 못 참겠어."

나는 내 침대에서 소리치곤 했다. 그래도 오빠는 라디오를 끄지 않았다. 대개는 이미 잠들어버린 뒤였다.

오빠는 〈크리처 피처〉의 열혈 시청자이기도 했다. 〈크리처 피처〉는 괴물이 나오는 컬트영화를 매주 토요일에 재방송해주는 TV 프로그램이다. 가끔은 오빠와 함께 이 방송을 보는 어리석은 실수를 저질렀다. 우리는 담요를 뒤집어쓰고 앉아 〈울프맨〉, 〈드라큘라〉, 〈프랑켄슈타인의 신부〉 같은 고전을 보곤 했다. 정확하게 말하자면 나는 이 영화를 흡수했고 오빠는 전혀 그런 기색이 없었다. 나는 뼛속 깊이 영화를 느꼈다. 관 뚜껑이 끼익 열리며 시체가 달려드는 장면을 볼 때는 심장이 튀어나올 것처럼 두근거렸고 미라가 살아 움직일 때면 경악하며 눈물을 흘렸다.

반면에 오빠는 영화를 보는 내내 실실 웃었다. 기분 좋은 쾌감을 넘어 잠이 쏟아지는 기이한 안정감도 느꼈다. 영화가 끝나고 엔딩 크레딧이 올라올 때면 오빠는 이미 곯아떨어져 있었다.

오빠와 나는 나란히 앉아 같은 영화를 봤지만 완전히 다른 경험을 하고 있었다. 그건, 눈에 보이는 것을 어떤 여과 장치를 통해 받아들이느냐 하는 문제와 관련이 있었다. 내겐 아무런 여과 장치가 없었다. 괴물을 보고 두려움만 느낄 뿐이었다. 몇 살 더 먹은 덕분인지, 오빠는 더 폭넓은 시야로 더 많은 맥락을 이해하면서 영화를 봤다. 그래서 괴물을 즐겼고 단 한 번도 공포에 사로잡히지 않으면서 짜릿함을 만끽했던 것이다. 오빠는 눈앞에 놓인 것을 해독할 수 있었다. 괴물은 분장한 배우였고 TV 속에 있었다.

옆자리의 동생은 공포에 빠져 있을지언정 자신은 안전한 소파 위에 있었다.

오빠에게는 아무것도 아니었다. 내게는 꽤 끔찍했던 것들이 말이다.

그럼에도 나는 계속 그 자리로 되돌아갔다. 몇 주에 한 번은 오빠 옆에 털썩 자리를 잡고 앉아 또다시 〈크리처 피처〉를 봤다. 어디든 오빠를 졸졸 따라다니던 동생이라 그랬을지도 모르지만, 한편으로는 좀비와 괴물을 보고도 조금 더 편안하게 두려워할 수 있는 사람이 되고 싶었다.

✦   ✦   ✦

세월이 흘러도 나는 오빠처럼 무서운 영화를 즐기진 못했다. 지금도 그런 짜릿함을 즐기는 데에는 아무 관심이 없다. 하지만 두려움과 불안에 정면으로 맞서는 일, 내가 무서워하는 상황에서 똑바로 서기 위한 노력이 얼마나 중요한지는 깨달았다.

운 좋게도 나는 비교적 안전하고 안정적인 환경에서, 믿을 수 있는 사람들 사이에서 성장했다. 그래서 안전하고 안정적인 것이 어떤 느낌인지 알고, 그걸 가늠하는 기준을 체득할 수 있었다. 아마도 모두가 이런 행운을 누리진 않을 것이다. 특히 다른 사람들이 겪은 두려움 중에는 내가 보지 못한 것도, 내가 알지 못하는 것도 아주 많다. 이를테면 나는 학대를 받아본 적이 없다. 전쟁을 가까이에서 경험한 적도 없다. 종종 신변의 위협을 느끼기는 했지만 다행히 해를 입은 적은 없다. 그럼에도 나는 미국에 사는 흑인이다. 나는 가부장적인 세상에 사는 여성이다. 나는 공인이다. 그래서 비판과 평가에 늘 노출되어 있고 어떤 경우엔 분노와 혐오의 대상이 된다. 가끔은 불안한 마음과 씨름하기도 한다. 위험에 빠진 기분이 들 때도 있다. 조금도 반갑지 않은 기분이다. 그리고 다른 사람들과 마찬가지로, 대중 앞에 설 때나 내 의견을 표현할 때, 혹은 새로운 일을 시작할 때 스스로 용기를 북돋아야 할 때도 있다.

내가 여기서 말하는 두려움은 대체로 추상적인 두려움이다. 창피를 당할까 봐, 혹은 거부를 당할까 봐 무서워하고, 일이 틀어질까 봐, 누군가 다칠까 봐 우려하는 것 말이다. 내가 깨닫게 된 또 다른 사실은, 이러한 위험이 인간으로 살면서 겪는 모든 경험에 스며들어 있다는 점이다. 어떤 사람이든, 어떻게 생겼든, 어디에 살든 피할 수 없다. 저마다 다른 방식으로 위험과 마주하고 저마다 다른 위험을 감수하겠지만 여기에서 면제된 사람은 없다. 『옥스포드 영어 사전』은 '위험(jeopardy)'을 손실, 위해, 실패가 생길 우려가 있는 상태로 정의한다. 이런 우려를 조금도 느끼지 않고 살아가는 사람이 있을까? 손실이나 위해, 실패를 걱정하지 않는 사람이 있을까? 우리는 모두 끊임없이 두려움을 소화하

미셸 오바마 자기만의 빛

면서, 실제로 위급한 상황과 날조된 상황을 구분하고자 시도하며 살아간다. 두려움을 영업 수단처럼 써먹는 미디어 환경에서 이는 더욱 힘겨울 수 있다. 2022년 1월, 폭스뉴스는 범죄율 상승에 대해 보도하면서 화면 하단에 다음과 같은 자막을 내보냈다. "지구 종말의 순간이 온 듯한 참혹한 광경에 점령된 미국의 도시들. 실시간으로 붕괴 중인 문명사회."[2] 한마디로 미국을 한 편의 괴물 영화로 전락시켜버린 것이나 다름없다. 이 뉴스가 사실이라면 그 어떤 대응과 조치도 불가능해지고 만다. 집 밖으로 나가거나 2023년까지 살아남기를 바라는 것이 엄청난 일이 되어버린다.

하지만 우리는 잘 살고 있고 잘 살 것이다.

힘겨운 시절인 것은 분명하다. 제대로 된 뉴스 보도를 통해 깊은 경각심을 얻는 경우도 많다. 하지만 두려움이 세상을 마비시키고 우리의 희망과 의지를 앗아갈 때, 우리는 진정한 재앙에 빠지게 될 것이다. 그래서 나는 우리가 자신의 걱정을 세심하게 평가하고 두려움을 소화하는 법을 배워야 한다고 믿는다. 두려운 순간에 내리는 결정은 인생의 굵직한 성패들을 좌우할 수 있다.

목표는 두려움을 버리는 것이 아니다. 나는 살면서 용감한 사람을 아주 많이 만났다. 일상의 영웅에서부터 마야 안젤루나 넬슨 만델라 같은 거인에 이르기까지, 얼핏 보면 어떤 두려움도 느끼지 않을 것 같은 사람들이다. 그리고 세계의 여러 지도자도 만났다. (나도 그런 사람과 함께 살아봤지만) 각지의 지도자들은 누군가의 목숨을 위험에 빠뜨릴 수도, 구해낼 수도 있는 아주 무거운 결정을 주기적으로 내려야 한다. 그 밖에도 관중으로 가득 찬 경기장에서 영혼을 쏟아내며 공연하는 가수들, 자신의 자유와 안전을 내걸면서까지 다른 사람들의 권리를 보호하는 데 앞장서는 사회운동가들, 남다른 과감함으로 창의성을 발휘하는 예술가들도 알고 있다. 이들이라고 해서 두려움을 모르진 않을 것이다. 오히려이 사람들의 공통점은 위험과 공존하는 능력에 있다. 이들은 위험 앞에서 균형을 잃지 않고 명철한 사고를 하는 사람들이다. 편안하게 두려워하는 법을 배운 사람들이다.

편안하게 두려워한다는 것은 무슨 뜻일까? 나에게는 단순한 개념이다. 두려움에 현명하게 대처하고, 불안과 긴장감이 나를 멈추기보다 이끌도록 할 방법을 찾는 것이다. 삶의 불가피한 좀비와 괴물들 앞에서 마음을 가라앉히고 이성적으로 맞서는 것, 무엇이 해롭고 무엇이 그렇지 않은지에 대한 자신의 평가를 믿는 것이다. 이렇게 살면 완전히 편안하지도 완전히 두렵지도 않다. 그 중간 지대가 있다는 걸 받아들이고 그 안에서 움직이는 법을 깨우치게 된다. 깨어 있고 자각하고 있지만 꼼짝 못 하는 상태는 아니다.

나의 가장 오래된 기억 중 하나는, 내가 네 살 무렵에 어머니의 고모 로비 할머니가 연출한 교회 송년 연극에서 배역을 따낸 일이다. 시작도 하기 전부터 아주 신이 났다. 예쁜 빨간 벨벳 드레스와 반짝이는 가죽 구두를 신고 무대 위 크리스마스트리 앞에서 빙빙 도는 역할이었기 때문이다.

그런데 연습을 하러 갔을 때 생각지도 못한 난관에 부딪혔다. 로비 할머니와 부지런한 교회 아주머니들이 무대를 성탄절 느낌이 나는 반짝이와 소품으로 꾸며둔 것이다. 크리스마스트리 주변에는 포장된 선물 상자와 거의 내 키만 한 봉제 인형들이 놓여 있었다. 문제는 내가 서야 할 위치 바로 옆에 있던 초록 거북이 인형이었다. 고개가 기묘하게 기울어져 있고 검은 펠트 천으로 된 거대한 눈을 지닌, 섬뜩하게 생긴 거북이었다. 거북이를 보자마자 머릿속에서 경고음이 울렸다. 왜 그랬는지는 모르겠지만, 어쨌거나 나는 거북이를 보고 아연실색했다. 눈물을 머금고 고개를 저으며 무대에 올라가기를 거부했다.

되돌아보면 어린 시절의 두려움은 조금은 어처구니없게 느껴지는 법이다. 나의 경우도 다르지 않았다. 그런 두려움은 미지의 것, 우리가 아직 이해할 수 없는 것에 대한 본능적인 반응으로 나타난다.

하늘에서 번쩍이고 시끄럽게 웅웅대는 저건 뭐지?

캄캄한 침대 밑에 뭔가 살고 있지 않을까?

이 새로운 사람은 누구지? 매일 보던 사람들과는 다르게 생겼는데?

이런 질문의 저변에는, 마찬가지로 본능적이고 아이들의 반응

위: 영화 〈스타워즈〉에 등장하는 털북숭이 우키족 추바카가 버락 옆에 서 있다.
사샤는 핼러윈 파티에 온 추바카가 얼마나 무서웠는지
추바카가 집에 갔다는 말을 듣기 전까지 방에 틀어박혀 나오지 않았다.

아래: 이듬해 백악관 핼러윈 파티를 위해 차려입은 우리 가족의 모습.
추바카는 다시 초대받지 못했다.

을 유도하는 또 다른 질문들이 도사리고 있다.

이 새로운 것이 날 해치지 않을까?

왜 내가 그걸 믿어야 하지?

소리를 지르며 도망치는 편이 낫지 않을까?

사샤는 우리가 백악관에서 열었던 첫 번째 핼러윈 파티를 떠올릴 때마다 아직도 진저리를 친다. 당시 우리는 백악관 문을 활짝 열고 군인 가족들을 비롯해 수백 명의 손님을 맞이하고 가벼운 식사와 코스튬 의상, 특별 공연을 준비하면서 핼러윈을 기념했다. 우리 두 딸을 포함한 손님 다수가 열 살 아래 아이들이라는 걸 감안해 행사는 가벼운 장난을 넘어서지 않는 선에서 특별히 무섭지 않은 방향으로 꾸몄다. 나는 파티에 영화 〈스타워즈〉의 등장인물을 몇 명 초대했는데 이것이 재앙의 씨앗이었다. 결코 쉽사리 용서받을 수 없는 결정이었다.

사샤가 우키족 추바카를 보고는 얼마나 큰 소리로 오래 울었는지 모른다. 누가 보면 내가 악마를 초대한 줄 알았을 것이다. 갈색 털옷을 입은 그 사람이 실은 말수가 적고 상냥한 사람이라는 것도, 파티장의 다른 아이들은 조금도 동요하지 않았다는 것도 사샤에게는 아무 의미가 없었다. 사샤는 평소 겁이 없는 편인데도 추바카 앞에서는 아주 겁겁했다. 그러고는 파티장을 도망 나와 몇 시간이나 위층 침실에 틀어박혀 있었다. 추바카가 집에 갔다고 우리가 열 번도 넘게 말해준 뒤에야 사샤는 안심하고 밖으로 나왔다.

사샤의 추바카가 곧 나의 초록 거북이었다. 무엇이 어떠해야 한다는 우리의 감각, 아직 형성되는 중이던 그 감각을 침범한 존재였다.

✻   ✻   ✻

돌이켜보면 두려움은 종종 이런 방식으로 발생한다. 우리의 인식에 새롭거나 위협적인 무언가가 침범하면, 무질서와 다름에 대한 타고난 반응으로 두려움이 인다. 지극히 합리적일 때도 있고 완전히 비합리적일 때도 있다. 그래서 어떤 여과 장치로 두려움을 걸러내는지가 정말 중요하다.

송년 연극 이야기로 돌아가보자. 나는 말도 안 되는 소리는 들어주지도 않는 로비 할머니가 건넨 냉정한 선택지와 마주했다. 시간은 넉넉하지 않았고 신경 써야 할 다른 배역도 많아서 로비 할머니는 누구의 응석도 받아주지 않았다. 나는 선택해야 했다. 크리스마스트리 옆의 거북이 인형과 친해진 뒤 수많은 관객 앞에서 빨간 드레스를 입고 빙빙 돌 수도 있었고, 엄마 무릎 위에 앉아 나 없이 연극이 진행되는 걸 지켜볼 수도 있었다. 로비 할머니는 어깨를 으쓱하며 "모든 건 네게 달려 있단다"라고 말했다. 연극 무대에 오르든 그러지 않든, 결과는 내가 감내해야 했다. 할머니는

미셸 오바마 자기만의 빛

내가 무서워한다고 해서 거북이 인형을 무대에서 내릴 생각이 없었다.

얼마나 그 빨간 벨벳 드레스가 좋고 자랑하고 싶었는지, 나는 결국 눈물을 삼키고 (그 전에 많이 울고 부루퉁해 있긴 했지만) 무대 위로 올라갔다. 그리고 쿵쾅거리는 심장을 부여잡고 크리스마스트리로 다가갔다. 이제는 안다. 로비 할머니의 분명한 입장이 얼마나 큰 도움이 되었는지 말이다. 할머니는 내게 선택지를 두고 고민할 기회를 주었고 나의 두려움이 합리적인지를 따져보게 했다. 할머니가 일부러 그랬는지 아니면 너무 바빠서 그랬는지는 몰라도, 어쨌거나 나에게 일종의 해독 임무를 맡긴 셈이다. 할머니는 거북이가 무해하다는 걸 알고 있었지만, 내가 직접 그 사실을 발견할 수 있게 내버려두었다.

크리스마스트리 옆 정해진 위치로 슬금슬금 다가갔을 때 놀랍게도 거북이는 내가 생각했던 것만큼 크지 않았다. 가까이서 보니 두 눈도 그렇게 고약해 보이지 않았다. 그 실체를 알아본 것이다. 거북이의 실체는 움직이지 못하는 폭신하고 무해한 것, 심지어 약간 귀여워 보이기까지 하는 것이었다. 새로운 존재였을 뿐 위험한 존재는 아니었다. 어린 나의 머리는, 익숙하지 않은 무대 위에 오르면서 느낀 두려움을 소화하고 있었다. 불편한 기분임은 분명했지만 시간이 흐르고 점점 익숙해지면서 두려움은 줄어들었다. 마침내 두려움을 넘어서자 내 발은 가뿐해졌고 마음껏 빙

빙 돌 준비가 됐다.

　나는 정말 마음껏 돌았다. 공연 날 무대 위에서 얼마나 열심히 돌았는지 치마가 활짝 펼쳐져 올라갔고 얼굴에 희열이 가득했으며 부모님은 연극이 끝날 때까지 눈물이 날 정도로 폭소를 터뜨렸다. 나에게 그 짧은 연극 리허설은 앞으로 인생에서 만나게 될 무수히 많은 순간을 위한 리허설이 되었다. 이성적인 생각으로 불안과 긴장감을 누르는 법을 익히기 위한 훈련의 첫걸음이었다.

✦　　　✦　　　✦

　흔히 우리는 같은 심리적 지형을 가로지르고 또 가로지르는 데 수십 년을 보낸다. 거북이든, 다른 무엇이든 거기서 눈을 떼지 못한 채 다음 단계로 선뜻 움직이지 못하고 머뭇거린다. 두려움은 생리적으로도 강력한 힘을 발휘한다. 마치 전류를 흘려보내는 것처럼 몸을 각성 상태로 만든다. 새로운 상황, 새로운 사람, 새로운 감정과 마주할 때 우리의 정신을 번쩍 뜨이게 한다. 두려움의 사촌뻘인 불안은 즉각적인 위협이 없을 때에도 퍼져나가고 신경을 곤두서게 할 수 있다는 점에서 두려움보다 더 강력할지도 모른다. 우리는 일이 어떻게 틀어질지 상상하는 것만으로도, 앞으로 일어날 수 있는 일을 걱정하는 것만으로도 불안을 느낀다. 나이를 먹어도 근본적인 질문은 변하지 않는다.

나는 지금 안전한가? 무엇이 위험한 걸까?

새로운 것을 받아들여 나의 세계를 조금 더 넓혀도 내가 감당할 수 있을까?

새로움에는 거의 모든 경우 특별한 주의가 필요하다. 그런데 문제는, 우리가 때때로 두려움의 응석에 지나치게 관대하다는 점이다. 갑작스러운 두려움과 불안의 파도가 일 때, 우리는 그것을 한발 물러나라는 신호, 움직이지 말고 새로운 경험을 피하라는 신호로 오해하기 쉽다.

나이가 들수록 두려움과 스트레스, 위협적인 모든 것에 대한 반응은 더욱 미묘해진다. 더 이상 어린아이처럼 비명을 지르며 도망치지는 않지만 다른 방식으로 여전히 뒷걸음을 친다. 회피는 아이들이 비명을 지르는 것과 같은 성인들의 반응이다. 일부러 승진 심사를 신청하지 않거나, 평소 동경했던 인물을 봤는데도 먼저 다가가 인사하지 않을 수 있다. 어려워 보이는 강의를 신청하지 않거나, 상대의 정치색과 종교관을 모른다는 이유로 대화를 기피할 수도 있다. 그렇게 우리는 위험을 무릅쓰는 행위가 가져오는 걱정과 불편함을 덜기 위해 잠재적인 기회를 버리곤 한다. 내가 아는 것에만 매달리며 나의 세계를 좁히는 셈이다. 성장한 기회를 내 손으로 빅달하는 셈이다.

항상 스스로에게 이런 질문을 던져볼 필요가 있다.

내가 겁나는 이유가 실제로 위험에 처해 있기 때문일까, 아니면 단지 새로움과 마주했기 때문일까?

두려움을 해독하는 일은 우리 자신의 본능을 들여다보는 것과 같다. 우리가 무엇을 마주했을 때 뒤로 물러서고, 무엇을 향해 기꺼이 다가가는지 살펴봐야 한다. 가장 중요한 건, 왜 물러서거나 다가가는지 그 이유를 따져보는 것이다.

이러한 생각은 더 큰 사회적 질문으로 옮겨갈 수 있다. 우리가 새로움이나 다름을 기피하고 그런 충동들에 도전하지 않을 때, 우리는 삶에서 동일성을 추구하고 특권화하게 된다. 동일성을 기반으로 한 공동체에서 무리 지어 지내면서 안락함을 느끼고 두려움을 회피하기 위한 수단으로 순응하는 삶을 택하게 될지도 모른다. 그러나 동일성에 깊이 빠져들수록 우리는 다름에 대해 더욱 소스라치게 반응하게 된다. 당장 익숙하지 않은 상황이나 사람이 더욱 낯설어지는 것이다.

두려움이 새로움에 대한 반응이라면, 차별적 편견이 두려움에 대한 반작용이라는 견해도 숙고해볼 만하다. 한 번쯤 곰곰이 생각해보자. 후드를 덮어쓴 흑인 남자아이를 보고 왜 반대편으로 건너갔는지, 옆집에 이민자 가족이 이사 온 뒤 왜 집을 팔려고 내놓았는지, 거리에서 입을 맞추는 두 남자를 보고 어떤 이유로 위협을 느꼈는지 말이다.

미셸 오바마 자기만의 빛

살면서 불안이 가장 최고조에 달했을 때는 버락이 미국 대통령 선거에 나가고 싶다고 처음 내게 말한 순간이었다. 선거에 나갔을 때 일어날지 모를 일들이 끔찍하게 두려웠다. 더 심각한 것은 따로 있었다. 2006년 말, 몇 주에 걸쳐 이 문제를 두고 대화를 반복하면서 버락은 사실상 결정은 나에게 달려 있다고 명백히 말했다. 버락은 날 사랑했고 내가 필요했으며 우리는 동반자였다. 이 일이 너무 위험해 보이거나 우리 가족에게 너무 많은 문제를 안긴다고 생각되면 내가 모든 걸 멈춰도 좋다는 의미였다.

안 된다고 말만 하면 되는 문제였다. 우리 주변에는 버락에게 출마를 권유하는 온갖 사람이 있었지만, 장담컨대 나는 정말 거절할 준비가 되어 있었다. 하지만 거절하기 전에 적어도 버락의 선택을 진지하게 고려해야 할 책임이 나에게 있다고 생각했다. 충격을 뒤로하고 따져보아야 했다. 걱정을 가려내고 가장 이성적인 생각을 찾아가야 했다. 그렇게 몇 주 동안 대통령 출마라는 말도 안 되고 겁나는 생각을 품고 하루하루를 보냈다. 회사에 갈 때, 체육관에서 열심히 운동할 때, 그리고 딸들을 재울 때도, 밤에 남편 곁에 누웠을 때도 마찬가지였다.

버락이 대통령이 되고 싶어 하는 건 이해했다. 버락이 훌륭한 대통령이 될 것이라고 확신했다. 그러나 다른 한편으로 나는 정치인의 삶을 좋아하지 않았다. 내 일이 좋았고, 사샤와 말리아가 안정적이고 조용한 인생을 살 수 있도록 노력해왔다. 선거운동에 뛰어드는 순간 아주 많이 겪게 될 혼란과 불확실성도 탐탁지 않았다. 타인의 평가에 노출되리라는 사실도 알고 있었다. 아주 심한 평가를 당할 터였다. 대통령으로 출마한다는 것은 모든 국민에게 투표를 통해 인정 또는 거부 의사를 말해달라고 부탁하는 것과 다름없으니까.

정말이지 겁이 났다.

'거절하면 안도감이 들겠지' 하고 스스로 읊조렸다. 거절하면 모든 것이 그대로 남을 테니까. 편안하게 우리 집에서, 우리 도시에서, 우리가 이미 가지고 있는 직업에 종사하며, 우리가 이미 알고 있는 사람들에 에워싸여 살 수 있었다. 아이들을 전학시킬 필요도 없고 이사를 갈 필요도 없었다. 어떤 변화도 없을 터였다.

그러자 깨달았다. 나의 두려움이 내세운 핑계가 명백히 드러났다. 나는 변화를 원하지 않았다. 불편하거나 불확실한 게 싫었고 통제력을 잃고 싶지도 않았다. 대통령 출마라는 결정의 반대편에 무엇이 있는지 예측할 수 없고 상상할 수조차 없었기 때문에 남편이 출마하지 않았으면 했다. 합리적인 걱정도 있었지만 내가 정말 두려워하고 있는 것은 새로움이었다.

이 사실을 깨닫자 생각이 더 명료해졌다. 대통령 출마를 한다는 결정이 왠지 전처럼 말이 안 되거나 겁난다고 느껴지지 않았

미셸 오바마 자기만의 빛

다. 걱정을 풀어놓고 보니 그 무게도 줄어드는 것 같았다. 로비 할머니의 무대에서 거북이를 만난 순간부터 수십 년에 걸쳐 연습해 온 덕분이었다. 버락도 마찬가지였다. 나는 우리 둘이 과거에 수많은 변화, 수많은 새로움을 거쳐왔다는 사실을 떠올렸다. 10대 때 우리는 가족의 품을 떠나 대학으로 향했다. 새로운 직업도 가져보았다. 수많은 공간에서 유일한 흑인으로 살아남았다. 버락은 이미 여러 선거에서 이기고 진 경험도 있었다. 우리는 난임으로 고군분투했고 어머니와 아버지를 잃는 아픔도 겪었고 어린 자녀를 키우는 고생도 해보았다. 그 모든 불확실성이 우릴 불안하게 만들었던가? 새로움이 불편했던가? 당연하다. 종종 그랬다. 그럼에도 매 발걸음마다 우리는 더한 경쟁력과 더한 적응력을 내세워 우리를 입증하지 않았던가? 그랬다. 우리는 이제 그렇게 하는 데 꽤 익숙해져 있었다.

생각이 여기에 이르자 마침내 마음이 돌아섰다.

나의 두려움으로 인해 역사의 방향이 바뀌었을 수도 있다고 생각하면 괜스레 이상한 기분이 든다.

하지만 그러지 않았다. 나는 승낙했다.

무엇보다 승낙하지 않았을 때 펼쳐질 삶을 살고 싶지 않았다. 저녁 식탁에 모여 앉아 가지 않은 길이나 생길 수 있었던 일들에 대해 이야기하는 가족이 되고 싶지 않았다. 어쩌면 아빠가 대통령이 될 수도 있었다고 언젠가 딸들에게 말하고 싶지 않았다. 아삐는 많은 사람의 신망을 받았고 엄청난 일을 시도할 용기가 있었지만 내가 그 가능성을 내던져버렸다고, 모두를 위한 선택인 척했지만 사실은 현실에서 내가 느끼던 안락함과 살던 대로 살고 싶은 욕구 때문이었다고 말하고 싶지 않았다.

두 할아버지가 남긴 유산 또한 나를 약간 구속하는 동시에 자극했다. 두 분 모두 열심히 일했고 가족을 훌륭히 돌본 자랑스러운 흑인 남성이었지만 할아버지들의 삶은 두려움에 갇혀 있었다. 그 두려움은 많은 경우 실체가 있는 합리적인 두려움이었고 그로 인해 할아버지들의 세계는 좁아졌다. 외할아버지 '사우스사이드'는 가족이 아닌 사람을 좀처럼 믿지 않았고 많은 사람을 피했다. 의사도 예외는 아니라서 건강에 타격을 입기도 했다. 할아버지는 자녀와 손주의 안전을 끊임없이 염려하기도 했다. 우리가 집에서 너무 멀리 나가면 큰일이 나는 줄 알았고, 치아가 썩고 폐암 초기 증상을 겪는 와중에도 치료를 받지 않았다. 내가 어린 시절을 보낸 집에서 몇 블록 떨어지지 않은 할아버지 집은 한마디로 할아버지의 궁전이었다. 재즈로 가득 찬 이 안전하고 기쁜 세상에서는 모두가 웃었고 잘 먹었으며 사랑받는다고 느꼈다. 하지만 할아버지를 집 밖에서 만나기는 힘들었다.

친할아버지 댄디는 성정이 조금 달랐다. '사우스사이드' 할아버지보다 장난기가 없고 사교적이지 않았지만 세상을 믿지 않는 건 비슷했다. 댄디 할아버지의 아픔은 조금 더 표면적이었고 자

미셸 오바마 자기만의 빛

존심 바로 옆에 가까이 붙어 있었다. 가끔씩 이 두 가지가 뒤섞여 분노로 표출되기도 했다. '사우스사이드' 할아버지처럼 댄디 할아버지는 짐 크로 법(Jim Crow Laws)*이 있던 남부에서 태어났다. 아버지를 일찍 여의었으며, 더 나은 인생을 살기 위해 시카고로 이주했지만 대공황을 겪어야 했고, 북부도 남부처럼 인종적 계급주의가 지배하고 있다는 사실에 직면했다. 대학에 가고픈 꿈이 있었지만 주로 일용직 노동자로 접시를 닦거나 세탁소에서 일하거나 볼링장에서 핀을 세우는 등의 일을 했다. 고치고 매만지고 짐을 날라야 했다.

댄디 할아버지는 전기 기술자, '사우스사이드' 할아버지는 목수였다. 두 할아버지 모두 노동조합이 조직된 업계에 종사했고 그에 걸맞은 지능과 기술을 보유했지만, 당시 노조는 웬만해서는 흑인을 받아주지 않았기 때문에 안정된 직장을 구할 수 없었다. 자라면서 내가 조부모들이 인종차별로 인해 어떤 어려움을 겪었는지, 어떤 장벽과 마주해야 했는지, 어떤 입에 담을 수 없는 수치를 당했는지 전부 알 수는 없었다. 하지만 주어진 제약 속에서 살 수밖에 없었고 다른 선택지가 거의 없었다는 사실은 안다. 그리고 그 제약이 어떤 영향을 끼쳤으며 두 할아버지의 머릿속에 얼마나 깊이 박혀 있는지 알 수 있었다.

---

* 남북전쟁에서 패배한 남부 주들에서 노예해방을 무산시키고 흑인을 계속 차별하기 위해 제정한 일련의 법으로, 남부 11개 주에서 1876년부터 1965년까지 시행되었다.

막 10대에 접어들었을 때 댄디 할아버지가 나를 병원에 데려다준 적이 있다. 진료 예약이 되어 있었지만 어머니는 일 때문에 나를 데려다줄 수 없어서 댄디 할아버지가 유클리드가로 나를 데리러 왔다. 외출복 차림이었고 평소 할아버지 집에 갔을 때 보던 것과 마찬가지로 기세등등한 모습이었다. 하지만 차가 시내로 들어서자 나는 할아버지가 이를 악물며 핸들을 꽉 쥐고 있다는 걸 깨달았다. 할아버지는 양방향 도로라고 생각해 조심스럽게 좌회전을 했고 내가 아니라고 일러주자 서투르게 차선을 변경했다. 그 바람에 옆에 있던 차 운전자가 급히 핸들을 꺾으며 경적을 울렸다. 당황한 할아버지는 적신호를 위반해버렸다.

할아버지가 술을 마시는 사람이었다면 술에 취했다고 생각했을 것이다. 하지만 결코 아니었다. 나는 할아버지가 두려움에 몸이 굳어버렸다는 것을 깨달았다. 익숙하지 않은 임무를 수행하러 익숙하지 않은 동네로 오면서 신경이 곤두선 것이다. 당시 예순다섯 정도였던 할아버지는 평소 다니던 길이 아닌 다른 길에서 운전하는 연습을 해본 적이 거의 없었다. 마치 두려움 그 자체가 운전대를 잡은 듯했다. 엉망이었다.

상처는 두려움이 된다. 두려움은 제약이 된다.

우리와 비슷한 처지에 놓인 수많은 사람에게 이것은 대대로 내려오는 부담스러운 유산이다. 이런 유산을 거부하거나 물려받지 않기란 쉽지 않다.

미셸 오바마 자기만의 빛

우리 부모님도 그 부모님의 자식들이라 대체로 조심스러웠고 실용적이었다. 위험을 감수해야 할 때 주의를 기울였고, 흑인으로 살면서 새로운 시도를 감행하는 데 뒤따르는 위험을 잘 알고 있었다. 그와 동시에 자신의 부모가 겪은 제약이 어떤 결과로 이어졌는지 알았고, 그들이 비교적 좁은 세상에서 살고 있음을 알았다. 내가 버락의 대통령 선거 출마에 반대했다면 얼마나 많은 기회를 날렸을지 새삼 놀라게 된다. 두려움이 앞길을 가로막게 내버려두었다면 얼마나 많은 사람과 만나지 못하고, 얼마나 많은 경험을 겪지 못하고, 이 나라와 이 세상에 대해 얼마나 많은 사실을 배우지 못했을까? 나는 최선을 다해 두려움의 고리를 끊고 자신이 겪은 제약이 우리에게 대물림되지 않도록 해준 부모님에게 경의를 표한다. 부모님은 자녀들이 더 많은 것, 더 다른 것을 겪어 보기를, 더 넓은 영역 안에서 안락함을 느끼기를 바랐다. 그 바람은 우리가 두려움을 해독할 수 있도록 도와준 방법에서 찾을 수 있다.

나는 어렸을 때 습한 여름밤마다 심한 폭풍우가 시카고를 꿰뚫고 지나가면 질겁하곤 했다. 그럴 때면 아버지는 나를 감싸 안고 우리를 에워싼 기상 현상의 원리를 세세하게 설명했다. 우레 소리는 무해한 공기 기둥이 부딪히면서 나는 소리일 뿐이며 창문이나 물을 멀리하면 낙뢰를 피할 수 있다고 일러주었다. 두려움을 극복하라고 강요하지도 않았고, 바보 같고 비합리적인 두려움이라고 무시하지도 않았다. 단지 위험을 풀어 헤치고 안전을 지킬 수 있는 도구를 건네기 위해 확실한 정보를 알려준 것이다.

한편 어머니는 본보기를 보였다. 내가 끔찍하다고 생각한 거의 모든 것을 한 치의 동요 없이 능수능란하게 다루었다. 현관 계단에서 고약하게 생긴 거미를 쓸어버렸고, 이웃이었던 멘도사 씨 집 앞을 지날 때마다 으르렁거리며 달려들었던 개들을 훠이훠이 쫓아버렸다. 한번은 이런 일도 있었다. 어느 주말 아침, 오빠와 내가 부모님이 깨기도 전에 토스터에 팝타르트•를 데우다가 불을 냈다. 그러자 어머니는 어디선가 나타나 토스터 전원 코드를 뽑고는 연기를 뿜으며 엉망진창이 된 토스터를 침착하게 싱크대에 처박았다.

목욕 가운을 입은 채 반쯤 잠이 든 것처럼 보여도 어머니는 어떤 일이든 감당해내는 능력을 지닌 여신 같은 존재였다. 그 능력이 두려움의 반대편에 자리 잡고 있다는 사실을 이제 나는 안다.

오빠와 나는 추상적이지 않은 수많은 위협을 겪으며 자랐다. 시카고 사우스사이드는 어린이 프로그램 속 세서미 스트리트가 아니었다. 우리는 위험한 골목을 피해서 걸어야 했고 이웃이 화재로 죽는 일도 겪었다. 빚은 늘어났지만 보수는 늘어나지 않아 집에서 쫓겨난 사람들도 보았다. 우리 가족에게는 경계심을 유지할 이유가 아주 많았고, 어린 내가 알고 있던 건 일부에 지나지 않

• 아침 식사 대용으로 먹는 페이스트리의 일종.

미셸 오바마 자기만의 빛

았을 것이다. 하지만 부모님은 그 경계심을 어떻게 신중하게 분석해야 하는지 보여주었다. 우리를 두렵게 하는 것의 구조를 해체해서 두려움이 우리에게 도움이 될 때와 우리의 발목을 잡을 때를 구별하도록 해주었다.

부모님은 우리가 능력을 발휘할 수 있도록 유도했다. 새로운 일을 정복할 기회를 계속 만들어주면서 한 가지 일을 확실히, 그리고 능숙하게 해내는 감각을 우리 스스로 익히게 한 것이다. 부모님이 보기에 능숙함은 일종의 안전망이었다. 긴장감 속에서도 한 걸음 내디딜 수 있는 방법을 안다는 것은 그 자체로 보호막이 되었다. 부모님의 역할은 어떤 일이 가능하다는 사실을 보여주는 것이었다. 처음으로 혼자 걸어서 학교에 가야 했을 때 나는 겁에 질려 있었다. 어머니는 이제 그걸 배워야 할 때가 됐다고 고집했다. 당시 나는 유치원생이었고 다섯 살이었다. 어리기는 해도 엄마가 정신이 나간 게 아닐까 생각할 능력은 되는 나이였다. '엄마는 정말 나 혼자 유치원에 걸어갈 수 있다고 생각하는 거야?'

어머니는 바로 그런 이유에서 나를 홀로 학교에 보냈다. 어머니는 잘 알고 있었다. 유치원생에 지나지 않더라도 내가 두려움을 잠시 내려놓고 내 능력의 힘을 볼 수 있게 하는 것이 얼마나 중요한지 말이다. 어머니가 나를 믿었기 때문에 나도 나를 믿었다. 겁이 났지만 자부심과 독립심을 느낄 수 있었고, 이것은 내가 독립적인 인간으로 자라나는 데 중요한 기초 자재가 되었다.

한두 블록 떨어진 학교로 처음 혼자 걸어가면서 불안한 마음으로 내디뎠던 모든 발걸음을 나는 기억한다. 그리고 집에 도착하기까지 마지막 몇 걸음을 남겨두고 전속력으로 내달렸을 때 어머니의 얼굴에 퍼지던 미소 또한 아주 똑똑하게 기억한다.

어머니는 앞마당에 서서 나를 기다리고 있었다. 내가 모퉁이를 돌아 우리 집이 있는 블록으로 들어오는 모습을 보기 위해 목을 길게 뺀 채로 말이다. 나는 어머니도 나의 등하굣길을 걱정했다는 사실을 느낄 수 있었다. 어머니도 조금은 두려웠던 것이다.

하지만 두려움이 어머니를 멈추지는 못했다. 그리고 두려움은 지금의 나도 멈추지 못한다. 어머니는 편안하게 두려워하는 법을 내게 몸소 보여주었다.

나는 두 딸을 키우는 동안에도 그 기억을 떠올리곤 했다. 이 세상의 모든 무섭고 상처 주는 것으로부터 아이들을 보호하고 싶은 격렬하고도 깊이 내재된 욕구를 느끼는 순간마다 나는 잠시 멈추어 생각했다. 나는 매 발걸음마다 아이들의 적을 밀어내고 위험을 물리치고 싶었고, 아이들을 데리고 모든 위협을 통과하고 싶었다. 이것이 원초적인 본능이자 두려움의 결과물이라는 걸 잘 알고 있다. 그래서 나는 그러는 대신에 어머니가 했던 대로 앞마당에 나를 세워놓는다. 그사이에 아이들은 스스로 당당하고 독립적인 사람이 되는 길을 찾는다. 오로지 혼자 해내면서 스스로의 안전망을 만들어간다. 나는 아이들이 떠나는 모습을 지켜보고 돌

미셸 오바마 자기만의 빛

아오길 기다린다. 신경이 웅웅거리고 심장은 터져나갈 것 같지만 말이다. 아이들이 두려움을 느끼지 못하게 막으면 아이들은 자신의 능력 또한 느끼지 못하게 된다는 사실을 어머니로부터 배웠기 때문이다.

'두려움 한 스푼을 가지고 나아가 한 수레 가득 능력을 쌓아 돌아오라.' 이것이 유클리드가 7436번지에 자리한 우리 집의 신조였다. 아이들을 위해 내가 잊지 않고 지키려는 믿음이기도 하다. 걱정거리는 차고 넘치며 끊이지 않지만 그럼에도 나는 편안하게 두려워한다.

✦   ✦   ✦

어린 시절 오빠와 나는 괴물 영화를 보고 있지 않을 때면 가끔 이벌 커니벌이라는 유명한 모터사이클 스턴트맨을 TV에서 보았다. 아마 미국에 그만큼 유별난 영웅은 또 없을 것이다. 이벌 커니벌은 미국 국기 문양으로 꾸민 흰 가죽 점프수트를 입고 약간 엘비스 프레슬리를 연상케 하는 모습으로 위험한 묘기를 선보였다. 모터사이클을 타고 주차된 자동차나 고속버스 등을 뛰어넘거나 아이다호주 어느 강의 깎아지른 협곡 사이를 로켓처럼 날아가기도 했다. 어리석은 짓이었지만 시선을 사로잡는 묘기였다. 이벌 커니벌은 점프에 성공하기도 곤두박질치기도 했다. 골절과 뇌진

탕도 여러 번 겪고 때로는 자신의 모터사이클에 깔리기도 했지만 언제나 절룩이며 현장을 떠났다. 기적이었을까, 실패였을까? 당시 누구도 정의를 내리려 하지 않았다. 우리는 그저 그 사람과 그의 크고 무거운 할리 데이비슨이 발사되는 모습, 그리고 비행하려고 애쓰는 모습을 바라볼 뿐이었다.

2007년 버락의 대통령 출마에 찬성하고 나서 약간 이런 기분이었다. 모터사이클을 타고 공중에 떠 있는 느낌이었다. 상식이라는 이름의 중력을 거스르면서 말이다.

사람들은 선거운동을 시작할 때 '발사한다(launch)'는 표현을 종종 쓴다. 이제 그 이유를 알 것 같다. 정확히 그런 느낌이다. 희박한 공기를 가르며 매우 급격한 가속이 이루어진다. 날아오르기 전 달려야 하는 경사로는 짧고 가파르다. 나와 내가 사랑하는 사람들이 발사된다. 갑작스럽게, 궤도 바깥으로, 공중으로 발사된다. 일부러 소문을 퍼뜨리고 대중의 시선을 끌어오는 방식으로 비행하게 된다.

이를 계기로 나는 아주 새로운 수준의 불확실성을 느끼게 됐다. 나는 어쨌든 우리 부모와 조부모가 빚어낸 결과물이다. 도약하거나 비행하는 사람이 아니라 사다리의 디딤대를 하나하나 차근차근 오르는 사람이라는 뜻이다. 나는 다음 수를 두기 전에 먼저 방향을 확인한다. 하지만 급박하게 돌아가는 대선 레이스의 성층권에서 방향을 확인하기란 쉽지 않다. 속도는 너무 빠르고

미셸 오바마 자기만의 빛

높이는 너무 어질어질하며 노출은 너무 심하다. 게다가 그 미친 듯이 비행하는 모터사이클에 두 딸까지 묶어놓았다는 사실은 말해 무엇 할까.

바로 이 시기에 나는 두려워하는 마음과 더욱 친밀해졌다. 그 무엇도 잘되지 않을 것이며 잘될 수 없다고 말하는 무자비하고 비관적인 목소리가 마음속에서 들려왔다. 나는 이 마음의 소리를 듣지 말라고 스스로 수없이 조언해야 했다. 곧이곧대로 들으면 어떻게 될지 정확히 알고 있었기 때문이다. 정신을 차릴 수 없을 것이다. 믿음이 없어질 것이다. 내 머리는 모든 것의 불가능성을 부여잡을 것이고 바로 거기서부터 곤두박질이 시작될 것이다.

그 믿기지 않는 높이에서, 상상을 초월한 높이에서 내려다보는 순간 나는 우리가 떨어질 지점을 정확히 알아볼 것이 분명했다. 그리고 우리는 추락할 것이다. 그저 생각만으로 거꾸로 떨어지게 할 능력이 내게 있었다.

그러나 이 또한 우리가 인정해야 하는 사실이다. 의심은 내 안에서 온다. 두려워하는 마음은 거의 언제나 핸들을 빼앗아 방향을 바꾸려고 시도한다. 두려워하는 마음의 역할은 다가올 재앙을 예습하게 하고, 기회를 빼앗고, 나의 꿈에 돌을 던지는 것이다. 내가 헤어나지 못하고 이신하는 꼴을 즐긴다. 그러면 내가 편안하고 수동적인 자세로 집 안에 머물며 소파에 앉아 아무런 위험도 감수하지 않을 가능성이 높기 때문이다. 따라서 두려움에 저항하는 것은 거의 언제나 내 자신의 일부에 저항하는 일이다. 이것이 두려움의 해독에서 아주 결정적인 요소가 된다. 내 안에 있는 어떤 것을 알아보고 길들이는 방법을 배워야 한다. 그 두려움을 넘어서는 연습을 해야 한다. 더 많이 연습하면 더 잘하게 된다. 내가 시도한 모든 도약은 그다음 도약이 더 쉽게 느껴지게 해준다.

✦　　✦　　✦

CBS 뉴스와의 인터뷰에서 린마누엘 미란다는 무대에 오르기 전 자신의 불안감이 일종의 '로켓 연료'가 되어준다고 설명했다.[3] 그러면서 생애 최초로 무대에 오른 순간에 대해 이야기했다. 1학년이었고 학교 장기자랑에서 필 콜린스의 노래를 립싱크로 부를 예정이었다. 그런데 갑자기 배가 몹시 아파왔다. 그 순간 린마누엘은 자신 앞에 좀 더 큰 선택이 놓여 있음을 깨달았다. 두려움을 어떻게 다룰지가 스스로에게 달려 있다는 깨달음이었다.

"그 밑에 깔리거나 그 위에 서는 것, 둘 중 하나라는 사실을 깨달았어요. 긴장감이 그렇다고 생각해요. 연료를 제공하는 원천인 셈이죠. 그 위에 올라서면 로켓을 움직이는 동력이 되고 올라서지 못하면 로켓이 폭발해요."

린마누엘이 처음 백악관을 찾아 공연했던 순간이 떠올랐다. 2009년 스포큰 워드[•]와 시를 선보이는 즉흥 공연에 초대받았을

　　미셸 오바마 자기만의 빛

때 스물아홉의 린마누엘은 보기에도 긴장한 모습이었다. 백악관 행사 무대에 올리기 위해 서둘러 곡을 하나 완성해 온 참이었다. 이 곡은 훗날 엄청난 성공을 거둔 뮤지컬 〈해밀턴〉의 첫 넘버가 된다. 하지만 당시 린마누엘은 그 프로젝트의 시작점에서 여전히 실험을 거듭하는 중이었고 자신이 만들어낸 결과물이 주목을 받을지 그렇지 않을지 뚜렷한 확신이 없었다. 그 자리는 관객 앞에서 처음으로 알렉산더 해밀턴에 대한 랩을 선보일 기회였지만 관객석에 앉은 사람들은 그를 겁주기에 충분했다. 린마누엘은 어떤 반응이 나올지 전혀 알 수 없었다. 그날 밤 노래에 대한 반응이 좋지 않으면 전부 내다 버려야 할지도 모른다고 생각했다.

이것은 린마누엘의 두려워하는 마음이 하는 말이었다는 걸 짚고 넘어가고 싶다. 메시지도 한결같다. '실패하면 다 잃게 된다.' 두려워하는 마음은 스트레스가 최고조에 달할 때 나타나길 좋아하고 명확한 목적을 갖고 있다. 모든 것에 거부권을 행사하고 싶어 한다. 로비 할머니의 연극 무대에서 내가 빙빙 도는 꼴을 보지 못한다.

그날 밤 린마누엘은 이스트룸에 모인 200명의 관객 앞에서 자기소개를 하고 이제 막 잉태되었을 뿐인 뮤지컬을 선보이기 시작했다. 잘 차려입은 관객들 앞에서 린마누엘은 곧바로 신상하기

• '말로 쓰는 글'이라는 뜻으로, 다양한 낭독 예술, 낭송 문학 등을 포괄하는 개념이다. 시 낭송이나 심지어 힙합도 여기 속한다.

시작했다. 눈동자가 흔들리고 시선이 여기저기로 옮겨 다녔다. 나중에야 들었지만, 도망쳐야 할 수도 있으니 비상구 표시를 찾고 있었다고 한다.[4] 말도 약간 더듬고 있었다. 새된 목소리가 나와서 더 당황하는 것 같아 보였다.

어느 팟캐스트 인터뷰에서 린마누엘은 당시를 회상하며 이렇게 말했다.

"정말 긴장했어요. 제일 처음 한 일은, 실수였지만, 미국 대통령과 눈을 마주친 거예요. 그러고는 생각했죠. '대통령을 보고 노래할 수는 없어. 너무 무섭잖아.'"[5]

린마누엘은 그다음에 나를 보았는데 여전히 너무 무섭게 여겨졌다고 했다. 그러던 중 우리 어머니와 눈이 마주쳤다. 어머니는 버락의 다른 편에 앉아 있었다. 그리고 린마누엘은 어머니의 표정에서 왠지 모를 안도감을 얻었다고 했다. 물론 나는 이것이 놀랍지 않다.

그다음 벌어진 일은 그 자체로 역사의 한 조각처럼 느껴진다. 피아니스트 알렉스 라카모어의 반주로 린마누엘은 3분 동안 짜릿한 랩 공연을 펼쳤고, 화염을 토하는 듯한 무대 장악력, 그리고 건국의 아버지들에 대한 완전히 새로운 해석으로 관객을 매혹시켰다. 공연을 마치고 그는 웃음을 머금은 얼굴로 손을 흔들며 무대를 내려갔다. 두려움을 아주 인상 깊은 무언가로 치환해내며 우리 모두를 형언할 수 없는 흥분에 빠뜨린 뒤였다.

미셸 오바마 자기만의 빛

우리가 목격한 것은 자신의 긴장감을 딛고 올라선 사람의 모습이었다.

보는 것만으로도 숨이 멎을 듯했다. 그리고 그 순간 속에는, 우리가 두려움을 로켓 연료로 삼을 방법을 찾을 때 무엇이 가능해지는지에 관한 더 큰 메시지가 담겨 있었다.

낯선 일을 시도하는 거의 모든 경우에 긴장감이 앞서게 된다. 새로운 영역을 개척하는 과정에서 판돈이 올라가는 압박감을 느낄 때도 그렇다. 그것을 피할 길은 없다. 한번 떠올려보라. 첫 등교 날에 완전히 편안한 사람이 있을까? 새로운 직장에 출근하는 첫날 한 줌의 두려움도 느끼지 않는 사람이 있을까? 첫 데이트라면? 낯선 사람으로 가득한 방에 들어가거나 중요한 문제에 대해 공식적인 입장을 밝힐 때 급격한 마음의 동요를 느끼지 않는 사람이 있을까? 이런 순간들은 분명히 불편한 순간이며, 인생은 주기적으로 우리에게 이런 순간을 떠안긴다. 하지만 한편으로는 짜릿한 순간일 수도 있다.

왜냐고? 우리는 그 최초의 경험 저편에 무엇이 있는지 모르기 때문이다. 그리고 그곳으로 향하는 길목에서 변화를 가져올 힘과 만날 수 있기 때문이다.

첫 데이트에 나서지 않으면 어떻게 영혼의 동반자를 만날 수 있을까? 새로운 직장에 출근하거나 새로운 도시로 이사 가지 않는다면 어떻게 앞서 나갈 수 있을까? 두려움 때문에 고향을 떠나

대학에 입학하지 않는다면 어떻게 배우고 성장할 수 있을까? 새로운 인연이 될 사람으로 가득한 방에 들어가지 않는다면? 낯선 나라를 여행하지 않는다면? 피부색이 다른 사람과 친구가 되지 않는다면? 미지의 영역은 가능성이 반짝이는 곳이다. 위험을 감수하지 않는다면, 급격한 마음의 동요를 견뎌내지 않는다면 변화할 기회를 빼앗긴다.

나의 세계를 조금 더 넓혀도 내가 감당할 수 있을까? 나의 답변은 거의 언제나 '그렇다'일 것이다.

✦　　　✦　　　✦

지금까지도 나는 버락과 내가 모터사이클을 타고 공중을 날아 착지했다는 사실이, 우리가 백악관에 들어갔고 거기서 8년을 버텼다는 사실이 조금은 충격적으로 다가온다. 어떻게 했는지는 모르지만, 해냈다. 그렇다고 해서 내 인생에서 두려움과 의심이 완전히 제거되지는 않았다. 이 점은 안타깝다. 그래도 전처럼 스스로의 생각에 쉽게 겁먹지는 않게 됐다. 이 점은 다행스럽다.

나는 두려워하는 마음을 잘 살피는 것이 매우 가치 있는 일이라는 믿음을 갖게 됐다. 그런 마음은 결코 나를 떠나지 않기 때문이다. 두려워하는 마음은 몰아낼 수 없다. 정신세계 속에 촘촘한 연결망을 구축한 채로, 새로운 단계로 발을 내디디려 할 때마다 나를 따라올 것이다. 취업 면접을 볼 때마다, 새로운 사람과 관계를 맺을 때마다 따라올 것이다. 늘 그 자리에 있을 것이고 결코 입을 다물지 않을 것이다. 두려워하는 마음은 어린 시절 느끼는 자기방어적 충동과 동일선상에 놓여 있다. 그런 본능 때문에 우리는 천둥번개가 치면 떨고 억지로 백화점 산타클로스 할아버지 무릎에 놓였을 때 자지러지게 울었던 것이다. 하지만 우리가 나이를 먹으며 성장한 것처럼 두려워하는 마음도 성장했고 복잡해졌다. 그리고 우리가 살면서 온갖 불편한 상황으로 끌고 들어갔기 때문에 우리한테 상당히 화가 나 있다.

앞서 말했듯이 두려워하는 마음은 우리가 모터사이클에서 내리길 바라고, 집 안 소파에 앉아 있길 바란다.

두려워하는 마음은 내가 선택하지 않은 나의 인생 동반자다. 따지자면 그 마음도 나를 선택하지 않았다. 나는 형편없고 실패자이며 별로 똑똑하지도 않고 심지어 제대로 하는 게 하나도 없는데 솔직히 도대체 누가 나를 선택하겠는가?

어디서 들어본 소리 아닌가? 나는 들어보았다.

나는 나의 두려워하는 마음과 이제 58년을 살았다. 우리는 사이가 좋지 않다. 내 마음은 나를 불편하게 한다. 내 마음은 내가 나약해지는 모습을 보고 싶어 한다. 내 마음은 거대하고 뚱뚱한 서류철을 갖고 있는데 그 안에는 내가 범했던 모든 오판과 과실이 담겨 있다. 내 마음은 끊임없이 내 결점의 증거를 찾아 전 우주를 훑어본다. 내 마음은 내 겉모습도 싫어한다. 언제나, 어떤 경우에든 그렇다. 내가 동료에게 보낸 이메일도 좋아하지 않는다. 어제 저녁 식사 자리에서 내가 한 말도 좋아하지 않는다. 그토록 바보 같은 말을 하고 다닌다니 믿을 수가 없다고 말한다. 매일매일 내 마음은 나에게 제대로 하는 게 없다고 한다. 매일매일 나는 내 마음에게 말대꾸를 하려고 한다. 적어도 좀 더 긍정적인 생각으로 눌러보려고 하지만 내 마음은 사라지지 않는다.

내 마음은 내가 만난 모든 괴물이다. 그리고 내 마음은 나다.

하지만 세월이 지나면서 나는 내 마음의 존재를 받아들이는 데 좀 더 익숙해졌다. 반갑다고 할 수는 없지만 내 마음이 내 머릿속에 어느 정도의 부지를 차지하고 있다는 사실은 인정한다. 그 마음에게 일종의 영주권을 준 셈이다. 그래야 이름 붙이기 쉽고 해독하기 쉽기 때문이다. 두려워하는 마음이 존재하지 않는 척하거나 끊임없이 이기려 들기보다 내 마음이 나를 아는 만큼 나도 내 마음을 알아보기로 했다. 이것만으로도 두려워하는 마음의 손아귀는 느슨해졌고 모습을 감추기 어려워졌다. 이제는 급격한 마음의 동요가 나를 습격해도 쉽게 놀라지 않는다. 내게 두려워하는 마음은 시끄럽지만 대체로 헛된 경우가 많았다. 천둥보다는 번개에 가깝다. 이 이빨 빠진 호랑이는 목적한 바를 이루지 못한다.

부정적이거나 자기 비판적인 말이 머릿속을 시끄럽게 하면, 의심이 쌓이기 시작하면, 나는 일단 멈추고 보이는 대로 이름 붙이려고 노력한다. 그리고 한 걸음 뒤로 물러서서 나의 두려움에게 능숙하게 인사하는 법을 연습해왔다. 데면데면한 태도로 이렇게 몇 마디 건네면 된다.

안녕, 또 왔네.
나타나줘서 고마워. 덕분에 정신이 바짝 들었어.
하지만 난 널 알아.
내 눈에 넌 괴물이 아니야.

3장
다정하게 시작하는 마음

내 친구 론은 거울을 보고 스스로에게 인사를 건네며 하루를 시작한다. 어떤 비아냥도 섞지 않은 인사다. 종종 소리 내서 인사하기도 한다.

나는 이 사실을 론이 아니라, 론의 아내 머트리스에게 듣고 알았다.

머트리스는 남편이 아침 인사를 건네는 소리에 잠에서 깨곤 한다. 론은 화장실 세면대 거울에 비친 자신의 모습을 보고 진심 어린 인사를 한다.

"어이, 친구!"

머트리스는 많은 아내가 그러듯 남편을 완벽하게 흉내낼 줄 안다. 머트리스가 접신한 것처럼 론의 목소리를 흉내낼 때면 론이 새로운 하루가 시작될 때마다 자신에게 얼마나 기운찬 애정을 느끼는지 알 수 있다. 이 목소리에는 온기가 담겨 있다. 절친한 동료나 난데없이 찾아온 오랜 친구에게 인사를 하는 것 같다. 그날 벌어질 일들을 함께하기 위해 나타난 사람을 보고 기분 좋은 놀라움을 느낀 것 같다.

머트리스도 이 말을 들으며 잠에서 깨어나는 아침 시간을 더없이 좋아했다.

머트리스가 론의 이 작은 습관에 대해 이야기했을 때 나는 웃음을 터뜨렸다. 쉽게 상상이 됐기 때문에 더 우스웠다. 론은 의문의 여지 없이 매우 총명하고 성공한 인물이며 사람들은 그를 보자마자 호감을 갖곤 한다. 자신감이 넘치지만 우쭐대지는 않는다. 론에게서는 따뜻함과 카리스마, 자기 확신이 뿜어져 나온다. 론은 대도시의 시장직을 맡은 적도 있다. 또한 아름다운 자녀들과 행복한 가정을 이루고 있다. 늘 함박웃음을 짓고 자연스러운 태도를 보이는 론의 태연자약한 모습은 모두의 부러움을 살 만하다.

하지만 생각을 거듭할수록 론의 "어이, 친구!"는 재미있는 습관 이상으로 보였다. 꽤나 의미 있는 습관 같았다. 거기서 나는 태연함을 장착하고 자신에게 친절한 태도로 하루를 시작하기로 마음먹은 사람을 엿볼 수 있었다.

론은 남성이다. 거울 앞에 설 때 외모에 대해 갖는 불만이 상대적으로 적을 것이다. 반면 우리 같은 사람들은 훨씬 더 많은 불만

미셸 오바마 자기만의 빛

을 갖도록 길들여져 있다. 많은 사람에게, 특히 남성이 아닌 사람에게 거울 앞은 무서운 공간이다. 아침이라면 더 그렇다. 우리는 반사적으로 스스로에게 가혹한 평가를 내린다. 우리의 생김새에 대한 부정적인 말들을 흡수하는 데 익숙해져 있기 때문이다. 그렇게 흡수한 메시지는 대상화된 존재, 부족한 존재, 눈에 띄지 않는 존재가 된 기분에 사로잡히게 한다. 무엇보다 여성들은 자기 관리와 스타일에 관해서 더 높은 기준을 충족하도록 끊임없이 요구받는다. 좀 더 복잡하고 좀 더 비싸고 좀 더 시간을 잡아먹는 준비를 마친 뒤에야 비로소 외출할 준비가 되었다고, 혹은 새로운 하루를 시작할 준비가 되었다고 느낀다.

나 또한 아침에 욕실 불을 켜고 내 모습을 보고는 곧바로 불을 끄고 싶어진 게 하루 이틀이 아니었다. 나와 대면하면 나는 무의식적으로 나의 결함부터 정리하기에 바빠진다. 건조한 피부나 부은 얼굴처럼 더 나아질 수 있고 그래야만 하는 나의 모습만을 인식한다. 나를 평가한다는 것은 그 즉시 나를 소외시킨다는 뜻이다. 그렇게 나는 분리된 상태로 하루를 시작한다. 마치 한쪽에는 비판을 일삼는 독설가가, 한쪽에는 가면을 쓴 광대가 자리한 것처럼 말이다. 한쪽은 상처를 입히고 한쪽은 상처를 입는다. 당연하게도 나쁜 기분에 휩싸이게 된다. 떨쳐버리기도 힘들다.

다정한 마음으로 시작하는 것, 나는 바로 이것에 관해 이야기하고 싶다. 론도 피곤하고 부은 얼굴로 거울 앞에 설 때가 있을 것이다. 론에게도 면밀하고 비판적으로 따지고 싶은 결함이 많을 것이다. 하지만 론이 가장 먼저 보고 가장 먼저 인정하기로 선택한 것은 온전한 자신이다. 론에게 자기 자신은 만나서 진심으로 반가운 존재다. 우리 대다수와 달리 론은 자기혐오라는 출발점에서 새 하루를 시작하는 것이 별로임을 깨달았다.

론의 인사 "어이, 친구!"에는 조용한 힘이 있다. 거짓된 허세가 없고 효율적이며 개인적이다(머트리스가 내게 이야기하기 전까지는 개인적이었다). 가장 중요한 점은 평가가 아니라는 것이다. "얼굴이 왜 그 모양이야", "그것밖에 못 해?" 같은 후속 대화로 이어지지 않는다. 거울 앞에 선 론은 판단을 내리거나 스스로를 헐뜯고 싶은 충동을 물리친다. 그 대신에 간단한 자비와 인정의 메시지를 건넨다.

생각해보면 이것은 바로 우리가 타인에게서—부모, 선생님, 상사, 연인 등에게서—간절히 얻어내려는 것이다. 그리고 얻어내지 못하면 낙담한다. "어이, 친구!"가 대단한 이유는 야심 가득한 말이 아니기 때문이다. 격려의 말이라고 할 수도 없다. 어떤 열정이나 언변을 요구하지 않으며, 새 하루가 빛이 날 거라는, 새로운 기회와 성장으로 채워질 거라는 어떤 믿음도 담고 있지 않다. 단지 친근한 인사일 뿐이다. 따뜻한 어조로 전달하는 단 두 마디의 말. 그렇기에 좀 더 많은 사람이 시도해볼 만한 것일지 모른다.

여러 해 전 오프라 윈프리 북클럽을 위한 TV 대담에서 노벨문

학상 수상자인 고(故) 토니 모리슨은 육아에 관한 의미심장한 깨달음에 대해 이야기했다. 그것은 아이들 앞에서 어른이 보여야 할 태도이자 넓게 보면 인간답게 살기 위한 태도와도 관련이 있었다.

토니 모리슨은 그날 관객들에게 이렇게 물었다.

"자, 아이가 방으로 들어옵니다. 내 아이든, 남의 아이든 아이가 들어오면 여러분은 환한 표정을 짓나요? 아이들은 그걸 원하거든요."[6]

당시 모리슨의 두 아들은 장성한 뒤였지만 모리슨은 자신의 깨달음을 잊지 않고 있었다.

"아이들이 어릴 때 방 안으로 들어오면 저는 아이들이 바지를 잘 여몄는지, 머리를 빗었는지, 양말을 잘 올려 신었는지 확인했습니다. 그러면서 나의 애정과 깊은 사랑이 드러난다고 생각했죠. 애들 생각을 해서 신경 써주는 거니까요. 근데, 사실은 그렇지 않습니다. 아이들이 엄마를 볼 때는 잔소리를 하려는 얼굴만 보입니다. 그리고 생각하죠. '내가 또 뭘 잘못했지?' 하고요."

두 아이의 엄마로 살면서 모리슨은 자기도 모르게 잔소리하려는 얼굴이 가장 먼저 드러난다는 점을 깨달았다. 얼마나 많은 애정과 깊은 사랑이 담겼는지는 상관없다. 엄마들이 짓는 어떤 얼굴이든 나란히 두면 잔소리하려는 얼굴이 언제나 이긴다. 네 살배기 아이라도 자기가 뭘 잘못했는지 어리둥절하게 된다. 그렇게 우리는 주위에 존재하는 여러 비판적인 얼굴을 기억하며 평생을 살아간다. 폭격처럼 쏟아지는 평가를 당하며, 뭘 잘못하고 있는지 자문하면서, 그리고 유해한 방식으로 그에 대한 답변을 내면화한 채 평생을 살아간다. 너무나도 자주 우리는 자신을 비판적인 시선으로 바라본다. 무엇을 잘했는지 알아차릴 새도 없이 무엇을 잘못했는지 따지며 스스로를 벌한다.

이것은 토니 모리슨이 말한 두 번째 깨달음과도 이어진다. 때로는 저울을 반대 방향으로 기울게 해도 괜찮으며 심지어 그렇게 하는 것이 중요할 수 있다는 사실이다. 모리슨은 자녀들을 대할 때 평가를 줄이는 동시에 좀 더 따뜻하고 진심 어린, 좀 더 직접적인 것을 보여주기로 했다. 환한 얼굴, 얽매이지 않은 기쁨, 그리고 잘 빗은 머리나 올려 신은 양말을 인정해주는 것이 아닌 내 앞의 그 사람 전부를 인정해주는 것.

"아이들이 방에 들어온 순간이 저는 정말 기뻤기 때문이죠. 아시다시피 아주 사소한 것입니다."

모리슨은 자녀들뿐 아니라 다른 아이들을 만날 때도 가장 먼저 기쁜 마음을 보여주는 법을 익혔다. 내 친구 론처럼 모리슨도 다정한 마음으로 시작하기로 한 것이다.

토니 모리슨이 아이들을 오냐오냐 키우거나 아이들에 대한 기대를 낮췄다는 말이 아니다. 제 몸 하나 돌볼 줄 모르는 응석받이로 키웠다거나 인정에 목마른 사람으로 키웠다는 말이 아니다.

사실 그 반대라고 생각한다. 모리슨이 자녀들에게 보여준 태도는 우리 부모님이 보여준 태도와 같다. '그대로도 충분하다'는 단순한 메시지를 전달한 것이다. 아이들의 빛, 아이들 각각의 내부에 있는 고유한 반짝임을 긍정한 것이다. 아이들에게 거기 빛이 있다는 것을 보여주고 그 빛이 아이들 자신의 것이며 스스로 품고 갈 수 있는 힘이라는 사실을 깨닫게 해주는 것이다.

물론 살면서 기쁨과 충분함에 관한 메시지를 전달받기란 꽤나 힘든 일이다. 학교에서도 직장에서도 심지어 가정에서도 연인 관계에서도 우리는 주기적으로 자신의 가치를 입증하라는 요구를 받는다. 그리고 인정받거나 발전하기 위해 일련의 시험을 통과해야 한다고 믿게끔 길들여져왔다. 출근 첫날부터 전적인 신뢰를 보여주는 상사, 내가 나타날 때마다 기쁜 얼굴로 나를 보는 동료는 매우 드물다. 아무리 훌륭한 인생 동반자라도 그렇다. 쓰레기를 버리러 나갈 때, 하루에도 몇 번씩 기저귀를 갈러 침실로 올라갈 때 나를 차마 환한 얼굴로 바라봐주지 못할 수 있다.

하지만 중요한 것은, 누군가 환한 얼굴로 우리를 바라봐줄 때 우리가 그 순간을 기억한다는 점이다. 그때의 느낌, 기분은 어디 가지 않는다. 나는 초등학교 3학년 때 실즈 선생님한테 받은 온기를 아직도 소환할 수 있다. 선생님은 매일 가르치는 아이들을 만나는 게 진심으로 행복해 보였다. 우리가 다정한 마음으로 시작할 기회를 얻을 때, 다른 누군가가 얽매이지 않은 기쁨과 스스로 성공할 수 있다는 믿음을 갖고 자신에게 인사를 건넬 때, 그 영향력은 쉽게 사라지지 않으며 우리를 고양시킨다. 기쁜 마음으로 자신을 환영했던 선생님이나 부모, 코치, 친구의 얼굴을 기억할 수 있는 사람은 얼마나 될까? 연구에 따르면, 교사가 시간을 들여 교실 문 앞에서 학생들을 개별적으로 맞이할 때 학생들의 수업 참여가 20퍼센트 이상 증가하고 수업을 방해하는 행동이 줄어든다고 한다.[7] 사실 아주 단순한 개념이다. 기쁜 마음은 영양분이 되어준다. 선물이다. 누군가 우릴 보고 반가워하면 우리는 좀 더 안정적으로 서 있을 수 있다. 더 쉽게 태연함을 장착할 수 있다. 그리고 그 기분을 지니고 앞으로 나아갈 수 있다.

아이들을 보면 인정받으려는 욕구가 얼마나 본능적인지 알 수 있다. 아이들은 다정함에 자석처럼 들러붙는다. 백악관에서는 매년 '아이와 함께 출근하는 날'을 맞아 임직원 자녀들을 초대하곤 했다. 수백 명의 아이가 와서 백악관 주방을 구경하고 우리의 반려견 보와 서니를 만났다. 그리고 장갑을 두른 대통령 전용 차량 '비스트'를 살짝 엿볼 기회를 얻었다. 아이들을 보내기 전에 나는 아이들과 이스트룸에 앉아 아이들의 질문에 무엇이든 대답하는 시간을 갖곤 했다. 아이들은 손을 들고 내가 지목하길 기다렸다. 그리고는 이런 질문들을 했다.

"가장 좋아하는 음식이 뭐예요?"

"왜 그렇게 운동을 많이 하세요?"

미셸 오바마 자기만의 빛

"여기 수영장도 있어요?"

"대통령님은 착해요?"

그러던 중에 한 여자아이가 손을 들었다. 이름은 아나야였다. 내가 지목하자 아나야는 자리에서 일어나 내 나이를 물었다(당시 답은 51세였다). 그러자 아이는 내가 너무 젊어 보여서 그렇게 나이가 많을 수는 없다며 듣기 좋은 말을 했다. 나는 소리 내어 웃으며 아이에게 앞으로 나오라고 손짓했고 품에 꼭 안아주었다.

그러자 훨씬 더 많은 손이 솟아올랐다. 질문 시간이 끝나갈 즈음 남은 질문은 다 사라지고 단 하나의 질문으로 대체되었다.

"저도 안아주실 수 있어요?"

내가 지목한 또 다른 아이가 물었다. 그리고 또 다른 아이도 말했다.

"저도 안아주세요."

방을 채운 아이들의 목소리가 점점 커지며 아이들이 합창하듯 외쳤다.

"저도요, 저도요, 저도요!"

이 아이들은 포옹이 더 의미가 있다는 사실을 본능적으로 아는 듯했다. 그리고 그 기분이 내가 하는 어떤 말, 내가 줄 수 있는 어떤 정보보다 더 오래 기억되리라는 사실을 아는 듯했다. 아이들은 다른 어떤 것보다 그 기분을, 아이들을 만나서 기쁜 내 마음의 직접적인 표현을 원했다. 그리고 솔직히 말하면 나도 돌려받고

당신이 있어서 기쁘다는 마음을 전하는 가장 강력한 도구는 단순한 포옹이다.

싫었다. 기쁜 마음은 이렇게 상호적이다. 나는 퍼스트레이디로서 아이들보다 어른들을 더 많이 만났지만 내가 지쳤을 때 내 영혼을 배부르게 하고 에너지를 준 것은 아이들이었다. 이 세상의 많은 아이가 누군가 자신을 환한 얼굴로 맞이하는 느낌을 아직 모르거나 영영 모를 수도 있다. 그럴 경우에 대비해서, 만나는 모든 아이에게 환한 빛이 되어주는 것이 퍼스트레이디로서 내 의무라고 생각했다. 나는 아이들을 만날 때 내 자식들을 볼 때와 같은 얼굴로 환하게 웃었다. 내가 기쁨을 표현하는 것만으로도 그 아이들이 얼마나 중요하고 소중한 존재인지 일깨울 수 있다는 사실을 알았기 때문이다.

다음 장에서 우리는 기쁜 마음 위에 관계를 짓고 그것을 키워나가려면 어떻게 해야 하는지 자세히 살펴볼 것이다. 나의 세상 속에서 태연함을 쌓아가는 사람을 알아보고, 남을 위해 내가 그런 사람이 되려면 어떻게 해야 하는지 살펴볼 것이다. 또한 남의 눈에 반가운 사람으로 보이는 것뿐 아니라 넓은 의미에서 눈에 띄는 사람이 되는 것의 어려움에 대해 이야기해보려 한다. 우리 중 많은 사람이 자신이 타인의 눈에 띄지 않는 존재라는 생각에 힘들어하거나 있는 그대로 오롯이 인정받기 위해 편견을 극복해야 하는 상황에 놓이기 때문이다. 우선은 작은 당부를 건네고 싶다. 진정한 성장을 이루려면 먼저 나 자신을 기쁜 마음으로 볼 수 있어야 한다는 당부를 말이다.

* 　　　　* 　　　　*

　하루를 시작할 때마다 자신에게 따뜻한 어조로 두 마디 인사를 건네는 내 친구 론의 이야기로 되돌아가보자. 론은 어떤 평가를 내리기 전에 자신의 기쁜 마음을 앞세운다. 그 결과 말 그대로 자기 확신을 갖게 된다.

　이것은 누구나 할 수 있는 일이다. 우리도 인정과 다정함을 집으로 배달시킬 수 있다. 우리도 우리 자신의 빛을, 현재의 나를 인정할 수 있다. 거울 속에 나타난 나의 모습이 지치고 불완전해 보일지라도 말이다. 수많은 책이 감사하는 마음의 힘에 대해 말하는데, 거기에는 분명한 이유가 있다. 효과가 있기 때문이다. 사실상 그렇게 힘든 일도 아니다. 약간의 연습이 필요할 뿐이다. 나를 깎아내리려는 반사적인 충동을 인지하고 그런 생각이 얼마나 빨리 몰려오는지 깨닫기 위해 좀 더 촉각을 세우는 연습, 그리고 그것을 어떤 방식으로든 나만의 상냥한 "어이, 친구!"로 대체하는 연습이다.

　나는 요즘 아침마다 다정한 마음으로 스스로를 바라보며 하루를 시작하려고 애쓴다. 내 머릿속에 가장 먼저 도착하는 자기비하와 일말의 부정적인 생각을 의식적으로 그려내고 의도적으로 옆으로 치워두려고 한다. 그러고는 더 긍정적이고 더 다정한 생각, 더 의도적이고 내게 친근한 생각을 불러들인 뒤 출발점으로

　　　　　　　　　　　　　　미셸 오바마 자기만의 빛

삼는다. 그다음은 꽤나 단순하다. 대개는 내가 다시 한번 새로운 날의 출발선에 섰다는 것을 차분하게, 그러나 감사하는 마음으로 인정하면서 시작한다.

문턱이 낮다는 점을 기억하자. 다정한 마음으로 시작한다는 것은 거창하게 시작한다는 뜻이 아니다. 그날 하루 무얼 이룰지 선언할 필요도, 어떤 깊고 새로운 자신감의 샘을 발견할 필요도, 내가 무적이라도 된 양 시늉할 필요도 없다. 입 밖으로 소리 낼 필요도 없으며 무엇보다 거울 앞에서 할 필요는 전혀 없다. 그저 비판을 일삼는 내 안의 나에게 선을 긋고 약간의 온기를 담아 다정한 인사와 함께 기쁜 마음을 앞세우면 된다. 좀 창피하다는 생각이 들거나 배우자가 옆에서 키득거려도 꾹 참고 해보길 바란다.

론은 여전히 인사를 하고 있다. 아침마다 잠자리에서 일어나 자기 안에서 무언가 강력하고 안정감을 주는 것을 불러낸다. 스스로에게 인사를 건네며 이런 메시지를 전달한다. '넌 지금 여기 있고 그건 행복한 기적이니 어서 달려보자.' 나는 이것이 정말 아름다워 보인다.

그럼에도 머트리스와 나는 여전히 키득거린다. 상당히 귀여운 습관인 것 같다.

"어이, 친구!"

우리는 서로에게 이렇게 인사하기 시작했다. 순전히 재미로.

이야기를 듣고 나서 론을 만났을 때에도 방 저편에 있는 론에게 이렇게 외쳤다.

"어이, 친구!"

론은 자신에게 다정할 줄 아는 안정적이고 태연한 사람이라서 조금도 부끄러워하지 않았다. 그저 미소를 지으며 똑같은 인사를 건넸을 뿐이다.

"어이, 친구!"

4장

눈에 보이는 존재

내가 있든 없든 상관없을 것 같다는 기분을 느껴본 적 있는가? 나를 보고도 보지 못하는 세상에 살고 있다는 기분을 말이다.

내가 만나는 사람들은 저마다 학교, 직장, 좀 더 큰 공동체에서 자신을 있는 그대로의 모습으로 받아들여주지 않아 힘겹다고 말한다. 한 공간에 있지만 속하지 못한다는 기분 때문에 남의 시선을 의식하게 된다고 말한다. 나도 잘 알고 있는, 살면서 거의 언제나 느꼈던 기분이다.

지구상의 거의 모든 사람이 살면서 한번은 이런 기분을 느낀다. 내가 주위 환경과 왠지 어울리지 않는 사람이 된 것 같은, 있으면 안 될 곳에 있는 사람이 된 것 같은 불편한 자각 말이다. 하지만 자신이 남과 다르다고 여기는—그것이 인종, 민족, 체형, 젠

더, 퀴어, 장애, 신경다양성, 그 밖의 다른 것 때문이든, 그런 것들의 다양한 조합 때문이든—사람들에게 그 기분은 잠시 머물다가는 것이 아니다. 격렬하면서도 꾸준하게 지속된다. 이런 기분을 견디며 살아가려면 상당한 노력이 필요하다. 무엇이 그런 기분의 원인이 되고 그 기분을 어떻게 다루어야 할지 이해하는 것은 과장을 보태지 않아도 막막한 일이다.

내가 어린 시절 남과 다르다고 느꼈던 이유는 결코 흑인이라서가 아니었다. 내가 자란 동네에서 내 피부색은 조금도 눈에 띄지 않았다. 우리 학교는 다양한 출신의 다양한 아이가 다니는 학교였고 그 다양성 덕분에 우리 각자의 개성이 발휘될 여유 공간이 더 많은 듯싶었다.

그럼에도, 나는 키가 컸다. 그리고 키가 크다는 사실은 나를 곤란하게 했다. 키가 크면 눈에 띄었다. '키 큰 애'는 나에게 가장 먼저 달렸던 꼬리표였다. 떨쳐낼 수도 없고 숨길 수도 없었다. 유치원에 등교할 때부터 키가 컸고 거기서 더 자라서 열여섯 즈음 되자 지금의 키, 약 180센티미터에서 멈췄다.

초등학교 시절, 쉬는 시간에 밖으로 나가거나 화재 대피 훈련을 하거나 교내 공연을 준비할 때마다 선생님이 빠짐없이 하는 말이 있었는데 나는 그 말이 정말 싫었다.

"자, 얘들아, 키 순서대로 줄 서자!"

순서는 말하지 않아도 다 알았다.

미셸 오바마 자기만의 빛

키 작은 아이가 맨 앞, 키 큰 아이가 맨 뒤였다.

선생님에게 그럴 의도가 없었다는 것을 이제는 알지만 그런 지시는 내가 이미 느끼고 있던 어색함을 가중시켰다. 남들이 보는 앞에서 변방으로 밀려난 느낌이었다. 난 바깥쪽에 속하는 아이라는 메시지를 받지 않을 수 없었다. 이것은 나에게 작은 상처를 남겼다. 내 강점을 포용하는 걸 막는 아주 작은 자기혐오의 알갱이였다. '키 큰 애'로 나는 대부분의 모임에서 뒤로 밀려났으며 3학년 합창단에서도 맨 뒤에 서서 노래했다. 언제나 후위를 맡았다. 내 키에 대한 관심 때문에 새로운 수줍음이 생겼고 다르다는 기분을 조금 알게 되었다. 종종 어색한 기분에 푹 절어 사람들 사이를 가로지르면서 단 한 가지만 생각했다. '그래, 난 줄 맨 뒤에 서는 키 큰 여자아이야.'

돌이켜보면 나는 자신에게 두 가지 메시지를 동시에 전달하고 있었다. 그리고 그 메시지는 서로 결합해 한결 유독해졌다.

나는 눈에 띄는 사람이다.

나는 있든 없든 상관없는 사람이다

내 키는 나의 장점이 아니었다. 오빠 크레이그의 경우엔 달랐다. 오빠는 열세 살에 이미 집 앞 공원에 있는 농구장에서 다 큰 어른들을 상대할 만큼 키가 컸다. 힘과 기량이 좋다고 칭찬을 받았다. 오빠는 큰 키를 도구 삼아 친구들을 사귀고 동네 사람들의 존중을 받을 수 있었다. 큰 키는 대학에 가게 해주었고 진학 과정

내 키는 못 보고 지나칠 수 없는 나만의 특징이었다.
맨 뒷줄 중앙에 내가 서 있다. 브린마 초등학교 여학생 중에 내가 가장 컸다.

에 도움을 줄 동료 선수들, 농구팀 후원자들과 연결해주었다. 후원자들은 멘토 역할을 하면서 오빠를 더 많은 사람에게 소개해주었다. 오빠의 키와 힘은 결국 오빠가 농구 감독으로 성공할 때까지 큰 자산이 됐다.

반면에 내 키와 힘의 조합은 자산이 아닌 짐으로 느껴졌다. 1976년 몬트리올 올림픽 당시 루마니아 기계체조 선수 나디아 코마네치에게 열광했던 기억이 있다. 코마네치는 이단 평행봉 종목에서 완벽한 연기를 선보이며 올림픽 체조 경기에서 최초로 '10점 만점'을 받아 모두를 놀라게 했다. 심지어 그걸 여섯 차례나 되풀이했다. 평균대와 개인 종합 경기에서도 금메달을 가져갔다. 나는 코마네치의 능력을 숨죽이며 지켜보았다. 코마네치의 태연한 모습에 넋을 잃기도 했다. 위대한 목표를 향해 배짱 있게 나아가는 모습을 보면서 내 안에서 무언가가 동요했다. 나디아 코마네치가 있기 전에 '10점 만점'이라는 것은 목표로 삼을 관념, 덧없는 기적에 지나지 않았다. 그러나 코마네치가 그것이 가능함을 보여준 것이다. 완전히 새로운 수준의 탁월함이었다. 스포츠 세계에서는 달 착륙에 버금가는 일이나 다름없었다.

게다가 나디아는 겨우 열네 살이었다. 정확히 따지자면 열네 살 반이었다. 당시 나는 열두 살 반이었디. 나는 그 나이 차에 힘을 얻었다. 내가 체조를 시도해본 적조차 없다는 사실은 중요하지 않았다. 나디아 수준으로 몸을 만들기까지 아직 2년이라는 시간이 있다는 사실이 중요했다. 때가 되면 나도 손에 송진을 묻히고 국제 대회에 화려하게 등장할 수 있을 거라 생각했다. 나디아는 나의 새로운 성장 지표가 되어주었고, 나는 이 생각을 떨칠 수 없었다. '열네 살 반에는 저렇게 될 수 있단 말이지.'

그래서 같은 목표를 겨냥하기로 했다. 나도 달에 갈 수 있다고 생각한 것이다.

어머니의 축복 아래 나는 메이페어 아카데미의 주 1회짜리 아크로바틱 수업에 등록했다. 메이페어 아카데미는 내가 원래 무용을 배우던 스튜디오였다. 1950년대에 메이페어 아카데미를 창립한 사람은 탭댄서이자 안무가로 성공한 사우스사이드 출신의 아프리카계 미국인이었다. 당시 좀 더 부유하고 백인이 많이 살던 북쪽 동네에서는 무용이나 운동을 쉽게 접할 수 있었지만 남쪽 동네는 그렇지 않았다. 그는 사우스사이드 아이들에게도 그 기회를 제공하려 했다. 사우스사이드에서는 그 작은 스튜디오가 체조 시설과 가장 비슷한 공간이었다. 하지만 정식으로 기계체조를 가르치는 곳은 아니었기 때문에 평균대나 바닥 매트, 훈련용 도구나 스펀지 풀, 도마나 평행봉도 없었다. 길고 좁은 매트가 하나 있을 뿐이었다. 그곳에서 나를 비롯해 미래의 나디아 십수 명이 재주넘기와 스플릿 자세 등을 연습했다.

그해 절반 이상 나는 꾸준하게 물구나무서기, 카트휠, 라운드오프 등의 재주넘기 기술을 연습했다. 백워크오버라는 기술을 성공한 적도 있지만 대개는 그러지 못했다. 체중이 이상하게 분산되어 있어서 그랬는지는 모르겠지만 애초에 체조를 하기에는 힘든 몸을 타고난 것 같았다. 어딘가 거북한 자세로 상체를 뒤로 젖힌 채 5분쯤 버티면서 메뚜기처럼 빼빼 마른 다리를 굽은 상체 위로 차올려보려고 했지만 소득이 없었고 팔의 근육만 경련을 일으킬 뿐이었다. 적절한 탄력을 받거나 지렛대 역할을 해줄 지점을 찾아야 하는데 결코 쉽지 않았다. 나는 결국 바닥에 등을 대고 털썩 널브러지곤 했다.

동료들 사이에서도 약간 소외되는 기분이었다. 특히 새로 온 아이들이―대개 키가 나보다 적어도 15센티미터는 작고 체격도 아담했다―새로 산 레오타드를 입고 내가 익히지 못했던 기술을 빠르게 터득하는 모습을 보기가 힘들었다.

좀 창피했다. 그러다 의욕이 꺾이는 지경에 이르렀다.

그러다 마침내, 달 착륙을 위한 시도는 이제 끝났음을 인정하며 나는 열세 살 때 기계체조 종목에서 정식 은퇴했다.

나는 나디아가 아니었다. 앞으로도 될 수 없었다.

✦   ✦   ✦

사실 나는 나디아가 될 수 없는 몸이다. 무게중심이 너무 높았고, 팔과 다리는 회전하며 접었다 폈다 하기에는 너무 길었다. 좋은 체조 선수가 되기에는 키가 너무 컸다. 운동을 이어나가는 데 필요한 특수 장비나 비용을 대야 했다면 우리 가족은 아마 파산했을 것이다. 내가 얼마나 의욕이 넘쳤는지는 상관없었다. 나디아가 줄줄이 세운 10점 만점의 기록이 내 안의 어떤 충동을, 나를 증명하려는 욕구를, 내게도 놀라운 일을 해낼 능력이 있다는 기분을 일깨웠다는 사실도 상관없었다. 내가 택한 영웅은 훌륭했지만 내가 택한 길은 불가능한 길이었다.

그렇다면 나의 힘으로 무얼 할 수 있었을까? 나는 강한 집안에서 자란 강한 아이였지만 여자아이에게 '강하다'는 수식어는 잘 붙지 않았고 긍정적인 의미도 아니었다. 힘은 소중하게 간직하거나 길러야 하는 것이 아니었다. 나는 몸도, 성격도, 잘하려는 욕구도 강했다. 그럼에도 나의 힘은 나를 키워준 나의 집 밖에서는 별 의미가 없는 것 같았다. 오히려 왠지 꾹 눌러둬야만 할 것 같았다.

더 큰 문제는 다른 선택지가 무엇인지 알 수 없었다는 점이다. 본받을 만한 다른 영웅을 쉽게 찾을 수 없었다. 나의 힘을 분출할 새로운 출구를 찾기가 힘들었다. 우리 동네에는 여자축구나 소프트볼 리그가 내가 아는 선에서는 없었다. 쉽게 테니스 장비를 구하거나 수업을 받을 수도 없었다. 농구팀을 찾을 수는 있었겠지만 내 안의 무언가가 본능적으로 저항했다(자기혐오의 알갱이가 여기서 또 등장했다). 키 큰 여자아이에게 당연하게 여겨지는 단 하나의 종목으로 기울어지고 싶지 않았다. 왠지 지는 기분이었다.

그때는 시대가 달랐다는 점을 기억해주길 바란다. 비너스 윌리엄스와 세레나 윌리엄스가 나오기도 한참 전이었다. 마야 무어도, 여자프로농구(WNBA)도, 여자축구나 하키 리그도 없었다. 땀을 흘리거나 고군분투하거나 팀 스포츠에 참여하는 여성을 보는 일이 드물었다. 흑인 육상 선수 윌마 루돌프가 1960년대 초에 잠깐 세계의 주목을 받았을 뿐이다. 차세대 미국 육상 슈퍼스타 플로렌스 그리피스 조이너(일명 '플로조')는 등장하기 전이었다. 교육기관에서의 성차별을 금지하는 수정 법안으로 중요한 이정표가 된 민권법IX은 추후 대학 체육 교육 시스템을 개편하고 새로운 세대의 여성 운동선수들을 키워냈지만, 당시는 법안이 개정된 지 4년밖에 되지 않아 변화가 매우 서서히 이뤄지고 있었다. TV를 켜면 남자들이 미식축구, 야구, 골프, 농구를 하는 모습을 거의 매일 볼 수 있었지만, 여자가 경기에서 뛰는 모습은 가끔 테니스 경기에서나 볼 수 있을 뿐이었다. 그래서 4년마다 돌아오는 올림픽이 그토록 매혹적이었던 것이다.

그럼에도 TV에 비친 여성 올림픽 선수들은 기계체조나 피겨스케이팅 종목에 심하게 치우쳐 있었다. 몸에 딱 붙는 라이크라 재진의 운동복을 입고 개인 종목에서 경쟁하는 아담한 백인 여성을 주로 보여주었던 것이다. 선수들은 땀을 흘리지 않는 것 같아 보였고, 그들의 힘은, 신중하게 통제되고 심지어 강조되었다고 할

만큼 우아한 여성적 매력으로 포장되어 있었다. 어디선가, 황금 시간대에 방송되지 않는 종목에서 방송국 카메라의 주목을 받지 못한 나라의 선수들이 뛰고 있다는 사실은 알았지만, 적어도 내가 어렸을 때 TV에서 흑인 여성 운동선수가 뛰는 모습을 본 기억은 없다. 한 번도.

스포츠만 그런 게 아니었다. TV, 영화, 잡지, 책에도 나처럼 생긴 사람은 드물었다. TV 프로그램에서 자기 생각을 말하는 강인한 여성은 대개는 웃음을 주기 위한 역할이거나 남성의 일을 그르치는 말 많고 다루기 힘든 여자로 취급됐다. 흑인들은 종종 범죄자 아니면 하녀로 그려졌다. 의사나 변호사, 예술가, 교수, 과학자로 나오는 경우는 거의 없었다. 또는 만화의 한 장면처럼 우스꽝스러운 모습으로 등장했다. 시트콤 〈굿 타임스〉에서 에번스 가족은 공공 임대주택에서 익살 가득한 일상을 보내고, 〈제퍼슨 가족〉에서 조지 제퍼슨과 위지 제퍼슨은 빈민가를 벗어나는 데 성공하여 '하늘 높이 솟은 호오-화로운 아파트'에 입주한다. 아버지는 나와 오빠가 이런 시트콤 속 가족을 보면서 웃을 때마다 황당하다는 표정을 지으며 고개를 가로저었다.

"왜 항상 가난하고 얼빠진 모습이야?"

어린 나는 눈에 잘 보이지 않는 어떤 존재를 향해 나아가려 분투하고 있었다. 나디아 말고도 나의 롤 모델은 매리 타일러 무어, 스티비 원더, 시카고컵스의 외야수 호세 카르데날이었다. 이들을 전부 섞으면 어렴풋이 내가 되고 싶어 하는 사람의 모습이 됐을지 모르지만 아무리 눈을 가늘게 뜨고 봐도 그 모습은 좀처럼 상상이 되지 않았다.

나는 영웅을 찾아 헤맸다. 나와 조금이라도 닮은 사람, 앞길을 밝혀주고 무엇이 가능한지 알려줄 수 있는 사람이라면 누구든 좋았다. 직업을 가진 여성은 저런 모습이구나, 강력한 여성 지도자는 저런 모습이구나, 흑인 선수는 저렇게 힘을 쓰는구나. 이러한 깨달음을 줄 수 있는 사람을 말이다.

인생에서 보이지 않는 것을 꿈꾸기란 힘들다. 아무리 주변을 돌아봐도 더 넓은 세상에서 나와 비슷한 사람을 보지 못할 때, 지평선을 훑어보아도 나와 닮은 사람을 보지 못할 때, 우리는 더 광범위한 고독감을 느끼기 시작한다. 나의 희망, 계획, 강점이 나와 맞지 않는다는 생각을 하게 된다. 영영 어디에도 어떻게도 속하지 못하는 것은 아닐까 의심하게 된다.

*　　　*　　　*

고등학교에 진학할 무렵, 나는 쉽게 무리에 섞여 눈에 띄지 않을 수 있는 아이들이 살짝 부러웠다. 수업은 재미있었고 가까운 친구도 여럿 있었지만 내게는 여전히 '키 큰 애'라는 꼬리표가 달렸다는 사실을 감지하고 있었다. 거의 항상 의식했다. 키가 작은 아이들에게 순수한 질투심을 느꼈다. 사이즈 걱정 없이 옷을 살 수 있는 아이들, 남자아이들이 주저하지 않고 춤을 신청할 아이들을 질투했다.

나는 자유 시간의 상당 부분을 내 체형과 키에 어울리는 옷을 찾는 데 소비했다. 그럼에도 대개 잘 맞지 않고 어딘가 불편한 옷에 만족해야 했다. 나보다 키가 작은 친구들은 옷걸이에 걸린 캘빈클라인 청바지를 아무렇지 않게 집어 들었고 바지가 '덜름할' 걱정을 하지 않았다. 나는 그런 친구들을 보고 태연하려고 애를 썼다. 구두를 살 때도 굽 높이로 한참을 고민했다. 멋있어 보이고 싶었지만 키가 더 커 보이지는 않아야 했다. 수업 시간에는 발목이 드러나 촌스러워 보이지 않도록 바짓단을 끊임없이 잡아당기느라 집중력이 흐트러지기도 했다. 셔츠와 재킷의 소매는 언제나 내 팔보다 짧았는데, 아무도 눈치채지 못하길 바라며 언제나 소매를 말아 올리고 다녔다. 숨어 다니고 나를 끼워 맞추고 내가 가지지 못한 것을 벌충하느라 힘을 뺐다.

교내 응원 행사에 가면 치어리더 친구들이 재주넘기를 하고 폼폼을 흔드는 모습을 보곤 했다. 기계체조 선수들이 보여줬던 힘과 우아한 동작의 조합을 그 아이들에게서도 볼 수 있었다. 동시에 경악스러운 사실을 깨달았는데, 그들 중 몇몇은 몸집이 내 다리 하나만 하다는 것이었다. 뿐만 아니라 거기에 어떤 젠더 역학이 작동하고 있다는 것도 조금씩 눈뜨게 되었다. 내가 부러워

미셸 오바마 자기만의 빛

하는 여자아이들조차 승자가 될 가능성이 낮은 약한 팀에 속해 있었다. 아담하고, 전통적인 의미에서 예쁜 아이들조차 좁은 선택지 안에서 움직이고 있었다. 그 치어리더들은 강하고 훈련이 잘 되어 있었지만 그럼에도 대체로 장식처럼 여겨졌다. 남자 미식축구와 농구라는 흥미진진한 각본 속에서 조연을 맡은 발랄한 경기장 바깥의 마스코트였다. 환호를 받는 것은 대체로 남자아이들이었다.

나는 자꾸만 내가 있는 자리에 나를 끼워 맞추려고 했다. 그리고 우리 모두 그러려고 애쓰고 있었다. 생각해보면 10대 아이들은 전부 그렇다. 어린 나이에 실패를 경험해볼 수 있는 것도 그 덕분이다. 나는 딸들에게 이렇게 말하곤 한다. 인기 많고 자신감 넘치는 아이들도 알고 보면 내심 겁내고 있다고. 단지 남들과 어울리려는 자신의 노력을 좀 더 잘 감추는 것뿐이라고. 그 나이에는 거의 모두가 어떤 종류든 가면을 쓰고 있다.

＊　　　　＊　　　　＊

이런 식으로 남의 눈을 의식하는 태도는 하나의 성장 단계라고 해도 과언이 아니다. 견디내고 배움을 얻고 성장함으로써 그 시선에서 벗어나는 것이다. 그러나 나를 끼워 맞춰야 한다는 생각, 내게 주어진 여러 표준의 바깥에 존재할 수밖에 없다는 생각은 종종 성인이 되고 한참이 지나도 사라지지 않는다.

나는 여기 속하는 걸까?

다른 사람들은 나를 어떻게 생각할까?

나는 어떻게 보일까?

우리는 이런 질문을 던지면서 아프지 않은 답을 얻기 위해 스스로를 곧잘 일그러트리곤 한다. 우리가 처한 위치에 따라 드러나는 다름을 관리하기 위해 숨고 끼워 맞추고 벌충한다. 우리는 다양한 상황에 맞는 다양한 가면을 쓴다. 사실상 태연한 척하는 것이다. 좀 더 안전함을 느끼고 더 큰 소속감을 갖고 싶어서 짐짓 그런 척을 하지만 이것이 진정한 내 모습은 아닌 것 같다는 생각에 휩싸이고 만다.

나의 다름이 곧 가장 눈에 띄는 특징, 남들이 가장 먼저 알아보고 가장 오래 기억하는 특징이라고 생각하기 쉽다. 때로는 너무나 맞는 사실이지만 때로는 그렇지 않다. 안타깝게도 어느 쪽인지 알기가 무척 힘들다. 그럼에도 계속 앞으로 나아가는 수밖에 없다. 문제는 타인의 평가가 내 안에 들어오도록 허용하는 순간, 온갖 신경이 분산된다는 점이다. 이것이 남의 시선을 의식하는 태도의 특징이다. 나에 대해 생각하는 데 그치지 않고 남들이 나를 어떻게 생각할지 상상하는 쪽으로 움직이는 것이다. 이는 또 다른 자기 파괴의 형태로 이어질 수 있는데, 갑자기 나도 나의 다름을 먼저 의식하게 되기 때문이다. 칠판에 적힌 수학 문제를 푸는 데 집중하기보다 내 모습이 어떻게 보일지가 걱정된다. 강의실에서 손을 들고 질문을 하려는데 문득 다른 사람들에게 내 목소리가 어떻게 들릴지 신경이 쓰인다. 상사와 면담을 하는 와중에는 어떤 인상을 남겨야 할지 고민에 빠진다. 치마 길이는 적당한지, 립스틱을 칠했어야 하는지 고심하면서 말이다.

그 꼬리표가 무엇이든, 우리는 꼬리표의 무게를 짊어지기 시작한다. 우리의 다름은 깃발처럼 우리에게 붙어 다닌다.

이 모든 것이 우리의 부담을 더하고 집중력을 더 흐트러트린다. 어떤 사람에게는 아무렇지 않아도 우리는 에너지를 소모해야 하는 상황에서 한층 더 많은 생각을 요구받는다. 세상이 눈앞에서 조용히 둘로 갈라진 것처럼 느낄 수도 있다. 더 생각해야 하는 사람과, 덜 생각해도 되는 사람으로 말이다.

✦　　　✦　　　✦

내 흑인 친구 중에는 부유한 백인들이 사는 교외에서 성장한 친구들도 있다. 그들의 부모님은 자녀를 좋은 공립학교가 있고 자연과 가까우며 물과 공기가 깨끗한 지역에서 키우기 위해 의식적인 선택을 했다. 이는 그들이 태어나고 자란 도시와 그곳의 친지들과 작별했다는 뜻이었다. 우편번호가 다른 곳에 정착하기 위해 한 푼도 쓰지 않고 모아야 했다는 뜻이기도 했다. 때로는 더 나은 학교가 있는 더 나은 동네에 살기 위해 도시 변두리에 있는 통근 기차역 바로 근처의 비좁은 아파트에서 세를 살아야 했다. 그럼에도 그 선택은 어떤 이점을 확보할 수 있는 발판을 마련해주었다. 또한 그건, 거의 모든 경우 아이들이 '유일한 아이'로 자라난다는 의미였다. 학교, 스포츠팀, 슈퍼마켓 통로에서, 그리고 극장에서 팝콘을 사려고 줄을 서면서, 피부색이 같은 친구를 거의 찾아볼 수 없다는 뜻이었다. 아이들에게 더 나은 기회를 준다는 명목 아래 부모들은 다양한 인종 사이의 경계 지역이라고 할 만한 곳에 자처해 들어선 것이다.

나에게는 친구 하나가 있다. 이름은 앤드리아라고 해두자. 앤드리아는 뉴욕주의 한 베드타운에서 '유일한 아이'로 성장했다. 골프장과 경사진 숲이 흩어져 있으며, 아버지들은 열차를 타고 뉴욕시로 통근하고 어머니들은 아이들과 집에 있는 그런 동네였다. 앤드리아의 부모는 성공한 전문직 흑인이었다. 고학력자에 야망이 매우 컸으며 좋은 집에 살고 좋은 차를 몰았다. 재산으로 보면 앤드리아 가족은 그 동네에 꽤 잘 어울렸다. 그럼에도 가족의 검은 피부가 그 백인 동네의 동질성 속에서 두드러지는 걸 막지는 못했다. 앤드리아는 아주 어릴 때부터 주변 이웃들의 사소한 머뭇거림을 알아채기 시작했다. 특권층의 공간에 들어온 작은 흑인 소녀를 처음 본 누군가가 그 광경을 이해하기 위해 잠시 주저하던 순간을, 그 작은 부수적인 의문을—저 아이가 어떻게 여기

미셸 오바마 자기만의 빛

에 왔지? 이게 다 무슨 일이지?—눈치챘다. 앤드리아가 끝내 자신을 있는 그대로 사랑해주는 친구를 만나지 못했다는 건 아니다. 그 동네에 살아서 결국 불행해졌다고 말하려는 것도 아니다. 단지 어린 나이부터 남과 다르다는 꼬리표를 견뎌야 했으며, 여기에 있을 자격이 없다는 신호, 왠지 모르게 내가 이 동네의 침입자가 된 듯한 기분을 불러오는 조용하고 은밀한 시선을 느껴야 했다는 것이다.

'여기에 있을 자격이 없다'는 메시지는 그 자체로 상처가 될 수 있다. 그리고 상처는 쉽게 사라지지 않는다. 앤드리아는 고학력의 전문직 여성으로 성장해서 잘 살고 있다. 대기업에서 다양성을 존중하고 통합을 이루기 위해 경력의 상당 부분을 할애한다. 자신의 직장에서만은 '유일한 사람'이 생기지 않게 애쓰는 것이다. 자신을 타자로 바라본 사람들 사이를 헤쳐나가며 긴 세월을 보낸 앤드리아는 자신에게 유용한 도구와 마음을 지키기 위한 갑옷을 갖추고 있었다. 그럼에도 오래된 상처는 사라지지 않았다. 유치원 선생님이 백인 친구들은 환한 얼굴로 따뜻하게 포용해준 반면, 자신에게는 손을 대는 것도 주저했다면서 여전히 속상해한다. 백인 친구들의 숙제에는 격려의 의미로 온갖 별표와 웃는 얼굴을 그려준 반면, 마찬가지로 열심히 정확하게 안성혜 제출한 앤드리아의 숙제에는 무심한 확인 표시만 있었다고 한다. 마치 보이지 않는 존재가 된 듯했던 그때의 기분을 이야기하며 앤드리아는 아직도 슬픔에 빠진다. 미묘하지만 미묘하지 않았다. 그렇게 수천 번 자잘하게 베인 상처가 남았다.

우리 부모님은 부유한 교외 지역이나 그곳이 마련해줄 발판에 아무 관심이 없어 보였다. 부모님은 나와 오빠를 시내의 지역공동체 안에서, 이모와 삼촌, 조부모, 사촌들이 있는 곳에서 뿌리내리게 하기로 선택했다. 다른 집들, 특히 백인 가정들이 시내를 떠나는 와중에도 그 선택을 바꾸지 않았다. 심사숙고해서 내린 결정은 아니었을 것이다. 변화를 싫어하는 어머니 성격도 한몫했으리라. 하지만 부모님은 우리가 사는 곳을 좋아했던 것 같다. 우리는 이웃과 알고 지냈으며 우리 주변에서 볼 수 있는 다채로운 사람들, 다양한 피부색, 계급, 문화 안에서 편안함을 느꼈다. 다양성은 보호막이 되어주었다. 우리에게 다양성은 언제나 좋기만 한 것이었다.

*　　*　　*

한편, 이것은 내가 열일곱 살이 될 때까지 '유일한 아이'로 살아보지 못했다는 의미였다. 나는 대학에 가서야 피부색 때문에 무시당한다는 게 어떤 느낌인지 처음 맛보았다. 아버지가 운전하는 차를 타고 시카고에서 프린스턴으로 넘어오니 19세기 석조 건물 사이를 가로지르는 오솔길이 갑자기 눈앞에 펼쳐졌다. 말끔한 안

　　　　　　미셸 오바마 자기만의 빛

뜰에서는 셔츠 단을 바지 속에 집어넣지 않은 사립학교 출신 아이들이 프리스비를 던지며 놀고 있었다. 프리스비를 피해 몸을 낮추면서 나는 놀라움을 감추려 애썼다. 그런 곳이 존재한다는 것 자체도 놀라웠고 내가, 유클리드가의 미셸 로빈슨이 거기까지 왔다는 것도 놀라웠다.

학교는 아름다웠지만 내게는 약간 부담스러웠다. 젊은 백인 남성이 그토록 대다수를 차지하는 환경은 처음이었다(섣부른 일반화가 아니라 사실이다. 동기생의 4분의 3 이상이 백인이었고 그중에 3분의 2 이상이 남성이었다[8]). 그들이 내 존재를 의식하기 전에 내가 그들의 존재를 먼저 의식했다는 건 거의 확실하다. 흑인이자 젊은 여성이라는 두 가지 면에서 나는 소수자였다. 캠퍼스를 가로질러 걷다 보면 어떤 방어막과 접경 지역을 뚫고 지나가는 느낌이었다. 내가 얼마나 다른지 생각하지 않기 위해 애써야 했다.

눈에 띄는 존재였지만 누구도 내게 주목하고 있지 않다는 사실을 나는 빠르게 깨달아갔다. 마치 공기 한 모금처럼 대수롭지 않은 존재나 다름없었다. 프린스턴은 전반적으로 침투하기 어려운 곳이라는 인상을 준다. 점잖은 고딕 아치나 200년 넘게 이어져온 당당한 엘리트주의는—이른바 '우수한 학술 교육'에 대한 자부심—우리 모두가 어디서 왔든 간에 이곳에서는 그저 지나가는 방문객에 불과하다는 느낌이 들게 했다. 그 학교는 우리 누구보다 더 오래 살아남을 터였다. 그럼에도 한 가지 사실은 갈수록 명백해졌는데, 동기생 중 일부는 그런 학교 환경을 좀 더 편안하게 여기고 있다는 점이었다. 그 풍요로움에 받는 충격도 덜했고 자신을 입증해야 한다는 부담도 덜했다. 그들에게 프린스턴에 다니는 일은 사실상 타고난 권리였다. 나중에 알고 보니 동기생 여덟 명 중 한 명은 졸업생 자녀로 특례 입학을 한 경우였다.[9] 아버지, 할아버지와 똑같은 아치 아래를 거닐며 자기 자식도 언젠가 그렇게 될 것이라는 합리적인 가정을 세울 수 있는 아이들이었다. (프린스턴대학교가 남녀공학으로 바뀐 지 12년밖에 되지 않은 시점이라, 그때까지만 해도 어머니나 할머니가 졸업생인 경우는 특례 입학 전형에 포함되지 않았다.)

당시에는 이런 것들을 하나도 이해하지 못했다. 스스로 특별한 혜택을 받을 자격이 있다고 여기는 사람들에 대해 잘 모를 때였다. 일부 또래 친구가 보여준 자신감과 여유가 대물림된 재산과 촘촘한 특권의 네트워크라는 지하수에서 샘솟고 있다는 사실을 깨닫기 전이었다. 내가 아는 것이라고는 내가 다르다는 느낌과 종종 작아진다는 느낌이었다. 입학 허가를 받았다고 해서 저절로 소속감이 주어지는 것은 아니었다.

나와 비슷한 사람을 볼 수 없는 장소를 거니는 일은 어딘가 당혹스럽다. 마치 나와 같은 '부류'의 사람들이 지구상에서 사라져버린 듯한 오싹한 기분이다. 분명 할아버지와 할머니에게 그들의 음식, 문화, 말하는 방식을 배우며 자랐는데 갑자기 그들의 역사

미셸 오바마 자기만의 빛

를 찾을 수가 없다. 나 자신의 현실 또한 사라져버린 기분이 든다. 교실과 식당 벽을 장식한 사진에는 나와 비슷한 얼굴이 없고, 매일 시간을 보내는 건물의 이름은 전부 백인 남성의 이름에서 따왔다. 교수들도, 동료들도 나와 같지 않다. 학교가 자리한 동네의 거리에도 나와 비슷하게 생긴 사람은 거의 없다.

대학에 가기 전에는 정말 상상조차 못 해본 일이었다. 미국 내 서로 구분된 여러 거대한 지역은 나의 출신지보다는 프린스턴을 닮아 있었다. 다양성이 거의 없다시피 했다. 그리고 많은 사람에게 이것은 당연한 일상이었다. 나는 나를 처음 만나는 사람의 작은 머뭇거림을 눈치채기 시작했다. 사람들은 나의 다름, 프린스턴 대학교에 다니는 나의 존재를 이해하기 위해 짧지만 추가로 생각할 시간을 필요로 했다. 또한 많은 동기생이 자신과 비슷하게 생겼고 비슷하게 행동하는 사람들 사이에서 성장했으며, 그들의 삶이 동질성에 의해 빚어졌고 그들의 편안함도 동질성에 좌우되어 왔음을 깨닫게 되었다. 피부가 검거나 갈색인 또래 친구를 한 번도 사귀어보지 못한 학생들도 많았다. 사실상 나는 그들에게 보이지 않는 존재나 다름없었다. 이방인 중 이방인이었다. 틀에 박힌 생각으로 나를 손쉽게 정의 내리는 이유를 알 만했다! 내 머리와 피부 색을 두려워하는 깃처럼 보이는 이유가 있었다! 나 같은 아이는 그들이 사는 세상 어디에도 어울리지 않았다. 그들이 나고 자란 곳에서 나 같은 사람은 그야말로 존재하지 않았다.

시간이 흐른 뒤 나는 대학에서 피난처로 삼을 만한, 소속감을 주는 공동체를 발견했다. 친구 앤절라, 수잰과 함께 살던 기숙사, 백인이 아닌 학생들이 모여 주로 시간을 보내던 교내 다문화 센터 같은 곳들이다. 남의 시선을 벗어던질 수 있는 곳, 남들이 어떻게 생각할지 걱정하지 않고 집에 온 것처럼 편안해질 수 있는 곳이었다. 거기서 나는 친구들을 사귀었고 훌륭한 어른이자 조언자인 처니 브래슈얼을 만났다. 처니는 다문화 센터의 소장이었고 나의 근로 장학 지도 교수가 되어주었으며 내 성공을 자기 일처럼 여겼다. 내가 대학에서 생존할 수 있었던 건, 고민을 털어놓을 친구와 조언자로 이루어진 나만의 자문위원회가 있었기 때문이다. 나는 그들과 함께 어떤 농담도 할 수 있었고 '유일한 사람'으로 살아가는 이상한 기분에 대해서도 이야기할 수 있었다. 내가 아는 모든 흑인 학생은 자신에게 달린 꼬리표에 대해, 어떻게 거의 매번 '흑인'이 '대학생'보다 앞에 놓이는지에 대해 털어놓을 사연이 적어도 하나 정도 있었다.

한 친구는 저녁에 기숙사로 돌아갈 때 종종 교내 보안 요원이 따라왔다고 말했다. 또 한 친구는 백인 룸메이트가 사적으로는 상냥하고 따뜻하게 굴다가도 파티에서는 모르는 척했던 이야기를 들려주었다.

선택의 여지가 없기 때문이었지만 우리는 이런 일들을 웃어넘기는 법을 배웠다. 하지만 그 이면에는 실질적으로 유용한 행위

미셸 오바마 자기만의 빛

가 있었다. 각자의 경험을 모은 덕분에 유익하고 기이한 안정감을 주는 하나의 진실에 가닿을 수 있었던 것이다. 바로 우리가 미치지 않았다는 사실이었다. 이 모든 것이 우리의 상상만은 아니라는 사실이었다. 우리가 각각 경험해온 단절과 고립, 우리가 남의 시선을 의식하도록 만든 것들은 허구가 아니며, 우리에게 어떤 내적인 결함이 있어서, 혹은 우리가 노력하지 않아서 생긴 것이 아니었다. 우리는 우리를 외부로 내몬 편견들을 단지 상상해낸 것이 아니었다. 모두 실체가 있었다. 모두 사실이었다. 어떻게 바꿀지는 몰라도 이 사실을 알고 의식하는 것이 중요했다.

친구들 덕분에 외로움은 덜했지만 대학 공부를 제대로 하고 내가 대학에서 원했던 이득을 얻으려면 편안한 테두리 밖으로 나와 방어막을 뚫고 보다 광범위한 대학 문화 속으로 들어가야 했다. 나는 교내 식당이나 강의실 안에서 돌아다닐 때면 남들과 함께 어울리고 싶어 하면서도 나의 다름을 날카롭게 인식했다. 내머리는 동시에 두 개의 궤도를 달렸다. 빈자리를 찾는 데 열중하는 동시에 빈자리를 찾는 나의 모습에 열중했던 것이다. 사람들의 머릿속에 맴돌고 있을 것 같은 생각을—저기 저 흑인 여학생봐, 빈자리를 찾고 있네—떨쳐버리지 못했다.

나는 눈에 띄는 사람이다.

나는 있든 없든 상관없는 사람이다.

이런 생각은 내버려두면 머릿속을 엉망으로 만들 수도 있다.

그때 느꼈던 불편함이 지금까지도 생생하다. 내가 이유 없는 존재, 분리된 존재처럼 느껴졌다. 마치 내 몸에서 튕겨져 나온 것 같았다.

남의 시선을 의식하는 순간, 휘청거릴 수 있고 나 자신에 대해서 알고 있던 진실이 지워질 수 있다. 모든 일에 서툴고 자신 없어질 수 있다. 내가 누구이며 어디 있는지 가늠하기 어려울 수 있다. 이윽고 남에게 인정받지 못하고 이방인으로 존재하는 자신의 모습을 보게 된다. 마치 세상이 내가 못생겨 보이는 각도로 거울을 들고 있는 것처럼 말이다. 때로는 그 거울상이 우리가 보는 전부일 수 있다. 사회학자이자 시민권 운동가 W. E. B. 듀보이스는 이러한 긴장을 1903년 출간한 책 『흑인의 영혼(The Souls of Black Folk)』에서 이렇게 설명했다.[10] "이런 이중 의식은 아주 기이한 감각이다. 언제나 남들의 눈으로 자신을 보는 것이며, 경멸과 연민을 즐기는 세상의 잣대로 자신의 영혼을 측정하는 것이다."

그 기분은 이처럼 오래된 것이다. 어쩌면 더 오래됐을지도 모른다.

그만큼 흔한 기분이다. 여전히, 지금까지도.

문제는 이것이다. 그 기분을 어떻게 할 것인가?

미셸 오바마 자기만의 빛

✦　　　　✦　　　　✦

　아버지가 불안한 자세로 다리를 절름대며 거리를 걸으면 사람들은 종종 가던 길을 멈추고 아버지를 쳐다보았다. 아버지는 미소를 짓고 어깨를 으쓱하며 우리에게 말하곤 했다.

　"내가 나한테 만족하면 누구도 나를 기분 나쁘게 할 수 없어."

　놀라우리만큼 간단한 가르침이었다. 적어도 아버지에게는 효과가 있는 것 같았다. 거의 모든 것을 훌훌 털어버릴 수 있었으니까. 아버지는 예민하거나 불같은 성격이 아니었다. 오히려 겸손하고 차분했다. 그래서 사람들은 종종 집으로 찾아와 아버지의 생각과 조언을 구했고 아버지가 열린 마음으로 귀를 기울일 것을 알았다. 아버지는 셔츠의 가슴 주머니에 늘 3달러를 접어 넣고 다녔는데 누가 돈이 필요하다고 하면 그 자리에서 2달러를 건넸다. 어머니가 말하길, 아버지는 존엄을 지키기 위해 마지막 1달러는 일부러 주지 않았다고 한다. 돈을 달라고 한 사람이 아버지의 전부를 가져가지 않았다는 사실에 위안받을 수 있도록.

　아버지는 남의 눈을 걱정하지 않았다. 자기 자신과 사이가 좋았고 자기 가치를 명확히 알고 있었으며 신체적으로는 그렇지 않아도 중심이 잘 잡혀 있었다. 아버지가 이렇게 그럴 수 있었는지, 어떤 경험에서 가르침을 얻었는지 정확히는 모르지만 어쨌든 아버지는 남의 평가에 얽매이지 않고 사는 법을 터득했다. 아버지의 이런 특징은 굉장히 선명하게 드러나서 정말이지 멀리서도 알아볼 수 있었다. 아버지는 사람들을 끌어들였다. 그리고 표면적으로 여유로워 보였다. 특권이나 재산에서 오는 여유와는 좀 다른 것이었다. 분투하고 있지만 거기 얽매이지 않은 여유였다. 불확실성이 있지만 거기 얽매이지 않은 여유였다. 내면에서 나오는 여유였다.

그것은 아버지를 눈에 띄게 했다. 아버지는 눈에 잘 보이는 존재였고 그럴 만한 이유가 있었다.

세상의 불의는 할아버지를 불태웠지만 아버지는 그런 방식으로 불타지 않았다. 나는 이것이 의도적인 선택이라고 생각한다. 아버지가 그럼에도 얽매이지 않고 할 수 있었던 일 중 하나이기도 했다. 아버지라고 해서 불의를 겪지 않은 것은 아니다. 오히려 많이 겪었다. 아버지는 대공황 시기에 태어났고 다섯 살 때는 자신의 아버지가 2차 세계대전에 징집되어 모습을 감추었다. 대학을 갈 돈도 없었다. 흑인을 배제하는 주거 및 교육 정책에 영향을 받았고 우러러보던 영웅들이 암살당하는 모습을 보았으며 몸을 불구로 만드는 불치병에 걸렸다. 그럼에도 자신의 아버지이자 나의 할아버지인 댄디를 통해 두려움이 어떻게 앞길을 막고 억울한 감정이 어떤 악영향을 미칠 수 있는지 깨달았다.

그래서 아버지는 다른 방향으로 갔다. 두려움이 영혼으로 스며들게 허락하지 않았다. 고통이나 수치심을 붙잡고 있지 않도록

미셸 오바마 자기만의 빛

애썼다. 붙잡고 있다고 해서 별다른 도움이 되지 않을 것을 알았고, 그걸 떨쳐버리는 데서, 어떤 순간들을 놓아주는 데서 힘이 생긴다는 것을 알았다. 불공정함이 있다는 사실은 인지했지만 거기에 굴복하기를 거부했다. 스스로 통제할 수 있는 것이 많지 않다는 점도 인정했다.

오빠와 내가 세상이 돌아가는 방식에 호기심을 갖게 된 것도 아버지 덕분이다. 아버지는 우리에게 평등과 정의 같은 문제에 대해 가르쳤고, 저녁 식사 시간에 짐 크로 법이나 마틴 루서 킹이 총에 맞은 뒤 시카고 웨스트사이드에서 벌어진 사태 등에 관한 우리의 질문에 대답해주었다. 투표일에는 항상 우리를 투표소로 데리고 갔다. 초등학교 건너편 교회 지하에 있는 투표소에서 투표가 얼마나 멋진 일인지 보여주었다. 매주 일요일이 되면 오빠와 나를 뷰익에 태워 사우스사이드에서 보다 부유한 흑인들이 살고 있는 동네를 구경시켜주면서, 대학 교육을 받으면 삶이 어떻게 달라질지 상상해보길 권했다. 우리가 학교 공부에 전념하고 열린 생각을 가져야 할 이유를 스스로 깨우칠 수 있도록 말이다. 마치 우리를 산기슭으로 데려가 정상을 보여주는 것 같았다. 아버지는 이렇게 말하고 있었다.

나는 못 해도 너희들은 저기 오를 수 있다.

중심이 잘 잡혀 있던 아버지는 세상이 들고 있는 거울에 비친 자신의 모습 그 너머를 볼 수 있었다. 목발을 짚고 걸어야 하는 블루칼라 흑인 남성이었지만 스스로를 무능력한 존재나 투명인간으로 여기지 않았다. 자신이 되지 못한 것, 가지지 못한 것에 집착하지 않았다. 오히려 현재 자신의 모습과 현재 자신이 가진 것을 바탕으로 자신의 가치를 평가했다. 아버지에게는 사랑과 지역 공동체가 있었고 냉장고에는 음식이 있었으며 키가 크고 시끄러운 아이 둘과 문을 두드리는 친구들이 있었다. 아버지는 이런 것들을 성공이라고 생각했고 계속 앞으로 나아갈 이유라고 보았다. 아버지가 중요한 사람이라는 증거였다.

결국 나를 보는 시선이 나의 전부가 된다. 나의 발판이 되고 내 주변의 세상을 바꾸는 시작점이 된다. 나는 이것을 아버지로부터 배웠다. 아버지가 자신을 눈에 보이는 존재로 여겼기에 나 또한 그럴 수 있었다.

* * *

내가 나한테 만족하면 누구도 나를 기분 나쁘게 할 수 없다. 아버지의 가르침을 내 삶 속으로 좀 더 충분하게 흡수하는 데는 수년이 걸렸다. 나는 서서히, 터덕거리며 가다 서기를 반복하면서 차츰 자신감을 갖게 되었다. 그런 점진적인 과정을 통해 나의 다름을 자랑스럽게 여길 수 있게 됐다.

어떤 의미로 그 과정은 받아들이는 행위에서 시작됐다. 초등학

미셸 오바마 자기만의 빛

교 시절 언젠가부터 나는 내가 우리 반에서 가장 큰 아이라는 사실에 익숙해졌다. 달리 선택의 여지가 없었기 때문이다. 나중에 대학에 가서도 강의실과 교내 행사에서 내가 '유일한 사람'이라는 사실에 적응했다. 그 또한 달리 선택할 수 없었다. 시간이 지남에 따라 남성이 여성보다 숫자가 많고 대체로 큰 목소리를 내는 공간에 놓였다. 거기서도 적응했다. 있는 그대로의 환경이 그러했을 뿐이다. 그런 공간의 역학을 바꾸고 싶다면, 나를 위해서 그리고 내 뒤에 올 사람들을 위해서 다양성이 수용되고, 더 많은 사람이 소속감을 느끼는 공간을 만들고 싶다면, 내가 먼저 나의 중심을 잡고 단단한 자부심을 가져야 한다는 사실을 나는 깨닫기 시작했다. 내가 누군지 숨기는 대신 그것을 자랑스럽게 여겨야 한다는 것을 배웠다.

시작하자마자 포기해서는 안 된다. 회피가 더 쉽다고 해서 회피해서도 안 된다. 좀 더 편안하게 두려워해야 한다. 그만둘 게 아니라면 계속 가야 한다. 아버지의 삶은 이런 면에서도 좋은 본보기가 되어주었고 이런 메시지를 내게 건넸다.

주어진 것을 들고 전진한다.

나만의 도구를 꾸리고 필요하다면 바꿔가면서 계속 나아간다.

나를 얽매는 것이 아무리 많더라도 버텨낸다.

내 성정은 어떤 측면에서 아버지와는 다르다. 나는 덜 순응적이다. 좀 더 강하게 의견을 표현하는 편이다. 아버지처럼 불공정한 상황을 털어내지도 못하고 그렇게 하는 것을 굳이 목표로 삼지도 않는다. 하지만 내가 아버지로부터 배운 것은 진정한 안정감이 내면에서 온다는 사실이다. 그리고 안정감을 기반으로 삼아 더 큰 삶을 시작할 수 있다는 사실이다.

아버지가 자신의 다름을 편안하게 여기며 어느 곳에서든 품위를 지키는 모습을 보면서, 나는 두려움을 머릿속에서 몰아내고 내가 처한 상황에서 주도권을 갖는 방법을 깨닫기 시작했다. 어디서든 내가 선택 가능하고 통제 가능한 것이 있음을 알게 됐다. 나는 불편함을 느낄 때마다 이 점을 상기했다. 새로운 방어막을 통과할 때, 낯선 사람들로 가득한 공간을 가로지르며 내가 여기에 속하지 않거나 평가당하고 있다는 따끔따끔한 기분과 마주할 때 이 메시지를 되새겼다.

그런 공간에서 어떤 신호가 날아오든—사람들이 나를 다르다고 여기든, 그곳에 있을 자격이 없다고 생각하든, 어떤 의미에서 문제적이라고 여기든, 심지어 그것이 무의식적이며 의도되지 않은 신호라고 해도—나는 그 신호를 수신할 필요가 없었다. 나에게 선택권이 있었다. 내 삶과 내 행동이 나의 진실을 나타내게 할 수 있었다. 계속 드러내 보이고 계속 일을 할 수 있었다. 독약을 마실 필요가 없었다.

나는 나의 다름을 더 나은 기분과 연결 지을 수 있다는 사실을 깨달았다. 이 깨달음은 새로운 공간에 들어설 때 도움이 됐다. 심

미셸 오바마 자기만의 빛

리적으로 어깨를 펼 수 있게 된 셈이다. 나는 호흡을 가다듬고, 집 안에서, 우정의 보호막 아래에서 내가 이미 진실이라고 알고 있는 것들을 되새겼다. 나를 평가하고 인정하는 일은 내 안에서 이루어졌다. 그럴 수 있는 힘을 품고 새로운 공간에 들어서니 한결 편했다.

중요하지 않아 보였던 나라는 사람의 이야기를 내 머릿속에서 실시간으로 나 자신을 위해 다시 써 내려갔다.

나는 키가 크고 그건 좋은 일이다.

나는 여성이고 그건 좋은 일이다.

나는 흑인이고 그건 좋은 일이다.

나는 나 자신이고 그건 정말 좋은 일이다.

중요하지 않아 보였던 나라는 사람의 이야기를 다시 쓰기 시작하면 새로운 중심을 찾게 된다. 남들의 거울에 비친 나를 지우고 나의 경험, 나의 시점에서 좀 더 완전한 이야기를 할 수 있다. 자부심을 더 꼭 붙잡고 나를 얽매는 것들을 좀 더 쉽게 뛰어넘을 수 있다. 장애물이 전부 사라지지는 않지만 적어도 더 작아지게 할 수는 있다. 작은 승리라도 나의 승리를 헤아려보는 것, 내가 괜찮다는 사실을 아는 것은 도움이 된다.

나는 바로 이깃이 진징한 자신감의 뿌리이며, 너 눈에 띄는 사람, 더 주도적인 사람, 더 큰 변화를 만들어낼 수 있는 사람이 되어가는 시작점이라고 믿는다. 한두 번, 심지어 십수 번의 시도만으로 해낼 수 있는 것은 아니다. 다른 사람들의 거울 안에서 나를 꺼내는 일에는 노력이 필요하다. 올바른 메시지들을 머릿속에 남기는 일에는 연습이 필요하다.

이 일이 아주 어렵다는 사실을 인정하는 것도 도움이 된다. 우리에게 주어진 과제는 이미 남들이 쓰고 또 써 내려간 수십 장의 각본 위에 우리만의 각본을 쓰는 것이다. 우리가 어디에도 어울리지 않으며 소속될 수 없는 투명인간이라고 오래도록 말해온 서사 위에 우리 자신의 진실을 얹어야 한다. 이런 서사는 전통의 비호를 받으며 일상 속에 굳건히 자리 잡고 있어서 많은 경우 우리가 살아가는 날들의 배경을 이룬다. 무의식적으로 우리가 자신과 타인을 보는 관념을 형성한다. 누가 더 못나고 누가 더 대단한 사람인지, 누가 더 강하고 누가 더 약한 사람인지 표명한다. 그리고 영웅을 선정하고 그 기준을 정립한다. 이런 사람이 중요한 사람이다. 이것이 성공한 사람의 모습이다. 이것이 의사의 모습이고 과학자의 모습이며 어머니의 모습, 상원의원의 모습, 범죄자의 모습, 승리의 모습이다. 이렇게 말이다.

주의회 의사당 위로 남부동맹군 깃발이 휘날리는 지역에 살았든, 노예 소유주를 기리는 동상이 세워진 공원에서 놀았든, 백인성이 독점하다시피 한 정전을 통해 조국의 역사를 배웠든 이런 서사는 우리 안에 있다. 최근에 멜론 재단에서 미국 내 기념비를 조사하는 연구를 지원했는데 연구 결과에 따르면 거의 대다수가 백인 남성을 기리는 기념비였다.[11] 그중 절반은 노예 소유주였고 40퍼센트는 부유한 집안에서 태어난 사람이었다. 흑인이나 원주민을 기리는 기념비는 고작 10퍼센트 정도에 불과했고 여성은 겨우 6퍼센트였다. 인어 조각상과 여성 하원의원을 기리는 조각상의 비율은 11대 1이었다.

다시 말하지만, 눈에 보이지 않는 것을 꿈꾸기란 힘들다. 눈에 보이지 않는 것을 향해 노력하는 일은 쉽지 않다. 중요하지 않아 보였던 사람의 이야기를 다시 쓰는 일은 용기와 끈기를 모두 필요로 한다. 기운이 빠지는 이야기지만, 세상에는 상대가 고립되고 낙담하고 환영받지 못한다는 느낌에 사로잡힌 걸 보면서 더 편안해지고 더 강력해졌다고 느끼는 사람들이 있다. 그들은 상대가 계속 작아지고 위축되는 것에 기뻐한다. 눈에 잘 보이는 것, 즉 가시성(visibility)은 오늘날 시민의 권리에 관한 가장 뜨거운 화두의 중심에 있다. 여러 주의회에서 공립학교 교사가 제도적 인종차별에 관해 가르치는 걸 금지할지 토론하고, 학교 운영위원회들은 홀로코스트나 인종차별, LGBTQ+에 관한 책을 학교 도서관에서 없애는 안건을 표결에 부치고 있다. 이때 우리는 누구의 이야기가 전달되고 누구의 이야기가 지워지는지 잘 지켜보아야 한다. 이것은 누가 더 중요한지, 누가 눈에 보여야 하는지 결정하는 싸움이다.

우리는 오래된 서사의 지배를 받는 젊은 국민이다. 여러 낡은 서사는 추앙받고 되풀이되며 어떤 도전도 받지 않는다. 그래서 우리는 그것들을 이야기로 생각조차 못 한다. 오히려 진실이라고 알면서 내면화했다. 그것을 해독하기 위해 노력해야 한다는 사실조차 잊었다.

오빠 크레이그가 열두 살이 되었을 때 자전거가 너무 작아졌다. 키가 얼마나 빨리 컸는지 아무리 안장을 올려도 어린이용 자전거는 더 이상 오빠의 늘씬한 몸에 맞지 않았다. 부모님은 오빠에게 성인용 자전거를 사주었다. 골드블랫 백화점에서 할인가로 구매한 샛노란 10단 변속 자전거였다. 오빠는 새 자전거를 받고 잔뜩 신이 나 있었다. 자전거를 타고 기세등등해하면서 미끄러지듯 움직였다. 뿌듯한 마음으로 페달을 밟았고 몸에 딱 맞는 자전거라 더욱 흥이 난 듯했다. 어느 날 오후 오빠는 10단 변속 자전거를 타고 집에서 멀지 않은 호반 공원으로 갔다. 그리고 머지않아 시 경찰관의 단속에 걸렸다. 경찰은 오빠가 자전거를 훔친 게 아니냐고 추궁했다.

왜냐고? 좋은 자전거를 타는 흑인 남자아이였으니까. 그 경찰관이 생각하는 흑인 남자아이, 그리고 그런 아이들이 타는 자전거에 부합하지 않은 모양이었다. 심지어 경찰관은 흑인이었다. 경찰관은 하나의 서사를 진실로 받아들인 것이다. 한 남자아이에게서 그 아이의 자전거뿐 아니라 자부심까지 빼앗은 고정관념을 내면화했던 것이다. (경찰관은 우리 어머니에게 심한 꾸중을 들은 뒤에야

미셸 오바마 자기만의 빛

사과했다.)

경찰관이 우리 오빠에게 전달한 메시지는 명백하고도 공공연한 것이었다.

나는 네가 그걸 가질 자격이 없다고 생각한다.

나는 너에게 뿌듯함을 안겨준 이 물건이 너의 소유라는 것을 믿을 수 없다.

우리가 익숙하지 않은 공간을 가로지를 때, 새로운 방어막의 저항을 경험할 때 우리는 상대의 눈에서 바로 이런 종류의 의심을 본다. 그리고 우리가 침입자로 여겨지고 있다는 생각, 우리의 자부심을 추가로 입증해야 한다는 생각에 이르게 된다. 우리가 우리 자신을 향해서, 나아가 우리를 받아들이지 않으려는 세상을 향해서 다시 써야 하는 서사는 바로 이런 것이다.

*   *   *

투표권 보호 운동가이자 정치인인 스테이시 에이브럼스는 1991년 고등학교를 수석으로 졸업하던 때를 이렇게 회상한다.[12] 에이브럼스는 고향인 조지아주의 다른 수석 졸업생들과 함께 애틀랜타의 주지사 공관에서 열리는 오후 축하 행사에 초대를 받았다. 학업 성취를 기념하는 자리였다. 초대를 받고 매우 기뻤던 에이브럼스와 그의 부모님은 가장 좋은 옷을 차려입고 당시 살고 있던 디케이터에서 시내버스를 갈아타 주지사 공관이 있는 벅헤드로 향했다. 벅헤드는 수풀이 우거진 부유한 동네였다. 에이브럼스 가족은 버스에서 내려 진입로를 따라 올라가다가 보안 요원에게 가로막혔다. 요원은 가족을 흘끔 보더니 말했다.

"사적인 행사입니다. 그쪽이 올 데가 아니에요."

자가용을 살 형편이 안 되어서 시내버스를 타고 도착한 흑인 가족은 주지사와 어울리는 자리에 초대될 리 없다는 것이 보안 요원의 생각이었다.

익숙한 메시지였다. '나는 네가 그걸 가질 자격이 없다고 생각한다. 너는 눈에 띄는 사람이다. 너는 있든 없든 상관없는 사람이다.'

다행히도 스테이시 에이브럼스에게는 그런 말 같지 않은 소리를 들어주지 않는 부모님이 있었다. 에이브럼스는 도로 버스 정거장으로 가려는 자신의 팔을 어머니가 붙잡았다고 회고한다. 에이브럼스 가족은 결국 행사장에 들어갈 수 있었다. 보안 요원이 알파벳순으로 정렬된 내빈 목록을 들고 있었던 것이다. 에이브럼스 가족은 보안 요원에게 맨 위에 있던 스테이시 에이브럼스의 이름을 짚어 보였지만 이미 상처를 받은 뒤였다. 독약이 이미 한 방울 흘러나온 것이다. 한 어린 여성의 뿌듯한 기분을 망쳤고 그날의 경험 전체를 오염시켰다.

"조지아 주지사나 동료 졸업생들을 만난 기억은 없습니다."[13]

미셸 오바마 자기만의 빛

에이브럼스는 수년 뒤 《뉴욕타임스》 인터뷰에서 이야기했다.

"내가 기억하는 것은 대문 앞에서 내가 거기 있을 자격이 없다고 말했던 그 사람뿐이에요."

저런 메시지에는 지우는 힘이 있다. 아직 어리고 자아가 형성되어가는 사람에게 전달될 경우에는 특히 그렇다. 우리가 열린 마음으로 뿌듯해하고 있는 순간 권위를 가진 사람이 그런 메시지를 전달한다면 특히 그렇다. 그런 메시지를 전달하는 사람을 잊는 것은 거의 불가능하다. 그들은 유령처럼 출몰해 우릴 괴롭힌다. 수십 년 전에 우리를 비하하거나 업신여긴 사람과 여전히 일방적인 대화를 나누고 있는 사람이 얼마나 많은가? 우리가 가닿으려고 했던 장소에서 우릴 지우려고 했던 사람들에게 여전히 소리 없는 말대꾸를 하는 사람이 얼마나 많은가? 우리는 자꾸만 그 대문 앞으로 되돌아간다. 스스로에게 그 이야기를 들려주고 또 들려주면서 자부심을 되찾으려고 애를 쓴다. 나는 고등학교 시절 진학 상담 교사가 나를 만난 지 10분도 안 되어 내 꿈을 가볍게 무시하고 내가 "프린스턴에 갈 재목"이 아니므로 굳이 프린스턴 대학교에 지원할 필요가 없다고 했던 일화를 『비커밍』에 썼다.

나는 상처를 받았고 화가 났다. 상담 교사의 말뿐 아니라 그 말의 빠르기와 거기 담긴 무신함이 나를 무너뜨렸다. 그 교사는 나를 보면서 평가했지만 내가 품은 빛은 전혀 보지 못한 것이다. 적어도 그렇게 느껴졌다. 그 순간부터 나의 길은 적어도 부분적으로, 생판 남이나 다름없는 사람이 툭 던진 한마디에 좌우되었다.

메시지에는 이처럼 큰 힘이 있다. 그래서 메시지를 전달하고 또 받아들일 때 주의를 기울여야 한다. 아이들의 경우 자연스럽게도 누군가 자신의 빛을 알아봐주길 바란다. 아주 간절하다. 그리고 그 과정을 통해 성장한다. 만약 남의 눈에 보이지 않는다는 기분을 느낀다면 눈에 띄기 위해 다른 방법, 대개는 덜 생산적인 방법을 찾곤 한다. 어둠 속에 남겨진 사이에 무모한 행동을 일삼기도 한다. 범죄나 심각한 소동에 휘말리는 청소년들의 이야기를 접할 때면 이런 생각이 든다. 자부심을 느낄 기회가 주어지지 않으면 아이들은 자기 공간에 애착을 가질 이유를 찾지 못하며 자신을 변방으로 내몬 권위자들을 존중하지 않는다. 자신의 소유가 아닌 것은 파괴하기가 쉽다.

내 인생에는 나를 지지해주는 다른 어른들이 있었고 그들 덕분에 나는 그 상담 교사의 말을 재빨리 성장을 위한 연료로 바꿀 수 있었다. 그의 말이 틀렸다는 걸 입증하기 위해 세 배 더 열심히 노력했다. 내 인생은 '당신이 정한 한계는 나의 한계가 아니야'라는 일종의 답변이 되었다. 지금도 나는 그 교사에게 어떤 감사한 마음도 갖고 있지 않다. 그러나 교사의 무심함에 대한 반작용으로 내 안의 무언가를, 어떤 각오를 발견할 수 있었다. 만약 교사가 내가 어디에 속할지 결정하도록 내버려두었더라면 내게 지금과 같은 삶은 없었을 것이다. 나는 교사가 줄 수 있는 것보다 더 훌륭하고 더 큰 목적의식이 있는 삶을 만들어나가기 위해 애쓰기 시작했다. 상담 교사의 기대치는 낮았지만 그럼에도 나는 거기에 얽매이지 않았다.

주지사 공관의 대문 앞에서 스테이시 에이브럼스를 저지했던 보안 요원은 교대 근무를 마친 뒤 집으로 돌아가 가족과 식사를 하고 두 번 다시 에이브럼스 생각을 하지 않았을지 모른다. 그러나 에이브럼스는 그 남자를 잊지 않았다. 에이브럼스는 그 보안 요원, 그리고 소속될 자격에 대한 그의 메시지와 함께 대학에 갔고 석박사 학위를 땄으며 몇 권의 책을 집필하고 역사상 가장 성공적인 투표 독려 운동을 조직했다. 이후 공관의 대문을 더 활짝 열어젖히기 위해 조지아 주지사 선거에 두 번이나 출마할 때까지 보안 요원의 메시지를 잊지 않았음은 물론이다. 에이브럼스는 남자의 말에도 불구하고 목표를 이룬 것이다.

스테이시 에이브럼스는 여전히 보안 요원과 있었던 일을 이야기하면서, 그 사건을 계기로 결정체를 이룬 자신의 투철한 각오를 다시금 다진다.

"의도했든 그러지 않았든 나는 그 사람이 틀렸다는 걸 입증하면서 평생을 살았습니다. 하지만 그 남자는 중요하지 않아요. 그 남자가 나한테서 뭘 보았느냐 뭘 보지 못했느냐는 문제가 되지 않았어요. 중요한 것은 내가 누구이며 어떤 사람이 될 것인가 하는 문제였습니다."[14]

나의 상담 교사가 영원히 내 머릿속 책상 앞에 앉아 있는 것처럼 아마도 에이브럼스의 보안 요원 역시 영원히 그 대문 앞에 서 있을 것이다. 그들은 말없이 우리의 머릿속 변두리에 살고 있다. 우리가 얽매이지 않았던 다른 모든 속박과 함께, 우리의 탁월함, 그리고 우리가 내놓은 답변에 오그라든 채. 그들은 오직 그들의 실패로만 기억될 것이다. 우리에게 던진, 그리고 우리가 뛰어넘은 장애물로만 기억될 것이다.

그들은 누가 어디에 속하는가의 문제와 관련된 우리의 더 크고 흥미로운 이야기에서 단역배우가 되고 말았다. 사실상 그들이 지닌 유일한 힘은 우리가 끈질기게 버티는 이유를 되새겨주는 데 그쳤다.

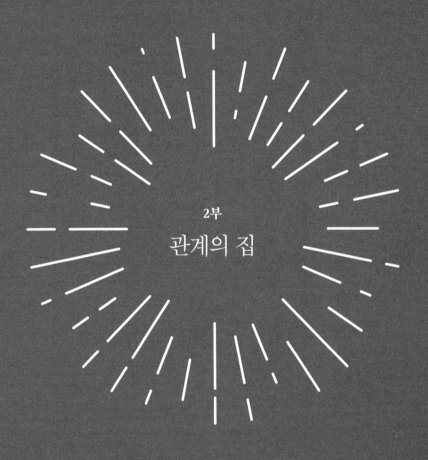

2부

관계의 집

우리는 서로의

수확이다.

우리는 서로의

본분이다.

우리는 서로의

위대함이자 결속이다.

— 궬덜린 브룩스, 「폴 로브슨(Paul Robeson)」

5장

나의 부엌 식탁

나는 우정을 가볍게 생각하는 사람이 아니다. 친구를 사귀는 데 진심이고 그 만남을 이어가는 데는 더욱 진심이다. 친구들은 때때로 내가 꼭 훈련 조교처럼 우정을 지키려 한다고 농담하기도 한다. 애정을 담아, 그러나 약간의 피로감을 내보이면서 말이다. 나도 동감한다. 친구들의 애정도 피로감도 인정한다. 내가 아끼는 사람들과 인연을 유지하기 위해 치열하게 노력하는 것은 사실이니까. 단체 나들이나 주말여행, 테니스 약속, 단둘이 포토맥 강변 걷기 등을 계획하는 데 몹시 열중한다. 늘 기대되는 일정이 있다는 것, 만남이 기다려지는 소중한 사람이 있다는 것이 좋다. 나에게 우정은 의무이자 생명줄이며, 나는 그런 우정을 일부러 꼭 붙잡고 있다.

이전에도 이야기한 적이 있지만, 나는 백악관에 사는 동안 1년에 몇 번은 친구 열두어 명을 대통령 전용 휴가지인 캠프데이비드로 불러내곤 했다. 처음에는 '스파 주간' 혹은 '건강 여행'이라고 이름 붙였지만 머지않아 이 휴가는 '극기 훈련'으로 불렸다. 내가 하루 세 번 운동 시간을 정해두고 고기나 몸에 안 좋은 안주와 술을 금지했다는 사실을 친구들이 깨닫고 만 것이다. 그러자 친구들은 고집을 부리기 시작했다. 우리가 계속 이곳에 와서 운동하길 바란다면 적어도 약간의 스테이크, 약간의 디저트, 반드시 약간의 와인은 먹게 해줘야 한다고 말이다. 다들 시간에 쫓기는 전문직 여성이었기에 쉴 때 모든 것을 한꺼번에 누리길 바랐다. 그중 대다수는 학교를 다니는 자녀가 있었고 배우자는 바빴으며 일은 빡빡했다. 우리는 잠과 운동, 재미, 친밀한 소통을, 우리가 부양해야 할 여러 사람과의 삶 가장자리에 가까스로 끼워 넣는 데 익숙했고 그 결과는 들쑥날쑥했다. 공허하고 불안감을 유발하는 질문들로 머릿속이 가득한데 어떻게 쉴 수 있겠는가? 그런 질문들은 한밤중에 혹은 평일 낮 회의하는 와중에 느닷없이 우릴 습격하곤 했다.

혹시 여름 캠프 신청이 벌써 마감됐나?

집에 땅콩버터가 떨어졌나?

모래쥐 밥은 마지막으로 언제, 누가 줬지?

친구들과 보내는 사흘간의 주말은 신선한 공기를 마시는 것만

미셸 오바마 자기만의 빛

같았다. 그리고 우리들의 우선순위를 단 며칠만이라도 재설정할 기회였다. 아이들과 남편, 일은 잊자. 끝내지 못한 집안일과 다가오는 마감일은 잊자. 망할 놈의 모래쥐도 잊자. 우리 자신을 우선에 두고 다른 모든 것은 뒤로 제쳐놓자. 나에게 스트레스를 타파하고 현재의 순간에 집중하기 위한 가장 빠르고 효과적인 방법은 고강도의, 한계를 시험하는 운동이다. 더 좋은 방법은 그런 운동을 여러 가지 병행하는 것이다. 그런 활력 넘치는 활동은 내가 사랑을 표현하는 방식 중 하나다. 약간의 압박을 느낄 때 비로소 드러나는 우리의 모습이 나는 좋다. 땀 흘리는 즐거움을 아는 친구들, 내면에 비축된 투지와 힘을 찾는 데서 재미를 느끼는 친구들이 좋다. 그러다 나중에는 지친 몸을 벽난로 앞 소파 위에 내던지고 밤늦게까지 수다를 떨 수 있는 친구들이 좋다.

사실은 내가 친구들에게 와인과 안주를 허용했기에 가능해진 일이었다. 우정에 대해서 잊지 말아야 할 또 하나의 중요한 지점이다. 혼자서 모든 규칙을 세우려 드는 건 정신 나간 짓이다. 중요한 건 우리가 만남을 이어갔다는 사실이다. 친밀감과 의무감, 타협, 심지어는 피로감을 느끼면서 말이다. 나에게 가장 중요한 것은 일단 만나는 일이다.

주변에 든든한 친구가 저어도 들쯤 있으면 인생에서 너 많은 것을 얻을 수 있다고 나는 확신한다. 내가 친구들의 삶에 확실하고 뚜렷한 관심을 보이고 친구들도 내게 똑같은 관심을 준다면

나와 친구들은 서로에게 기대며 힘과 위로, 기쁨을 얻는다.

충분히 가능한 일이다. 나는 프린스턴에서 보낸 몇 해 동안 그 사실을 명확하게 깨달았다. 정서적 안식처와 좋은 기분, 공동의 에너지를 제공해준 사람들 덕분에 일상적인 학업의 고충을 덜 수 있었다.

결혼하고 나서 남편이 일 때문에 며칠씩 집을 비우는 와중에도 친구들은 커다란 버팀목이 되어주었다. 그중에서도 우리 아이들과 같이 놀 수 있는 자녀를 둔 친구들은 지원군이나 다름없었다. 동지가 된 양 우리는 번갈아가면서 아이들을 무용 수업과 수영 강습에 데려다주고 누군가 야근을 해야 할 때에는 아이들의 밥을 대신 챙겼다. 쌓인 감정을 털어놓을 곳이 필요하거나, 상처를 받았거나, 인생의 중요한 결정을 앞둔 친구가 있으면 언제든 달려가 공감하며 귀를 기울였다. 하루하루가 아무리 바쁘고 정신없이 돌아가도 몇몇 친구를 위해서라면 내 문제는 접어두고 그들을 도울 준비가 되어 있었다. 우린 서로의 역할을 대신해주었고 모두가 편안한 여정을 즐길 수 있도록 애썼다. '내가 있잖아. 내가 네 곁에 있어줄게.' 이것이 우리가 공유한 메시지였다.

가까운 친구들 덕분에 결혼 생활의 압박도 줄었다고 생각한다. 버락과 나는 살면서 결코 서로의 '모든 것'이 되려고 하지 않았다. 서로에게 필요한 보살핌의 전부를 한쪽에서 혼자 짊어지지 않았다는 뜻이다. 나는 남편이 나의 모든 이야기나 생각을 빠짐없이 들어주길 바라지 않는다. 그가 나의 모든 걱정거리를 함께 해결해주거나, 일상의 즐거움과 행복을 전적으로 책임져주기를 바라지도 않는다. 나 또한 버락을 위해 이 모든 걸 감내해야 한다고 생각하고 싶지 않다. 그 대신에 우리는 그 짐을 분배했다. 꼭 배우자를 통하지 않더라도 다양한 형태로 정서적인 도움을 받고 위안을 얻는 것이다. 무엇보다 폭넓은 우정이 우리를 떠받치고 있다. 버락의 친구들도 있고 내 친구들도 있고 우리 부부의 친구들도 있다. 그리고 버락과 나도 그들을 떠받치기 위해 최선을 다한다.

2009년 초 워싱턴 D.C.에 도착했을 즈음 나는 우정에 대해 더욱 진지해졌다. 온갖 압박감에 유독 시달리던 시절이었고 나는 내면에 비축된 힘을 찾아 깊이 파고들었다. 버락이 대통령에 당선된 지 9주 만에 우리는 시카고 집의 살림을 정리하고 사샤와 말리아의 전학 수속을 마친 뒤 워싱턴 D.C.로 이사를 가야 했다. 취임식을 앞둔 몇 주 동안 호텔에 머물면서 아이들은 새 학교에 적응하느라 애썼고 버락은 새 행정부를 꾸리기 위해 평소보다 세 배는 더 일했다. 나는 여전히 상상하기 힘든 미래를 위해 매일매일 수십 개의 결정을 내려야 했다. 백악관에서 쓸 침구와 접시, 집기를 고르는 한편 이스트윙에서 근무할 보좌관들을 채용했다. 취임식에는 사적인 손님을─친구와 친척, 아주 많은 아이를─약 150명 정도 초대할 예정이었는데, 그들을 위한 일정표와 초대장, 숙박 시설도 필요했다.

이 기간을 떠올릴 때 가장 기억에 남는 것은, 모든 것에 새로

미셸 오바마 자기만의 빛

운 광택이 도는 기분, 우리 삶의 많은 부분이 아주 빠르게 교체되고 있다는 느낌이었다. 우리는 새로운 도시에서 아주 많은 새로운 사람과 함께 새로운 일과 새로운 인생을 시작하고 있었다. 나는 매일같이 평범한 것과 특수한 것, 현실적인 것과 역사적인 것들로 뒤범벅된 초현실적인 삶을 살았다. 우리에게는 사샤를 위한 필통도 필요했고 내가 무도회에 입고 나갈 드레스도 필요했다. 칫솔꽂이가 필요했고 경제 구제 대책도 필요했다. 나는 우리에게 친구들의 도움이 절실히 필요하다는 사실을 빠르게 깨달아가고 있었다.

친구들이 축하를 해주기 위해 워싱턴 D.C.로 온다는 사실에 기쁨을 감출 수 없었다. 친구들이 지켜볼 그 순간은 국가 차원의 권력 이양을 의미하기도 했지만 나에게는 기존의 인생과 존재 방식에서 또 다른 인생과 존재 방식으로 옮겨가는 살 떨리는 전환을 의미했다. 그걸 지켜봐줄 나만의 증인이 필요했다. 그날의 영광을, 그리고 그것이 평등과 진보, 남편의 모든 노고에 대해 증언하는 바를 함께 기뻐해줄 친구들이었다. 또한 취임식이 끝나고 나를 찾아와 꼭 안아줄, 내가 과거의 삶을 얼마나 그리워하게 될지 누구보다 이해하고 있을 친구들이었다. 엘리자베스는 뉴헤이븐에서, 법학대학원 친구 버나는 신시내티에서 올 예정이었다. 임신과 육아 초기에 함께 산전수전을 겪었고 1년 전 워싱턴 D.C.로 이주한 켈리도 오기로 했다. 시카고에서 오는 친구도 많았다. 다들 입을 옷을 마련하고 계획을 짜느라 바쁘게 움직였다. 나는 친구들이 앉을 자리를 취임식 무대 가까운 곳에 마련했다. 긴장할 게 분명하고 객석에 앉은 친구들을 하나하나 정확히 알아볼 수도 없겠지만 그렇게라도 친구들의 존재와 지지를 느끼고 싶었다. 숲속의 새들처럼 친구들이 어딘가 있다는 사실만으로도 충분했다.

* * *

백악관으로 들어가면서 나에게는 미약하지만 좀처럼 누그러지지 않는 걱정이 있었다. 우정이 전과 같지 않을지도 모른다는, 우리 가족에게 중요한 모든 관계가 변하기 쉬워졌다는 걱정이었다. 기이한 허례허식이 우리를 에워싸고 있었고 우리를 바라보는 시선에도 갑작스러운 변화가 생겼기 때문이다. 대통령 경호원들이 사샤와 말리아의 모든 수업과 축구 연습, 생일 파티에 따라다니게 되면 두 아이가 친구들과 어떻게 우정을 이어나갈 수 있을지 걱정스러웠다. 버락이 온갖 긴박한 위기 상황에 대처하는 와중에 어떻게 친구들과 시간을 보낼 수 있을지 장담하기 어려웠다. 나로서는 이 모든 낯선 소음과 보안 속에서 어떻게 하면 오랜 친구들과 가까이 지내면서 새로운 친구들까지 사귈 수 있을지 의문이었다.

지금까지, 내가 성인이 되어 쌓은 우정은 대부분 시간이 지나

미셸 오바마 자기만의 빛

면서 자연스럽게 형성되어왔다. 때로는 운이나 지역, 공통된 관심사 등이 우연히 겹치는 식으로 이뤄지기도 했다. 샌디는 시카고 시내의 한 미용실에서 만났는데 당시 우리 둘 다 임신 중이라 그에 대해 이야기를 나누면서 친구가 되었다. 직장 동료였던 켈리는 알게 된 지 한참이 지나 비슷한 시기에 아이를 낳고 나서야 좀 더 규칙적으로 얼굴을 보기 시작했다. 산부인과 의사인 어니타는 내가 출산할 때 나의 담당 의사였는데, 남편끼리 자주 픽업 농구●를 하면서 친해졌다. 요점은 이것이다. 친구들은 내 삶에 데이지 꽃처럼 불쑥 피어났고 나는 그 꽃들을 잘 기르기 위해 노력했다. 직장과 연휴 모임, 미용실에서, 그리고 아이들과 아이들 활동을 통해서 관심 가는 사람들을 만나는 경우가 빈번해졌고 그럴 때마다 일부러 다음 만남을 기약했다. 상대의 연락처나 이메일 주소를 물어보면서 언제 점심 한번 먹자고, 놀이터에서 만나자고 제안하는 것이다.

요즘에 청년들과 이야기하다 보면 새로운 친구를 사귈 때 정확히 이 시점에서 두려워하거나 머뭇거리게 된다는 말을 듣곤 한다. '만나서 반가워'에서 '우리 한번 볼까'로 옮겨가는 바로 그 지점이다. 이들은 친구가 될 만한 사람을 물색하는 것, 같이 커피를 마시거나 따로 한번 만나자고 제안하는 것, 또는 랜선 친구와 얼굴을 맞대고 이야기하는 것이 이상하고 어색하다고 말한다.

● 농구를 좋아하는 사람들이 즉흥적으로 소규모 팀을 구성해서 즐기는 경기.

너무 들이대는 게 아닐까, 절박하거나 못나 보이지 않을까, 거절 당하지 않을까 걱정하고 주저하는 것이다. 그런 두려움은 당연히 제약이 된다. 그리고 그 제약은 실제로 존재한다는 사실을 통계로 알 수 있다. 2021년 실시한 어느 설문 조사에 따르면, 미국에서 성인의 3분의 1은 자신의 친구가 셋 이하라고 말했고 그중 12퍼센트는 친구가 전혀 없다고 말했다.[1]

2014년 버락이 미국 의무총감으로 임명한 비벡 머시가 취임하자마자 한 일은 여러 지방을 다니며 주민들의 건강과 복지 상태를 파악하는 것이었다. 머시 총감은 많은 사람이 심각한 외로움을 토로하는 데 가장 놀랐다.

"남녀노소 할 것 없었다. 고도로 숙련된 전문직 종사자, 소상공인, 최저임금을 받는 노동자를 불문하고 말이다. 아무리 학력이 높고 재산이 많고 이룬 것이 많아도 예외가 아니었다."[2]

2020년 팬데믹의 시작과 함께 출간된 책 『우리는 다시 연결되어야 한다』에서 머시가 한 말이다. 코로나바이러스가 우리의 우정과 다양한 형태의 사회적 교류를 파괴해버리기 전부터 미국인들은 소속감이 부족한 삶을 살고 있다고 일관되게 토로해왔다. 다른 사람들 사이에서 '편안함', 그 단순한 기분을 느끼지 못하고 살고 있던 것이다.

여전히 많은 사람이 내 집 같은 편안함을 찾아 헤매고 있다. 그것이 얼마나 찾기 힘든 기분인지 나도 잘 안다. 머시는(이후 바

미셸 오바마 자기만의 빛

이든 행정부에서 다시 의무총감으로 임명되었다) 사람들이 자신의 외로움을 인정하는 걸 민망해하고 부끄러워한다는 사실도 발견했다.[3] 자립을 국민의 미덕으로 여기는 문화도 여기에 한몫한다. 우리 누구나 애정에 목마른 사람 또는 부족한 사람으로 보이길 원치 않는다. 자신이 주변부에 있는 것 같은 기분을 느낀다는 사실도 인정하고 싶어 하지 않는다. 그럼에도 대다수가 바로 그런 메시지를 보내는 시스템에 몸을 맡긴다. 인스타그램에 살짝만 발을 담가봐도 느낄 수 있을 것이다. 행복하게 사는 법, 사랑받는 법, 성공하는 법을 모두가 알고 있다. 오직 나만 모를 뿐.

타인과 진심 어린 관계를 맺으면 이 모든 것에 대항할 수 있다. 인스타그램이나 페이스북 '친구'를 만들라는 것이 아니다. 실생활에서 일대일로 얼굴을 마주 볼 수 있는 관계를 만들라는 것이다. 이런 관계야말로 우리를, 온라인상의 필터를 씌운 선별된 생활이 아니라 타인의 실제 삶에 눈뜨게 해준다. 진정한 우정을 나눌 때 우리는 필터를 걷어낸다. 나의 진정한 친구들은 화장하지 않은 내 얼굴, 어두운 조명 아래 못생겨 보이는 각도에서 본 내 얼굴을 안다. 지저분한 내 모습도 보았고, 심지어 내 발 냄새가 어떤지도 알 것이다. 그러나 더 중요한 건, 그들이 나의 가장 진실한 감정, 가장 진실한 자아를 알고 있으며 나 또한 그들의 진실한 감정과 자아를 알고 있다는 사실이다.

통계를 읽으면서 나는 문화적으로 우리가 우정과 관련된 특정한 기술을 갈고닦고 사용하는 데 서툴러진 것은 아닌지 염려되기 시작했다. 물론 팬데믹이 그 현상을 가속시킨 것은 분명하지만, 어쩌면 그보다 더 깊은 문제가 있을 수도 있다. 나를 비롯해 많은 부모가 온갖 좋은 의도로 아이들을 길러왔음에도 한편으로는 지원이 부족하지는 않은지 불안해한다. 우리는 아이들의 놀이 약속을 미리 잡아두고, 아이들의 일정을 온갖 체계적인 활동으로 가득 채운다. 스포츠, 피아노 강습, 심화 학습 등을 찾아내고 형편이 닿는 대로 시킨다. 그리고 이 모든 것이 아이들의 안전장치가 되어줄 거라고 생각하지만, 사실상 아이들을 좀 더 느슨하고 즉흥적인 상황, 좀 더 다양한 사회적 도구를 사용해야 하는 상황에서 떼어놓는다.

시간이 남아도는 아이들로 가득한 동네를 뛰어놀아본 적이 있다면 아마 내 말을 이해할 것이다. 우리 세대의 상당수는 서부 개척 지대를 방불케 하는 지역공동체 안에서 자라났다. 아이들은 스스로 친구를 찾아야 했고 스스로 제 편을 만들어야 했으며 스스로 갈등을 해결하고 승리를 쟁취해야 했다. 이 모든 것을 어떤 명확한 규칙도 없이 해야 했다. 어른들은 아이들의 상호작용에 감시의 눈길을 보내거나 영향력을 행사하지 않았고, 누구도 단지 출석했다는 이유로 상을 주지 않았다. 물론 이런 환경은 때때로 엉망이 될 수 있지만 배움의 기회도 된다. 이런 환경에서 하는 경험들은 가라테나 피아노 강습과 달리 항상 편안하지도 보람차

미셸 오바마 자기만의 빛

지도 않다. 우리는 바로 그걸 잊고 있었던 게 아닐까. 불편함은 스승이 된다. 보람 없는 일도 스승이 된다. 그런 일들과 마주하면서 인생 연습을 한다. 약간의 압박을 받았을 때 우리가 어떤 모습이 되는지 일깨울 도구를 확보한다. 연장통에 그런 도구들이 없으면 우리는 어른들의 세상을 항해하기가, 우정이라는 복잡다단한 춤을 추기가 힘들어진다.

그렇기에 우리는 열린 마음으로 타인과 소통하는 기술을 계속 연마해야 한다. 그야말로 단순한 진리다. 친구를 사귀는 건 위험을 감수하는 일이며, 당연하게도 약간의 두려움을 삼켜야 한다. 우정은 적어도 처음에는 정서적인 도박일지 모른다. 데이트와 비슷하다. 상대와 잘되려면 나를 어느 정도 드러내 보여야 하고, 그 과정에서 평가받거나 심지어 거부당할 가능성을 열어두는 수밖에 없다. 그리고 여러 타당한 이유로 인해 어쩌면 상대와 친구가 되지 못할 수도 있다는 가능성을 받아들여야 한다.

모든 우정에는 발화점이 있다. 반드시 한 사람이 다른 사람에게 의도적으로 호기심을 가져야만 불이 붙을 수 있다. 그런 호기심을 결코 창피하게 여기면 안 된다. "나는 네게 호기심을 갖고 있다"라고 말하는 것은 일종의 기쁜 마음이고 앞서 분명히 했듯 기쁜 마음은 우리에게 자양분이 되어준다. 난생처음으로 같이 커피를 마시러 가자거나 생일 파티에 와주면 좋겠다고 표현하는 게 어색할 수 있다. 하지만 그런 상대가 정말로 나타났고 정말로 기쁜 마음을 내게 안겨준다면 두 사람 모두에게 선물 같은 일이나 다름없다. 상대가 품은 빛을 찾는 일이며 함께 새로운 무언가를 만들어나가는 일이다. 내 집 같은 편안함을 쌓아가는 일이다.

✴　　　✴　　　✴

재미있는 이야기를 들려주려 한다. 내가 친구 드니엘과 제일 처음 인사를 나눈 곳은 하필 백악관 진입로였다. 드니엘은 사샤와 놀이 약속이 있던 딸 올리비아를 데리러 온 참이었다. 우리의 두 딸은 새로운 우정이 이제 막 시작되는, 약간은 어색한 단계에 있었다. 학교 방과 후 농구팀에서 함께 뛰면서 서로를 알아가는 중이었다. 이따금 교내 행사에 참석하면 먼발치에서 드니엘을 볼 수 있었는데, 드니엘은 거의 매번 무리에서 약간 떨어져 있었다. 솔직히 말하자면 나는 드니엘이 나를 만나는 데 별 관심이 없다는 사실이 반가웠다.

나는 워싱턴 D.C.에 새로 온 이방인 중의 이방인이었다. 퍼스트레이디로서 많은 사람의 지대한 관심사가 되었다는 사실에 적응하려고 애쓰고 있었다. 내가 나타나면 그 공간의 역학이 달라지곤 했다. 나라는 사람 때문이 아니라 내가 맡은 직책 때문이었다. 그래서 나는 나를 보고 적극적으로 접근해 오는 사람보다는 뒤로 물러서 있는 사람에게 더 큰 관심을 갖게 되었다.

미셸 오바마 자기만의 빛

당시에 나는 나보다 두 딸의 사회생활을 더 중요하게 여겼다. 어느 날 사샤가 돌아오는 토요일에 올리비아와 다른 여자아이 몇몇을 사저로 초대해 놀다가 극장에서 영화를 봐도 되냐고 물었다. 나는 그 말을 듣고 너무나 기뻤다. 토요일 아침, 나는 다른 일을 하는 척하면서 아이들이 노는 곳 주변을 조용히 서성이고 있었다. 사샤의 방에서 아이들의 깔깔대는 웃음소리가 새로이 터져 나올 때마다 속으로 감동했다. 백악관으로 거처를 옮기는 몇 개월 동안 세세한 부분까지 신경 써왔던 탓인지 안도감이 몰려왔다. 일상을 되찾았다는 신호였다. 우리 가족에게는 어떤 분수령 같은 순간이었다. 친구들이 놀러 온 것이다.

그러는 동안 드니엘은 세세한 부분을 챙기느라 진땀을 빼고 있었다. 놀이 약속에 딸을 데려다주고 다시 집으로 데려가야 했던 드니엘은 내 보좌관에게서 구체적인 사항을 이메일로 전달받았다. 다른 모든 방문객과 마찬가지로 방문 며칠 전에 신원 확인을 위해 사회보장번호와 차량 번호도 제출해야 했다. 그렇게 해야 대통령 경호팀에서 출입 허가를 내릴 수 있었다. 아이를 우리 집 앞에 데려다주려고만 해도 이렇게나 복잡한 과정을 거쳐야 했다. 그리고 드니엘은, 정말이지 사랑스럽게도, 3학년짜리 딸이 대통령의 사저에 초대받아 뛰놀게 되었지만 별일 아니라는 듯, 애써 태연한 척하고 있었다. 하지만 별일이 아닐 리 없었다. 몇 년이 흐른 뒤 그날에 대해 함께 웃으며 이야기할 수 있게 되었을 때 드니엘은 솔직하게 털어놓았다. 가족용 차를 몰고, 백악관 남쪽의 거대한 잔디 광장을 에워싼 장엄한 진입로를 따라 올라가야 한다는 사실을 깨닫고는 곧바로 세차를 했다는 것이다. 머리도 손질하고 네일아트도 받았다고 했다. 경호실 지침 때문에 드니엘은 차 밖으로 한 발자국도 나올 수 없었지만 그건 중요하지 않았다.

이것은 대통령 가족으로서 우리가 새로운 삶에서 마주한 또 다른 낯선 양상이었다. 사람들은 우리를 둘러싼 근사한 환경에 어울리게 차려입어야 한다는 부담을 느꼈다. 누군가가 우리를 위해 스스로를 단장해야 한다고 단 1초라도 생각한다는 사실이 당혹스러웠다. 우리 집에 오는 일이, 고작 우리 집 앞에 차를 댈 뿐인데도 그 일이 사람들에게 스트레스를 준다는 사실이 이해가 가면서도 마음에 들지 않았다. 하지만 그게 우리였다. 한때 평범했던 시카고 출신의 한 가족은 이제 경호원으로 둘러싸인 방 132개짜리 궁전에 살고 있었다. 우리를 가까이하기 쉽다고 말할 수 없었다. 즉흥적인 만남은 거의 없었고 원칙 없이 흘러가는 일은 전무했다. 나는 여전히 적응 중이었다. 어떻게 우리의 삶에 소박한 일상을 가능한 한 많이 담을지 여전히 고민 중이었다. 그래서 놀이 약속이 끝날 무렵 어린 올리비아를 데리고 내려가 올리비아의 엄마에게 인사하기로 했다.

이것은 일종의 절차 위반이었다. 관례상 방문객이 사저에 드나들 때에는 백악관 안내원이 동행해야 했다. 하지만 내게는 내가 생각하는 일상의 관례가 있었고, 그것은 놀이 약속의 끝에 아이들의 부모에게 인사하며 놀이가 어땠는지 전하는 일이었다. 내 직함이 무엇이든 상관없었다. 그것이 온당한 행동이었기에 그렇게 했다. 놀랍게도, 언제든 내가 백악관 의전 절차와 다르게 움직이면 사람들은 내 요구를 들어주기 위해 분주하게 움직였다. 약간의 소란이 이는 것은 어쩔 수 없었다. 주변이 어수선해지고 갑자기 대통령 경호원들이 손목에 찬 마이크에 대고 중얼거렸다. 내가 예기치 않은 방향으로 꺾으면 뒤를 따라오던 발소리가 빨라졌다.

올리비아와 함께 햇볕 아래로 걸어 나오던 날, 나는 깨끗하게 세차하고 번쩍번쩍 광을 낸 차 안에 있는 드니엘을 보았다. 대통령 경호국의 공격 대응팀이 난데없이 나타나 드니엘의 차 주변을 에워쌌고 드니엘은 상황을 파악하려 애쓰고 있었다.

이 또한 절차의 일부였는데, 버락이나 내가 건물 밖으로 나오면 언제든 경호팀이 경계 수위를 높였다.

"안녕하세요!"

나는 드니엘에게 인사를 건네며 차에서 나오라고 손짓했다.

드니엘은 잠깐 머뭇거렸다. 헬멧을 쓰고 검은 전투복을 입은 경호원들에게 시선을 고정한 채 출입구 경비원들이 난호하고 똑똑하게 했던 말들을 떠올렸다. "차 안에 계시고 밖으로 나오지 마십시오, 선생님." 드니엘은 천천히, 아주 천천히 차 문을 열고 밖으로 나왔다.

내 기억으로, 우리는 단 몇 분간 이야기를 나누었을 뿐이다. 하지만 그 짧은 순간에도 나는 드니엘이 친구로서 어떨지 알 수 있었다. 드니엘의 눈은 크고 갈색이었으며 미소는 부드러웠다. 우리를 에워싼 기이한 분위기를 애써 무시한 채 드니엘은 아이들이 잘 놀았냐고 물었다. 잠깐 아이들의 학교생활에 대해 이야기하다가, 자기는 한 공영방송에서 일하고 있다고 소개했다. 드니엘은 올리비아를 차에 태우고 안전벨트를 채운 다음 다시 차에 탔다. 그러고는 태연히 손을 흔들며 출발했다. 나는 행복한 마음이 드는 동시에 호기심이 발동했다.

여기 데이지꽃이 또 한 송이 피어난 것이다.

    ✶   ✶   ✶

나는 아이들의 농구 경기를 관람하러 갈 때마다 드니엘 옆에 앉기 시작했다. 그리고 얼마 지나지 않아 드니엘에게 올리비아가 우리 집에 놀러올 때 함께 와서 나와 시간을 보내면 어떻겠냐고 제안했다. 아무리 퍼스트레이디라고 해도, 새 친구에게 점심을 대접하는 사람이 백악관 집사들이라고 해도, 여전히 약간은 부자연스러운, 서로를 알아가는 단계를 겪어야 한다. 내게는 백악관에 살면서 생긴 새로운 골칫거리가 있었다. 소문을 경계해야 했

미셸 오바마 자기만의 빛

던 것이다. 내가 누군가에게 건네는 모든 말이 바깥으로 새어 나가 다른 사람들에게 전달될 수 있음을, 내가 주는 인상이나 가볍게 던지는 말이 긍정적이든 부정적이든 구설에 오를 수 있음을 잘 알고 있었다. 이해하지만 좋아할 수 없는, 새로운 생활의 양상 중 하나였다. 나의 사생활에 어떤 화폐가치가 매겨진 셈이다. '퍼스트레이디는 좋은 엄마인가?' '성격이 불같고 거만한 사람인가?' '정말로 남편을 사랑하는 아내인가?' '남편에게 사랑받는 아내인가?' 우리를 사기꾼으로 만들고 싶어서 증거를 찾으려고 안달한 사람들이 늘 어딘가 있었다. 그래서 내가 움직일 때, 누구에게 무언가를 보여줄 때 항상 한층 더 조심해야 했다. 우리에게는 단 한 번의 실패도, 눈곱만큼의 오해도 허락되지 않았다. 나는 여전히 한 걸음도 허투루 내디딜 수 없었고 언제나 약간의 두려움에 휩싸여 있었다.

드니엘뿐 아니라 이 시기에 내 삶에 들어온 새로운 사람들 앞에서 경계를 늦추기란 결코 쉽지 않았다. 하지만 그렇게 하지 않으면 어떤 일이 벌어질지 잘 알고 있었다. 고립된 느낌에 시달리고 약간의 망상에 사로잡힐 것 같았다. 바깥세상이 잘 보이지 않는 장소에 갇힌 기분이 들 터였다. 두려움을 내려놓고 새로운 친구와 새로운 사람에게 마음을 열지 않으면, 내 아이들의 삶에 정상적인 방식으로 관여하는 데 영향을 미칠 터였다. 학교 행사에 참석하거나 각자 음식을 마련해 함께 식사하는 자리에서도 편치 않을 터였다. 무엇보다 사람들도 나를 불편해할 것 같았다. 남들을 불편하게 하면서 어떻게 유능한 퍼스트레이디가 될 수 있겠는가? 열린 마음으로 사람들과 마주하는 일은 나의 새로운 역할에서 아주 결정적인 부분이라고 나는 생각했다.

연구에 따르면, 외로움은 스스로 눈덩이처럼 불어날 수 있다. 외로운 뇌는 사회적 위협에 과민하게 반응하고 이는 우리를 더욱 고립시킬 수 있다.[4] 타인과의 단절은 우리를 음모론이나 미신적 사고에 더욱 취약하게 한다.[5] 나아가 이는 우리와 비슷하지 않은 사람에 대한 불신으로 이어진다. 물론 불신은 점점 더 고립되는 계기가 된다.

새로운 역할 때문에 한층 취약해진 상태에서도 나는 그 방향으로 가지 않으려고 기를 썼다. 여기에 대해서는 버락과도 이야기를 나눈 적이 있었다. 우리는 우리 자신뿐 아니라 백악관도 전반적으로 닫혀 있기보다 가능한 한 활짝 열려 있기를 바랐다. 더 많은 사람을 초대하고 싶었다. 그래서 대중의 관람 횟수를 늘리고 연례행사인 이스터 에그 롤*의 규모도 두 배 가까이 늘렸으며 아이들을 위한 핼러윈 파티와 공식 만찬도 열기 시작했다. 우리는 개방이 더 나은 선택이라고 생각했다.

개인적인 관계에서는 조금 더 천천히 움직였지만 목적은 동일

---

* 매년 부활절에 미국 대통령과 영부인이 주관하는 행사로, 백악관 남쪽 잔디밭에서 아이들이 숟가락으로 달걀을 굴리며 경주를 한다.

미셸 오바마 자기만의 빛

했다. 나한테 우정은 점진적으로 쌓아나가는 것이다. 차창을 내리고 새로운 사람과 대화하는 일과 비슷하다. 처음에는 차창을 아주 살짝 내리고 대화를 시작한다. 다소 조심스럽게, 너무 많은 말을 하지 않도록 주의한다. 새 친구가 조금 더 편해지고 내 말에 귀를 기울인다면, 차창을 살짝 더 내리고 좀 더 많은 이야기를 나눈다. 그 과정을 거듭하다 보면, 어느새 차창은 완전히 내려가고 문이 열리면서 나와 친구 사이에 맑은 공기만 남는 상태가 된다.

드니엘이 어느 시점에 이르러서야 나를 만날 때 세차나 머리 손질을 하지 않게 되었는지는 잘 모른다. 하지만 언젠가부터 서로의 차림새나 서로에게 어떤 인상을 남기는지는 점점 중요하지 않게 되었다. 천천히, 우리는 진실한 관계로 들어갔다. 더 이상 긴장감이나 기대라는 바다를 사이에 두고 서로를 바라보지 않았으며, 신발을 벗어 던지고 소파에 앉아도 거리낌이 없었다. 만날 때마다 경계를 조금씩 더 늦추었고, 우리의 딸들이 폴리포켓 장난감을 갖고 놀거나 백악관 남쪽 잔디 광장에서 나무를 타면서 무의식적으로 공유하는 리듬을 우리도 갖게 되었다. 드니엘과 나는 좀 더 편하게 웃고 감정에 대해 좀 더 솔직하게 이야기할 수 있었다. 위험은 줄어들었다. 나는 더 이상 어떤 말을 할지 고민하지 않았다. 그것이 사소하고 바보 같은 불평이든, 심오하고 현실적인 고민이든.

드니엘과 있을 때 안전하다는 느낌이 들었고 드니엘도 나와 있을 때 같은 느낌을 받았다. 우리는 이제 친구였고 계속 친구로 남을 터였다.

✦　　　✦　　　✦

몇 해 전에 '흑인 같은' 트레이시 엘리스 로스●는 페이스북을 통해 친구이자 패션지 에디터인 사미라 나스르에게 감동적인 헌사를 전했다. 글에서 트레이시는 두 사람이 잡지사 동료로 만나 어떻게 끈끈한 사이가 되었는지 설명했다. 사무실 저편에 있는 사미라를 처음 본 트레이시는 이렇게 생각했다고 한다. '나처럼 곱슬머리인 사람이 있네……. 분명히 친구가 될 수 있겠군.'[6] 트레이시 생각이 맞았다. 두 사람은 25년 넘게 친한 친구로 지내왔다. 트레이시는 페이스북에 이렇게 썼다.

"사미라가 없었다면 인생이란 걸 살아내지 못했을 것이다. 나는 사미라 인생의 따개비다."

정말 아름다운 표현이라고 생각했다. 나는 친구들을 일상을 밝혀주는 내 인생의 데이지꽃이자 새라고 생각했는데, 따개비라는 표현도 적절한 것 같다. 바닷가에서 시간을 보내봤다면, 물속 바위나 배의 하단 표면에 단단히 달라붙은 작고 딱딱한 혹처럼 생긴 이 갑각류의 존재를 알 것이다. 따개비처럼 끈질기게 딱 붙어

●　시트콤 시리즈 〈흑인 같은〉의 출연 배우.

있는 생물이 없다는 사실까지도. 특별한 친구를 여기에 빗대어 표현할 수 있다. 운이 좋다면 적어도 몇몇은 내 인생에 단단히 달라붙어 있을 것이다. 그들은 확고하고 흔들리지 않으며, 나를 평가하지 않고 있는 그대로 받아들이고, 어려울 때 나타나 기쁨을 주는 사람들이다. 그것도 학교에서 보냈던 한 학기, 같은 도시에 살았던 2년 동안이 아니라 여러 해를 거듭하면서 말이다. 따개비는 결코 화려하지 않은데, 최고의 우정도 이와 같다고 나는 생각한다. 어떤 증인이나 목격자도 필요 없다. 또한 측정 가능하고 현금화할 수 있는 어떤 목표나 성취를 달성할 필요도 없다. 정말로 실속 있는 우정은 대개 무대 뒤편에서 이루어진다.

내 친구 앤절라는 나의 따개비 중 하나다. 우리는 대학 시절 초반에 만났는데, 나중에는 다른 친구 수잰까지 포함해 셋이 함께 방을 쓰기도 했다. 앤절라는 워싱턴 D.C. 출신으로 말이 빠르고 굉장히 명철한 아이였으며 내가 아는 누구보다 사립학교 학생처럼 옷을 입었다. 앤절라를 만나기 전에 랄프로렌의 핑크 케이블 스티치 스웨터를 입은 흑인 여자아이는 보기 어려웠다. 하지만 대학의 묘미란 그런 것이다. 대학은 우리의 경계를 확장시키고, 우리 앞에 새로운 사람들을 한꺼번에 쏟아놓고, 가능성에 대한 우리의 관념을 재구성하며, 종종 우리가 존재하지 않거나 존재할 수 없다고 생각하는 것들을 돌연히 드러낸다. 웃음소리가 요란한 앤절라는 공부한다고 새벽 5시에 일어나서는 정오에 낮잠을 자곤 했다. 나는 앤절라에게 배우고 앤절라는 나에게 배웠다. 어느 해 여름에는 함께 뉴욕주 농촌 지역에서 캠프 보조 교사로 일하기도 했다. 추수감사절이나 그 밖의 연휴를 앤절라의 집에서 보내는 일도 많았는데, 시카고의 우리 집에 가기에는 비용이 만만치 않았기 때문이다. 덕분에 앤절라가 가족과 있을 때의 모습을 볼 수 있었다. 알고 보니 앤절라의 가족은 우리 가족과 크게 다르지 않았다. 앤절라는 대학을 졸업하고 나서 친구 중 가장 먼저 결혼하고 아이들을 낳았다. 법학대학원을 다니면서도 엄마 역할에 최선을 다했다. 앤절라가 차분하고 끈기 있게 두 아들을 먹이고 달래고 기저귀를 갈면서 엄마로서 자리를 잡아가는 모습을 본 덕분에 나도 언젠가 그렇게 할 수 있을 것이라는 용기가 생겼다.

시간이 흐르면서 우리의 우정은 더욱 견고하고 끈질기게 지속되었다. 점점 따개비를 닮아갔다. 우리는 여전히 대학생처럼 쓰러지듯 웃기도 했지만, 인생을 침울하게 하는 온갖 근심에 시달리기도 했다. 우리가 잃어버린 모든 것과, 그럼에도 살아남기 위해 우리에게 여전히 필요했던 모든 것이 우리의 우정에 흔적을 남겼다. 대학을 졸업한 지 5년 뒤 우리와 함께 방을 썼던 수잰이 암으로 세상을 떠났다. 얼마 안 가 나는 아버지를 여의었다. 버락과 연애를 막 시작했을 즈음, 밤늦게 전화가 울리는 일이 잦았다. 앤절라는 수화기 저편에서 한숨을 쉬곤 했다. 결혼 생활이 천천히 와해되고 있어 앤절라에게는 대화할 상대가 필요했다. 앤절라는 내

미셸 오바마 자기만의 빛

가 난임 치료를 받는 동안 곁에 있었고 나는 앤절라가 이혼 수속을 밟는 동안 곁을 지켰다. 우리는 사방으로 압박을 느꼈지만 그럼에도 계속 서로의 곁에 있었다.

백악관에서 기운이 처질 때마다 나는 앤절라에게 와줄 수 있는지 물었다. 그럴 때마다 앤절라는 한 번도 빠지지 않고 내 앞에 나타났다. 햇살 같은 빛깔로 차려입고 밝은색 가방을 들고는 복잡한 보안 절차나 낯설고 장엄한 분위기 따위 아랑곳하지 않은 채 문을 통과하기도 전에 입부터 재잘거렸다. 가방 속에는 구겨진 종이가 들어 있었다. 서로 떨어져 있는 동안 나에게 하고 싶었던 이야기를 중간중간 적어둔 종이였다. 지난 수십 년이 이렇게 흘러갔고, 우리의 대화는 끝난 적이 없다.

내가 인생의 여러 단계를 거치면서 만난 다양한 친구 중에는 앤절라처럼 오래된 친구도 있고 좀 더 새로운 친구도 있지만, 모두가 항상 나를 위해 나타나주는 사람이다. 심리학에서는 이를 '사회적 호위대(social convoy)'라고 부르는데, 마치 호위대처럼 긴 세월 동안 우리 곁을 지키며 온갖 것으로부터 보호해주는 핵심적인 관계들을 일컫는다. 건강한 우정을 발견하고 유지하는 것이 언제나 쉽지만은 않다. 무엇보다 팬데믹으로 인해 즉흥적으로 만남을 가질 기회가 훨씬 줄어들었다. 그럼에도 우정의 이로움은 이미 잘 입증되었는데, 사회적 관계가 견고한 사람이 더 오래 살고 스트레스도 더 적다는 게 연구로 밝혀졌다.[7] 강력한 사회적 지원 체계가 낮은 우울증, 불안, 심장병 발병률과 상관관계가 있다는 연구 결과도 있다.[8] 함께 커피를 마시거나 개를 산책시키는 것처럼 아주 사소한 사회적 교류가 정신 건강에 도움이 되고 공동체를 더 끈끈하게 만들어준다는 사실도 입증됐다.[9]

우정이, 아니 모닝커피를 마시면서 타인과 교류하는 단 3분의 시간이 어쩌다 용기가 필요한 일이 되었는지 모르겠지만, 주변을 둘러보면 점점 그렇게 되어가는 것 같다. 앞서 언급하기도 했지만, 어쩌면 그건 우리가 작은 직사각형 방패, 즉 휴대폰을 들고 다니기 때문일 수 있다. 휴대폰은 얼굴을 직접 맞대고 만나는 일뿐 아니라 우연한 행운을 가로막곤 한다. 우리가 현실 세계의 작은 연결조차 피해버릴 때, 우리는 어떤 가능성도 함께 피하고 있는 것이다. 우리는 커피를 기다리면서 휴대폰으로 뉴스를 보거나 캔디크러시 게임을 한다. 주위 사람들을 의식하지 않을뿐더러 그들에게 어떤 호기심도 없다는 걸 명확하게 드러내면서 말이다. 개를 산책시키는 길에도, 장을 보러 갈 때도 귀에 이어폰을 꽂고 다른 사람들에게 신경을 끈다. 우리의 생각이 다른 데 있다는 걸 겉으로 보여주는 셈이다. 휴대폰에 열중하며 하루하루를 보내는 동안 우리는 누군가와 연결될 수 있는 사소하지만 유의미한 통로를 막아버린다. 우리 주변에 산재한 삶의 활기를 차단하고, 다른 사람의 곁에서 느낄 수 있는 온기에 가닿을 기회를 박탈한다. 내가 머리 손질을 받을 때마다 트위터만 보고 있었다면 아마 샌디에게 말을 걸 생각은 하지도 못했을 것이다. 이후 샌디와 나는 누구보다 절친한 사이가 됐다. 프린스턴대학교에 온 앤절라가 사립학교 친구들과 스냅챗을 계속 주고받는 데에만 몰두했다면 우리 둘은 지금처럼 가까워지지 못했을 것이다.

누군가는 반론을 제기할지도 모른다. 스마트폰은 쉽고 빠르게 서로를 연결해주는 도구이며, 인터넷은 잠재적인 인연이 산재한, 거대하고 거의 무한한 우주로 향하는 통로라고 말이다. 아니라고 할 수는 없다. 인터넷은 우리에게 인간관계에 대한 새로운 관점을 제시했고 기존에는 들리지 않던 목소리를 증폭시켰으며 사회의 모든 부문에서 협업과 효율을 촉진했다. 인터넷의 가장 좋은 점은 세계 곳곳을 더 깊이 들여다볼 수 있게 해준다는 점이다. 인터넷이 없었다면 우리는 수많은 참사, 혹은 용기 있고 친절한 행동을 목도하기 어려웠을 것이다. 그만큼 인터넷은 힘 있는 자들에게 책임을 물을 기회를, 여러 나라와 문화권의 사람들과 공감하고 소통할 기회를 무수하게 제공해주었다. 온라인 공동체에서 유용한 정보 말고도 위로와 가족애를 건네는 귀중한 생명줄을 발견했고, 그 덕분에 혼자라는 생각을 덜 하게 되었다는 사람들을 나는 숱하게 만났다.

하지만 우리를 타인과 연결해준 통로기 언제나 손에서 작동하고 있음에도 우리는 외로움에 휩싸인다. 외로움이 어느 때보다 크게 다가올지도 모른다. 우리는 콘텐츠의 바다 속에서 길을 찾지 못하고 있다. 많은 사람이 무엇을, 누구를 믿어야 할지 몰라 어려움을 겪는다.

최근에 에델만 트러스트 바로미터*가 내놓은 결론에 따르면, 불신은 '사회 정서의 디폴트(기본 설정값)'가 되었다.[10] 그런가 하면 소셜 미디어는 우리가 갈증에 빠지게끔 의도적으로 설계되어, 청년들부터 위대한 지성들까지 '좋아요'와 조회수, 인정을 찾아 지칠 줄 모르고 헤매게 한다. 다시 말해, 우리가 보는 이미지와 전달받는 메시지가 진실 여부보다는 그것이 이끌어낼 반응에 좌우된다는 뜻이다. 분노는 잘 팔린다. 충동성은 흥미를 유발한다. 사회심리학자 조너선 하이트가 지적했듯이, 소셜 미디어의 이러한 설계 때문에 우리는 연결보다는 연기를 더 자주 하게 된다. 그리고 타인의 솔직한 모습과 우리 자신의 가장 진실한 모습에서 멀어지도록 조종당한다.[11]

휴대폰은 다른 사람, 다른 관점에 대한 우리의 불신을 넘어서는 데 필요한 데이터를 제공하지 않는다고 나는 생각한다. 적어도 충분치는 않다. 얼굴을 마주 보면서 상대를 혐오하기란 쉽지 않다. 낯선 것에 대한 두려움을 내려놓고 우리를 타인에게 열어 보이다 보면 사소한 연결이라는 중요한 관계 맺기 방법을 터득할 수 있다. 짧고 즉흥적인 만남이든, 마스크를 쓰고 있든 상관없다.

---

* 글로벌 PR 컨설팅 기업 에델만에서 전 세계 28개국을 대상으로 매년 실시하는 신뢰도 지표 조사다.

엘리베이터에 탄 사람에게 인사를 한다든가, 마트 계산대 줄을 기다리며 이야기를 나눠봐도 좋다. 그것은 우리 사이가 대체로 괜찮다는 신호를 보내는 일이다. 사회적 접착제가 절실히 필요한 세상에 그것을 한 방울이라도 더하는 일이다.

시간을 내서 타인과 제대로 교류하다 보면, 나와 타인의 차이가 생각했던 것보다, 혹은 특정 미디어나 유명인이 설파한 것보다 크지 않다는 사실을 깨닫게 될 확률이 높다. 현실 세계에서 맺는 인연은 대체로 고정관념을 깬다. 오히려 놀라울 만큼 진정 효과가 있을 수 있다. 나쁜 기분을 전환하거나 좀 더 폭넓은 불신의 감정을 없애기 위한 작지만 효험 있는 방법이다. 하지만 거기까지 나아가기 위해서는 먼저 방패를 내려놓아야 한다.

*　　　　*　　　　*

내가 생각하는 사회성의 기준은 어떤 면에서 구식에 가깝다. 그 뿌리를 찾으려면 내가 어린 시절을 보냈던 유클리드가의 우리 집 부엌으로 거슬러 올라가야 한다. 우리 집 부엌에서 나는 언제나 꾸밈없이 행동할 수 있었고, 때때로 엉뚱해 보이는 생각을 말해도 결코 찍어 누르는 사람이 없었다. 서부 개척 시대를 방불케 할 만큼 거칠었던 동네를 휘젓고 다니다가 당당하게 돌아와 온갖 사소한 다툼과 유치한 짝사랑, 새로 그어진 패거리들의 경계선에 대해 빠짐없이 털어놓곤 했다. 그렇게 해도 괜찮은, 나를 인정해 주는 안전한 집이었기 때문이다. 유클리드가에 있는 우리 집 부엌은 자석처럼 다른 사람들도 끌어당겼다. 이웃들이 지나가다 들렀고 사촌들이 밥을 먹으러 왔으며 오빠의 호리호리한 10대 친구들이 털썩 자리를 잡고 앉아 아버지의 조언을 구했다. 어머니는 내 친구 모두에게 땅콩버터와 잼을 바른 샌드위치를 만들어주었고 우리가 바닥에서 잭스 놀이*를 하며 학교생활에 대해 수다를 떠는 동안 저녁 식사를 준비했다. 부엌 자체는 아주 작았다. 가로세로 3미터가 될까 말까 한 천장이 낮은 공간이었고 비닐 식탁보를 씌운 작은 식탁과 의자 네 개가 늘 같은 자리를 지키고 있었다. 그렇지만 이 공간이 내게 준 편안함과 안정감은 막대했다.

나는 이제 친구들에게 같은 것을 제공하려고 한다. 내 집 같은 편안함, 안정감과 소속감을 주고 그들에게 귀를 기울이며 공감하려고 한다. 내가 우정을 통해 찾고 싶은 것은 이러한 감싸주는 느낌이다. 나는 친구들을 나의 '부엌 식탁'이라고 부른다. 가족 외에 내가 믿을 수 있고 나를 기쁘게 하며 내가 가장 의지하는 사람들이고 나는 그들을 위해서라면 무엇이든 할 수 있다. 이들은 내가 내 인생의 식탁에 앉아달라고 부탁한 내 친구들이다.

또 하나 깨달은 사실은, 우리가 지지와 사랑, 인정을 어디에서든—꼭 가정이 아니라도—얻을 수 있다는 점이다. 나의 식탁에

● 공기놀이와 매우 유사한 아이들 놀이.

미셸 오바마 자기만의 빛

앉았던 가장 중요한 사람 중 몇몇은 나보다 나이가 많았다. 그들은 기꺼이 시간을 내어 어린 나에게 조언을 건네주었고, 자신의 삶을 본보기로 삼아 무엇이 가능한지를 알려주면서 우리 부모님이 해줄 수 없었던 부분을 보완해주었다. 프린스턴대학교에서 근로 장학생으로 일하던 시절 나의 상사였던 처니는 에너지가 넘치는 사람이었다. 처니는 나를 보살펴주었고 홀로 아이를 키우는 전문직 여성의 삶이 어떤 것인지 몸소 보여주었다. 바쁜 삶에서 균형을 찾는 법에 관한 의미 있는 밀착 코칭을 해준 것이다. 밸러리 재럿은 내 생애 가장 중요했던 이직의 시기에 내가 회사법 전문 법률 회사에서 공공 기관으로 옮길 수 있도록 도움을 주었다. 밸러리는 공적으로나 사적으로나 큰 언니 같은 존재다. 내가 온갖 변화를 겪을 때마다 나를 인도해주고, 결정을 내려야 할 때 조언해주며, 심란해할 때 나를 안정시켜준다. 내가 밸러리의 인생에 따개비가 될 수 있도록 허락해준 셈이다.

나의 식탁에는 나보다 나이가 어린 친구도 많은데, 그들의 목소리는 내게 아주 소중하다. 그들은 내가 참신한 시각을 유지하게 해주고 새로운 것을 놓치지 않도록 나를 자극한다. 요즘 인기 있는 네일 디자인이 무엇인지, 뎀보 리듬은 어떻게 즐겨야 하는지 등 온갖 이야기를 들려주고, 틴더와 틱톡을 가르쳐주기도 했다. 뿐만 아니라 내가 구닥다리 같은 소리를 하거나 무지한 사람처럼 굴면 지적해준다. 젊은 친구들 덕분에 항상 배움을 멈출 수 없다.

부엌 식탁은 대체로 정체되는 법이 없다. 다양한 친구가 왔다 갔다 하고, 삶의 다양한 단계를 거치면서 중요성이 덜해지거나 더해지기도 한다. 소규모 모임의 형태를 띨 때도 있고 극소수의 사람들과 나누는 일대일 우정의 모습일 때도 있다. 어떤 형태든 괜찮다. 중요한 것은 관계의 질이다. 누굴 믿고 누굴 가까이 둘지 신중하게 결정하는 것이 좋다. 새로운 관계를 맺을 때 가만히 생각해보라.

나는 편안함을 느끼고 있는가?

새로 싹트는 친구와의 관계 속에서 내가 있는 그대로의 모습으로 보이고 인정받고 있는가?

친구들에게서 내가 원하는 것은 아주 단순한 확신이다. 내가 중요하다는, 나의 빛이 눈에 보이며 나의 목소리가 귀에 들린다는 확신 말이다. 나 또한 친구들에게 동일한 확신을 줄 책임이 있다. 나를 힘들게 하는 우정에서는 과감히 물러나도 괜찮다. 때로는 친구를 보내주거나, 적어도 그런 친구에 대한 의존도를 줄이는 것도 필요하다.

내 부엌 식탁에 앉은 모두가 서로를 잘 아는 것은 아니다. 한 번도 만나지 못한 사람들도 있다. 하지만 총체적으로 그들은 강력한 힘을 발휘한다. 나는 다양한 순간에 다양한 방식으로 개개인에게 의지한다. 이 또한 알아두어야 할 우정의 속성이다. 어떤

미셸 오바마 자기만의 빛

사람도, 어떤 관계도 나의 모든 필요를 충족시켜주진 못한다. 모든 친구가 매일 나를 안전하게 지켜주거나 지지해줄 수 있는 것은 아니다. 모든 친구가 정확히 내가 필요로 할 때, 내가 원하는 방식으로 나타나거나 나타날 수 있는 것은 아니다. 바로 이런 이유에서 부엌 식탁에 계속 자리를 만들어야 하며 더 많은 친구를 만나기 위해 나를 열어두어야 한다. 친구가 필요하지 않은 순간은 오지 않을 것이며 친구들은 영원히 가르침을 줄 것이다. 이것만은 장담한다.

누군가의 친구가 되는 가장 좋은 방법은 상대의 고유한 개성에 주목하는 것이다. 각각의 친구가 내게 가져다주는 것에 기뻐하고, 있는 그대로의 모습으로 받아들이는 것이다. 반대로 말하면, 내게 뭔가를 가져다줄 수 없거나 가져다주지 않는다고 해서 탓한다면 그건 친구가 아니다. 내 친구 중에는 등산과 여행을 즐기는 활동적인 친구도 있고, 차를 마시며 소파에서 빈둥거리는 걸 선호하는 친구도 있다. 내가 위기에 처했을 때 전화를 걸고 싶은 친구도 있고, 그렇지 않은 친구도 있다. 어떤 친구들은 내게 조언을 하고, 어떤 친구들은 연애 이야기로 나를 즐겁게 해준다. 몇몇 친구는 밤늦게까지 이어지는 신나는 파티를 좋아하고, 몇몇 친구는 저녁 9시가 되면 어김없이 잠자리에 든다. 생일이나 기념일을 잘 챙기는 꼼꼼한 친구도 있고, 조금 산만하지만 나와 함께할 때만은 진심을 다해 집중하는 친구도 있다. 중요한 것은 내가 친구들을 보고 있고 인정하고 있다는 사실, 친구들도 나를 보고 있고 인정하고 있다는 사실이다. 친구들은 내가 객관적인 시각을 유지하게 해준다. 내가 누구인지 보여준다. 토니 모리슨의 소설 『빌러비드』에서는 한 등장인물이 다른 등장인물에 대해 이렇게 말한다.

"그 여자는 내 마음의 친구야…… 조각난 나를, 친구는 잘 모으고 제대로 맞추어서 내게 돌려줘."[12]

세월이 흐르면서 인생의 다른 단계에서 사귄 친구들이 서로 가까워지기도 한다. 부분적으로는 나의 훈련 조교 같은 성향, 누구든 시간이 될 때 다 같이 모여야 한다는 고집 때문이다. 이런 친구들이 다 함께 서로의 행복을 비는 자리를 만들었다고 나는 생각하고 있다. 우리는 언제나 서로의 성공을 위해 응원을 보낸다. 승리를 거두면 알리고 어려운 일이 있으면 피드백을 요청한다. 힘든 길을 헤쳐나가면서 격려와 사려 깊은 경청과 같은 소소한 방식으로 서로를 밀어준다. 친구들과의 대화는 영영 끝나지 않는다. 우리는 모두 서로의 부엌 식탁에 앉은 손님이며 친밀감과 진솔함이라는 특권을 나눠 갖는다.

"인생 혼자 하는 거 아니야."

종종 딸들에게 하는 말이다. 무엇보다 다름을 감수하고 살아가야 하는 사람이라면 생존을 위해서라도 내 집처럼 느껴지는 안전한 공간을 만드는 일이 중요하다. 마음 편히 갑옷을 벗고 걱정을 내려놓을 수 있는 사람들을 찾으려 노력할 가치가 있다. 가장

미셸 오바마 자기만의 빛

친한 친구들 앞에서는 다른 곳에서 참았던 말들을 다 털어놓아도 괜찮다. 고삐 풀린 분노를 터뜨려도 좋고 불의와 비난을 두려워해도 좋다. 전부 억누르고 살 수는 없기 때문이다. 남과 다른 모습으로 살면서 마주하는 온갖 난관을 혼자 감당할 수는 없기 때문이다. 모든 걸 속에만 담아두기에는 너무 크고 너무 고통스럽다. 모든 걸 혼자서 안고 가기에는 소모되고 지친다.

그런 의미에서 부엌 식탁은 폭풍우를 피해 쉴 수 있는 피난처다. 일상의 난관을 극복하기 위한 끊임없고 고달픈 노력을 잠시 멈추고 내 앞에 쏟아진 모욕을 안전하게 해부할 수 있는 공간이다. 비명을 지르고 고함을 치고 욕하고 울 수 있는 공간이다. 상처를 핥고 힘을 재충전할 수 있는 공간이다. 다시 숨쉬기 위해 산소를 찾아가는 곳, 그곳이 나의 부엌 식탁이다.

*   *   *

대통령 시절의 버락은 언제나 웨스트윙의 훌륭한 동료들에게 둘러싸여 있었다. 전화 한 통이면 빠릿빠릿하고 대단히 총명한 내각 구성원, 보좌관들과 이야기할 수 있었고, 고도의 기능을 갖춘 팀과 훌륭한 지원 시스템이 이를 뒷받침하고 있었다. 그럼에도 나는 대통령직의 고독함을 가까이서 지켜보았다. 최고 결정권자로서 짊어진 엄청난 무게, 해소할 틈도 없이 쌓여가는 스트레스도 여기에 일조했다. 버락이 어떤 위기를 극복하는 데 몰두하면 어느새 또 다른 위기가 닥쳐왔다. 사람들은 자꾸만 대통령이 통제할 수 없는 일에 대해서 대통령을 탓했으며, 당장 변화를 원하는 사람들도 그를 혹평했다. 의회에서는 여야가 충돌했고, 온 나라가 불황에 상처를 입은 상태였으며, 바다 건너에서도 온갖 문제가 발생했다. 나는 저녁 식사를 마치고 서재로 들어가는 남편을 물끄러미 지켜보곤 했다. 남편은 새벽 2시까지 잠들지 않고 책상 앞에 홀로 앉아 단 하나도 놓치지 않으려고 애쓸 터였다.

남편은 딱히 외로움에 시달리지는 않았다. 그러기에는 인생이 너무 꽉 차 있었다. 하지만 그에게도 탈출구가 필요했다. 나는 대통령의 가혹한 업무가 걱정스러웠고 스트레스가 건강에 미칠 악영향이 두려웠다. 대통령 임기가 시작된 지 몇 해가 지났을 때 나는 버락의 생일을 맞아 깜짝 선물을 준비했다. 생일을 기념하고 즐거운 시간을 갖길 바라면서 버락의 친구 열 명을 캠프데이비드에 초대한 것이다. 8월이었고, 의회는 회기 중이 아니었다. 물론 늘 보좌관들이 그의 곁을 동행했고 매일 브리핑도 받았지만 조금이라도 숨을 돌릴 수 있기를 바랐다.

그리고 남편은 제대로 숨을 돌렸다. 그 주말 동안 버락은 내가 아는 누구보다 빠르게, 즐거운 휴가 속으로 풍덩 뛰어들었다. 남편에게 얼마나 휴식이 필요했는지 보여주는 명백한 증거였다. 하와이에서 버락의 고등학교 동창들이 왔고 대학교 동창도 왔다.

미셸 오바마 자기만의 빛

시카고에서 가장 절친했던 친구들도 왔다. 무얼 했냐고? 그냥 놀았다. 사샤, 말리아와 나, 그리고 버락의 친구들과 동행한 아내와 아이들은 주로 수영장 옆에서 시간을 보냈지만 남자들은 캠프데이비드에서 할 수 있는 거의 모든 활동에 몸을 던졌다.

마치 감옥 탈출 카드*를 받은 것처럼 일과 가족에 대한 의무에서 돌연 벗어난 사람들 같았다. 내가 친구들과 '극기 훈련' 휴가를 보낼 때와 마찬가지로 남편과 친구들은 단 한순간도 허투루 보낼 생각이 없었다. 남자들은 농구를 했다. 카드놀이를 하고 다트를 던졌다. 스키트 사격도 했다. 볼링도 했다. 홈런치기 시합도 하고 풋볼 토스도 했다. 모든 경기에 점수를 매겼고 각각의 종목에 대해 열띤 토론을 벌였다. 밤늦게까지 온갖 플레이와 역전의 순간들을 떠들썩하게 복기하면서 말이다.

우리가 '캠퍼설론(Campathalon)'이라고 이름 붙인 그 모임은 버락 인생의 일부로 자리 잡았다. 이제 우리는 매년 마서스비니어드에서 캠퍼설론을 열고 있는데 개막식도 진행하고 트로피도 수여한다. 언제나 일에 열중하고 냉철함을 잃지 않는 남편에게 캠퍼설론은 의지할 휴식처가 되었다. 천진난만하던 어린 시절로 돌아갈 기회이자, 소중한 사람들의 근황을 묻고 엉뚱한 놀이를 즐길 기회다. 쉬는 시간에 학교 운동장에서 놀던 것처럼 친구들과 자유롭게 약간은 거칠게 뛰노는 시간이다. 남편을 기쁨에 가

---

* 모노폴리 보드게임에서 플레이어가 감옥에 갇혔을 때 쓸 수 있는 탈출권.

닿게 해주는 시간이다.

강력한 우정은 강력한 의도에서 비롯된다는 것을 인생은 내게 일깨워주었다. 우리는 부엌 식탁을 의도적으로 만들고 의도적으로 사람들을 채우고 의도적으로 관리해야 한다. 친구가 될 만한 사람에게 "네가 궁금해"라고 말해야 하고 그 호기심에 주의를 기울여야 한다. 우정이 커지고 깊어질 수 있도록 시간과 에너지를 투자해야 하며, 우리가 신경 써야 하는 온갖 쌓인 일보다 굳이 신경 쓰지 않아도 되는 우정에 우선권을 주어야 한다. 경험해본 바로는, 어떤 의례적이거나 규칙적인 만남이 우정을 지키는 데 도움이 된다. 매주 커피 타임을 갖거나 다달이 칵테일을 마시거나 연간 모임을 만들어도 좋다. 친구 캐슬린과 나는 규칙적으로 강가를 산책하는 시간을 갖는다. 1년에 한 번씩 엄마와 딸끼리 스키 주간을 갖는 모임도 10년 넘게 이어왔다. 그 모임은 모두의 달력에 굳건히 새겨져 있으며 다들 무슨 일이 있어도 반드시 참석한다. 물론 우리 딸들도 예외는 아니다. 이제 아이들도 자기만의 부엌 식탁을 가진다는 것이 어떤 의미인지 이해한다. 내가 주도하는 '극기훈련' 주간은 횟수가 줄고 예전만큼 엄격하진 않지만 그럼에도 친구들과 함께 땀 흘릴 수 있어 좋다.

버지니아대학교의 연구원들이 우정에 대한 어떤 가설을 검증하기 위해 실험을 진행했다.[13] 참가자들에게 무거운 배낭을 짊어지게 한 뒤 한 명씩 높은 언덕 앞에 세워두었다. 마치 그들이 언덕

미셸 오바마 자기만의 빛

을 넘어야 할 것처럼 말이다. 그리고 각 참가자에게 언덕이 얼마
나 가파를지 어림잡아보라고 했다. 참가자 절반은 언덕 앞에 홀
로 서 있었고, 나머지 절반은 친구로 여기는 사람 곁에 서 있었
다. 친구와 함께 서 있던 참가자들은 일관되게, 언덕이 덜 가파르
고 언덕을 넘기도 덜 힘들 거라고 생각했다. 오랫동안 우정을 나
눈 친구들끼리 언덕 앞에 세워두었을 때의 결과는 더욱 뚜렷했
다. 언덕의 경사가 훨씬 완만하게 보인 것이다. 바로 이것이 타인
을 곁에 두는 것의 힘이자 우정을 잘 가꿔나가야 할 이유다.

그리고 새로운 우정 앞에서 망설이고 있을 사람들, 자신을 억
누르고 있는 사람들에게 내가 가장 해주고 싶은 말이기도 하다.
새로운 친구를 만나고 알아가는 어색함을 도저히 견딜 수 없다
거나 너무 두렵고 떨린다는 청년들의 이야기를 들을 때마다 나
는 걱정과 안타까움이 앞선다. 그들에게 말하고 싶다. 타인을 향
한 호기심을 키워나갈 수 있다면, 우리 자신을 열어둘 수만 있다
면, 우리는 타인을 통해 풍요로움과 안전함을 모두 발견할 수 있
다. 친구는 우리에게 생태계가 되어준다. 소중한 친구가 늘어날수
록 우리 인생에는 더 많은 데이지꽃이 자라게 된다. 나무에 더 많
은 새가 살게 된다.

작년에 우리 두 딸은 로스앤젤레스에서 아파트를 빌려 함께 살기로 했다. 마침 같은 도시에 머물게 된 덕분이었다. 사샤는 대학에 다니고 있었고 말리아는 말단 작가로 일하고 있었다. 사샤와 말리아는 둘 모두에게 편하고 조용한 동네에 아담한 집을 구했다. 나는 아이들이 서로를 룸메이트로 선택했다는 사실이 사랑스럽게 느껴졌다. 우리가 키운 자매가 어느덧 20대 초반이 되어 친구가 되었다는 사실에 행복했다.

계약 기간이 시작되는 첫 달 첫날에 두 아이는 빈 아파트로 이사했다. 이삿짐 대부분이 옷이었던 것 같다. 그 나이내의 낳은 또래 아이처럼 우리 딸들도 코로나 거리두기로 격리된 몇 달을 제외하면 대체로 자주 옮겨 다니며 살았다. 주로 대학 기숙사 또는 가구가 딸린 재임대 아파트를 왔다 갔다 했기 때문에 짐은 자동차 트렁크에 들어갈 만큼만 가지고 움직였다. 사샤와 말리아는 1년에 몇 번은 각각, 혹은 둘 다 집으로 돌아와 한두 주 동안 휴가를 즐겼다. 아이들은 냉장고가 꽉 차 있고 룸메이트가 없으며 세탁기가 가깝고, 상냥하고 게으른 반려견까지 갖추어진 어른들의 안락한 삶으로 풍덩 뛰어들었다. 그런 막간의 시간 동안 아이들은 충분히 먹고 잤으며 혼자만의 시간도, 가족과의 시간도 누리며 재충전했다. 그다음에는 제 물건을 벽장에 넣어두거나 계절에 맞게 옷을 바꿔 챙기고는 철새처럼 날갯짓을 하며 다시 길을 떠났다.

하지만 이제 달라지고 있었다. 아이들은 어른에게 맞는 집을, 좀 더 장기적으로 머물 장소를 손수 구한 것이다. 아이들 자신도 더 어른스러워 보였다. 어른의 삶에 닻을 내리기 시작한 것이다.

처음 한 달 정도는 영상통화를 하면서 아이들이 집을 꾸며가는 모습을 야금야금 엿보았다. 어디선가 사 온 새 의자라든가 벽에 솜씨 좋게 걸어놓은 사진 액자 등이 눈에 들어왔다. 아이들은 진공청소기도 사고 장식용 쿠션과 수건도 샀다. 스테이크 나이프도 세트로 샀는데, 두 아이 모두 고기를 요리하거나 먹는 데 큰 관심이 없었기 때문에 재미있다고 생각했다. 사실 아이들은 요리 자체에 별 관심이 없었다. 중요한 것은 아이들이 스스로, 그리고 당당하게 자기만의 집을 만들어가고 있다는 사실이었다. 어떻게 하

미셸 오바마 자기만의 빛

면 '내 집'이 되는지 아이들은 스스로 배워가고 있었다.

하루는 밤에 사샤와 영상통화를 하고 있는데 뒤에서 왔다 갔다 하는 말리아에게 시선이 갔다. 말리아는 잡동사니와 책으로 가득한 선반을 스위퍼 먼지떨이로 밀고 있었다. 제 물건에 앉은 먼지를 털고 있었던 것이다! 정말 어른스러워 보였다. 물론 선반의 먼지를 다 제거하려면 그 위의 물건을 치우거나 움직여야 하는데 아직 거기까지 터득하지는 못한 것 같았다.

어쨌든 절반의 먼지라도 터는 게 어디인가! 심장이 터질 것 같았다.

시간이 나자마자 버락과 나는 아이들을 보러 로스앤젤레스로 갔다. 사샤와 말리아는 잔뜩 신이 난 채로 새 아파트를 구경시켜주었다. 예산 내에서 잘 꾸민 듯했다. 동네 사람들이 내놓은 중고 물건들도 들여다보고 가까이 있던 이케아에서 쇼핑도 한 것 같았다. 침대는 프레임 없이 박스 스프링과 매트리스만 바닥에 놓고 쓰고 있었지만 예쁜 침대보로 잘 가려둔 게 보였다. 벼룩시장에서 산 독특한 협탁 세트도 있었다. 식탁은 있었지만 아직 저렴한 의자는 찾지 못한 모양이었다.

우리는 밖에서 저녁을 먹을 예정이었지만 아이들이 굳이 먼저 음료를 대접하겠다고 고집을 부렸다. 버락과 내가 소파에 앉아 있는 동안 말리아가 직접 각종 햄과 치즈를 담은 샤퀴테리 모둠을 내오면서 치즈가 얼마나 말도 안 되게 비싼지 전에는 미처 몰랐다고 말했다.

"아주 고급 치즈를 산 것도 아니라고요!" 말리아의 말이었다.

그동안 사샤는 밍밍한 마티니를 만들었다. 잠깐만, 네가 마티니를 만들 줄 안다고? 전용 잔이 아닌 평범한 물컵이었지만 새로산 소파 테이블에 자국이 남을까 봐 겁이 났는지 사샤는 술잔을 내려놓기 전에 새로 산 컵받침부터 펼쳐놓았다.

나는 이 모든 것을 놀라움을 금치 못하며 바라보았다. 아이들이 다 컸다는 사실은 그다지 놀랍지 않았다. 하지만 그 광경은, 특히 그 컵받침은 획기적인 사건을 알리는 것 같았다. 모든 부모가 수년에 걸쳐 눈여겨보는 그것, 바로 아이들에게 상식이 생겼다는 증거를 보여주는 듯했다.

그날 저녁 사샤가 우리에게 음료를 대접한 순간 나는 아이들이 우리 보살핌 아래 있으면서 사용하지 않던 모든 컵받침을 떠올렸다. 백악관에 있던 테이블을 포함해 무수히 많은 테이블에 생긴 온갖 물 자국을 지우면서 보냈던 지난 세월을 상기했다.

하지만 이제 그 역학은 달라져 있었다. 우리가 아이들의 테이블 앞에 앉아 있었다. 테이블은 아이들의 소유였고 아이들은 그걸 아끼고 있었다. 아이들은 분명히 배운 게 있었다.

미셸 오바마 자기만의 빛

우리는 도대체 어떻게 어른이 되는가? 어떻게 진정으로 어른다운 인생을 살고 진정으로 어른다운 관계를 만들어가는가? 대개는 시행착오를 거치면서 배우는 것 같다. 어떻게 하다 보니 알게 된다. 많은 사람이 자신의 정체성이라는 퍼즐을 푸는 데 오랜 시간을 들이면서, 내가 누구이며 살아가기 위해 무엇이 필요한지 알아낸다. 우리는 어림짐작을 통해 성숙한 인간에 점점 근접한다. 머릿속에 있는, 어른의 삶은 어떤 모습이어야 한다는 모호한 관념을 따라가는 식이다.

　우리는 연습하고 배우고, 배우고 연습한다. 실수하기도 하고 처음부터 다시 시작하기도 한다. 아주 오랫동안 많은 것이 실험적이고 미완의 상태로 느껴진다. 우리는 다양한 존재 방식을 시험 삼아 걸쳐본다. 인생을 살아가는 데 필요한 다양한 태도와 접근 방식, 영향력, 도구를 하나하나 맛보고 버리는 것이다. 그 과정을 거듭하다 보면 무엇이 우리에게 적당한지, 무엇이 우리에게 가장 큰 도움이 되는지 훨씬 잘 이해하게 된다.

　최근에 나는 여기에 대해 많은 생각을 하게 됐다. 우리 딸들이 미국의 서부 해안에 자리를 잡아가는 모습을 보면서, 집안 살림과 식기를 사들이고 가구의 먼지를 나름대로 정성껏 털어내는 모습을 보면서 깨닫게 됐다.

아이들은 연습 중이다. 아이들은 배우는 중이다. 가고 싶은 곳으로 가기 위한 중간 과정에 있다. 날마다 사소한 방식으로, 아이들은 개인으로서 자신이 어떤 사람인지, 어떻게 살고 싶은지에 대한 개념을 구체화해간다. 어디서, 어떻게, 누구와 있어야 가장 안정되고 든든하다고 느끼는지 이해하려고 애쓴다.

사회적 관계의 측면에서 보자면, 사샤와 말리아의 인생은 약간은 어지럽고 어설픈 벼룩시장 단계에 있다. 이 단계에서 새 친구는, 거의 어디서든 만날 수 있는 흥미진진한 보물 같은 존재다. 물론 20대에는 나도 그 단계에 있었다. 물건을 뒤지는 일은 재미있고 시장은 다채로우며 뭔가를 발견하는 기분은 꽤나 짜릿하다. 하지만 동시에 아이들은 무의식적으로 좀 더 진지하고 좀 더 상식적 판단이 필요한 활동도 수행해나간다. 누구에게 기댈 것인지, 누구와 있으면 즐거운지, 어떤 관계에 가장 신경 쓰고 싶은지, 어떤 인연과 평생을 함께할 것인지 배워가는 중이다. 아이들은 자기만의 부엌 식탁을 꾸리고 있다.

연인 관계도 마찬가지다. 말리아와 사샤는 나와 버락이 각각 그 나이 때 그랬듯이 여러 사람을 두루 만나보는 중이다(그나저나 우리 애들 또래 사이에서는 '두루 만나본다'는 말을 쓰지 않는다고 한다). 내가 하려는 말은, 우리 아이들이 다양한 사람과 사귀어봤고 다양한 형태의 관계를 시도해봤다는 것이다. 그리고 이는 아이들이 자신의 삶을 구축해가는 과정에서 시도하는 여러 활동 중 하나,

더 큰 퍼즐의 한 조각일 뿐이다.

사실 나는 딸들이 벼룩시장에서 너무 일찍 뛰쳐나오지 않길 바란다. 천천히 둘러보면서 젊은 패기가 넘치는 유연한 관계를 즐기길 바란다. 무엇보다 아이들에게 바라는 점은 자립의 기술을 익히는 걸 우선순위에 두는 것이다. 누군가와 일생을 함께하기로 약속하기 전에 먼저 어떻게 생계를 유지할지, 어떻게 건강하고 충만하고 행복한 삶을 지속할지 배우길 바란다. 나는 아이들에게 홀로서기를 할 수 있는 온전한 인간이 되는 데 집중하라고 말한다. 자신의 빛을 알면, 그 빛을 타인과 나누기 위한 준비가 훨씬 순조롭게 흘러간다. 물론 이 모든 과정에는 연습이 필요하다.

나는 딸들이 관계에서 어떤 명확한 결과를 얻으려고 애쓰기보다는 성숙한 관계를 만드는 법을 서서히 배웠으면 좋겠다. 결혼을, 쫓아가 쟁취해야 하는 트로피처럼 여기지 않았으면 좋겠다. 만족스러운 삶을 제대로 시작하려면 결혼식이라는 구경거리가 필요하다고 생각하지 않았으면 좋겠다. 아이를 갖는 것이 필수요건이라고 결코 생각하지 않았으면 좋겠다. 내 바람은 아이들이 다양한 깊이의 관계들을 경험해보는 것이다. 잘되지 않는 관계를 끊는 법, 잘될 것 같은 관계를 새로 시작하는 법을 터득하는 것이다. 나는 아이들이 갈등을 잘 헤쳐나가고 친밀한 관계에 취하는 짜릿함을 알기 바란다. 가슴이 온통 떨리는 느낌을 느껴보길 바란다. 언젠가 아이들이 인생의 배우자를 선택할 때 자신이 누군지 알고 자신의 필요가 무엇인지 잘 아는 상태에서, 힘을 가진 상태에서 결정을 내리길 바란다.

아이들의 연애 생활은 아이들의 사생활이니 더 이상 밝히지는 않겠다(더 말했다가는 아이들이 날 죽이려 들 것이다). 다만, 아이들이 관계 맺기를 연습하고 배우는 광경은 정말 아름다워 보였다.

내가 아이들에게 품은 가장 큰 바람은 무엇이냐고?

나는 아이들이 자기만의 집을 찾길 바란다. 그 집이 결국 어떤 모습이든.

＊　　　＊　　　＊

사람들은 종종 내게 관계에 대한 조언을 구한다. 그런 사람들은 버락과 내가 함께 있는 사진에 대해 이야기하곤 한다. 우리 둘이 웃고 있거나 같은 표정을 짓고 있는 사진, 나란히 서서 즐거워하는 사진 등을 보면서 우리가 함께 있는 시간을 즐긴다고 결론짓는다. 그러고는 어떻게 30년 동안 결혼을 유지할 수 있는지, 어떻게 불행하지 않을 수 있었는지 묻는다. 이렇게 답하고 싶다. "그러게 말이에요, 우리도 그게 놀라울 때가 있어요!" 정말이지 농담이 아니다. 물론 우리에게도 여느 부부처럼 크고 작은 문제가 있지만, 나는 버락을 사랑하고 버락은 나를 사랑하고 있다. 지금도, 아직도, 영원처럼 느껴지는 긴 세월 내내.

우리의 사랑은 완벽하지는 않지만 진실하고 우리는 각자 여기에 헌신하고 있다. 이 특별한 확신은 우리가 들어서는 모든 공간에 마치 그랜드피아노처럼 버티고 서 있다. 남편과 나는 여러모로 매우 다른 사람이다. 남편은 고독한 탐구를 즐기는 한밤의 올빼미 같다면, 나는 아침형 인간으로 사람들로 북적이는 자리를 좋아한다. 내가 보기에 남편은 골프를 지나치게 좋아하고, 남편 눈에 나는 저속한 TV 프로그램을 너무 많이 본다. 하지만 우리 둘 사이에는 무슨 일이 일어나도 서로가 곁을 지킬 것이라는 애정 어린 확신이 있다. 사람들이 사진에서 바로 이런 것을 보는 게 아닐까 싶다. 우리가 자랑스럽게 여기는 그 작은 승리를 엿보는 것 같다. 생의 절반을 함께 보냈음에도, 온갖 방식으로 서로를 괴롭히고 서로 다른 점도 많음에도, 우리 둘 중 누구도 백기를 들고 떠나지 않았다는 사실을 말이다. 우리는 여전히 여기 있다. 우리는 여기 남아 있다.

성인이 된 뒤로 나는 여러 곳에 살았지만 사실 나의 진정한 집은 딱 한 곳이다. 내 집은 내 가족이다. 내 집은 버락이다.

우리의 동반자 관계는 우리가 함께 만든 것이다. 우리는 매일 그 관계 속에 살면서 힘닿는 대로 개선 방안을 내지만, 때로는 다른 걱정들에 사로잡혀 '지금 이 상태'로 한동안 내버려두기도 한다. 결혼 생활은 우리가 어딘가로 출발하고 다시 돌아와 착륙하는 터전이 되어준다. 동시에 철저하고 편안하게, 때로는 거슬릴

만큼 우리 자신으로 존재할 수 있는 곳이 되어준다. 우리가 함께 살고 있는 이 영역, 그리고 우리 사이의 에너지와 감정은 항상 질 서정연하지 않을 수도 있다. 누구 한 사람은, 혹은 두 사람 모두 상대가 자신이 원하는 모습에 정확히 들어맞지 않는다고 생각할 수 있다. 우리는 이 점을 받아들였다. 그러나 단순하고 든든한 사 실은 우리의 관계가, 우리의 결혼이 지속되고 있다는 것이다. 우 리에게 결혼은 어느 것도 도무지 확신할 수 없는 이 세상에서 탄 탄한 확신이 되어주었다.

소셜 미디어나 편지, 이메일을 통해 내가 사람들에게 받는 질 문의 대다수는 바로 인간관계에서 느끼는 확신과 관련된 것이다. 어느 시점에 얼마나 확신을 느껴야 하는지, 어느 정도의 강도로 느껴야 하며 어느 정도의 변동성이 적당한지 묻는다.

"적당한 상대를 찾았는지, 내가 헌신해도 될 만한 사람인지 어 떻게 알 수 있을까요?"

"이따금 남편이 꼴 보기 싫은데 그래도 괜찮은가요?"

"부모님에게 딱히 본받을 만한 게 없었는데 어떻게 해야 누군 가를 잘 사랑할 수 있을까요?"

"갈등이나 마찰, 난관이 생길 때는 어떻게 해야 하나요?"

질문자 중에는 결혼이 두 사람 사이의 문제를 해결해줄 것이라 는 생각에 결혼을 고려하는 사람도 있다. 아기가 생기면 결혼 생 활의 문제가 해결되리라 믿으며 임신을 고려하는 사람도 있다.

미셸 오바마 자기만의 빛

관계가 악화되거나 곤란해졌을 때 곁에 남아야 할지 도망쳐야 할지 갈팡질팡하면서 이혼을 고려하는 사람도 있다. 결혼이 대체로 따분하고 가부장적이며 시대착오적인 전통이라고 생각하는 사람도 있다. 그런가 하면 관계에서 실수를 저지를까 봐 두려워하거나 이미 실수를 저질렀는데 어떻게 해야 할지 고민하는 사람도 있다. 앨라배마주에 사는 렉시라는 한 젊은 여성은 얼마 전 내게 편지를 보내 이렇게 말했다.

"저기, 미셸 여사님, 저는 남자 문제가 정말 많은데요……."

그러고는 온갖 고민을 쏟아놓았다.

솔직히 말하자면 내게 이런 물음에 대한 답이 있을 리 없다. 개개인의 난관을 해결해줄 처방약도 나에게는 없다. 내가 아는 유일한 사랑 이야기는 내가 지닌 이야기뿐이다. (정말 확신을 좇고 있는 게 맞다면) 확신으로 향하는 길은 사람마다 다르다. 내 집이 어떤 곳이며 그곳에 누가 있는지는 오로지 나만 알 수 있다.

친밀한 관계에서 우리가 무엇을 필요로 하고 무엇을 줄 수 있는지 알아내는 과정은 언제나 더디게 흘러간다. 우리는 연습을 하고 배운다. 망쳐버리기도 한다. 때로는 실질적인 도움을 주지 못하는 도구를 획득하기도 한다. 많은 사람이 초반에 몇몇 미심쩍은 투자를 하기도 한다. 원래 그래야만 하는 줄 알고 스테이크 나이프를 잔뜩 사는 일처럼 말이다.

우리는 집착하고 과도하게 고민하고 에너지를 낭비한다. 때로는 나쁜 조언을 따르고 좋은 조언을 무시한다. 상처를 받으면 후퇴한다. 겁을 먹으면 갑옷을 입는다. 도발을 받으면 공격하고, 수치심을 느끼면 항복하기도 한다. 그리고 많은 사람이 그러하듯이, 누군가와 짝을 이루지 않아도 지극히 행복하고 만족스러운 삶이라고 결론지을 수도 있다. 만일 당신이 여기에 속한다면, 전적으로 타당하고 성공적인 그 인생 결정을 기쁜 마음으로 기념하길 바란다. 우리는 무의식적으로 이제껏 보고 자란 관계를—어릴 때우리가 의식했던 집의 형태가 어떤 것이든—무의식적으로 모방하게 된다. 그 결과는 아주 아름다울 수도 있고 끔찍할 수도 있으며 그 중간 어디쯤이 될 수도 있다. 진정한 사랑, 오래가는 사랑은 어중간한 영역에서 이루어진다고 나는 생각한다. 그곳에서 두 사람이 함께 이렇게 묻고 그 답을 찾아야 한다.

우리는 어떤 사람이고 어떤 사람이 되고 싶은가?

✶   ✶   ✶

가끔씩 먼발치에서 남편을 볼 때면 세월이라는 투명한 장막을 꿰뚫어 보는 것 같은 기분이 들곤 한다. 법률 회사에서 일하던 시절 여름 인턴으로 왔던 스물일곱의 깡마른 남자와 비교하면, 내눈에 비친 남편은 반백의 머리에, 몸집은 조금 커졌지만 한층 세파에 시달린 모습이다. 당시 그 젊은 남자는 우산도 없이 오느라 온몸이 비로 축축했고 출근 첫날부터 지각한 것에 아주 잠깐 겸 연쩍은 표정을 지어 보였을 뿐이었다. 무엇 때문에 그 미소가 그 토록 인상적이었을까? 목소리는 왜 또 그렇게 좋았을까?

버락은 그때도 매력적이었고 지금도 매력적이다. 과거에는 소소하게 알려져 있었고—법조계를 술렁이게 한 머리 좋은 법학과 학생이었다—지금은 아주 널리 알려져 있다고 할 수 있겠다. 그럼에도 버락은 전과 똑같은 사람이다. 똑같은 몸가짐을 하고 똑같은 마음으로 똑같은 고민을 한다. 여전히 시간을 잘 지키지 못하며 비 오는 날에 우산을 챙기는 것 같은 기본적이고 실용적인 일에 서툴다. 돈키호테 같은 공상가이자, 세련되어 보이는가 하면 또 괴짜 같은 사람이다. 수년 전 법률 회사 대기실에서 만났던 바로 그 남자와 변함없이 똑같은 사람이다. 나는 대기실에서 그와 악수하면서 그의 키 크고 깡마른 체형과 보기 드문 얼굴을 처음으로 훑어보았지만 그가 나의 가장 진정한 사랑이며 내 인생의 가장 큰 방해꾼이 되리라고는 깨닫지 못했다.

여느 사람들과 마찬가지로 당시 내게는 결혼에 대한 몇 가지 견해가 있었지만, 머지않아 그 생각이 거의 다 틀렸음을 인정해야 했다. 어렸을 때 나는 친구들과 재미 삼아 앞날을 점쳐보곤 했다, 어디에 살지, 어떤 차를 몰지, 아이는 몇을 낳을지 예측해봤던 것이다. 종이를 접어서 숨은 공간에 온갖 이름을 적고 누구와 결혼할지 알아보기도 했다. 우리는 기상천외한 결과에 깔깔대며 웃

버락은 내 친구이자 진정한 사랑이며 내 인생의 가장 큰 방해꾼이다.

기도 하고 탄식을 뱉기도 했다. 정말로 잭슨파이브의 말런 잭슨과 결혼해서 캘리포니아에 살며 스테이션왜건을 몰게 될까? 내 친구 테리는 정말로 같은 반 친구 테디와 아이 아홉을 낳고 플로리다에 있는 대저택에 살게 될까?

나는 내 앞에 크고 무한한 미래가 있음을 잘 알고 있었다. 그리고 잘 알고 있다고 생각했다. 꿈같은 화려한 결혼식에 이어 수년 동안 뜨거운 행복과 열정적이고 안주하지 않는 삶이 뒤따를 거라고 말이다. 그래야 하는 법이라고 생각했다. 결혼해서 부모님처럼 살아도 좋겠다고 생각하기에는 아직 너무 어린 나이였다. 우리 부모님은 서로에게 헌신하고 있었고 마음이 잘 맞았으며 상식에 따라 실속 있고 친화적으로 집안을 이끌어나갔다. 부모님은 서로를 웃게 했다. 집안일도 빠짐없이 해냈다. 매년 밸런타인데이와 어머니의 생일날이 되면 아버지는 에버그린 플라자 쇼핑센터로 향했고 근사한 새 옷을 골라 포장하고 리본까지 달아 선물했다.

나는 두 사람이 대체로 행복하다는 사실을 알았다. 하지만 드라마 〈올 마이 칠드런〉의 전설적인 인물 에리카 케인의 냉정과 열정에 빠져든 탓에 부모님의 결혼 생활은 따분하고 재미없다고 생각했다. 그 대신에 꿈과 환상으로 가득한 결혼과 가정생활을 마음껏 상상했다. 그건 친구들과 놀 때 바비와 켄 인형을 가지고 흉내내던 화려하고 낭만적인 관계에 더 가까웠다. 나는 조부모의 삶을 보면서 결혼이 항상 성공적이지는 않다는 걸 일찌감치 깨달았다. 외할머니와 외할아버지는 내가 태어나기 훨씬 전에 헤어졌고, 내가 아는 한 다시는 서로 대화하지 않았다. 친할아버지와 친할머니는 아버지가 어렸을 때에는 거의 떨어져 살다가 놀랍게도 나중에 가서 화해를 했다.

돌이켜보면 본보기는 주변에 많았다. 장기적인 동반자 관계는 화려하지도 수월하지도 않다는 증거가 수두룩했다. 어머니는 아직도 아버지와 처음 고함을 치며 싸웠던 일에 대해 이야기하곤 한다. 1960년에 결혼식을 올리고 얼마 되지 않은 시점이었다. 어머니는 스물셋, 아버지는 스물다섯이었다. 짧은 신혼여행을 마치고 처음 한 집에서 살면서 두 사람은 각자가 상반된 생활 습관과 바뀌지 않는 몇몇 행동을 지닌 채 결혼의 세계로 들어섰다는 사실을 다소 갑작스럽게 깨달았다. 첫 부부 싸움의 이유가 무엇이었냐고? 돈도, 자녀 계획도 아니었다. 바로 화장실의 휴지 걸이에 휴지를 거는 방향이었다. 그러니까, 풀어진 휴지가 두루마리 위로 와야 하는지, 아래로 와야 하는지를 두고 싸운 것이다.

아버지는 휴지 방향을 '아래로' 놓는 집에서 자랐고 어머니는 '위로' 놓는 집에서 자랐다. 두루마리 휴지가 불러온 대치 상태는 한동안 거대하고 해결 불가능한 것처럼 보였다. 선택지가 두 개뿐인 상황에서 한 사람이 양보하고 상대의 방식을 받아들일 수밖에 없었다. 말싸움은 하찮아 보일 수 있지만, 많은 경우 그 이면에 있는 갈등은 결코 하찮지 않다. 타인과 삶을 합치게 되면, 갑자기

미셀 오바마 자기만의 빛

상대 집안의 역사와 행동 양식이 눈앞에 들이닥치고 종종 거기에 적응해달라는 요구를 받게 된다. 1960년에 벌어진 첨예한 두루마리 휴지 분쟁에서 결국 한발 물러선 사람은 어머니였다. 이 문제로 계속해서 목소리를 높이는 게 더 멍청한 일이라는 생각에 이르렀기 때문이다. 어머니는 이 문제를 그냥 내려놓기로 했고, 이후 우리 가족은 휴지 방향을 '아래로' 놓으며 평화롭게 살았다. 집에서는 더 이상 문제를 제기하는 사람이 없었지만 오빠와 내가 성장해 각각 동반자를 찾으면서 상황은 달라졌다(알고 보니 오바마 집안은 휴지 방향을 '위로' 놓으며 살았고 아직까지 그렇다). 결혼은 이처럼 걸린 판돈이 크기도 하고 적기도 한 온갖 협상의 연속이다.

『비커밍』에서 나는 부모님의 관계가 대체로 안정적이었지만 그럼에도 어머니가 아버지와의 이혼 가능성을 고려했다고 썼다. 일종의 사고실험을 이따금 시도한 것이다. 어머니는 유클리드가에 있는 우리 집에서 나와 다른 남자와 다른 곳에서 새로운 인생을 산다면 어떻게 될지 공상에 잠겼다. 종이접기 놀이가 다른 운명을 점쳤다면, 백만장자와 살게 되었다면 어땠을까? 남부에서 온 베일에 싸인 남자, 혹은 중학교 때 알았던 어떤 남자아이와 살게 되었다면 어땠을까?

어머니는 주로 봄마다 이런 상상에 빠졌다. 대낮에도 어두침침한 겨울에 어머니는 비좁고 답답한 집 안에 주로 머물러야 했다. 그런 차디찬 계절을 또 한 번 이겨낸 뒤에 다른 인생을 상상해보는 일은 꽤 멋졌다. 마침내 날씨가 창문을 열 수 있을 만큼 따뜻해졌을 때, 상상 속의 다른 인생은 창문으로 흘러 들어오는 공기처럼 신선했다. 어머니에게 다른 인생은 흥미진진한 몽상이었다. 머릿속에서 벌어지는 가상의 신혼여행이었다.

어머니는 그러다 혼자 웃곤 했다. 남부에서 온 베일에 싸인 남자가 어머니의 인생에 어떤 새로운 지옥을 만들었을지 상상하면서. 중학교 때 알았던 남자에게는 그 아이만의 난장판이 있었다는 사실을, 그리고 아무리 백만장자라도 온갖 문제를 싸 들고 나타날 게 분명하다는 사실을 떠올리면서.

그렇게 가상의 신혼여행은 끝이 났고 어머니는 현실로, 그리고 아버지에게로 돌아왔다.

어머니는 그런 자기만의 방식으로 조용히 새롭게 다짐했던 것 같다. 자신에게 주어진 온당하고 사랑 가득한 가정을, 떠나지 않을 이유를 떠올렸던 것 같다.

✦   ✦   ✦

다른 사람과 함께 인생을 만들어나가기로 선택한 순간, 우리는 그 선택에 따라 살게 된다. 그리고 도망치기보다는 제자리에 남겠다는 선택을 몇 번이나 거듭하는 자신을 발견한다. 서로에게 헌신하는 관계에 들어설 때 나를 낮추고 노력할 준비가 되어 있

미셸 오바마 자기만의 빛

으면 도움이 된다. 한 차례 대화를 나누는 동안, 때로는 여러 해에 걸쳐, 환희와 절망의 양극단을 오가며 어중간한 영역에서 머물 수 있다는 사실을 받아들이고 심지어 즐길 준비가 되어 있다면 더더욱. 그 선택과 세월 속에서 50 대 50이라는 관계의 균형은 거의 존재할 수 없다는 걸 깨닫는 날이 분명히 온다. 마치 주판알이 앞뒤로 미끄러지듯, 계산은 딱 떨어지지 않고 방정식은 결코 깔끔하게 해결되지 않는다.

관계는 이렇게 역동적이다. 변화로 가득하고 언제나 진화한다. 모든 것이 공정하며 평등하다고 두 사람 모두 느끼는 순간은 오지 않는다. 누군가는 항상 맞춰주고 있다. 누군가는 항상 희생하고 있다. 한쪽이 일어설 때 한쪽은 주저앉을 수도 있다. 한쪽이 경제적 부담을 더 지는 동안 한쪽이 집안을 보살피고 가족의 의무를 다할 수도 있다. 이런 선택지들과 그에 수반되는 스트레스는 현실이다. 하지만 나는 인생에도 계절이 있다는 걸 깨달았다. 사랑, 가정, 일 모든 것이 전부 만족스러운 순간은 거의 없다. 튼튼한 동반자 관계에서는 두 사람 모두가 번갈아 가며 타협하고 그 어중간한 영역에서 서로 공유하는 편안한 집의 감각을 만들어나간다.

얼마나 뜨겁고 깊은 사랑에 빠져 있든 간에 상대의 온갖 결섬을—사소하게 거슬리는 것과 몇몇 심각하게 거슬리는 것까지—받아들이지 않기란 불가능하다. 모든 괴로운 시기와 피할 수 없는 방해 요소를 사랑과 의리로 덮으려고 애써야 할 것이다. 가능한 한 자주, 연민을 품고 그렇게 해야 할 것이다. 그리고 나에게 똑같은 관용을 베풀 수 있고 베풀고자 하는 사람, 나에게 똑같은 인내를 보여주려는 사람과 결혼해야 한다. 내가 짐을 주렁주렁 달고 나타나도, 최악의 순간에 내가 보이는 모습과 행동을 알고도 나를 사랑할 사람이어야 한다.

생각해보면 결혼은 정신 나간 짓이자 성공 확률이 거의 없는 도전 같다. 실제로 모두가 성공하지도 않는다(관계 안에서 해를 입고 있다면 빠져나올 때가 된 것이다). 하지만 성공했을 때는, 하늘에 맹세코 진정한 기적처럼 느껴진다. 알고 보면 사랑은 기적이니까! 그것이 요점이다. 장기간의 동반자 관계는 굳은 믿음에 근거하고 있다.

버락과 내가 인생을 함께하기로 약속한 이유는 어떤 확실한 보장이 있어서가 아니었다. 사실 무엇이 어떻게 될지 좀처럼 예상할 수 없었다. 재정적인 안정도 확보되어 있지 않았는데 우리 둘다 수년간 갚아야 할 학자금이 있었다. 어느 모로 보나 예측 가능한 결과란 없었다. 게다가 나는 버락이 정해진 길에서 벗어나길 좋아하는 사람이라는 걸 알고 결혼했다. 버락은 언제나 원하는 일을 실현하기 위해 덜 확실한 길을 택하는, 어떤 면에서 예측 가능한 사람이다. 과정이 너무 쉽거나 평범한 도전 과제는 거의 매번 거부한다고 보면 된다. 버락은 다양한 일을 동시에 굴리려는 사람이었다. 책을 쓰고, 사람들을 가르치고, 자신의 가치관에 충실하기 위해서 기업에서 제안한 편안한 일자리도 거절했다. 우리둘 다 집안의 재산에 의지할 수 없었다. 얼마 지나지 않아 우리는자녀를 갖는 일에도 물음표가 달려 있음을 깨달았다. 임신을 하기 위해 힘겨운 몇 년을 보낸 것이다. 심지어 모터사이클을 타고비행하는 듯한 버락의 정치 인생까지 더해졌다.

우리는 이 모든 혼란 속으로 함께 들어섰고 우리에게 확실한것은 단 한 가지였다. 무엇이 됐든 한 팀이 되어 마주하는 편이 낫겠다는 생각이었다.

✦   ✦   ✦

배우자가 문제를 해결해줄 수도, 필요를 충족시켜줄 수도 없다는 사실을 나는 일찍부터 깨달았다. 사람은 생긴 대로 산다. 그들자신이 원치 않는 모습으로 억지로 바꿀 수 없다. 그들 자신이 한번도 본 적 없는 유형의 사람으로 억지로 만들 수도 없다. 나는 내가 줄 수 있는 사랑과 별개로 자신의 가치관이 인도하는 삶을 사는 짝을 원했다. 정직함을 중시하기 때문에 정직한 사람, 신의를중시하기 때문에 신의를 지키는 사람을 원했다.

나는 딸들에게도 말한다. 가장이 필요하거나, 가족을 돌볼 사람, 아이를 함께 가질 사람, 혹은 문제를 해결해줄 사람이 필요해서 누군가와 가정을 꾸려서는 안 된다고. 내 경험상 그런 합의는 결과가 좋은 경우가 드물다. 그보다는 나를 위해서가 아닌 나와 함께 일할 사람을 찾는 것을, 모든 방면에서 모든 방식으로 기여할 사람을 찾는 것을 목표로 삼아야 한다. 누구든 배우자에게 한 가지 역할만을 바라는 사람이라면, 그래서 "돈은 내가 벌 테니 기저귀까지 갈라고 하지는 마"라고 한다면 이렇게 조언할 것이다. "당장 도망쳐라." 성공적인 동반자 관계는 승승장구하는 농구팀과 같다. 팀은 완성된 기술을 다양하게 구비하고 언제든 꺼내 쓸 줄 아는 숙달된 두 개인으로 이루어져야 한다. 각 선수는 슛을 하는 것뿐 아니라 드리블, 패스, 수비 하는 능력까지 갖추어야 한다.

서로 보완해줄 수 있는 약점이나 차이점이 없어야 한다는 의미는 아니다. 다만 둘이 함께 코트 전체를 커버해야 하며 오랜 세월에 걸쳐 다재다능함을 유지해야 한다는 뜻이다. 동반자 관계에서는 타인의 요구를 채워줘야 하는 일도 생기지만 그렇다고 나라는 사람이 근본적으로 바뀌지는 않는다. 버락도 나와 만난 이후 33년 동안 그다지 변하지 않았고 나도 마찬가지다. 나는 여전히 그와 악수를 나누었던 분별 있는 노력형 인간이고 버락은 여전히 세 개의 차원에서 동시에 사고하는 다독형 낙천주의자다.

변화하는 게 있다면 우리 사이에 있는 것들이다. 서로를 가까이 두기 위해 감수해야 했던 수백만 개의 사소한 조정, 타협, 희생. 그와 내가 함께할 때 생기는, 수십 년 산전수전을 통해 검증된

노련한 우리 둘의 에너지 결합이 변화한다. 처음 만났던 날 우리 사이에 생겼던 작은 떨림, 악수를 하고 이야기를 시작한 순간 뿌려진 서로에 대한 호기심의 씨앗, 바로 그것이 성장하고 성숙해 확신이 된 것이다. 바로 그것이 지금 이루어지고 있는 기적이고 여전히 끝나지 않은 대화며 우리가 사는 집이다. 버락은 버락이고 나는 나다. 다만 우리는 이제 서로를 알 뿐이다. 아주아주 잘.

나는 사람들에게 나와 버락의 화려한 삶만이 아닌 우리의 현실을 더 잘 보여주기 위해 항상 노력해왔다. 남편이 완벽한 남자라는 믿음이나 우리의 결혼 생활이 완벽하다는 믿음, 사랑이 대체로 매우 수월한 일이라는 믿음을 허물기 위해 꽤나 의도적인 노력을 해왔다. 버락과 내가 부부 상담을 받았으며 우리에게 상담이 간절히 필요했다는 이야기도 했었다. 아이들이 아직 어리고 둘 다 지칠 대로 지쳐 서로에게 가시 돋친 말을 하고 거리를 둘 때였다. 진저리가 나서 남편을 창밖으로 밀어버리고 싶을 때가 한두 번이 아니었다고 농담을 한 적도 많다. 지금도 나는 주기적으로 사소한 일로 남편을 못마땅하게 여기곤 한다. 아마 앞으로도 영원히 그럴 것이다. 진정으로 친밀한 관계는 짜증스러울 수 있다. 그럼에도 우리는 떠나지 않는다.

내가 아무리 우리의 꾸미지 않은 삶에 대해 자주, 그리고 솔직하게 말해도 어떤 사람들은 겉모습만을 선호하는 것 같다. 《뉴욕 타임스》의 어느 칼럼니스트는 내가 남편에 대해 한 말을 두고 나를 몹시 비방했다. 나는 남편이 신이 아니며 때로는 바닥에 양말을 던져놓거나 버터를 쓰고 냉장고에 도로 넣어놓지 않는 한낱 인간에 불과하다고 말했을 뿐이다. 여기에 대한 나의 개인적인 의견은 바뀌지 않았고 나는 이 말이 대부분의 사람에게 적용된다고 생각한다. 꾸미지 않은 모습을 숨기는 사람은 자신에게 상처만 줄 뿐이다.

✦　　✦　　✦

나에게 친구가 하나 있는데 이름은 카리사라고 해두겠다. 카리사는 만나는 남자가 있었지만 1년이 넘도록 있는 그대로의 자기 모습을 숨긴 채 지내고 있었다. 30대의 카리사는 매우 아름다운 아프리카계 미국인 여성이고 자기 사업이 있으며 친구도 많다. 어느 모로 봐도 성공한 사람이다. 다만 한 가지, 싱글로 사는 게 싫었다. 동반자를 원했다. 나중에는 아이도 갖고 싶었다. 카리사는 온라인에서 한 남자를 만났고 아주 마음에 들었다. 두 사람은 서로 만나기 시작했다. 카리브해로 휘리릭 여행을 다녀왔고 돌아와서도 계속해서 만났다. 각자 일로 바쁘기도 했고 각자의 친구들도 있었지만 그래도 둘은 만남을 이어갔다. 카리사의 표현을 빌리면 두 사람은 '가볍게 만나고' 있었다.

하지만 카리사는 뒤늦게 깨달았다. 두 사람은 사실상 첫 번째 만남을 여러 번 되풀이하고 있었다. 정서적으로 더 가까워지려는 욕구에 저항했던 것이다. 두 사람은 '가벼운 만남'에 갇혔고 즐기고는 있었지만 작은 불화 혹은 깊은 대화같이 단순한 위험조차 무릅쓰지 않았다. 두 사람 모두 마음을 더 깊이 열어 보여야 하거나 다음 단계로의 이행이 필요한 일은 한사코 피한 것이다. 가벼운 만남은 쉬워야 했다. 힘들거나 불편한 연애는 연애가 아니라고 생각했다. 그러나 '현실'은 언제나 모습을 드러낸다. 기어코 우리를 찾아낸다.

만남을 이어간 지 1년이 훨씬 지난 시점에 카리사는 사귀고 있던 남자, 그리고 가장 가까운 여자 친구를 집으로 초대해 저녁 식사를 대접했다. 친구에게 처음 사귀는 남자를 소개하는 자리였다. 식사를 하는 동안 카리사는 외향적인 친구가 남자에게 순수한 마음으로 온갖 솔직한 질문을 던지는 모습을 지켜보았다. 카리사가 남자에 대해 전혀 알지 못하던 정보들을 친구는 마치 조사하듯 캐냈다. 남자는 아버지와 관계가 좋지 않은 것 같았고 어릴 때 사랑을 받지 못했다고 느끼고 있었다. 지난 애인들과의 관계에서도 책임감을 보여주지 못했다.

그렇다고 해서 문제가 될 건 없었다. 다만 새로운 정보였다. 카리사가 한 번도 보지 못한 면이었다. 카리사는 두려움 때문에 일부러 묻지 않았다는 걸 깨달았다. 사실상 남자한테 별로 질문을 하지 않은 것이다. 남자 또한 카리사에게 깊이 있는 질문이나 솔직한 질문을 한 적이 없었다. 몇 달 동안이나 두 사람은 만남을 가지면서도 정서적 친밀감을 회피하고 있었고 둘 다 상처를 받지 않으려 애쓰고 있었다. 카리사는 '가벼운 만남'도 괜찮다고 스스로를 설득해온 것이다. 하지만 가벼운 만남은 카리사 자신의 인생 목표와 어울리지 않았다. 남자는 과연 가벼운 만남을 원하고 있었을까? 카리사는 그조차 알지 못했다. 두 사람은 거기에 대해서 깊이 논의해본 적이 없었다. 이제 와서 시작하기에는 너무 늦은 것 같았다. 1년 동안 식사 대신 사탕만을 먹은 기분이었다.

카리사는 자신이 겉치레 뒤에 숨어 있었다는 사실을 깨달았다. 자신이 더 많은 것, 더 좋은 것을 갈구하고 있다는 사실을 들키지 않으려고 했던 것이다. 시간이 흘러갔으므로 어쨌든 관계가 발전했을 것이라고 생각했다.

남자와 헤어지고 한참 뒤 카리사는 내게 말했다. 그 남자에게 너무 많은 호기심을 보이거나 더 많은 책임을 요구하지 않은 이유는 그렇게 했을 때 '다루기 힘든 여자'처럼 보일 것 같아서, 마치 방사능 물질처럼 취급하기 어려운 존재로 느껴질 것 같아서였다고. 일을 할 때는 목표를 높게 잡았고 일상에서도 꼼꼼한 카리사였지만 남자를 사귀는 일에서는 그런 성격이 불리하게 작용하리라고 생각했던 것이다.

카리사는 관계를 발전시키기 위해 노력하겠다는 의지를 보이고 싶지 않았다. 왠지 매력이 떨어져 보일 것 같았기 때문이다. 잘

미셸 오바마 자기만의 빛

알지도 못하는 남자인데도 그랬다.

"목마른 사람처럼, 원하는 게 많은 사람처럼 보이고 싶지 않았어요. 미련 없는 사람처럼 보이고 싶었어요."

하지만 미련 없는 사람처럼 보이려는 노력은 결국 카리사를, 그 둘을 어디에도 데려다 놓지 못했다.

✳   ✳   ✳

나는 종종 가벼운 만남과 미련 없는 관계에 통달한 젊은 사람들을 만나곤 하는데, 그들은 꾸밈없는 자기 모습을 노출하는 것이 신성한 친밀감을 떠받치는 기둥이 된다는 사실을 외면한다. 인생의 벼룩시장 단계에서도 깊이 있고 꾸밈없는 관계를 가질 여유가 있다는 사실을 아직 깨닫지 못한 것이다. 그런 이들은 만남을 유지하면서도, 상대에게 기본적인 책임을 다하고 효과적으로 소통하는 법을 실천하지 못하는 채로, 마음속 감정과 취약점을 진솔하게 공유하지 못하는 채로 20대를 보내게 될 수 있다. 사탕은 많이 먹지만 근육이 생기지 않는 상태다. 그러다가 진지해져야 할 때, 그러니까 가정을 꾸리고 좀 더 안정된 존재 방식을 고민해야 할 때가 되면 갑자기 당황하며 허둥지둥 필요한 능력을 처음으로 배우기 시작한다. 지속적이고 헌신적인 관계는 가볍거나 미련 없는 관계가 아니라는 사실을 깨닫는 것이다.

버락과 만났을 때 가장 눈에 띈 점은 그가 가벼운 만남에 아무 관심이 없었다는 사실이다. 버락의 단도직입적인 태도는 초반에는 약간 놀라울 정도였다. 버락을 만나기 전에 내가 만났던 남자들은 자기 자신이나 자신이 원하는 것에 대한 확신이 덜했다. 운동선수들을 만난 적도 있는데 그들은 외모도 준수하고 곁에 있으면 재미있었지만 종종 내 어깨 너머로 시선을 옮기곤 했다. 근처에 다른 누가 있는지, 누굴 더 만나볼지 한눈을 팔았던 것이다. 나도 남들처럼 어릴 때 사귀었던 사람들로부터 많은 걸 배웠다. 나를 두고 바람을 피우거나 거짓말을 한 사람도 있었다. 이 시기는 내 인생의 벼룩시장 단계였고 나는 여러 다양한 존재 방식을 걸쳐 보고 있었으며 앞으로 올 인생을 위해 필요한 장비를 갖추는 중이었다. 처음 남자들을 만나기 시작했을 때는 확신도 책임감도 부족했다. 여전히 배울 게 많았고 스스로를 알아가는 중이었다. 내 필요와 욕구를 이해하려고 애쓰는 중이었다.

버락은 내가 만났던 그 누구와도 달랐다. 원하는 것을 직접적으로 명확하게 표현했으며 보기 드문 확신을 갖고 있었다. 적어도 나에 대해서는 그랬다. 내가 몇 차례 사람을 사귀어보지 않았다면 그런 태도가 얼마나 드문 것인지 알아보지 못했을 것이다.

"당신이 마음에 들어요."

우리가 처음 만난 지 몇 주가 지났을 즈음, 업무로 몇 차례 점심 식사를 함께한 뒤에 그가 말했다.

미셸 오바마 자기만의 빛

"우리 데이트해야 할 것 같아요. 제가 대접하고 싶어요."

나도 그에 대한 호감이 커지고 있었기만 거기 굴복할지 말지 고민이 됐고 사내 연애가 적절할지 또한 걱정스러웠다. 버락은 동요하지 않았고 조용하고 끈기 있게 다가왔다. 우리가 서로 어울린다고 굳게 믿고 있었다. 버락은 내가 생각을 해볼 수 있도록 시간을 주었지만 내가 흥미로운 사람이라는 사실, 나와 함께 있는 게 좋다는 사실, 나를 더 알고 싶다는 사실에 대해서는 명확한 입장을 고수했다. 버락이 이런 식으로 자신의 관점을 드러내는 모습을 나는 몇년 후 백악관 대통령 집무실에서 다시 보게 되었다. 그는 두 손을 모아 손가락 끝을 붙이고는 충분한 근거로 뒷받침된 주장을 요점만 나열하듯 펼쳐놓았다.

첫째, 버락은 내가 똑똑하고 아름답다고 생각했다.

둘째, 버락은 나도 그와의 대화를 즐긴다고 생각했다.

셋째, 자신은 여름 계약직일 뿐이니 이것은 사내 연애라고 할 수도 없다.

넷째, 버락은 다른 사람이 아닌 바로 나와 시간을 보내고 싶어 했다. 그는 8주 후에 법학대학으로 돌아가야 해서 주어진 시간은 사실 짧았다.

그러니 안 될 이유가 뭔가?

버락은 밀고 당기는 식의 흔한 연애 전략은 취급하지 않았다. 그저 즐기는 관계에는 관심이 없었다. 오히려 어림짐작의 여지를 없앴다. 감정을 테이블 위에 꺼내놓고 거기 남겨두었다. 마치 이렇게 말하고 있는 듯했다.

여기 내가 보내는 관심이 있습니다. 여기 내가 보내는 존경이 있습니다. 나는 여기서 시작합니다. 우리는 여기서 다만 전진할 수 있을 뿐입니다.

인정하건대 이런 숨김없는 태도와 어우러진 확신은 반가웠고 신선했다. 그리고 끝내주게 섹시했다.

버락의 확신은 우리 관계의 발판이 되었다. 내가 사귀어본 사람 중에는 버락처럼 의도가 뚜렷하고 당당하고 미련 없는 척하지 않는 사람은 없었다. 버락은 나의 감정, 나의 생각, 나의 가족에 대해 질문을 던졌고 내가 같은 질문을 했을 때 빠짐없이 답해주었다. 버락과 있을 때는 목마른 사람처럼 보여도, 그의 이야기, 사랑, 지지를 갈구하는 것처럼 보여도 불안하지 않았다. 그도 갈구하고 있었기 때문이다. 우리 둘 다 결코 미련 없는 척하지 않았다. 나는 새로운 세상이 열리는 느낌을 받았다. 서로에 대한 호기심 덕분에 나는 상대의 시선을 지나치게 의식하지 않게 됐다. 내가 사귀고 있는 사람이 나에게 전화를 걸어 올지 고민하느라 에너지를 낭비했던 시절은 끝난 것이다. 모임에 갈 때도, 잠이 들 때도, 인생에서 내가 원하는 것을 두고 깊은 대화를 할 때도 자신감이 부족하지 않았다. 나의 내면은 갑자기 강해져 있었다. 그가 나를 좋아한다는 느낌이 들었다. 나를 존중한다는 느낌이 들었다.

나를 보고 있다는 느낌이 들었다.

사랑이었을까? 그렇다고 말하기에는 아직 이른 시점이었다. 그러나 우리에게는 아주 강렬하고 깊은 호기심이 있었다. 그리고 그 호기심은 여름을 지나 가을로 우리를 데려다 놓았다. 버락은 동부에 있는 학교로 돌아갔고 나는 다시 단조로운 변호사 업무 속으로 파고들었다. 그럼에도 나의 걸음걸이는 조금 달라져 있었다. 새로운 스위치가 켜진 것 같았다. 이 남자, 남자의 호기심이 내 세상에 빛을 더했던 것이다.

연인이 된 지 몇 달 후 버락은 내게 어린 시절을 보낸 곳을 보여주고 싶다며 호놀룰루에서 크리스마스를 보내자고 제안했다. 나는 즉시 그러자고 했다. 하와이는 처음이었다. 하와이에 간다고 상상조차 해본 적이 없었다. 내가 하와이에 대해 아는 것이라고는 우쿨렐레와 티키 횃불, 풀로 만든 치마, 코코넛 등 대중 매체가 만든 허상뿐이었다. 〈브래디 번치〉 가족이 1972년 오아후를 방문하는 모습을 그린 시트콤 에피소드 세 편에서 받은 인상이 거의 전부였다. 거기서 그레그는 서핑을 배우고 잰과 마샤는 비키니를 입으며 앨리스는 훌라춤을 배우다가 허리를 삐끗한다.

하와이에서 보내게 될 크리스마스를 상상하면서 나는 내가 하와이에 대해 알고 있던 이런 그림들을 떠올렸다. 버락과 나의 관계는 아직 몽상에 젖은 상태였으므로 여행은 여러모로 적절하게 느껴졌다. 이때까지는 싸움도 해본 적이 없었다. 우리가 나누는 전화 통화는 대체로 끈끈하고 달콤했으며 기대에 찬 욕망으로 가득했다. 나는 전화를 끊으면서 처음으로 함께 가는 휴가지가 하와이라니 정말 완벽하다고 생각했다. 크리스마스가 다가오자 시카고의 공기는 살을 에는 듯 차가워졌고 해는 매일 좀 더 일찍 떨어졌다. 나는 어둠 속에서 출근하고 어둠 속에서 퇴근하면서도 앞으로 올 날들을 생각하며 마음을 달랬다. 따뜻한 공기와 바람에 살랑거리는 야자수, 해변에서 즐기는 낮잠, 초저녁에 마시는 마이타이 칵테일, 멍하니 사랑에 빠지며 보내게 될 나른한 휴가의 나날을 생각하며.

✦   ✦   ✦

비행기 차창으로 내려다본 오아후는 꿈같이 아련했고 내가 상상한 그대로였다. 현실은 환상 위로 완벽하게 겹쳐 들었다. 12월 말 어느 오후 호놀룰루 상공을 맴도는 비행기 안에서 나는 버락과 나란히 앉아 있었고 아래로는 낙원이 펼쳐져 있었다. 태평양의 남옥 빛깔 수면과 푸른 숲이 우거진 화산들, 둥글게 휘어진 뽀얀 와이키키 해변이 보였다. 도무지 믿을 수 없는 경험이었다.

공항에서 택시를 타고 사우스베레태니아가의 아파트로 갔다. 버락이 10대 시절 조부모와 함께 살았던 집이었다. 버락의 어머니가 인도네시아에서 인류학 현장 조사를 하느라 자주 집을 비

미셸 오바마 자기만의 빛

울 수밖에 없었던 것이다. 나는 택시를 타고 가면서 호놀룰루가 얼마나 크고 도시적인지 깨닫고 놀라움을 감추지 못했다. 물가에 자리 잡은 도시라는 점에서 시카고와 크게 다르지 않았다. 고속도로가 있고 통행하는 차량이 있고 고층 건물도 있었다. 그런 것들은 〈브래디 번치〉의 여행에서 본 기억도 없었고 내 공상 속에서도 그려본 적 없었다. 내 머릿속은 정신없이 돌아가며 모든 것을 흡수했고 정보를 처리했다. 나는 당시 스물다섯이었고 그곳은 내가 처음 가보는 장소였다. 내 곁에는 알고 있지만 아직 다 알지는 못하는 남자가 있었다. 나는 이 모든 것을 소화해보려고 애쓰는 중이었다. 우리는 빽빽하게 들어선 고층 아파트 단지들을 연이어 지났다. 베란다에는 자전거와 화분에 심긴 식물, 햇볕에 널어둔 빨래가 보였다. 그 순간 이런 생각이 들었다. '아, 그렇지. 현실은 이렇구나.'

버락의 조부모가 사는 아파트는 고층이었지만 그다지 거대하지는 않았다. 기능성 콘크리트로 지은 현대적인 블록 모양의 건물이었다. 길 건너에는 크고 푸른 앞마당이 딸려 있는, 역사가 오래된 교회가 있었다. 우리는 엘리베이터를 타고 10층으로 올라갔다. 축축한 공기 속에서 가방을 들고 건물의 옥외 복도를 따라가다가 마침내 긴 여정 끝에 아파트 문 앞에 서게 되었다. 버락이 살면서 가장 오랜 시간을 보냈던 집 앞이었다.

순식간에 가족을 다 만났다. 버락의 어머니와 할머니 투트와 할아버지 그램프스, 그리고 당시 열아홉 살이었던 여동생 마야를 만났다(1년쯤 뒤에는 케냐에 있는 친가 쪽 가족을 만났는데 그중에는 버락과 특별히 가까운 이복 누나 아우마도 있었다). 버락의 식구들은 나에게 친절했고 호기심을 보였지만 무엇보다 버락, 그러니까 '베어'('배리'의 애칭이다)가 집으로 돌아와 몹시 기뻐 보였다.

이후 열흘 동안 나는 호놀룰루에 대해서 조금 더 알게 되었고 버락의 가족에 대해서는 아주 많이 알게 되었다. 버락과 나는 마야의 친구 집 뒷방에 머물렀다. 아침에는 손을 잡고 사우스베레태니아가의 고층 아파트로 걸어가서 두어 시간쯤 있었다. 다들 열심히 조각 그림을 맞추거나 길 건너 교회를 바라보는 작은 라나이*에 앉아 있으면서 이야기를 나누었다. 아파트는 아늑하고 아담했다. 인도네시아 바틱과 미국 중서부풍의 잡동사니로 장식되어 있었는데 시카고에 있는 댄디 할아버지와 할머니 집을 연상시켰다. 내가 버락의 고향집에 가보고 가장 처음 깨달은 사실은 그가 나처럼 검소한 환경에서 자랐다는 것이었다. 주방은 11자 모양이어서 식탁을 두기가 마땅치 않았다. 그래서 우리는 거실의 협탁 위에 식사를 놓고 먹었다. 투트 할머니의 참치 샌드위치에는 유클리드가 집에서 먹었던 샌드위치와 비슷하게 프렌치 머스터드와 달콤한 피클이 들어가 있었다.

● 야외 베란다를 뜻하는 하와이 말.

미셸 오바마 자기만의 빛

＊　　　＊　　　＊

버락과 나는 서로 달랐고 또 비슷했다. 모든 것이 더 잘 보이기 시작했다. 1년 넘게 떨어져 있다가 돌아온 버락이 가족과 다시 관계 맺는 모습을 보면서 나는 익숙한 광경과 익숙하지 않은 광경, 그 사이의 공간을 살펴보았다.

버락과 어머니는 지정학과 세계정세에 대한 격렬하고 굽이치는 대화를 통해 다시 관계를 다지고 있었다. 반면 그램프스 할아버지는 실없는 말을 좋아했다. 은행에 다니다 몇 해 전 은퇴한 투트 할머니는 허리 통증으로 고생하느라 약간 퉁명스러웠지만 카드놀이를 좋아했다. 수년 동안 가족을 먹여 살리는 일을 도맡아 왔기 때문인지 헛소리를 질색했다. 마야는 쾌활하고 다정했다. 뉴욕에서 보낸 대학 첫 학기에 대해 들려주면서 버락에게 어떤 강의를 들어야 할지 조언을 구하곤 했다.

버락의 가족은 마치 하늘에 펼쳐진 별들 같았다. 사람들은 각각의 자리에 고정되어 있었고 흩어진 다섯 사람이 이루는 별자리는 이 가족 고유의 모양을 띠고 있었다. 가족생활은 다른 바다나 대륙을 사이에 두고도 언제나 문제없이 지속되었다. 사람은 다섯이지만 성씨는 세 개였다. 버락과 마야는 아버지가 달랐고 서로 다른 문화권 사람이었다. 지적이고 자유로운 영혼을 가진 어머니 앤은 보수적인 집안에서 자란 캔자스 출신의 두 백인 사이에서 태어났고 남과 다른 길을 고집했다. 나는 버락에게서 그 모든 반짝이는 별빛 속에서 제자리를 찾은 한 사람을 보았다. 그는 어머니의 저항 정신을, 할머니의 절약 정신과 무거운 책임감을, 할아버지의 기발한 언행을 물려받았다. 버락은 또한 아버지의 부재도 물려받았다. 버락 오바마 1세는 아들의 인생에 거의 관여하지 않았지만 그럼에도 아들이 엄격하고 절제된 지적 활동을 하길 바라면서 아득히 높은 기대치를 설정하고 떠났다.

우리 가족과 달리 버락의 가족은 서로 포옹을 자주 했다. "사랑한다"는 말도 얼마나 자주 했는지 내가 불편할 정도였다. 단지 그런 친밀감의 표현이 나에게는 낯설었다. 한편으로는 자신의 감정을 시원하고 직접적으로 표현하는 버락을 더 잘 이해할 수 있었다. 버락의 가족은 감정을 드러내는 말을 많이 썼고 그 점에서 우리 가족과는 달랐다. 아마도 여러 해 동안 드문드문 편지를 쓰거나 장거리 통화를 하면서 정을 나누어야 했기 때문일 것이다. 가족 간의 사랑은 하늘을 날아 전달되어야 했고 강하게 표현될수록 그 울림이 더 오래 지속되었을 것이다. 포옹이나 격렬한 대화를 나누는 이유, 몇 시간 동안 조각 그림 맞추기에 열중하는 이유도 마찬가지였다. 함께 보낼 시간이 열흘밖에 없다는 사실을 알았기에 1년어치의 사랑을 깔때기 속으로 쏟아 넣으려고 했던 것이다. 버락의 가족은 서로 만날 때마다 다시 만나기까지 여러 달이 걸릴 수 있다는 생각을 하고 있었다.

우리 가족의 별자리는 아주 다른 모습을 하고 있었다. 거의 모두가 시카고에 있었을 뿐만 아니라 사우스사이드의 비교적 좁은 좌표 안에서 살았기 때문에 퍼져 있기보다 단단히 뭉쳐 있었다. 모두들 차로 15분 거리에 살고 있었다. 사회생활을 막 시작했을 때에도 나는 말 그대로 부모님 바로 위층에 살았다. 유클리드가에 있는 우리 집 2층에 살면서 일요일마다 오빠와 여러 사촌 형제를 만나 마카로니와 갈비 요리를 먹었다. 우리 집 사람들은 "사랑한다"는 말을 좀처럼 하지 않았고 감정을 풍부하게 표현하지도 않았다. 대신 어깨를 으쓱하며 말했다. "알았어, 일요일에 봐." 다음 주가 되면 모두 다시 만날 것을 알았기 때문이다. 기계적이었고 반복적이었으며 믿을 수 있는 만남이었다. 로빈슨가 사람들에게는 꾸준함이 곧 사랑이었다.

이후 여러 해 동안 버락과 나는 바로 이 점을, 대체로 시행착오를 통해 풀어 헤쳐가야 했다. 서로에게 헌신하는 관계가 어떤 것인지에 관한 우리 둘의 모순된, 종종 대립하는 관념을 들여다보아야 했다. 하늘에 박힌 우리 별의 상대적 위치를, 그 사이에 놓인 모든 불확실성을 감당할 우리의 능력을 들여다보아야 했다. 나는 버락이 늦게 들어오거나 다른 곳에 가야 하는 일정을 대수롭지 않게 여기는 게 싫었다. 반대로 비락은 내가 너무 딜라붙거나 너무 많은 사람과 너무 많은 약속을 잡는 것을 몹시 꺼렸다. 우리는 고민했다. 어떤 차이를 좁히려고 노력해야 할까? 어떤 차이를 그냥 인정하고 내버려두어야 할까? 상대에게 적응하거나 자신의 습관을 버리는 것은 누구의 몫이어야 할까?

의견 차이를 극복하는 데는 오랜 시간과 많은 연습이 필요했다. 알고 보니 버락은 즉석에서 해결을 보는 유형이었다. 버락은 관계에 문제가 드러나는 즉시 뛰어들어 풀고 싶어 했다. 버락은 감정을 낭비하지 않는다. 가족과 매년 열흘 남짓 만나면서 그 안에 많은 걸 채워 넣어야 했기 때문일 것이다. 그는 가끔 어려운 문제들을 빠르게 해치우려는 모습을 보인다. 이성적 통찰이라는 무기를 대거 동원해 갈등의 저편에 있는 온기와 화해를 향해 서둘러 뚫고 나가려고 애를 쓴다. 어린 시절 그랬어야 했던 것처럼 꽁꽁 싸매고 효율적으로 움직이며 해결책을 찾는 데 열중한다.

반면에 나는 남편보다 훨씬 더 뜨겁게, 그리고 더 느리게 움직인다. 나는 화를 부글부글 끓이다가 서서히 이성을 되찾으려고 노력한다. 아마도 어릴 때부터 머릿속에 있는 말을 죄다 꺼내도 되는 자유가 주어진 결과일 것이다. 우리 가족에게는 시간이 부족한 적이 없었다. 내 머리는 갈등의 시작과 동시에 이미 폭발해 버리곤 해서, 나는 결코 그 자리에서 누가 옳고 해법이 무엇인지에 대해 이성적이고 요점 중심의 토론을 벌이고 싶어 하지 않는다. 알고 보니 나는 궁지에 몰렸다는 기분이 들 때 매우 어리석고 따가운 말을 하는 사람이었다. 우리 관계에서는 버락이 즉각적인 대화를 강요하다가 내가 내뿜는 분노의 증기에 화상을 입는 일이

미셸 오바마 자기만의 빛

이따금 일어났다.

우리는 이를 해결하는 방법을 배워야 했다. 상대방의 역사, 서로 다른 요구와 존재 방식을 고려해서 서로에게 반응하는 연습을 해야 했다. 버락은 내가 안정을 되찾고 감정을 천천히 소화할 때까지 시간과 공간을 주는 법을 배웠다. 나도 감정을 더 효율적으로 소화하고 그 사이에 버락에게 상처를 덜 입히는 법을 배웠다. 그리고 문제를 너무 오래 끌지 않게 애썼다. 버락의 집안은 문제가 곪아 들어가도록 내버려두지 않았기 때문이다.

우리는 문제를 해결하는 방식에 옳고 그름이 없다는 사실을 깨달았다. 우리가 엄수하는 동반자 관계의 원칙 같은 것은 없다. 매우 특수한 두 개인의 노력이 있을 뿐이다. 우리는 하루하루, 해를 거듭하며 밀고 또 밀리면서, 서로를 조금 더 잘 이해하기 위해 인내심이라는 깊은 우물에서 물을 퍼 올리며 노력한다. 나는 말보다는 직접 곁에 있어주는 것을 더 좋아한다. 시간을 지키는 일, 시간을 들이는 일, 규칙적인 일상을 소중하게 여긴다. 이런 것들은 버락의 집안에서는 덜 중요했다. 버락이 중시하는 것은 생각할 공간, 기존 체제에 대한 저항 정신, 높은 수준의 융통성을 발휘할 수 있는 가벼운 삶이다. 이런 것들은 내가 자란 집에서는 덜 중요했다. 이처럼 서로를 탓하기보다 우리의 감정에 이름을 붙이고 우리들이 의견 차이를 보이는 이유를 개인적인 역사 속에서 찾을 때 언제나 도움이 됐다.

*　　　　　*　　　　　*

　　하와이에서 크리스마스 휴가를 보내는 동안 우리는 오후가 되면 버락의 외갓집을 나와 몇 킬로미터를 걸었다. 그렇게 와이키키 해변의 좀 더 조용한 구석으로 갔다. 가는 길에는 편의점에 들러 간식거리를 샀다. 그리고 바닷가 빈자리를 찾아 모래 위로 돗자리를 펼쳤다. 바로 이런 순간에 나는 마침내 휴가를 온 것 같았다. 일과 집에서 멀리 떨어져 진정으로 서로와 함께하는 기분이었다. 우리는 바다에 몸을 담갔다가 태양 아래 누워 물기를 말렸다. 몇 시간 내내 이야기를 나누었다. 그러다가도 때가 되면 버락은 일어나 몸에 묻은 모래를 털면서 말했다.

　　"이제 일어나야지."

　　그럴 때면 약간 어안이 벙벙해진 채로 이렇게 생각하곤 했다. '그럼 그렇지. 이게 현실이지.'

　　사실 내가 원했던 것은 공상 속의 하와이였다. 몇 킬로미터 떨어진 사우스베레테니아가 집으로 터벅터벅 돌아가 저녁 뉴스를 보면서 할머니, 할아버지와 소박한 저녁 식사를 하고 싶지 않았다. 버락이 밤늦게까지 마야와 함께 학비 지불 계획을 검토하는 모습을 지켜보고 싶지 않았다. 어머니가 끊임없이 미루어온, 인도네시아 재래식 농기구 산업의 경제성에 대한 박사 논문을 두고 버락과 어머니가 나누는 이야기도 듣고 싶지 않았다. 그저 우리

둘이서 모든 의무를 벗어던지고 가까운 식당의 안뜰에 앉아 벨벳처럼 부드러운 저녁 공기를 느끼면 좋겠다고 생각했다. 마이타이를 마시며 태평양 위의 하늘이 분홍에서 보라로, 그리고 검은 빛으로 물드는 모습을 보고 싶었다. 조금 들뜬 상태로 마침내 호텔 꼭대기 층의 신혼여행객을 위한 스위트룸으로 올라간다면 정말 좋을 것 같았다.

바로 이것이 내가 시카고 사무실에서 귀한 휴가를 신청하면서 꿈꿨던 하와이였다. 돗자리를 말아 쥔 버락과 집으로 돌아가는 긴 산책길에 오르면서 시무룩해지지 않으려고 애썼던 이유였다.

그러니까 나는 아직 젊었다. 머릿속에는 대차대조표가 있었다. 한쪽에는 내가 얻는 것을, 그 옆에는 나의 희생을 적고 있었다. 나는 아직 무엇이 진정으로 소중한지 모르고 있었다. 여전히 나의 앞날과 나의 인생에 필요한 게 무엇인지, 긴 세월에 걸쳐 무엇이 나의 마음에 불을 지필 것인지 파악하려고 애쓰고 있었다.

이제 말할 수 있지만 그것은 마이타이도 신혼여행객을 위한 스위트룸도 아니었다. 먼 여행지에서 즐기는 어여쁜 해넘이도 아니고 화려한 결혼식도, 재산도, 반짝이는 존재감을 세상에 과시하는 일도 아니었다. 그런 것이 전혀 아니었다.

버락이 내게 보여주고 있는 것이 무엇인지 깨닫는 데는 힌침이 걸렸다. 사우스베레태니아가의 고층 아파트 안에서 하루 저녁 머물며 볼 수 있는 것이 아니었다. 열홀 내내 그곳에서 저녁을 보낸 뒤에야 나는 내 눈앞의 광경을, 그리고 그것이 나의 대차대조표에 어떤 이익으로 기록될지를 완전히 이해할 수 있었다. 나와 같이 있는 남자는 가족에게 끈덕지게 헌신하는 남자였다. 1년 후에야 다시 돌아올 수 있다는 것을 알고 매일 아침저녁마다 집으로 돌아가는 남자였다. 나는 버락이 생각하는 꾸준함을 목격하고 있었다. 그의 하늘을 수놓은 별들을 보고 있었다. 훗날 버락과 함께 살림을 꾸리면서 나는 버락이 물리적으로 떨어져 있을 때에도 여전히 가정의 중심을 지키고 있다는 사실을 깨닫게 되었다. 버락은 어머니의 두 남편 중 누구도 하지 않았던 역할을 다하며 다양한 사건이 있을 때마다 어머니와 마야를 주의 깊게 보살피고 문제가 생기면 언제나 전화로 함께 해결책을 모색했던 것이다.

이 모든 것을 지켜본 덕택에 우리 결혼 생활에 가장 힘든 시절이 찾아왔을 때 도움을 받을 수 있었다. 당시 딸들은 아주 어렸고 버락은 정치인으로서 의무를 다하기 위해 매주 사나흘은 집을 떠나 있었다. 내가 알고 자란 꾸준함과 친밀함은 전혀 다른 종류의 것이었다. 나는 남편의 부재에 민감해졌고 불안해했으며 약간은 버려진 기분마저 느꼈다. 우리 사이의 거리가 점점 벌어지다 끝내 좁힐 수 없을까 봐 걱정했다.

하지만 대화를 시작했을 때, 무엇보다 상담사의 도움 덕분에 우리는 우리가 가진 것, 우리가 이미 쌓아놓은 발판을 되새길 수 있었다. 나는 버락의 이야기를 알았고 버락은 나의 이야기를 알았다. 우리가 둘 사이의 거리를 의식하는 한 그 거리를 견뎌낼 수 있다는 사실을 깨달았다. 어중간한 영역에서 살 수 있었다. 나는 떨어져 지내는 데 서툴렀을지언정 버락은 익숙했고 우리 둘 다 그 사실을 알았다. 버락은 멀리 있어도 사랑하는 법을 알았다. 평생 그걸 연습해야만 하는 삶을 살았다. 우리 딸들과 나는 늘 그의 우주의 중심에 남을 터였다. 무슨 일이 있을지라도. 나는 결코 버림받지 않을 터였다. 버락은 나와 떠난 첫 여행에서 그걸 보여준 것이다.

매일 저녁, 그 호놀룰루 아파트에서 버락은 저녁을 먹은 그릇을 치우고 닦았으며, 할아버지와 십자말풀이를 하고, 여동생에게 책을 추천했다. 우리가 함께한 첫 크리스마스와 새해 첫날에도 변함없었다. 그는 어머니가 사기라도 당할까 봐 어머니의 재정 관련 서류에 인쇄된 작은 글자까지 전부 다 읽어보았다. 관심을 보였고 인내를 발휘했으며 딴생각을 하지 않았다. 하루 일과가 완전히 끝날 때까지 자리를 뜨지 않았다. 설거지가 끝나고 더 이상 할 이야기가 없어 다들 하품을 할 때까지.

자기밖에 모르던 나는 신혼여행객을 위한 스위트룸과 이 남자의 전적인 관심을 원했지만 버락은 내게 현실을 보여준 것이다. 우리가 원한다면 우리의 미래도 비슷한 모습일 수 있다는 사실을 보여준 것이다. 우리는 가볍게 만나지 않았고 쿨한 척하지도 않았다. 나는 그렇게 우리가 서로의 인생에서 여행객 이상의 존재가 되리라는 사실을 깨닫기 시작했다.

확신은 여기서 시작된다. 매우 늦은 밤 10층에서 내려오는 엘리베이터 안에서. 호놀룰루의 향기로운 밤공기를 맞으며 무수한 별이 박힌 둥근 하늘 아래 그의 손을 잡을 때. 여기가 내 집이라는 갑작스러운 깨달음과 함께.

✳ ✳ ✳

버락과 나는 이제 매년 하와이로 돌아간다. 주로 크리스마스 즈음에 가서 거기서 장성한 두 딸을 만난다. 두 딸은 자기들만의 집에서, 자기들만의 인생을 살다가 새로운 기분으로 하와이로 온다. 우리는 버락의 여동생 마야, 그리고 마야의 식구들을 만난다. 버락의 고등학교 동창들도 만나고 본토에서 오는 여러 친구도 맞이한다. 30년 넘게 오아후로 여행을 다니다 보니 이제는 비행기 창밖으로 바람에 살랑거리는 야자수를 봐도 탄성을 지르지 않고 와이키키 남동쪽 거대하고 푸른 보루처럼 앉은 화산 다이아몬드 헤드를 보고도 전처럼 경탄하지 않는다.

이제는 익숙한 것이 주는 흥분을 느낀다. 어렸을 때는 상상도 하지 못한 방식으로 이곳에 애착을 느낀다. 나는 여전히 방문객이지만 열심히 주기적으로 돌아온 덕분에 이 섬을 아주 잘 알고 있다. 이 섬을 소개해준 한 남자를 잘 알고 있듯 말이다. 공항에

미셸 오바마 자기만의 빛

서 노스쇼어로 이어지는 고속도로의 모든 굴곡을 알 것 같다. 아주 맛있는 빙수나 한국식 고기구이를 먹으려면 어디로 가야 하는지도 잘 안다. 공기 중의 플루메리아 향기를 골라낼 줄도 알고 얕은 물속을 헤엄치는 만타가오리가 드리우는 그림자를 보고 즐거워할 줄도 안다. 하나우마만의 잔잔한 물결에도 익숙하다. 아이들이 걸음마를 할 때 여기서 수영을 가르쳤다. 바람이 거센 해안 절벽에 자리한 라나이 전망대도 잘 안다. 남편은 사랑하는 어머니와 할머니의 유골을 뿌린 이곳으로 그들을 추억하러 간다.

몇 년 전, 버락과 나는 결혼기념일을 맞아 호놀룰루로 특별한 여행을 떠났다. 버락은 시내에서 기념 식사를 하자고 해서 나를 놀라게 했다. 바닷가 호텔의 옥상 테라스에 우리만을 위한 공간을 빌렸고 음악을 연주해줄 작은 악단까지 부른 것이다.

우리 둘은 한참을 서서 전망을 즐겼다. 이른 저녁이었고 와이키키 해변 전체가 눈에 들어왔다. 서프보드 위에서 완벽한 파도를 기다리며 나른하게 떠다니는 사람들도 있었고 공원에는 체스를 즐기는 노인들도 있었다. 크리스마스 휴가 때 아이들을 데리고 가던 동물원도 보였고 북적북적한 칼라카우아 거리도 보였다. 아이들과 함께 걸으며 저글링 곡예도 보고 밤마다 여행객을 위해 펼쳐지는 온갖 거리 공연을 구경하던 곳이었다. 우리는 그동안 묵었던 여러 호텔도 짚어보았다. 버락의 가족이 빈집을 찾아주지 않아도 될 만큼 돈이 모이고부터 우리도 호텔에 묵기 시작한 것이다. 우리가 매번 하와이로 돌아오면서 지낸 오랜 세월이 우리 눈앞에 펼쳐져 있었다. 빙 돌아 제자리로 온 기분이 드는 순간이었다. 내가 하와이에 대해 가졌던 순진한 꿈이 이제 이루어진 것 같았다. 나는 옥상 테라스에서 사랑하는 사람과 단둘이 해가 지는 모습을 보고 있었다.

테이블에 앉은 버락과 나는 마티니 두 잔을 시켰다. 우리는 한참 동안 버락의 가족에 대해 이야기를 나누었다. 우리가 처음 사우스베레태니아가를 찾았을 때 우리가 얼마나 어렸는지 이야기했다. 돌이켜보면 당시 우리는 서로에 대해 꽤나 무지했다고. 돗자리, 해변으로 가는 긴 산책길, 다시 외갓집으로 돌아가기 위해 걸었던 길에 대해서도 이야기했다.

그리고 웃었다. 꽤나 힘겨운 산책길이었다고 인정하면서.

우리는 잔을 부딪쳤고 분홍빛으로 변하는 하늘을 지켜보았다.

미셸 오바마 자기만의 빛

버락이 대통령에 당선되고 나서 당시 일흔하나였던 어머니가 우리와 함께 백악관으로 들어간다는 소식이 밖으로 새어 나갔다. 일곱 살, 열 살이었던 사샤와 말리아가 어느 정도 자리를 잡을 때까지 양육을 돕는다는 취지였다. 다들 잘 적응하고 나면 어머니는 시카고로 돌아갈 예정이었다. 언론은 여기에 매력을 느꼈는지 즉시 어머니에게 인터뷰를 요청하고 온갖 기사를 뽑아내며 어머니를 '퍼스트 할머니' '최고 사령관 할머니' 등으로 불렀다. 드라마의 흥미를 돋울 새로운 인물이 등장한 것처럼 떠들었다. 어머니는 갑자기 뉴스에 나오기 시작했다. 어머니가 곧 뉴스였다.

하지만 우리 어머니를 만나본 적이 있다면 알겠지만 어머니는 유명해지고 싶은 마음이 손톱만큼도 없는 사람이다. 어머니는 소수의 인터뷰에 응했을 뿐이다. 백악관에서의 삶으로 이행하기 위한 보다 큰 과정의 일부라고 생각했기 때문이다. 그러면서도 도대체 사람들이 왜 자기에게 관심을 갖는지 모르겠다고 몇 번을 말하고 또 말했다.

어머니 자신의 생각에 따르면 어머니는 특별한 사람이 아니다. 어머니는 또 나와 오빠를 매우 사랑하지만 우리도 특별한 사람이 아니라고 즐겨 말한다. 자녀들이 충분히 사랑을 받았고 적당한 운이 따랐기 때문에 그 결과로 잘된 것뿐이라고 말한다. 어머니는 시카고의 사우스사이드에 '꼬마 미셸과 꼬마 크레이그'가 수두룩하다는 점을 일깨우고자 애쓴다. 모든 학교에, 모든 골목에 있다. 다만 너무 많은 아이가 제대로 보살핌을 받지 못하고 과소평가를 당해서 잠재력의 많은 부분을 인정받지 못한다는 것이다. 바로 이것이 어머니의 보다 폭넓은 철학의 근본에 있는 주장이라고 말할 법하다. '모든 아이는 훌륭한 아이다.'

어머니는 이제 여든다섯이다. 어머니의 움직임은 조용하고 유쾌하지만 우아하다. 어머니는 화려하거나 유세를 부리는 인생에는 관심이 없다. 모든 사람이 동등한 대우를 받아야 한다고 믿으며, 모든 것을 꿰뚫어 본다. 나는 어머니가 교황과 대화를 나누는 것도, 우편부와 이야기하는 것도 지켜봤지만 언제든 온화한 태도와 차분한 자세로 상대에게 다가간다. 누가 질문을 하면 명확하고 직접적인 말로 대답을 한다. 상대에게 흥미를 보이면서도 초

미셸 오바마 자기만의 빛

연한 태도를 유지하고 결코 특정한 부류가 듣고 싶어 하는 대답을 꾸며서 하지 않는다. 우리 어머니의 또 다른 특징이다. 어머니는 진실을 흐리지 않아야 한다고 생각한다.

그래서 백악관으로 옮겨 오던 과도기에 기자들이 어머니한테 질문을 할 때면 어머니는 솔직하게 대답했다. 부드러운 어조를 쓰려고 애쓰지도 않았고 긴장한 소통 담당관들이 만들어놓은 공식 입장을 따르지도 않았다. 어머니가 언론과 이야기해야 한다면 사실을 말할 것이고 질질 끌지 않으리라는 것을 우리는 처음부터 확실히 깨달았다.

그래서 어머니는 전국에 방송되는 뉴스에 나와서, 유클리드가의 평화로운 단층 주택에서 발버둥 치며 끌려 나온 일, 자식 녀석들 때문에 반강제로 미국에서 가장 유명한 주소지에 살게 된 사정을 이야기하곤 했다.

불만을 터뜨린 것이 아니다. 있는 그대로를 말했을 뿐이다. 어머니가 이 일에 대해 기자들과 말한 방식은 나와 말하는 방식과 다르지 않았다(우편부와 교황도 같은 말을 들었을 것이다). 어머니는 워싱턴에 오고 싶어 하지 않았지만 내가 간절하게 애원했다. 애원해도 소용이 없자 오빠를 동원해 졸라댔다. 어머니는 우리 집안의 반석이었다. 우리 모두를 단단히 붙잡아주었다. 우리 딸들이 갓 태어났을 때부터 어머니는 주변을 지키며 아이들을 돌보는 일정에 차질이 생기면 그 틈을 메워주었다. 버락과 나는 커리어에 찾아온 변화와 과중한 업무 일정으로 인해, 어린 딸들의 점점 복잡해지는 방과 후 일정으로 인해 종종 임시방편으로 상황을 모면해야 했고 때로는 허우적거렸기 때문이다.

그렇다. 내가 반강제로 어머니를 모시고 온 게 맞다.

문제는 어머니가 본가에서 아주 만족스러운 생활을 하고 있었다는 점이다. 은퇴한 지 얼마 되지 않은 시점이었고 자신만의 공간에서 인생을 즐기고 있었다. 게다가 평소에도 어머니는 변화를 도모하는 데 별 관심이 없었다. 유클리드가에는 어머니의 모든 물건이 다 있었다. 30년 넘게 잠을 잔 침대도 있었다. 어머니는 백악관이 너무 박물관 같고 집 같지 않다고 생각했다(물론 기자에게도 이같이 솔직하게 말했다). 어머니는 워싱턴 D.C.로 거처를 옮기는 일이 많은 부분 비자발적이었으며 일시적이라는 사실을 숨기지 않으면서도 사샤와 말리아에 대한 사랑, 두 아이의 성장과 행복에 이바지하고 싶은 마음이 다른 모든 것을 가렸다고 인정했다.

"부모가 곁에 없을 때 누군가 아이들 옆에 있어주어야 한다면 내가 있는 게 낫죠."[14]

어머니는 어깨를 으쓱하며 당연하다는 듯 기자에게 말했다.

그러고 나서 이제 그만하면 됐다고 인터뷰를 매듭지었다.

짐을 옮긴 뒤 어머니는 백악관에서 인기인이 됐다. 의도하지는 않았지만 그렇게 됐다. 그야말로 무도회의 주인공이었다. 사람들은 어머니를 'R 부인'이라고 불렀다. 어머니는 존재감을 드러내지 않았지만 직원들은 바로 그런 이유에서 어머니를 좋아했다. 주로 흑인들로 이루어져 있던 집사들은 집 안에 흑인 할머니가 계신 걸 즐겼다. 손자 손녀들의 사진을 어머니에게 보여주었고 때로는 인생 문제에 대한 조언을 구하기도 했다. 백악관의 플로리스트들은 꽃꽂이 작품을 교체하러 와서 어머니와 한참 수다를 떨었다. 비밀경호국 사람들은 어머니가 백악관 문밖으로 나갈 때마다 눈을 떼지 않았다. 어머니는 14번가의 CVS 편의점에 가거나 그 반대 방향에 있는 파일린스 베이스먼트 백화점, 혹은 베티 커리의 집에 들러 카드놀이를 했다. 베티는 빌 클린턴의 전 비서였다. 백악관 청소 담당자들은 어머니에게 일을 좀 더 맡겨달라고 부탁했지만 어머니는 스스로 할 줄 모르는 것도 아닌데 남이 시중을 들고 대신 청소해줄 필요가 없다고 명확히 입장을 밝혔다.

"세탁기 돌리는 법만 알려주세요. 알아서 할 테니."

어머니가 우리를 위해 호의를 베풀고 있다는 사실을 잘 알았기 때문에 우리는 어머니의 임무를 되도록 가볍게 유지하려고 애썼다. 어머니는 사샤와 말리아와 함께 차를 타고 학교에 오갔고 아이들이 새로운 일과에 적응할 수 있도록 도왔다. 내가 퍼스트레이디 임무로 바쁜 날에는 아이들 간식이나 각종 방과 후 활동도 챙겼다. 내가 초등학생일 때 그랬듯 어머니는 아이들의 말에 관심을 갖고 귀를 기울였고 아이들은 할머니에게 학교에서 무슨 일이 벌어졌는지 이야기했다. 아이들의 일과에 대해 내가 놓친 이야기가 있으면 어머니가 나와 단둘이 있을 때 전달해주었고 그다음 내 이야기에 귀를 기울였다. 어머니는 기꺼이 나를 위해 스펀지이자 공명판이 되어주었다.

아이들을 돌보는 일이 아니면 어머니는 일부러 모습을 잘 드러내지 않았다. 우리가 어머니로부터 독립된 가정생활을 해야 한다고 생각했다. 그리고 어머니 또한 우리로부터 독립된 생활을 해야 한다고 느꼈다. 어머니는 자유로운 게 좋았다. 자신만의 공간이 있는 것도 좋아했다. 좀처럼 간섭을 하지 않는 것을 중요한 원칙으로 삼았다. 어머니가 워싱턴 D.C.에 온 것은 한 가지 이유에서였다. 버락과 나에게 든든한 기둥이 되어주고 우리 두 딸을 애지중지 보살피는 할머니가 되기 위해서였다. 어머니 눈에 다른 모든 것은 불필요한 소동이자 소음이었다.

이따금 우리는 백악관 사저에 VIP 손님을 초대해 만찬을 열곤 했다. 손님들은 종종 주위를 둘러보며 어머니가 어디 계신지, 함께 식사를 하실지 궁금해했다.

나는 그럴 때면 그저 웃으며 3층을 가리켰다. 3층에는 어머니

침실이 있었고 어머니는 그 옆 워싱턴 기념탑이 내다보이는 거실에서 시간을 보내길 좋아했다.

"아니요, 지금 어머니만의 아주 행복한 공간에 계시답니다."

해독하자면 이 말의 뜻은, "보노 씨, 미안하지만 엄마는 와인잔을 들고 TV 앞에서 퀴즈 프로그램을 보면서 돼지갈비 요리를 드시고 계세요. 아무리 보노 씨라도 그 행복에 비할 수……."

어머니를 백악관에 모시기로 한 결정은 효과가 있었다. 어머니는 우리가 백악관에서 보낸 8년 내내 우리와 함께했다. 버락을 둘러싼 모든 일이 요란하고 극적이었던 만큼 어머니는 극적이지 않고 침착한 자세로 일관되게 우리 곁을 지키며 모두에게 도움이 되었다. 어머니는 우리를 붙들어 매주었다. 어머니는 에볼라 바이러스나 의회에서의 필리버스터 토론이 어떤 상황에 있는지, 동해 방향으로 탄도미사일을 시험 발사함으로써 문제를 일으키려는 것이 누구인지 살피러 온 사람이 아니었다.

어머니는 단지 우리 가족이 잘 버티고 있는지 멀찍이서 지켜보려고 있는 사람이었다. 우리에게는 그게 필요했다. 우리에게는 어머니가 필요했다. 어머니는 우리의 바닥짐이었다.

8년 동안 우리 딸들은 천진난만한 초등학생에서 완연한 10대 청소년으로 자라났고 어른들이 독립적인 삶과 특권에 눈독을 들였다. 여느 10대 청소년들처럼 아이들은 몇 차례 선을 넘으려고 시도했고 멍청한 짓들도 했다. 귀가 시간을 어겨 외출 금지를 당한 녀석도 있었다. 인스타그램에 비키니 셀카를 올린 녀석은 이스트윙 소통 담당 팀으로부터 당장 사진을 내리라는 지시를 받았다. 한 녀석은 지켜보는 어른이 없는 파티에 갔다가 파티가 손쓸 수 없는 지경에 이르러 지역 경찰이 신고를 받고 출동하는 동안 비밀경호국 요원들의 손에 끌려 나와야 했다. 또 한 녀석은 미합중국 대통령에게 말대꾸를 했다. 대통령이 감히 (비외교적인 방식으로) 어떻게 랩을 들으며 스페인어 공부를 할 수 있는지 물었기 때문이다.

10대인 딸들이 아주 가벼운 반항을 하거나 사소한 잘못만 해도 내 안에서는 우려와 불안이 물결처럼 퍼져나갔다. 나의 가장 큰 두려움이 먹이가 된 것이다. 바로 백악관에서의 삶이 아이들을 망치고 있다는 두려움이었다. 물론 부모 잘못일 터였다. 일이 터질 때마다 나의 오랜 친구인 두려워하는 마음이 곧바로 시동을 걸었고 자신에 대한 의심과 죄책감이 폭포가 되어 쏟아졌다. (두려워하는 마음이 아이들을 정말 좋아한다고 이야기했던가? 그 마음은 나의 취약점을 죄다 파악하고 있으며 적절하게 공략할 것이다.)

일이 조금만 어긋나도 엄마로서 나의 죄책감이 발동했다. 나는 벼락과 함께 내린 모든 결정을, 우리가 지나온 모든 갈림길을 비판적으로 살펴보았다. 자신을 속속들이 들추어 조사하는 일은 앞서 말했다시피 우리 여성들이 아주 잘하도록 훈련된 일이다. 어릴 때부터 불평등한 제도 속에 던져졌고 비현실적인 '완벽한 여

미셸 오바마 자기만의 빛

성'의 이미지를 보고 자란 탓이다. 우리 중 누구도—정말 단 한 명도—그 이미지에 부합할 수 없다. 그럼에도 우리는 계속해서 시도한다. 완벽한 결혼, 동반자 관계와 마찬가지로 완벽한 엄마라는 환상은 우리의 문화적 상상력 속에서 가장 앞자리를 차지하고 있다. 반면 현실은 완벽에서 아주 아주 아주 멀다.

엄마들에게 부족하다는 느낌은 특히 강렬하게 다가올 수 있다. 광고나 소셜 미디어에서 우리가 접하는 완벽한 엄마의 이미지는 우리를 혼란스럽게 하고 현실과 다르다. 화질이 향상되고 보정된—굶고 깎아내고 필러로 채운—여성의 몸이 사회에서 아름다움의 절대적 기준처럼 여겨지는 것과 마찬가지다. 그럼에도 우리는 그걸 받아들이도록 길들여져 있다. 그래서 완벽한 몸뿐 아니라 완벽한 가족, 완벽한 자녀, 완벽한 일과 삶의 균형, 완벽한 수준의 인내심과 고요를 추구한다. 우리 중 누구도—정말 단 한 명도—그 이미지에 영영 부합할 수 없는데도 말이다. 이 모든 거짓이 생산한 자기 의심은 효력이 세고 우리를 토대부터 흔들리게 한다. 엄마로서 주변을 돌아보며 이런 생각을 떨치지 못하는 것이다. '나만 빼고 다들 완벽하게 하고 있단 말이야?'

나도 다른 사람들처럼 자기 탓에 익숙하다. 아이들을 키우는 일에서 어떤 갈등이나 난관의 조짐만 보여도 그 즉시 내 실수부터 맹렬하게 따져본다. 내가 너무 엄했나? 아니면 너무 오냐오냐했나? 내가 너무 극성이었나? 아니면 너무 무관심했나? 혹시

15년 전에 어떤 육아 서적을 읽지 않은 탓일까? 이 상황은 진정 위기일까? 더 큰 문제가 있다는 신호일까? 내가 어떤 결정적인 인생 교훈을 가르치는 데 실패한 걸까? 이제 너무 늦은 걸까?

한 아이의 인생을 어떤 방식으로든 책임져야 하는 사람이라면 이런 두려움과 우려, 아이들 걱정으로 잠 못 이루는 고통에 분명 익숙할 것이다. 아이에게 충분하지 못했다는 좀처럼 사그라들지 않는 기분, 숲에서 길을 잃어버린 듯한 기분이다. 내가 모든 면에서 잘못했고 아이들이 나의 무관심이나 잘못된 의사 결정에 대한 대가를 치르게 된 것 같은 기분이다. 많은 엄마들이 강렬하게, 거의 끊임없이 갖는 생각일 것이다. 갓난아이의 소중하고 순수하며 완벽한 얼굴을 보자마자 가장 먼저 든 생각도 두려움에 차 있었을 것이다. '제발, 제발 내가 널 망치지 않게 해주렴.'

부모로서 우리는 언제나 주어진 일에 실패하지 않으려는 절박한 마음에 몸부림친다. 그리고 어떤 산업은 오로지 그 절박한 마음을 지속시키고 그 마음을 이용해 돈을 번다. 각종 두뇌 발달 장난감에서 인체 공학적 유아차, 입시 과외까지 결코 다 채울 수 없는 구멍 같다. 미국 내 수많은 부모가 값비싼 육아 비용(평균 근로 소득의 20퍼센트 정도[15])으로 힘겨워하지만 스트레스는 커질 뿐이다. 아주 잠깐이나마 뒷짐을 진 탓에, 아이에게 사소한 이점을 제공하거나 필요한 물건을 사주지 못한 탓에 아이의 인생을 망쳤다고 확신하게 된다.

미셸 오바마 자기만의 빛

어떤 이정표를 지났다고 해서 사라지는 기분도 아니다. 아이가 잠자는 법, 걷는 법을 배워도 사라지지 않는다. 유치원에 가거나 고등학교를 졸업하거나 심지어 처음 집을 구해 스테이크 나이프를 세트로 사도 사라지지 않는다. 부모는 여전히 걱정할 것이다! 여전히 자식들 걱정을 할 것이다! 숨을 쉬는 한 아이들에게 더 해줄 수 있는 것은 없었는지 고민할 것이다. 아이가 세상 속을 거닐게 되면 아이가 어른이 되어도 세상은 무한히 악하고 위험한 곳처럼 느껴질 것이다. 그리고 우리는 우리에게 약간의 통제력이라도 있다는 믿음을 갖기 위해 거의 무엇이든 할 것이다. 과거 군 통수권자였던 남편은 지금도 딸들에게 문자로 뉴스 기사를 보내 경각심을 주려고 한다. 고속도로 주행이나 밤에 홀로 귀가하는 일이 얼마나 위험한지 일깨우는 것이다. 아이들이 캘리포니아로 이사를 간 뒤에는 이메일로 지진 대비 요령에 대한 긴 기사를 보냈고 원한다면 비밀경호국에 자연재해 대응 브리핑을 요청하겠다고 제안했다(아이들은 예의 바르게 거절했다).

아이들을 보살피고 키우는 일은 지구상에서 가장 보람 있는 일이지만 그와 동시에 우릴 미쳐버리게 한다.

어머니는 우리 모두를 붙잡아준다.

　　　　✦　　　　　✦　　　　　✦

　지난 세월 동안 내게는 부모로서 느끼는 불안을 잠재울 한 가지 비밀 병기가 있었다. 바로 어머니였다. 어머니는 나의 안전장치, 나의 부처님, 나의 다양한 결점을 지켜보는 침착하고 무비판적인 증인이었고 덕분에 나는 제정신을 차리고 활기차게 살 수 있었다. 어린 딸들의 전 생애에 걸쳐 어머니는 아이들의 성장과 발달을 지켜보는 제2의 눈이었지만 버락과 내가 내린 결정에는 결코 간섭하지 않았다.

　대신 객관적인 시각을 가지고 곁에 있어주었다. 어머니는 내 말을 적극적으로 들어주면서, 나의 두려움을 신속하게 방구석으로 몰아내고 '지나친' 걱정을 하는 나를 다잡아준다. 어머니는 아이들이 언제나 좋은 의도에서 행동한다고 전제하는 것이 중요하다고 말한다. 나의 의심과 우려에 답하기보다 기대와 높은 호감에 부응하도록 하는 편이 낫다는 것이다. 어머니는 아이들이 신뢰받을 자격을 얻어내게 하지 말고 아이들에게 그냥 신뢰를 주라고 한다. '다정한 마음으로 시작'하는 어머니만의 방법이다.

　백악관에서 지낸 세월 동안 어머니는 항상 내 곁에서 그때그때 현실을 직시하게 도와주었다. 사샤와 말리아의 시춘기를, 눈도 깜빡이지 않는 70대 어른의 시점에서 설명해주었다. 그러면서 아이들의 행동은 내가 육아에 실패한 결과가 아니고 오히려 발달 과정상 적절하며 예상 가능한 영역 안에 있다고 해주었다. 나 또한 한때 똑같이 멍청한 짓들을 했다는 말과 함께. 어머니의 격려는 어머니의 성격대로 간결하고 담담했지만 그럼에도 나를 안심시켰다.

"애들은 잘하고 있어."

어머니는 여느 때처럼 어깨를 으쓱하며 말하곤 했다.

"그저 인생을 배우는 과정일 뿐이야."

어머니의 말은 나 또한 잘하고 있으니 진정하고 나 자신의 판단을 믿으라는 뜻이기도 했다. 이것은 언제나 어머니가 내게 보내는 메시지의 핵심이었다.

✶   ✶   ✶

어머니의 곁에 오래 있다 보면 어머니가 일상적인 대화 속에 진주 같은 지혜를 떨어뜨려놓는다는 사실을 깨닫게 된다. 주로, 난리를 떨지 않아도 괜찮은 아이들을 길러낼 수 있다는 믿음과 연결되어 있다. 분노 또는 열정을 담아 소리 높여 전달하는 선언은 아니다. 오히려 가까이 다가가 귀를 기울여야 들을 수 있다. 주머니에서 푼돈이 툭 떨어지듯 소리 없이 흘러나오는 재치 있는 생각인 경우가 많다.

수년 동안 나는 그 푼돈을 주워왔다. 그리고 내 주머니를 가득

　　　　　　　　미셸 오바마 자기만의 빛

채웠다. 그것을 지침으로 삼기도 하고 부모로서 느끼는 의심과 우려를 잠재우기 위한 도구로 쓰기도 한다. 한동안 나는 어머니가 직접 책을 써야 하는 게 아닌지 생각했다. 살아온 이야기를 하고 나한테 그토록 값지게 느껴졌던 통찰을 나누면 좋을 것 같았다. 그런 제안을 하자 어머니가 손사래를 쳤다.

"아이고, 내가 왜 그런 걸 해?"

대신 어머니는 자신의 경험에서 우러나온 교훈들을 여기에 실어도 좋다고 허락했다. 내가 우리 아이들 앞에서 좀 더 차분하고 죄책감에 덜 시달리는, 약간 더 괜찮은 부모가 될 수 있도록 도와준 가르침들이다. 다만 어머니는 다음과 같은 주의 사항을 꼭 붙이라고 당부했다.

"내가 남들더러 어떻게 살라고 가르치고 다니는 사람은 아니야. 그 점은 꼭 확실하게 해둬라."

첫째, 아이들이 스스로 일어나도록 가르쳐라.

내가 다섯 살이 되어 유치원에 입학할 때 부모님은 작은 전자 알람 시계를 선물로 주었다. 네모난 바탕에 시간을 가리키는 작은 녹색 시침과 분침이 야광으로 빛났다. 어머니는 기상 시간을 맞추는 법, 자명종이 울리면 끄는 법을 알려주었다. 그런 다음 나와 함께 학교에 가기 전에 아침에 해야 할 모든 일을 역순으로 짚어

보았다. 아침을 먹고, 머리를 빗고, 이를 닦고, 옷을 고르고, 신발 끈을 묶고……. 그런 식으로 잠에서 깬 뒤 집을 나가기까지 필요한 시간을 계산해보았다. 어머니는 가르침을 주었고 나에게 도구도 제공했지만 그걸 효율적으로 사용하는 일은 내가 해결해야 할 과제였다.

나는 그 알람 시계가 좋아서 어쩔 줄을 몰랐다.

시계 덕분에 내 조그마한 인생을 움직일 힘과 권력이 생겼다는 사실이 정말 좋았다. 돌이켜보면 어머니는 나에게 이 특정한 도구를 주기에 앞서, 그 시기를 일부러 고심해서 선택했던 것 같다. 나의 발달단계를 고려했을 때 너무 늦지 않은 시기를 말이다. 내가 아침에 일어나 학교를 가는 일에 대해 냉소적인 태도를 보이지 않도록, 어머니가 나를 직접 흔들어 깨울 필요가 없도록 한 것이다. 어떤 의미에서는 어머니의 일을 줄이기 위해서였지만 실질적인 혜택은 내가 누렸다. 나는 이제 혼자 일어날 수 있었다. 혼자 일어날 수 있었다!

내가 알람이 울리는데도 계속 자거나 집에서 나가지 않고 게으르게 꾸물대도 어머니는 잔소리하거나 구슬리지 않았다. 어머니는 간섭하지 않았고 내 인생이 내 것이라는 점을 확실히 했다.

"있잖아, 엄마는 벌써 학교 다 나왔어. 엄마는 이제 학교 안 가도 돼. 이건 엄마랑 상관없는 일이야."

둘째, 엄마랑 상관없는 일이 맞다.

좋은 부모는 언제나 필요 없는 존재가 되려고 애쓴다.

알람 시계식 접근법은 부모님의 의도적인 노력을 시사하는 한 사례였다. 우리의 몸과 마음이 스스로 일어서고, 또 넘어지지 않을 수 있도록 그 방법을 가르쳐주려는 노력이었다. 아이를 낳은 바로 그날부터 어머니는 단 하나의 목표를 향해 애썼다. 우리 삶에서 어느 정도 쓸모없는 존재가 되는 것이 어머니의 목표였다. 내가 지난 몇 해간 얼마나 어머니가 주는 안정감을 갈구했는지 이제까지 얘기한 사실만 봐도, 어머니는 아직 목표를 다 이루지 못한 것이 분명하다. 하지만 노력을 하지 않은 것은 아니다.

어머니는 특히 나날이 해야 할 일들에 관해서 우리 삶에서 가능한 빨리, 가능한 필요 없는 존재가 되겠다는 계획을 갖고 있었고 그걸 숨기지 않았다. 그 시기가 일찍 다가올수록, 오빠와 내가 자기 일을 알아서 할 수 있겠다는 생각에 다다를수록 더욱 성공적인 부모가 되리라고 생각했다. 어머니는 이렇게 말하곤 했다.

"나는 아이를 키우는 게 아니야. 어른을 키우는 거야."

헬리콥터 부모가 대세가 된 요즘 같은 시대에 이런 말을 하면 듣기 거북할지 몰라도 나는 어머니의 의사 결정 대부분이 단 하나의 근본적인 질문에 좌우되었다고 꽤 확신할 수 있다. 그 질문은 이것이었다.

내가 지금 아이들을 위해 할 수 있는 최소한의 일은 뭘까?

이것은 무신경하거나 이기적인 질문이 아니었다. 오히려 매우 사려 깊은 질문이었다. 우리 집에서는 다른 무엇보다 자립이 중요했다. 부모님은 한정된 예산 안에서 삶을 꾸려가고 있다는 사실을 잘 알고 있었다. 돈, 공간, 가질 수 있는 특권, 그리고 아버지의 건강 문제로 인해 에너지뿐 아니라 지구상에서 남은 시간도 한정되어 있었다. 그래서 모든 면에서 경제성을 추구해야 했다. 아버지는 우리가 운이 좋으며 그 운의 어떤 부분도 결코 당연하게 여겨서는 안 된다고 생각했다. 우리는 눈앞에 놓인 것, 우리에게 주어진 선물에 감사하도록 배웠다. 그것은 아이스크림 한 접시일 수도 있었고 서커스에 갈 기회일 수도 있었다. 아버지는 우리가 현재를 음미하기를 바랐다. 다른 즐길 거리나 흥미를 찾아나서고 싶은 충동, 남들이 가진 것에 대한 부러움에 저항하기를 바랐다.

아버지는 꾸중을 할 때도 부드럽고 장난스럽게 했지만 가르침은 진지했다. 누가 성급하게 선물 포장지를 뜯어보고 그 즉시 다음 선물을 찾으면 아버지는 가볍게 말했다.

"만족을 모르는구나!"

우리가 아이스크림을 한 접시 다 먹기도 전에 더 먹어도 되는지 물어보면 아버지는 말했다.

"만족을 모르는구나!"

미셸 오바마 자기만의 빛

아버지는 우리가 스스로의 욕구에 대해 깊이 생각해보게 했다.

자립하는 법, 욕구를 직시하는 법을 가르쳐주는 것이 우리 부모님이 자식에게 제공할 수 있는 거의 유일한 혜택이었다. 우리에게 지름길을 내어줄 수는 없었기 때문에 그 대신 능력을 주는 데 집중했다. 우리 부모님이 본 아이들의 미래는 이렇게 요약할 수 있었다. 오빠와 내가 인생에서 부모님보다 좀 더 멀리 가려면 큰 엔진과 꽉 찬 연료통이 필요했을 뿐만 아니라 정비 능력도 갖추어야 했다.

어머니는 자신의 두 손이 오히려 우리의 두 손을 방해한다고 생각했다. 우리에게 새로운 걸 가르쳐줄 때 방법을 보여주고 재빨리 비켜섰다. 오빠와 내가 싱크대에 손이 닿기 전부터 발판에 올라가 그릇을 씻고 닦는 법을 배웠다는 뜻이다. 우리는 침대를 정리하고 자신의 빨래를 직접 하는 습관을 들여야 했다. 앞서 말했듯이 어머니는 내가 혼자 등하교를 할 수 있도록 가볍게 떠밀었다. 스스로 길을 찾도록 했다. 이 모든 능력은 사소하지만 우리가 자립심과 문제 해결 능력을 기르기 위해 날마다 연습했음을 뜻한다. 우리는 의심과 두려움을 단계적으로 극복하는 방법을 배웠다. 나중에는 의심할 것도 두려워할 것도 별로 남지 않았다. 모험과 발견이 더 쉬워졌다. 하나의 단단한 습관 위로 더 많은 습관을 쌓을 수 있었다.

우리는 이런 일들을 상당 부분 불완전하게 해냈다. 그렇지만 우리 손으로 했다. 누구도 도와주지 않았다. 어머니도 개입하지 않았다. 우리가 실수해도 바로잡지 않았고 우리 방식이 어머니 방식과 좀 달라도 깔아뭉개지 않았다. 나는 여기서 처음 권력을 맛본 것 같다. 나는 일을 해낼 수 있다는 신뢰를 얻는 게 좋았다. 내가 얼마 전에 어머니에게 이에 대해서 묻자 어머니는 말했다.

"아이들은 어릴수록 실수를 더 많이 하지. 실수하게 내버려둬. 너무 뭐라고 해서도 안 돼. 그러면 아예 시도를 하지 않거든."

어머니는 비켜서서 우리가 고민하고 실수하게 했다. 집안일을 할 때도, 숙제를 할 때도, 다양한 선생님, 코치, 친구와의 관계에 서도 마찬가지였다. 이 모든 것이 어머니 자신의 자존감이나 자존심과는 아무 관계 없었다. 으스댈 자격이 주어지는 것도 아니었다. 이 모든 것은 자기와 아무 상관 없다고 어머니는 말하곤 했다. 어머니는 정말로 우리한테서 손을 떼려고 애쓴 것이다. 우리의 승패에 따라 어머니의 기분이 오락가락하는 일도 없었다는 의미다. 성적표에 A를 받아 온다고 해서, 오빠가 농구 시합에서 득점을 많이 낸다고 해서, 내가 학생회에 선출된다고 해서 어머니가 행복해지는 것이 아니었다. 좋은 일이 있으면 어머니는 우리를 위해 기뻐했다. 나쁜 일이 있으면 어머니는 우리가 그 일을 소화할 수 있도록 먼저 돕고 그다음에 자신의 할 일과 과제로 돌아갔다. 중요한 것은 우리가 성공하든 실패하든 어머니는 우리를 사랑한다는 사실이었다. 어머니는 우리가 문을 열고 들어설 때마

미셸 오바마 자기만의 빛

다 환한 얼굴로 기뻐했다.

그리고 우리 인생에서 벌어지는 일들을 조용히 주시하고는 있었지만 우리의 싸움을 대신 해주겠다고 발 벗고 나서지는 않았다. 우리는 주로 사람을 대하는 법을 배워가고 있었다. 우리 곁에 어떤 사람을 두고 싶은지, 어떤 목소리를 왜 수용할 것인지 가려낼 능력을 쌓는 중이었다. 어머니는 다른 일이 없을 때에는 시간을 내 학교에서 자원봉사를 했다. 교실에 있으면 우리가 매일 시간을 보내는 공간의 환경을 살펴볼 수 있었다. 아마 그 덕에 우리가 진정으로 도움을 필요로 할 때와 우리가 단지 '인생을 배우고 있을 때'를 구분할 수 있었을 것이다. 대체로 후자였다.

내가 학교 선생님과 있었던 일로 부글거리며 집에 오면(이런 일이 자주 있었다는 사실을 인정해야겠다) 어머니는 부엌에 서서 나의 열변을 들어주었다. 나는 어떤 선생님의 발언이 불공정하다느니, 어떤 숙제가 바보 같다느니, 어떤 선생님이 뭘 잘 모른다느니 하며 이야기를 쏟아놓았다.

이야기가 끝나면, 그리고 분노의 열기가 사그라들어 생각이 명확해지면 어머니는 간단한 질문을 했다. 진심으로 하는 질문이었지만 동시에 답을 유도하고 있기도 했다.

"엄마가 학교에 가서 말해줄까?"

지난 세월 내가 정말로 어머니의 도움이 필요한 경우가 두어 번 있기는 했다. 하지만 그중 99퍼센트의 경우에는 어머니가 나를 대신해 말을 해줄 필요가 없었다. 그 질문을 하고 대답할 기회를 주는 것만으로도 어머니는 은근히 내가 상황을 이성적으로 판단하게 해주고 있었다. 실제로 얼마나 안 좋은 상황인지, 어떤 해결책이 있는지, 내가 할 수 있는 건 무엇인지 말이다.

결국 나는 답변을 내놓았고 스스로를 설득시키곤 했다. 답변은 이것이었다.

"나 혼자 해결할 수 있을 것 같아."

어머니는 내가 내 감정을 풀어내고 그 감정을 처리하기 위한 전략을 배울 수 있도록 도와주었다. 주로 내 감정이 머물 자리를 마련해주고 어머니 자신의 감정이나 의견으로 나의 감정을 묵살하지 않도록 주의하는 방식이었다. 내가 어떤 일로 심하게 부루퉁해져 있으면 어머니는 가서 집안일을 하라고 시켰다. 딱히 벌을 주기 위해서가 아니라 문제의 심각성을 제대로 가늠해보라는 뜻이었다.

"앉아만 있지 말고 가서 화장실 청소해. 청소하다 보면 네 생각만 하지 못할걸."

어머니는 이렇게 말하곤 했다.

우리의 작은 집 안에 어머니는 일종의 정서적인 모래 놀이터를 만들어놓았다. 오빠와 내가 안전하게 감정을 연습하고 우리의 어린 인생에서 벌어지는 일들에 대한 반응을 정리할 수 있는 장소였다. 어머니는 우리가 소리 내어 온갖 문제를 해결하는 모습을 지켜보았다. 그 문제는 수학 공식일 수도 있고 친구들과의 문제일 수도 있었다. 어머니가 조언을 할 때도 있었는데 조언은 항상 현실적이고 실용적이었다. 대체로, 객관적인 관점을 유지하고 우리가 바라는 결과에서 거슬러 올라가며 생각해야 한다는 사실을 일깨워주는 조언이었다. 바라는 결과에 집중하라는 충고였다.

고등학교 때의 일이다. 나는 어느 거만해 보이는 수학 교사 때문에 속이 상해 있었다. 어머니는 나의 불만을 들어주고 이해한다는 듯 고개를 끄덕이더니 어깨를 으쓱했다.

"네가 꼭 선생님을 좋아해야 하는 것도 아니고 선생님이 널 좋아해야 하는 것도 아니야. 하지만 선생님 머리에 수학이 있고 너도 머리에 수학이 있어야 하니까 그냥 수학을 넣으러 학교에 간다고 생각해."

어머니는 날 보고 미소를 지었다. 세상에 이보다 이해하기 쉬운 진리가 없다는 듯.

"널 좋아하는 사람들은 집에 있잖아. 우리는 언제나 널 좋아할 거야."

셋째, 무엇이 진정으로 귀중한지 알라.

어머니가 어릴 때 살던 사우스사이드 집에는 거실 중앙에 커다란 탁자가 있었다. 매끄럽고 얇은 유리로 된 탁자였다. 자칫하면 깨질 수 있었기 때문에 온 집안사람들이 거의 까치발로 그 탁자를 피해 다녀야 했다.

어머니는 식구들을 면밀히 관찰하곤 했다. 7남매 중 정확히 중간이라 볼 게 많았다. 위로 셋, 아래로 셋이 있었고 극과 극으로 보이는 부모는 사이가 좋지 않아 보였다. 어머니는 수년간 주변 사람들의 관계 역학을 흡수했고 그 과정에서 무의식적으로 앞으로 어떤 가족을 꾸릴지 생각을 다듬었을 수 있다.

어머니의 아버지, 그러니까 나의 외할아버지 '사우스사이드'는 아이들을 오냐오냐 키웠다. 특히 어머니의 세 언니를 그렇게 키웠다. 자신의 통제 밖에 있는 것들이 두려웠던 할아버지는 세 딸이 버스를 탈 필요가 없도록 차에 태워 다녔다. 자명종을 맞출 필요가 없도록 아침마다 깨워주었다. 그는 딸들이 의지하는 걸 즐기는 듯했다.

어머니는 이것을 잘 기억해두었다.

반면 어머니의 어머니였던 레베카 할머니는 딱딱하고 격식을 차렸으며 누가 봐도 불행해보였다. 아마도(어머니가 돌이켜보건대) 우울증이 있었던 것 같다. 할머니는 젊었을 때 간호사가 되고 싶어 했지만 버지니아와 노스캐롤라이나에서 7남매를 키운 할머니의 어머니는 간호학교에 가려면 돈이 많이 들고 흑인 간호사는 좋은 직장을 찾는 일이 드물다고 말했다. 그래서 레베카 할머니는 그 대신 할아버지와 결혼해서 7남매를 낳았다. 할머니에게는

미셸 오바마 자기만의 빛

인생의 결과가 그다지 만족스럽지 못했던 것 같다. (할머니는 점점 더 불행해져서 결국 할아버지를 떠났다. 어머니가 열네 살 때 집에서 나간 것인데 간호조무 일을 하면서 생계를 꾸렸다고 한다. 할머니가 나간 뒤 집 안 분위기는 사우스사이드 할아버지 덕택에 좀 더 느슨해졌다.)

레베카 할머니 집의 통치 법령은 이것이었다. 아이들이 시야에 보이되 소리 내지 않아야 한다. 저녁 식사 자리에서 어머니와 형제들은 조용히 있어야 했고 주변의 어른들이 하는 대화를 말없이 예의 바르게 들어야 했다. 결코 대화에 끼어들어서는 안 됐다. 어머니는 입 밖으로 내지 못한 온갖 생각이 머릿속에 차곡차곡 쌓이는 느낌을 생생하게 기억한다.

외할머니의 친구들이 집에 오면 어머니와 형제들은 거실에서 어른들과 함께 앉아 있어야 했다. 걸음마를 하는 아기부터 10대 청소년까지 하나같이 가장자리에 얌전히 앉아 인사 말고는 아무 말도 할 수 없었다.

어머니는 그 거실에서 보낸 긴 저녁 시간들을 잊지 못한다. 어른들의 말에 끼어들고 싶은 적도 많았고 대꾸하고 싶은 말, 더 잘 이해하고 싶은 생각도 많았지만 괴롭게도 입을 꼭 다물고 있어야 했다. 어머니는 몇 시간씩 자기 생각을 말하지 않으려고 애쓰면서 항상 그 유리 탁자를 응시했다. 탁자는 항상 디끌 하나 없이 반짝였다. 어떤 얼룩도 손자국도 없었다. 아마 그동안 어머니는 결심했을 것이다. 무의식적인 생각이었을지 몰라도 나중에 자식을 낳으면 말할 수 있게 해주고 나아가 말을 장려해야겠다고 생각했을 것이다. 여러 해가 지나고 바로 이것이 유클리드가의 법령으로 정해졌다. 어떤 생각이든 말할 수 있고 모든 의견은 소중하게 여겨졌다. 진지한 질문이 묵살당하는 일은 없었다. 웃음과 눈물도 허용되었다. 누구도 까치발을 들 필요가 없었다.

어느 날 밤 어머니 집에 손님이 찾아왔다. 손님은 어머니를 비롯해서 안절부절못하는 어린이들이 거실을 꽉 채운 모습을 지켜보다가 타당한 질문을 던졌다.

"어떻게 애들이 이렇게 많은데 이렇게 멀쩡한 유리 탁자가 있을 수 있어요?"

어머니는 외할머니의 대답은 기억하지 못한다. 하지만 제대로 된 답변이 무엇인지 마음 깊이 알고 있다. 어머니 생각에 외할머니는 무엇이 귀중하고 무엇이 귀중하지 않은지에 대해서 근본적인 가르침을 놓친 것이다. 아이들이 보이되 들리지 않는다면 무슨 소용인가?

어머니 집안의 어떤 아이도 그 유리 탁자에 감히 손을 대지 않았다. 어떤 아이도 감히 말하지 않았던 것처럼 말이다. 하는 척이라도 했다가는 벌을 받았기 때문이다. 아이들은 성장이 허락되지 않은 채 한곳에 붙잡혀 있었다.

그러다 마침내, 어머니가 열두 살쯤 됐을 무렵의 어느 날 저녁, 외할머니의 친구들이 집에 방문했고 어떤 바보 같은 이유에서 그

　　　　　　　　　　미셸 오바마 자기만의 빛

랬는지 몰라도 한 친구가 탁자에 앉아버렸다. 와장창 깨지면서 바닥에 산산조각 난 탁자를 보고 외할머니는 경악을 금치 못했고 아이들은 말이 없었다.

어머니는 이를 어느 정도 우주의 정의가 실현된 사건으로 보았다. 그리고 오늘날까지도 이 이야기를 하면서 깔깔 웃어댄다.

넷째, 아이를 있는 그대로의 모습으로 인정하고 양육하라.

부모님이 우리를 키운 집에는 유리 탁자와 비슷한 것조차 없었다. 우리가 가진 것 중에는 깨지거나 고장 나기 쉬운 게 거의 없었다. 아주 고급스러운 물건을 가질 여유도 없었지만 외할머니 밑에서 자란 어머니가 과시용 물건에 전혀 관심이 없었기 때문이기도 하다. 어머니는 우리의 몸과 마음을 제외하고 우리 집 지붕 아래 있는 어떤 물건도 애지중지할 생각이 전혀 없었다.

집에서 오빠와 나는 생긴 대로 살 수 있었다. 오빠는 남을 보살피는 능력을 타고났고 걱정이 좀 많은 편이었다. 나는 당돌하고 독립심이 강했다. 부모님은 우리가 각각 다르다는 사실을 알고 그에 따라 우리를 키웠다. 미리 정해진 어떤 틀에 맞추려고 애쓰기보다 개개인의 장점을 키워주고 우리 안의 가장 훌륭한 섬을 이끌어내는 것을 양육의 방침으로 삼았다. 오빠와 나는 어른들을 공경했고 전반적인 규칙은 지켰지만 동시에 저녁 식사 자리에서 하고 싶은 얘기를 했고 실내에서 공을 던졌으며 음악을 크게 틀기도 하고 소파 위에서 거칠게 놀기도 했다. 물건이—물잔이나 커피잔, 가끔은 창문도—깨지는 경우도 있었지만 심각한 일로 여겨지지 않았다.

나는 사샤와 말리아를 키울 때도 이러한 방식을 적용하려 애썼다. 누군가 아이들을 보고 또 듣고 있다는 기분을 아이들 스스로 느끼길 원했다. 항상 자기 생각을 이야기하고 서슴없이 탐험하길 원했고 집 안에서 까치발로 다녀야 한다고 생각하지 않길 바랐다. 버락과 나는 집 안에서 지켜야 할 기본적인 규칙과 대원칙을 정했다. 어머니처럼 나도 아이들이 침대를 쓸 나이가 되자마자 스스로 침대 정리를 할 수 있게 가르쳤다. 버락은 버락의 어머니처럼 딸들에게 하루빨리 독서의 기쁨을 깨우쳐주느라 바빴다.

하지만 우리는 속히 깨달았다. 어린아이들을 키우는 일은 임신과 출산의 경험과 동일한 궤적을 따르고 있었다. 많은 시간을 들여 완벽한 가정생활을 꿈꾸고 준비하고 계획할 수는 있지만 결국 상황에 따라 되는대로 대처할 수밖에 없다. 체계와 일과를 정립하고 온갖 다양한 스승으로부터 재우고 먹이고 훈육하는 데 대한 가르침을 받을 수는 있다. 집에서 지켜야 할 준칙을 만들고 신앙과 철학을 소리 높여 선언하고 동반자와 모든 것을 지겹게 논의할 수 있다. 하지만 어느 순간, 대개 얼마 가지 않아 무릎을 꿇게 될 것이다. 아무리 최선을 다하고 아무리 성실하게 노력해도 나의 통제력은 하찮다는 사실을, 때로는 매우 하찮다는 사실을 깨닫게 될 것이다. 수년에 걸쳐 외항선에 뛰어난 지휘력을 갖춘 선장을 배치하고 소독 수준의 청결과 질서를 유지했더라도 이제 인정해야 한다. 배는 주먹만 한 아기들에게 강탈당했으며 내가 좋든 싫든 아기들은 배를 엉망으로 만들어놓을 것이다.

아이들은 우리를 사랑하지만 그럼에도 저들만의 계획이 있다. 아이들은 각각의 개인이고 자기만의 방식으로 학습할 것이다. 우리가 아무리 신중하게 계획을 짜놓아도 소용없다. 호기심으로 들끓는 아이들은 주변의 세상을 탐험하고 시험하고 만지고 싶어 한다. 배의 함교에 침입해서 모든 표면을 손으로 만지고 무심코 깨지기 쉬운 것을 깨뜨릴 것이며 우리의 인내심도 깨뜨릴 것이다.

좀 부끄러운 이야기가 하나 있다. 아이들과 시카고에 살던 어느 날 밤이었다. 말리아는 일곱 살쯤 됐고 사샤는 겨우 네 살이었다. 나는 긴 근무를 마치고 집에 와 있었다. 그 시절에는 흔한 일이었지만 버락은 저 멀리 워싱턴 D.C.에 가 있었다. 개회 중인 상원회의에 출석한 상태였을 테고 나는 아마 그것을 원망하고 있었을 것이다. 나는 아이들에게 저녁을 먹이고 하루가 어땠는지 물어본 다음 아이들이 씻는 것을 도왔다. 그릇을 마저 치우는데 몸이 처지는 듯했다. 얼른 육아에서 벗어나 단 30분만이라도 혼자 조용히 앉아 있고 싶었다.

아이들은 이를 닦고 잠자리에 들 준비를 하고 있어야 했다. 그런데 귀를 기울여보니 3층에 있는 놀이방으로 가는 계단을 오르락내리락하며 깔깔거리고 있었다.

"말리아, 사샤, 이제 잘 준비 해야지!"

내가 계단 아래서 소리쳤다.

"지금!"

소리가 잠깐 멈췄다. 무려 3초나 지났을까. 다시 우레 같은 발소리가 들리고 자지러지며 웃는 소리도 들렸다.

"그만 잘 시간이라니까!"

나는 또 소리쳤다.

하지만 나는 허공에 대고 소리치고 있었고 아이들은 나를 완전히 무시했다. 두 볼에 열이 오르는 것이 느껴졌다. 인내심이 사라지고 열기가 차올랐다. 굴뚝은 곧 불을 뿜을 태세였다.

그 순간 내가 이 넓은 세상에서 가장 원하는 단 한 가지는 저 아이들이 잠자리에 드는 것이었다.

내가 어린아이였을 때부터 어머니는 항상 이런 순간에 열까지 세어보라고 조언했다. 이성을 되찾을 수 있을 만큼만 쉬었다 가라는 조언이었다. 반응하기보다 대처하라는 충고였다.

여덟까지 세는데 더 이상 한 순간도 참을 수 없었다. 버틸 수 없었다. 화가 났다. 나는 계단을 뛰어 올라가 놀이방에 있는 아이들에게 이리 내려오라고 소리를 쳤다. 그런 다음 숨을 들이마시고 남은 2초간 분노를 가라앉혔다.

미셸 오바마 자기만의 빛

잠옷으로 갈아입은 두 딸은 재미있게 노느라 얼굴이 상기되어 있었고 땀이 송골송골 맺혀 있었다. 내가 계단 위로 외친 온갖 명령에도 아랑곳 않는 표정이었다. 나는 아이들에게 그만두겠다고 말했다. 엄마라는 일에 사표를 내겠다고.

나는 내 안에 남은 인내심을 죄다 끌어모아 조금도 침착하지 않은 목소리로 말했다.

"봐, 너희들은 엄마 말 안 듣잖아. 너희들 지금 엄마가 필요 없다는 거잖아. 너희들 마음대로 하는 게 더 좋다는 거잖아. 그러니까 얼마든지 그렇게 해…… 밥도 너희가 차려 먹고 옷도 너희 맘대로 입어. 잠도 너희들 자고 싶을 때 자. 너희 그렇게 너희 마음대로 살고 싶으면 너희가 다 알아서 해. 엄만 상관 안 할 거야."

나는 두 손을 들어 올리며 얼마나 지치고 상처받았는지 아이들에게 보여주었다.

"엄만 지쳤어."

그때 나는 내가 키우고 있는 두 딸을 가장 명확하게 이해할 수 있었다.

말리아는 눈이 휘둥그레졌고 아랫입술을 떨기 시작했다.

"아니야, 엄마. 난 안 그러고 싶어."

말리아는 곧바로 이를 닦으러 욕실로 갔다.

속이 풀리는 듯했다. '와, 정말 효과가 빠르네.'

반면 네 살 먹은 사샤는 파란 애착 담요를 들고 서서 잠시 내가 그만둔다는 말을 곱씹어보더니 언니와는 전혀 다른 정서 반응에 이르렀다. 어디에도 얽매이지 않은 순수한 안도감이었다.

언니가 얌전히 욕실로 가자마자 사샤는 한마디도 없이 위층 놀이방으로 올라갔다. 이렇게 말하고 있는 것 같았다. "드디어! 이 귀찮은 아줌마랑 끝이다!" 곧바로 사샤가 TV를 켜는 소리가 들렸다.

깊은 피로와 짜증이 덮친 순간 나는 아이에게 자신의 인생을 열 열쇠를 건넨 것이고 아이는 준비가 되지 않았음에도 기뻐하며 그걸 받아든 것이다. 아이들의 인생에서 궁극적으로 쓸모없는 존재가 되어야 한다는 어머니의 생각에 동의했지만 아직은 그만두기엔 일렀다. (나는 곧바로 놀이방에 있는 사샤를 불러 이를 닦게 시키고 재웠다.)

이 일로 아이들을 어떻게 다루어야 할지에 관한 중요한 교훈을 깨달았다. 한 아이는 부모가 제공하는 가드레일이 좀 더 많길 바랐고 한 아이는 더 적길 바랐다. 한 아이는 내 감정에 먼저 반응하고 한 아이는 내 말을 있는 그대로 받아들였다.

아이들은 각각의 성정이 있었고 각각 예민한 부분이 달랐으며 필요, 강점, 자기만의 경계, 세상을 해석하는 방법이 서로 달랐다. 버락과 나는 아이들이 크는 동안 동일한 역학이 반복해서 작동하는 모습을 지켜보았다. 스키장에서 말리아는 계산된, 정교한 방식으로 회전을 하며 내려갔지만, 사샤는 재킷을 휘날리며 곧장 아

미셸 오바마 자기만의 빛

래로 곤두박질쳤다. 사샤에게 학교는 어땠냐고 물으면 두어 마디로 대답하고 경중경중 침실로 갔다. 하지만 말리아는 집 밖에서 매시간 어떤 일이 있었는지 구분해서 구체적으로 설명했다. 말리아는 종종 우리의 조언을 구했다. 아빠를 닮아 신중하게, 그리고 조언을 받아 의사 결정을 했다. 반면 사샤는 어릴 때 내가 그랬던 것처럼 믿고 내버려두었을 때 더 잘해냈다. 어느 한쪽이 더 옳거나 그르다고, 좋거나 나쁘다고 할 수 없었다. 두 아이는 그때도 지금도 다를 뿐이다.

엄마로서 나는 점점 육아 서적이나 이름난 조언자들에게 덜 의지하기 시작했다. 일단 진정하고 나 자신의 판단력을 믿으라는 어머니의 오랜 충고를 받아들인 것이다. 버락과 나는 서서히 우리 아이들이 보내는 신호를 읽는 법을 터득했다. 아이들이 각자 보여주는 행동에 따라 유연하게 대처했고 우리가 알고 있는 아이들의 재능과 필요를 바탕으로 아이들 각자의 발달 상황을 해석하려고 했다. 나는 육아가 약간은 제물낚시 같다고 생각했다. 무릎까지 오는 물이 소용돌이치는 강에 서서 물의 흐름뿐 아니라 바람의 움직임, 태양의 위치까지 고려하는 일 같았다. 최고의 기술이 오로지 손목을 섬세하게 튕기는 데서 나오는 일 같았다. 인내심이 중요했고, 관점, 정확성도 중요했다.

결국 아이는 저 나름대로의 어른으로 자라날 것이다. 저만의 방식으로 인생을 배울 것이다. 아이의 앞날을 약간은 몰라도 다

통제할 수는 없다. 아이들의 인생에서 불행을 제거할 수는 없다. 어려움을 겪지 않게 할 수도 없다. 우리 아이들에게 해줄 수 있는 것, 모든 아이에게 해줄 수 있는 것은 아이들을 보고 듣는 것이다. 아이들이 유의미한 가치관에 따라 이성적인 결정을 내릴 수 있게 연습을 시켜주는 것이다. 시종일관 아이들의 존재에 기뻐하는 것이다.

다섯째, "집으로 와. 널 좋아하는 사람들은 집에 있잖아."

어머니는 나와 오빠에게 이 말을 한 번이 아니라 여러 번 했다. 다른 어떤 메시지보다 인상 깊었다. 집에는 날 좋아해주는 사람들이 있었다. 집에 오면 언제나 날 보고 기뻐하는 사람들이 있었다.

이 책에서 나는 집의 개념에 대해 많은 이야기를 했다. 운이 좋아서 어릴 때부터 좋은 집을 만났다는 것도 안다. 어릴 때 기쁨 속에 잠길 수 있었기 때문에 한 인간으로 성장하고 발달할 때 뚜렷한 혜택을 누렸다. 기쁨이 어떤 느낌인지 알았기 때문에 더 많은 기쁨을 찾아다닐 수 있었다. 내 세상으로 좀 더 많은 빛, 더 많은 기쁨을 가져다줄 친구들, 인간관계, 궁극적으로 배우자를 만날 수 있었다. 그리고 그 빛과 기쁨을 나는 우리 아이들의 인생 속에 퍼부어주고자 했다. 내가 겪은 혜택을 아이들에게도 주고 싶었다. 다른 사람들의 품속에서 빛을 찾고 감사하게 여기는 연습을 한 덕분에, 불확실성을 극복하고 어려운 시절을 이겨내기 위한 가장 값진 도구를 얻을 수 있었다. 냉소주의와 좌절이 뒤엉킨 덤불을 꿰뚫어 볼 수 있었고, 무엇보다 희망을 품고 버틸 수 있었다.

많은 사람에게 '집'은 좀 더 복잡하고 그다지 편안하지 않은 개념일 수 있다는 것을 안다. 잊고 싶은 장소, 인간관계, 감정 상태를 의미할 수도 있고 거기에는 정당한 이유가 있을 것이다. 집은 결코 돌아가고 싶지 않은 고통스러운 장소일 수도 있다. 그래도 괜찮다. 가고 싶지 않은 곳이 어딘지 깨달으면 힘이 생긴다.

내가 이제 향하고 싶은 장소를 발견해도 힘이 생긴다.

우리 자신과 타인을 위해, 무엇보다 아이들을 위해 기쁨이 살아 넘치는 곳을 지으려면, 우리가 언제나 돌아가고 싶은 곳을 지으려면 어떻게 하면 될까?

용기를 내서 집에 대한 생각을 재정립해야 할 수도 있다. 보잘 것없어도 나만을 위한 은신처를 마련하고 어렸을 때 인정받지 못했거나 불붙지 못했던 내 안의 불꽃을 키워야 할 수도 있다. 생물학적인 가족보다 내가 선택한 가족을 잘 가꾸고 나를 안전하게 보호해주는 경계를 지켜야 할 수도 있다. 경우에 따라서는 인생을 과감하게 바꾸어야, 공간을 만들어 사람을 들이는 시도를 여러 차례 거듭해야 집이 진정 어떠해야 하는지 깨닫게 될 수도 있다. 그래야만 비로소 인정을 받고 지지를 받고 사랑을 받는 느낌을 알 수 있을 것이다.

우리 어머니가 워싱턴 D.C.로 (발버둥 치며) 이사한 이유에는 우리 아이들도 있지만 나에게 엄마의 기쁨이 필요했기 때문이기도 하다. 나도 다 큰 아이에 지나지 않기 때문이다. 나도 긴 하루를 보낸 뒤에는 지치고 약간은 외로운 마음으로 집에 돌아온다. 나를 위로해주고 인정해주고 어쩌면 간식을 준비해줄 사람을 갈구한다.

특유의 현명하고 소탈한 방식으로 어머니는 우리 모두를 뒷받침해주었다. 우리를 위해 매일 환한 얼굴을 보여주었다. 덕분에 우리도 타인을 위해 환하게 빛날 수 있었다. 어머니는 백악관이 박물관 대신 집처럼 느껴지게 해주었다. 백악관에서 보낸 8년 간 버락과 나는 그 집의 문을 더 많은 사람에게 개방하려고 애썼다. 더 다양한 인종과 배경을 가진 사람, 특히 더 많은 아이를 초대해서 가구를 만지고 그 안을 탐험할 수 있도록 했다. 사람들이 역사와의 연결점을 느끼길 바랐고, 그와 동시에 그들이 미래를 결정할 수 있는 중요한 사람, 귀중한 사람이라는 사실을 이해하길 바랐다. 그곳이 소속감이라는 연료로 움직이는 기쁨의 궁전처럼 느껴지길 원했다. 우리는 단순하고 힘 있는 단 하나의 메시지를 전달하고 싶었다. '널 좋아하는 사람들은 집에 있어.'

어머니는 물론 이를 자신의 공으로 돌리지 않을 것이다. 어머니는 누가 묻지 않아도 여전히 이렇게 말한다. 엄마는 특별한 사람이 아니라고. 이 모든 게 엄마와는 별 상관 없다고.

미셸 오바마 자기만의 빛

2016년 말, 새로운 대통령이 취임하기 한 달 전, 어머니는 기쁜 마음으로 짐을 쌌다. 요란한 작별 인사도 없었고 어머니의 고집 때문에 환송회도 하지 못했다. 어머니는 그저 백악관을 나와 시카고로 돌아갔다. 유클리드가에 있는 어머니 집으로. 어머니의 옛 침대와 옛 물건들이 있는 곳으로. 주어진 일을 잘 끝낸 데 기뻐하면서.

3부

계속 나아갈 용기

눈에 보이지 않으니 있을 수 없다고 가정한다.

얼마나 파괴적인 가정인지.

— 옥타비아 버틀러

나는 이따금 돈도 잘 벌고 성공한 인생을 사는 여성의 프로필을 접하곤 한다. 다 가졌고 다 할 줄 안다고 말하는 사람들이다. 그 사람들은 애를 쓰지 않는다는 인상도 준다. 잘 꾸민 외모와 차림 새로 자기만의 왕국을 빈틈없이 운영한다. 그러면서 저녁때는 아이들을 위해 식사를 준비하고 집에 있는 모든 빨래를 빠짐없이 갠다. 그래도 시간이 남아도는지 요가를 하고 주말에는 재래시장에 간다. 이따금 그 모든 걸 다 해내는 법에 대한 팁을 남기기도 한다. 시간 관리 요령이나 마스카라와 관련된 생활 정보를 주기도 하고 무슨 향을 피워라, 아사이 스무디에 밀 넣어라 조언하기도 한다. 거기다가 방금 읽기를 마친 매우 문학적인 책 다섯 권을 나열한다.

현실은 훨씬 더 복잡하다고 말하고 싶다. 대개 그런 프로필에서 우리가 보는 사람은 어떤 상징적인 피라미드 위에 앉아 있는 사람이다. 우아한 자태로 균형을 유지하고 있으며 통제력을 발휘하고 있는 사람이다. 하지만 첫째, 균형이 잡혀 있어도 아마 오래가지 않을 것이다. 둘째, 매니저나 보육 교사, 가정부, 미용사, 기타 전문가 등으로 이루어진 팀이 그 사람이 효율적으로 움직일 수 있게 돕고 이를 유지하는 데 공동의 노력을 기울였기 때문에 가능했을 것이다. 나를 포함해 많은 사람이 타인의 소리 없는 노력으로 뒷받침되고 있고, 그 노력은 제대로 인정받지 못하는 경우가 많다. 혼자서 성공하는 사람은 없다. 나처럼 카메라 뒤에서 노력하는 사람들의 도움을 받고 있다면 그 사람들의 이야기도 우리 이야기의 일부로 삼아 들려주어야 한다고 생각한다.

나를 아는 사람이라면 우리 팀에 있는 재능이 뛰어나고 침착한 사람들에 대해서도 잘 알고 있을 것이다. 그들은 온갖 문제를 풀고 무수히 많은 세부 사항을 챙기며 내가 효율적으로 그리고 능숙하게 움직일 수 있게 돕는다. 백악관에 있는 동안 나는 매우 활기찬 두 젊은 여성의 도움을 받았다. 첫 임기 때는 크리스틴 자비스, 두 번째 임기 때는 크리스틴 존스가 있었다. 두 사람은 내가 대중 앞에 설 때 거의 항상 내 곁을 지켰으며 내가 계속 앞으로 나아갈 수 있도록, 어떤 순간에도 준비된 상태를 갖출 수 있도록 도와주었다. 오늘날까지 사샤와 말리아의 큰언니처럼 지내는 사이이기도 하다.

백악관을 떠난 뒤로 나는 여러 새로운 프로젝트를 맡았다. 책을 쓰기도 하고 제작 감독으로 TV 프로그램에 참여하기도 했으며 오바마 재단의 관리도 도왔다. 동시에 투표권 보장, 여성 청소년 교육, 어린이 보건 등의 문제와 관련된 공익 활동도 계속했다. 이 모든 일은 멀리사 윈터의 지도 없이는 불가능했다. 멀리사는 원래 미의회에서 일을 했는데 2007년 그 일을 그만두고 버락의 선거운동 본부로 옮겨 와 나를 도왔다. 이후 이스트윙에서 차석 보좌관이라는 요직을 맡았다. 15년이 지난 지금은 나의 수석 보좌관으로 능숙하게 우리 사무실을 운영하고 있으며 나의 전문적인 인생 전반에 걸쳐 폭넓은 임무를 해내고 있다. 내가 멀리사에게 얼마나 의지하고 있는지 아무리 말해도 부족하다.

백악관에서 나온 뒤 5년 동안 나는 차이나 클레이턴이라는 능력이 매우 뛰어난 보좌관을 두는 행운을 누렸다. 차이나는 2015년에 이스트윙 직원으로 일하기 시작했고 내가 평범한 시민의 삶으로 돌아가던 시점에 나와 함께 남기로 결정했다. 차이나는 나의 관제탑으로서, 매일, 매 순간 나의 인생이 잘 돌아갈 수 있게 관리한다. 친구가 다음 주 화요일에 저녁 식사를 함께할 수 있냐고 물으면 나는 웃으며 말한다.

"우리 엄마한테 물어봐."

엄마는 물론 차이나를 뜻한다. 차이나가 내 일정을 관리하기 때문이다.

차이나는 내 신용카드를 관리했고 우리 어머니의 전화번호를 갖고 있었다. 내 의사들과 연락했고 여행 일정을 짰으며 비밀경호국 직원들과 협력했다. 친구들과의 약속도 차이나가 관리했다. 차이나는 그 어떤 환경에서도 적응할 수 있었고 어떤 변화를 마주해도 눈 하나 깜빡하지 않았다. 나는 학교에서 학생들과 대화를 하다가도 TV 쇼나 팟캐스트에 출연하는 일상을 살았다. 한 나라의 정상이나 자선 단체의 대표와 만나고 같은 날 유명 연예인과 저녁을 먹기도 했다. 차이나는 나의 모든 움직임이 수월하게 해주었다.

차이나의 역할 때문에 우리는 거의 언제나 함께 있을 수밖에 없었다. 우리는 함께 차를 탔다. 비행기에서도 함께였다. 호텔에서는 바로 옆방에 묵었다. 우리가 함께한 거리만큼 우리는 가까워졌다. 사랑했던 반려견 보가 나이가 들어 세상을 떠났을 때 차이나는 나와 함께 눈물을 흘렸다. 차이나가 처음 집을 샀을 때 나는 함께 기뻐해주었다. 차이나는 내 인생에 요긴한 존재였을 뿐만 아니라 내 마음속 소중한 사람이었다.

미셸 오바마 자기만의 빛

＊　　　　　＊　　　　　＊

　바로 그런 이유에서 차이나가 일대일 면담을 정식으로 요청했을 때 덜컥 긴장하지 않을 수 없었다. 백악관에서 나온 지 1년쯤 지난 시점이었다. 우리가 이미 함께 보내는 시간이 많았기 때문에 의외의 요청이었다. 차이나의 태도가 좀 불안해 보여서 나까지 휘몰아치는 불안감에 빠져들었다. 나는 면담의 목적이 하나밖에 없다고 생각했다. 그만두겠다고 말할 것 같았다.

　차이나가 사무실로 들어와 자리에 앉는 걸 보면서 나는 마음의 준비를 했다.

　"저기, 여사님?"(백악관 때부터 이상하게 이어져온 습관인데 오랜 보좌관들은 예의를 지켜 나를 계속 여사님이라고 불렀다.)

　"전부터 하고 싶은 말이 있었는데……."

　"네, 들어볼까요."

　"저희 가족 이야기인데요."

　차이나는 초조한 듯 자세를 고쳐 앉았다.

　"그래요."

　"정확히 말하자면 저희 아버지 이야기입니다."

　"계속하세요……."

　"한 번도 얘기를 꺼낸 적이 없었는데 해야 할 것 같아서요. 아버지가 교도소에 가셨어요."

"저런!"

나는 이것이 최근에 일어난 일이라고 생각했다. 차이나의 어머니 도리스 킹과는 안면이 있었지만 아버지는 만난 적이 없었고 차이나가 아버지 얘기를 한 적도 없었다.

"힘들겠어요. 정말 안타깝다. 언제 그렇게 되셨어요?"

"제가 세 살 때 수감되셨어요."

나는 잠시 머릿속으로 계산을 하느라 말을 잇지 못했다.

"25년 전에 감옥에 가셨다고요?"

"네, 그쯤 됐을 거예요. 제가 열세 살 때 나오셨어요."

차이나가 나의 얼굴을 살피며 말을 이어갔다.

"아셔야 할 것 같았어요. 문제가 될 수도 있으니까요."

"문제요? 왜 문제가 돼요?"

"모르겠어요. 문제가 되지 않을까 좀 걱정했어요."

"아니, 혹시 그동안 나랑 일하는 내내 이걸 걱정했어요?"

차이나는 부드럽고 수줍은 미소를 지었다.

"예, 조금 걱정했어요."

"그래서 면담을 요청한 거예요?"

차이나가 고개를 끄덕였다.

"그럼 그만두는 거 아니에요?"

차이나는 내 말에 깜짝 놀랐다.

"네? 아니에요."

미셸 오바마 자기만의 빛

우리 둘은 잠시 서로를 바라보았다. 나처럼 차이나도 안도감에 말을 잃은 것 같았다.

마침내 내가 웃기 시작했다.

"아니, 나 정말 죽을 뻔했어요. 그만둔다는 줄 알았거든요."

"전혀 아닙니다, 여사님."

차이나도 웃기 시작했다.

"그냥 이 한 가지는 말씀을 드리고 싶었어요. 때가 된 것 같았거든요."

우리는 그 자리에서 한참 동안 이야기를 나누었다. 그러면서 그 '한 가지'가 사실 중요하다는 데 의견을 같이했다.

차이나는 그 이야기를 털어놓자 짐을 내려놓은 기분이라고 했다. 오래도록 붙잡고 있던 무언가를 놓은 기분이었다. 차이나는 살면서 항상 아버지가 교도소에 다녀왔다는 사실을 말하기 부끄러워했다. 어렸을 때는 선생님과 친구들로부터 숨겼다. 차이나의 집안이 어떤 집안인지, 어떤 어려움을 겪고 있는지 평가를 내리거나 편견을 가지고 바라볼 것 같았다. 대학에 가고 백악관에서 꽤나 그럴듯해 보이는 사람들 사이에서 일을 하게 되기 시작하면서 차이나는 판돈이 커진 느낌이 들었다. 어린 시절 가정 형편과 현재의 상황 사이에 놓인 간극이 점점 더 커지는 것 같았다. 어린 시절 아버지를 보려면 연방 교도소에 면회를 가야 했다고 대통령 전용기에 나란히 앉은 동료에게 어떻게 아무렇지도 않게 말할 수 있었겠는가?

차이나에게는 그 이야기를 건너뛰는 것이 습관이자 전략이 되었다. 그럼에도 그 이야기를 우회하려면, 어린 시절에 대한 대화로 이어질지 모르는 상황을 회피하려면 노력이 필요했다. 그리고 그 노력이 매해 거듭되면서 경계심이 커졌고 조심스러워졌다. 갑옷 위에 또 한 겹의 갑옷을 덧입고 움직이는 느낌이었다. 잘못하면 사기꾼으로 몰릴지 모른다는 두려움을 숨기고 살아온 것이다. 차이나는 물론 사기꾼이 아니었다.

＊　　＊　　＊

그날 사무실에서 나는 차이나의 이야기가, 모든 이야기가 전부다 괜찮다고 거듭 확인시켜주었다. 말해주어 기뻤다. 오히려 차이나를 향한 존경심이 깊어졌다. 내 앞에 앉은 지극히 유능한 젊은 여성에 대해 더 잘 알게 됐다. 아버지가 교도소에 있는 힘든 상황을 잘 이겨내왔다는 사실은 차이나의 인내심, 독립심, 끈기를 보여주었다. 어떻게 그렇게 뛰어난 문제 해결 능력과 실무 관리 능력을 갖게 되었는지 이해할 수 있는 통로를 마련해주었다. 차이나는 어릴 때부터 신속하게, 다양한 수준에서 머리를 써야 했던 것이다. 어린 시절 이야기를 어떻게 해야 할지 고민했기에 차이나는 보좌관 중에서도 말이 없는 편에 속했다. 나는 이제 내가 존

　　　　　미셸 오바마 자기만의 빛

경하는 사람의 일부분만이 아닌 전체를, 그게 아니라도 어쨌든 전보다는 많이 보게 됐다. 차이나는 여러 장에 걸친 이야기를 지닌 사람이었다.

나는 차이나가 마이애미에서 자랐으며 차이나의 어머니는 굳은 의지로 홀로 양육을 떠맡은 사람이라는 사실을 알고 있었다. 차이나의 어머니는 방과 후 딸과 함께 있기 위해 직장에서 야간 교대 근무를 자처했고 딸에게 어떤 기회도 놓치지 말라고 격려했다. 나는 여러 해 동안 몇 차례에 걸쳐 도리스를 만났다. 그리고 도리스가 딸을 얼마나 자랑스럽게 여기는지 내 눈으로 직접 볼 수 있었다. 차이나가 택한 길과 직장, 차이나의 재능과 원숙함은 승리를 뜻했다. 차이나의 성공은 어머니의 지원과 노력을 보여주는 증거였다.

나는 또한 사랑하는 가족의 의도와 달리 이런 지원이 때로는 지나친 압박처럼 느껴질 수 있다는 사실을 내가 자라온 경험에 기초해 알고 있었다. 집안에서 새로운 일을 해내는 첫 세대가 되었을 때—처음으로 살던 동네를 떠난다든지, 처음으로 대학을 간다든지, 처음으로 집을 소유하거나 어떤 안정적인 삶에 진입하게 된다고 했을 때—앞서간 모든 사람의 자부심과 기대를 안게 된다. 산의 정상을 향해 손짓한 사람들, 그들은 가지 못해도 나는 갈 수 있다고 믿었던 사람들 말이다.

그들의 기대는 멋진 일인 동시에 짐이 된다. 아주 귀중한 것, 함부로 다룰 수 없는 것이 된다. 타인의 희망과 희생이 산더미처럼 쌓인 쟁반을 들고 집을 떠나게 된다. 이제 이 쟁반을 든 채로 줄타기를 해야 한다. 나를 특이한 사람으로 여기고 내가 소속된다는 보장이 없는 학교와 직장에서 길을 찾아야 한다.

그 모든 노력과 그 모든 위태로운 상황 속에서 우리는 더한 위험을 감수하지 않을 수 있어야 하고 개인적인 이야기를 숨길 수 있어야 한다. 내성적이고 신중한 태도, 여러 겹의 갑옷으로 무장할 수 있어야 한다. 우리는 단지 집중하려고, 균형을 유지하려고, 떨어지지 않으려고 노력하고 있을 뿐이다.

요즘 차이나는 나와 나눈 대화가 자신 안의 어떤 것을 풀어주었다고 말한다. 두려움을 벗을 수 있었고 더 이상 사기꾼이라는 기분에 사로잡히지 않았다. 나와의 가까운 관계가 주는 안전망 속에서, 긴 시간에 걸쳐 쌓은 신뢰 속에서 자신의 일부를 지하 저장고에서 꺼내 빛이 비추는 곳으로 가져간 것이다. 그것은 언제나 차이나를 취약하게 했던 자신의 이야기, 차이나를 얽매고 있던 이야기였다.

그럼에도 차이나는 이 이야기를 털어놓는 일이 위험하다고 느꼈다. 우리의 관계가 보통의 상사와 부하 직원 관계보다 훨씬 더 개인적이고 가까웠음에도 그랬다. 하지만 다른 일터였다면, 차이나가 경력이 부족했거나 팀에 여성 또는 유색인이 한 명뿐이었다면 그 위험은 더 크게 느껴졌을 것이다. 공식적인 자리에서 무얼

미셸 오바마 자기만의 빛

털어놓느냐, 어떤 모습을 언제 보여주느냐 하는 문제는 개인에 따라 사정이 다를뿐더러 본질적으로 복잡한 문제다. 알맞은 시점, 주변 여건, 신중한 판단력이 필요한 아주 민감해지기 쉬운 문제다. 누가 어떤 위험을 감수하고 있는지, 누가 우리의 진실을 들어줄지 항상 신경을 쓰고 있어야 한다. 언제 어디서든 적용 가능한 단일한 대원칙은 존재하지 않는다.

✳　　　✳　　　✳

언제 그리고 어떻게 진정성 있고 효과적인 방식으로 자신을 드러낼지에 대해 지금부터 좀 더 이야기해볼 것이다. 그에 앞서 우리 자신과 자신의 이야기를 편하게 드러낼 수 있는 분위기가 왜 중요한지 먼저 살펴보려 한다. 마찬가지로 타인의 이야기를 위한 자리를 마련하고 받아들이는 일도 중요하다. 직장에서든 사적인 공간에서든 이것은 중요하다. 이상적인 세상에서는 둘 다 그럴 테지만.

계산된 위험을 감수하고, 지하 저장고에 묻어두었던 어떤 사실을 공개하는 일은 아주 기본적인 수준에서 안도감을 제공한다. 숨겨야 한다는 의무감에서 해방되고 나를 동료들과 구분 짓는 그 사실을 벌충하려 애쓰지 않게 된다. 그동안 무시해왔던 나에 대한 사실을 나의 자존감을 이루는 좀 더 큰 관념 속으로 편입시키기 시작했다는 뜻이기도 하다. 자신이 품은 빛을 찾는 수단이며 이는 종종 타인이 스스로의 빛을 찾도록 도움을 주기도 한다. 어떤 사람들에게 이것은 매우 사적인 과정일 수 있다. 상담사의 도움을 받을 수도 있고 아주 안전한 관계 안에서만 공유하게 될 수 있다. 때로는 털어놓기 알맞은 시기와 상황을 찾기까지 수년이 걸릴 수도 있다. 많은 경우 우리는 오랜 세월이 지나야 비로소 자신의 이야기를 말하기 시작한다. 깨닫는 데만 오랜 시간이 걸리기도 한다. 무엇보다 중요한 것은 우리가 지하 저장고에 무얼 묻어두고 있는지 살펴보고 그렇게 담아두는 것이 과연 우리에게 유리한지 알아보는 일이다.

차이나는 나에게 어릴 때의 가정환경에 대해 좀 더 털어놓았고 그것이 차이나를 우러러보는 나의 시선에 어떤 영향도 주지 않았다는 사실을 깨닫고 난 뒤 지인들에게 좀 더 자신 있게, 자연스럽게 자기 이야기를 했다고 한다. 그러자 전반적으로 두려움이 줄어들었고 더 자신 있고 자연스럽게 행동할 수 있었다. 나아가 그 사실을 담아두느라 얼마나 많은 에너지를, 심지어 무의식적으로 소비했는지 깨닫기 시작했다.

수년 동안 차이나는 자신의 통제를 완전히 벗어난 일, 게다가 이 나라에서는 매우 흔한 일로 인해 부정적인 평가를 받을까 봐 두려워하며 살아왔다. 백악관을 이루는 소수 정예의 집단 속에서 일하던 차이나는 감옥에 수감된 적이 있는 아버지를 두었다는 사

미셸 오바마 자기만의 빛

실 때문에 자신이 '유일한 사람'일 것이라고 짐작해왔다. 하지만 아마 그렇지 않을 것이다. 정부 통계에 따르면 미국의 아이들 중 부모가 구치소나 교도소에 감금된 적이 있는 아이는 500만 명이 넘는다.[1] 모든 미성년자의 약 7퍼센트에 달한다는 뜻이다. 차이나와 비슷한 경우가 생각보다 많을 것이라고 가정하는 편이 합리적이다. 하지만 당연히 아무도 입 밖에 내지 않는다. 왜 떠들고 다니겠는가? 우리는 스스로의 취약성을 꼭꼭 숨겨둘 때 더 안전하다고 믿는다. 타인을 곧잘 제멋대로 평가하는 우리의 문화를 생각해보면 그럴 만도 하다.

그 결과 우리는 실제로 그렇지 않은데도 우리가 '유일한 사람'이라고 믿는다. 우리의 지하 저장고는 우리를 고독하고 타인으로부터 소외된 상태로 만들며 비가시성의 고통을 악화시킨다. 그렇게 살면 힘들어진다. 지하 저장고에 숨겨놓은 게 많으면, 눈에 보이지 않게 감추어두고 두려움이나 수치라는 본능적인 감정이 보초를 서게 하면 내가 소속되지 못한 사람이라는 느낌, 중요하지 않은 사람이라는 느낌이 더 커질 수 있다. 우리의 진실이 우리가 살고 있는 현실 세상 속에 결코 자연스럽게 녹아들지 못할 것이라는 생각에 더 빠질 수 있다. 나의 취약성을 감추면 저 바깥세상에 또 누가 있는지 알 기회를 놓치게 된다. 그 사람은 우리가 숨기고 있는 사실을 이해하거나 그 사실로부터 도움을 받을 수 있는 사람일 수도 있다.

우리가 첫 대화를 나눈 지 1년쯤 지났을 때 차이나는 내가 스포티파이*에서 진행하고 있던 팟캐스트 시리즈의 초대 손님으로 와주었다. 멘토와 멘티의 관계에 대한 논의였다. 대화를 하다가 차이나는 아버지가 교도소에 수감되었던 어린 시절에 대해 이야기하며 자신의 이런 과거를 늘 수치스럽게 여겨야 한다고 생각했는데 그 수치를 놓아버리는 법을 배웠고 과거의 경험이 오늘날의 성공적인 자신을 만들었다는 사실을 깨닫게 되었다고 했다.

자신의 이야기를 가시화한 결과 차이나는 자신뿐 아니라 타인에게도 도움을 주게 되었다. 차이나의 이야기가 담긴 에피소드가 풀리자마자 전국에서 메시지가 쏟아져 들어왔다. 차이나에게 응답하고 싶은 사람들이 씩씩하고 아름다운 합창을 들려주고 있었다. 사람들은 차이나에게 이야기를 들려주어 고맙다고 했다. 많은 사람이—나이 많은 사람, 젊은 사람, 심지어 아이도—차이나가 이야기한 감정이 정확히 어떤 것인지 잘 안다고 적었다. 그들도 사랑하는 사람이 교도소에 있어 생기는 어려움 속에서 길을 찾으려고 해보았고, 그 이야기를 어떻게 남들에게 해야 할지, 어떻게 그 사실을 안고 나아갈지 고민해보았던 것이다.

차이나가 부끄러워하지 않고 오히려 태연하고 자랑스럽게 자신의 이야기를 했다는 사실이 특히 주요했다. 차이나의 어린 시절 이야기는 곧 그들의 이야기였다. 어떤 면에서는 그들 모두를

---

* 인터넷 음원 서비스.

미셸 오바마 자기만의 빛

고무했다. 모두가 가시화되고 소속감을 느낄 수 있는 보다 넓은 영역을 만든 것이다. 연방 교도소의 가족 면회실에 들어가본 소녀가 백악관에도 들어가보았다는 사실은 청취자들에게도 의미가 있었다.

✦   ✦   ✦

흠결이 있다고 여겨지는 과거를 열어 보일 때, 흔히 약점으로 여겨지는 상황이나 조건을 드러낼 때 우리는 실제로 자신의 안정감과 힘의 원천이 되는 비밀을 드러내곤 한다. 우리가 역사 속에서 수없이 보아왔듯 어느 결연한 영혼이 가진 힘은 다수의 힘이 될 수 있다. 2021년 1월 20일 대통령 취임식에 초대받았을 당시, 나는 무대 위에서 바로 이런 생각을 했다. 어맨다 고먼이라는 젊은 작가가 태양처럼 샛노란 코트를 입고 마이크 앞에 섰을 때였다. 수백만 관객 앞에게 짜릿한 전율을 안긴 고먼의 시는 근간의 미국 역사상 가장 위태롭고 복잡했던 순간을 완벽하게 포착하고 있었다.

취임식까지 불과 2주일 전, 퇴임하는 대통령의 부추김을 받은 2000명에 가까운 폭도가 미의회 의사당으로 쳐들어갔다. 조 바이든의 승리로 끝난 선거인단 투표 결과를 의회가 승인하지 못하게 막으려는 시도였다. 폭도들은 창을 깨고 문을 때려 부쉈으며 경찰을 공격해서 다치게 했다. 그리고 상원의회 회의실과 의원 집무실에 난입해 국가의 지도자들을 공포에 떨게 했으며 민주주의 자체를 위험에 빠뜨렸다. 버락과 나는 충격에 빠진 채 뉴스에 생중계되는 상황을 지켜보았다. 그날의 사건들은 나를 마음 깊은 곳까지 뒤흔들었다. 나는 이 나라에 유독한 수준의 정치적 불화가 존재한다는 사실을 알고 있었지만, 입씨름에 지나지 않았던 불화가 선거를 뒤집으려는 목적을 가진 이들의 무모하고 분노에 가득 찬 폭력으로 뒤바뀌는 모습을 보자 큰 충격을 받았다. 미국 대통령이 자신의 정부에 대한 포위 공격을 부추기는 모습은 내가 살면서 목격한 가장 섬뜩한 광경이었다.

시민으로서 우리들은 당선된 의사 결정자들과 늘 뜻을 같이하지는 않는다. 하지만 미국인으로서 우리들은 역사적으로 민주주의라는 보다 거대한 과업을 신뢰해왔다. 민주주의라는 일련의 이상에 의지해왔다. 퍼스트레이디로서 나는 부지런하고 사려 깊은 정부 공무원을 수없이 만났다. 그 사람들은 평생 공무에 헌신해왔고 집권당에 상관없이 여러 대통령 행정부에 걸쳐 전문성과 지속성을 제공해왔다. 버락이 일리노이주 의원으로 있을 때 주정부 공무원들도 마찬가지였고 내가 시카고 시장실에서 근무할 당시 시정부 공무원들도 마찬가지였다. 지도자들은 왔다 가고 선거에서 승리하기도 패하기도 하지만 정부 그 자체는, 자유선거라는 개념을 바탕으로 쌓아 올린 평화로운 참여 민주주의는 느려도 꾸

미셸 오바마 자기만의 빛

준히 움직이는 바퀴처럼 언제나 같은 자리에 있었고 언제나 기능했다. 한 군데도 완벽한 곳은 없었지만 이것이 우리 연합, 미합중국의 약속이었다. 우리를 자유롭게 만들어주고 유지시켜준 약속이었다.

얼마 안 가 질서가 잡혔고 의회 지도자들은 그날 밤 선거 결과를 승인할 수 있었지만 1월 6일의 피해는 헤아릴 수 없었다. 마치 한 국가의 정신이 갈가리 찢긴 듯했다. 뚜렷한 고통과 실질적인 트라우마가 남았다. 취임식 날이 다가오면서 고조된 긴장은 좀처럼 풀리지 않았다. 연방 수사국은 공보를 통해 추가적인 폭력 사태가 벌어질 수 있다고 경고했고 50개 주 전부가 경계 상태에 돌입했다. 솔직히 나도 무슨 일이 일어날지 몰라 겁이 났다.

하지만 두려움과 믿음 사이에서 선택을 해야 한다는 사실만은 명백했다. 취임식 무대 위에서 새로이 선출된 대통령의 선서를 지켜볼 사람들뿐 아니라 일반 시민들도 선택해야 했다. 우리는 어떤 입장을 취할 것인가? 주위에서 불확실성이 웅웅거리는 와중에 우리는 우리의 민주주의를 위해 일어설 것인가? 침착하고 결의에 찬 모습을 유지할 수 있을 것인가?

4년 전에도 나는 대통령을 위해 동일한 의식에 참석했다. 나는 그가 후보였을 때 지지하지 않았고 그의 지도력을 믿지 않았다. 즐겁지는 않았지만 그래도 참석했다. 보다 큰 절차를 받들고 거기 무게를 더하기 위해서, 보다 큰 신념을 강화하기 위해서였다. 취임식의 목적은 바로 그것이었다. 우리의 이상을 추구하는 데 재차 헌신하겠다는 결심을 보여주는 의식이 바로 취임식이다. 보다 많은 유권자가 선택한 현실이 무엇이든 거기 순응해야 한다는, 멈추지 말아야 한다는 요청이다.

이번 취임식에는 그 어느 때보다 많은 것이 걸려 있는 것 같았다. 우리가 주변 소음을 무시하고 우리의 믿음만을 기억할 수 있을까?

취임식 몇 주 전, 나는 오랜 스타일리스트 메러디스 쿱의 도움을 받아 취임식에 입을 의상을 골랐다. 편안하고 실용적인 옷차림이었다. 자주색 울 코트 안에는 색상이 같은 터틀넥 스웨터와 바지 세트를 입었고 커다란 금색 벨트로 모든 것이 어우러지게 했다. 통굽 부츠와 검은 장갑도 골랐다. 마스크도 (당연히) 썼고 가방은 들지 않았다. 버락과 나는 행사에 앞서 여러 차례 보안 관련 보고를 받고 당일에는 어느 정도 안전하리라는 믿음을 갖고 의회로 향했다. 혹시 모를 사태에 대비해서 차이나는 집에 머물도록 했다. 평소 같았다면 나와 동행했을 것이고 취임식 중에는 무대 뒤에 있는 대기실에서 기다렸을 것이다.

나는 버락의 손을 잡고 취임식 무대로 걸어 들어갔다. 당당한 모습을 보여주어야 할 것 같았고 그러려고 애썼다. 자리에 앉으며 나는 이전 세 번의 취임식에서 했던 것처럼 깊은 숨을 들이마시고 내 안의 차분한 모습을 찾았다.

미셸 오바마 자기만의 빛

그날 내셔널 몰의 아침 공기 속에는 정말이지 없는 것이 없었다. 긴장감과 결의, 변화를 향한 간절한 그리움, 팬데믹이 가져온 불안, 의회를 괴롭혔던 폭력 사태의 망령, 앞으로 나아갈 방향에 대한 막연한 우려, 새로운 하루를 밝히는 태양의 빛줄기……. 상반되는 것들이 모두 거기 말없이 맴돌고 있었고 우린 좀 심란했다. 우리는 역사의 이름으로 다시 모여 있었다. 민주주의 절차를 통해 미국의 이야기를 만들어나갈 기회를, 바퀴를 돌릴 기회를 다시 한번 얻은 것이다. 그러나 누군가 이를 소리 내어 말하기 전까지는 진실이 될 수 없었다.

한 여성이 자리에서 일어나 시를 낭독하기 전까지는.

그날 어맨다 고먼의 낭독은 상쾌했다. 목소리에는 순수한 힘이 실려 있었다. 고먼은 스물두 살인 것을 감안하지 않더라도 보기 드문 연설 실력이 있었다. 그리고 그날 고먼은 말로써 슬픔에 처진 국민들의 희망을 북돋아주었다. 고먼의 시는 우리에게 말해주고 있었다. "포기하지 말라, 줄기차게 노력하라."

힘을 모으자고 외치고 있는 시의 결말부를 여기 소개한다. 어떤 시의 경우든 마찬가지지만 소리 내어 읽어볼 만하다.

우리기 물려받은 니라보다 디 훌륭한 나라를 물러주기로 하자.
청동을 두들겨 만든 가슴에서 나오는 모든 숨결로
우리 상처받은 세상을 놀라운 세계로 떠받들리라.

2021년 1월 6일,
의회 의사당에서 벌어진 사건으로 나는 뼛속까지 부들거렸지만,

그로부터 2주가 지난 1월 20일,
조 바이든 대통령의 취임식이라는 민주 사회 의식에
참여할 수 있어 다행이었다.

서부의 금빛 어린 언덕에서 우리는 일어나리라.

바람이 쓸고 지나간 북동부에서, 선조들이 처음 혁명을 이루어낸

그곳에서, 우리는 일어나리라.

호수가 둘러싼 중서부의 도시들에서 우리는 일어나리라.

태양 아래 무르익은 남부에서 우리는 일어나리라.

우리는 다시 쌓고 다시 어울리고 다시 일어서리라…….

우리가 우리 자신의 회복력을 기억해야 하는 순간에 고먼의 시는 우리의 역사를 되새겨주었다. 그 덕분에 많은 사람이 안정을 되찾았다. 고먼은 분위기를 전환시켰고 그날 많은 사람이 느꼈던 두려움을 거의 기적적으로 사라지게 했다. 희망뿐 아니라 용기를 북돋아주었다.

나는 어맨다 고먼에게 청각 처리 장애가 있고 그래서 평생 언어장애와 씨름했다는 사실을 나중에야 알게 되었다. 특히 r 발음이 힘들었다고 한다. 그녀는 스무 살쯤 되어서야 비로소 자신의 성을 제대로 발음할 수 있었다.

이를 염두에 두고 고먼의 시를 다시 한번 읽어보기를 권한다. 얼마나 경이로운지 느껴보긴 바란다.

✳   ✳   ✳

취임식이 끝나고 얼마 되지 않아 고먼을 인터뷰할 기회가 생겼다. 고먼은 자신의 언어장애를 불편으로 느끼는 대신 고맙게 여길 수 있게 되었다고 설명했다. 수년간 단어를 발음하기 위해 애쓰면서 여러 힘겨운 난관에 부딪혔지만 그 덕분에 소리와 언어를 탐구하고 실험하는 습관을 기르게 되었다는 것이다. 어릴 때 시작한 습관은 10대 청소년이 된 뒤에도, 대담무쌍한 젊은 시인이 된 지금에도 계속되었다. 장애를 극복하기 위해 노력한 끝에 자기 안에서 새로운 능력을 발견하게 된 것이다.

"아주 오랫동안 약점으로 생각했어요. 하지만 지금은 정말 강점이라고 봐요."[2]

고먼은 자신을 취약하게 한다고 여겨졌던 특징을 고유한 재산으로, 효험 있고 유용한 특징으로 만들었다. 평생을 지녀온 장애가—학교에서 고먼을 다른 아이들과 구분 짓고 대부분의 사람이 약점으로 여겼던 것이—고먼을 지금의 모습으로 만든 것이다.

취임식 무대 위에서 용맹한 사자처럼 낭독을 하는 고먼의 모습에서 우리는 정상에 다다른 젊은 여성을 보았다. 하지만 그것은 고먼의 인생에서 하루에 불과했고 고먼의 인생의 한 부분에 지나지 않았다. 고먼은 자신이 어떤 산을 올라야 했는지 다른 사람들도 알기를 바랐다. 대중의 시선을 받게 되고 놀라운 재능에 대한 찬사가 쏟아지자 고먼은 자신이 갑자기 벼락 성공을 이룬 게 아니며 많은 사람의―가족, 언어치료사, 교사 등의―도움에 기댔다고 말했다.

"평생 노력해야 했다는 점, 마을 전체가 애썼다는 점을 강조하고 싶어요."

고먼은 나에게 이렇게 말했다. 고먼의 가장 가시적인 승리는 수년 동안 수많은 실패를 경험하고 점진적인 발전을 이룬 끝에 쟁취할 수 있었다. 고먼은 r가 들어간 단어를 하나씩 배울 때마다 한 걸음 앞으로 나아갔다. 그리고 매 걸음 내디딜 때마다 자신의 능력과 힘을 더 잘 알아보게 됐다. 발음 연습을 통해서 자기 확신을 키웠고 그 과정에서 힘의 원천이 되는 비밀을 발견한 것이다.

그 비밀을 알게 된 지금, 고먼은 비밀을 진정 자기 것으로 만들었다. 영원히 간직하고 사용할 수 있게 됐다. 게다가 고먼이 정복하고 싶은 봉우리는 아직 많았다.

"특히 유색인 여자아이들은 반짝 빛나고 마는 벼락이나 황금처럼 취급되고는 해요. 오래갈 수 없을 것처럼 말하죠. 나라는 사람과 내가 하고 있는 일은 지금 이 순간 너머 저 멀리까지 이어진다는 믿음을 왕관처럼 내 머리에 써야 해요. 저는 제가 한 번 치고 마는 벼락이 아니라는 사실을 배워가고 있어요. 저는 매년 돌아오는 허리케인이에요. 곧 저를 다시 보실 수 있을 거예요."

내가 아는 여러 성공한 사람은 이런 식으로 자신을 구속하는 것을 도리어 활용하는 법을 깨우쳤다. 일종의 훈련 기회로 삼은 것이다. 그렇다고 대단한 성공을 일군 사람들이 모든 난관을 깨부쉈다는 말은 아니다. 보통 사람들에게 억압적인 체제와 그야말로 너무 높아 오를 수 없는 장벽이 그들에게는 무지개와 유니콘으로 보였다는 말이 아니다. 단지 고먼의 시가 독려하는 대로 했다는 의미다. 포기하지 말라, 줄기차게 노력하라.

내 주변에 있는 여러 똑똑하고 창의적인 사람들은 더 큰 힘과 가시성을 얻기 위해 차근차근 단계를 밟아나가고 있다. 그들은 자신을 구분 짓는 특성을 숨기기보다 동력으로 삼는 법을 깨우쳤다. 이렇게 할 때 우리는 우리를 고유하게 만드는 모든 모순과 영향력을 인정하기 시작한다. 다름을 정상화한다. 인류라는 모자이크화를 좀 더 드러낸다. 모두의 이야기가 좀 더 괜찮은 것으로 여겨지도록 돕는다.

내가 정말 즐겨 보는 코미디언 중에 앨리 웡이 있다. 쓰디쓴 진실만을 뱉는, 재능이 뛰어난 코미디언이다. 앨리 웡이 넷플릭스를 통해 스탠드업 코미디 특집 〈베이비 코브라〉를 선보인 2016년에 나도 웡에게 주목하게 됐다. 이 특집 프로그램에서 웡은 임신 7개월 반이 넘은 몸을 뽐내며 무대 위를 걷는다. 몸에 착 붙는 짧은 원피스를 입고 빨간 뿔테 안경을 쓴, 환상적이고 저돌적이라고 할 만한 여성의 모습으로 웡은 섹스, 인종, 출산, 모성에 대해 음탕하고 가감 없는 독백을 이어간다. 웡은 맹렬하고 섹시한 동시에 현실적인 모습을 보여준다. 웡은 둥그렇게 나온 배에 주도권을 뺏기기도 하고 방해를 받기도 하지만 한 치도 당황하지 않는다. 나는 자신의 모습을 죄다 드러낸 웡에게 푹 빠져들었다.

어느 《뉴요커》 기자가 웡에게 물었다. 아시아계 미국인이자 어린 자녀를 둔 여성으로서 극소수층에 속하는 웡이 코미디의 세계에서 성공할 수 있었던 비결을 묻는 젊은 코미디언이 있다면 무슨 말을 해주고 싶은지. 웡은 그런 것들을 장애물로 보지 않는 게 핵심이라고 대답했다.

"그냥 관점을 바꿔서 이렇게 생각하는 거예요. '잠깐만, 난 여자잖아! 스탠드업 코미디언은 대개 남자인데. 남자들이 못하는 게 뭐야? 임신을 못 하지. 그리고 임신한 배역을 연기할 수도 없어.' 그러니까 저는 그런 차별성을 활용하겠다는 거죠."[3]

우리의 차별성은 보물이면서 도구다. 쓸모가 많고 타당하며 귀중하다. 차별성을 공유하는 것도 중요하다. 우리뿐 아니라 우리 주변 사람들의 차별성을 알아볼 수 있으면 중요하지 않은 사람으로 여겨졌던 경험을 자꾸 자꾸 다시 쓸 수 있다. 누가 속하고 누가 속하지 않는지에 관한 인식을 바꾸고 더 많은 사람을 위한 더 넓은 공간을 마련할 수 있다. 어디에도 소속되지 않는 데서 오는 고독감을 차근차근 줄여갈 수 있다.

주어진 과제는, 관점을 바꿔 우리가 서로의 다름을 귀중하게 여기고 기뻐하는 것이다. 뒷걸음치기보다 앞으로 나아갈 이유로 삼고, 주저앉기보다 일어설 이유로 삼고, 말을 삼가기보다 더 떠들 이유로 삼는 것이다. 쉽지 않은 일이다. 종종 대담해져야 한다. 게다가 어떤 반응이 올지 보장되어 있지 않다. 하지만 누군가 성공하면, 누군가 줄타기를 해내면 더 많은 관점이 바뀌기 시작한다. 임신한 아시아계 미국인 코미디언이 수백만 시청자를 웃게 하는 일은 의미가 있다. 스물두 살 먹은 흑인 여성이 자리에서 일어나 거의 혼자 힘으로 나라의 분위기를 재설정하는 일은 의미가 있다. 무슬림이 CEO가 되거나 트랜스젠더가 반장이 되는 일은 의미가 있다. 부끄러움 없이 우리 자신을 드러내도 안전하다는 기분을 갖는 일, 우리를 지금의 모습으로 만들어준 경험들에 대해 털어놓는 방법을 찾는 일은 의미가 있다. 그리고 최근 몇 해 동안 우리가 직접 보았듯이 '미투(MeToo)'와 같은 간결한 말로써 용기 낸 목소리에 힘을 실어주고 타인의 고립을 완화할 기회를 주는 일에도 의미가 있다.

이런 다양한 이야기가, 가능한 일들에 대한 우리의 상상력을 넓혀준다. 또한 인간의 삶을 구성하는 다양한 요소에 대한 이해를 보다 예리하게 벼려준다. 그 이야기들 덕분에 시야로 더 많은 것이 들어오게 된다. 우리가 사는 세상이 더 크고 더 미묘한 곳으로 보이게 된다. 크고 미묘한 세상의 본모습이 더 잘 반영되는 것이다.

미셸 오바마 자기만의 빛

＊　　　　＊　　　　＊

"포기하지 말라. 줄기차게 노력하라." 가치 있는 주문이기는 해도 이 메시지 안에 담긴 불평등을 짚고 넘어가지 않을 수 없다. 가시성을 획득하기 위한 노력은 힘겨우며 노력의 배분은 불균등하다. 사실상 전혀 공평하지 않다. 나는 대표성을 지니는 사람이 짊어져야 하는 무게를 잘 알고 있으며 우리가 오르려고 노력하는 언덕을 더욱 가파르게 하는, 우수성을 평가하는 이중 기준에 대해서도 잘 알고 있다. 소수자들은 훨씬 더 노력해야 하는 반면 소수자가 아닌 사람들은 덜 노력해도 된다는 점은 어쩔 수 없는 현실이다.

그러니 내가 장애물을 초석으로 삼고, 취약성을 강점으로 삼으라고 말할 때 이 점을 기억하길 바란다. 가벼이 여기고 하는 말이 아니다. 간단하다고 생각해서 하는 말이 아니다.

경험을 통해 나는 이 과정에 여러 현실적인 위험이 도사리고 있으며 노력이 끝나지 않는다는 사실을 알고 있다. 그뿐만 아니라 우리 같은 사람은 이미 지치거나 과민하거나 두렵거나 슬픈 상태에 있다. 거기에는 타당한 이유도 있다. 앞서 말했듯이 우리가 마주하는 난관은 종종 의도적으로 가로놓인 난관이다. 모두가 아닌 일부만이 소속될 것을 전제로 한 권력을 보장하는 제도와 구조에는 지뢰가 숨겨져 있다. 극복할 게 정말 많다고 느껴질 수 있다. 혼자라고 느껴지면 더욱 그럴 것이다. 나는 방향을 재설정하고 회복하기 위한 작은 행동, 작은 움직임, 작은 해법의 힘을 다시 한번 강조하고 싶다. 모두가 사자나 허리케인이 될 수는 없다. 그렇다고 나의 노력이 소용이 없다거나 나의 이야기가 세상에 나올 자격이 없다는 의미는 아니다.

꾸밈없는 진실을 말하자면 우리는 상당수 실망할 것이다. 죽어라 노력해서 가시적인 위치에 오르고 상대적 권력을 가진 자리를 차지할 수 있다고 해도 거기 도착해서 보이는 광경에 마음이 무거워질 수 있다. 그동안 가닿고자 노력했던 산의 정상이 무엇이든—직장이든, 학교든, 어떤 기회든—사랑하는 사람들의 기대와 희망을 당당히 품고 거기 도달했다고 치자. 수치를 일으키는 말이나 타자화의 메시지를 슈퍼히어로처럼 쳐내며 도착했다고 하자. 등반이 마침내 막바지에 이르고 지친 몸으로 땀을 흘리며 도달한 봉우리에서, 오래 꿈꿔왔던, 전망이 아름다운 그 높은 곳에서, 우리는 어김없이 마주치게 될 것이다. 바로 냉방이 되는 호화로운 전세 버스를 타고 어떤 노력도 하지 않은 채 전용 진입로를 따라 곧장 올라온 사람들을 말이다. 그들의 피크닉 자리는 이미 펼쳐져 있고 파티는 이미 시작된 뒤일 것이다.

기운 빠지는 일이다. 나도 보고 겪은 일이다.

다시 한번 숨을 깊이 들이마시고 안정을 찾아야 하는 순간이 있을 것이다. 어쩌면 많을지도 모른다. 주변을 돌아본 뒤, 짐을 짊

미셸 오바마 자기만의 빛

어지고 걸어서 올라온 덕분에 더 강해지고 단단해졌다고 되새겨야 할 수도 있다. 울퉁불퉁한 땅을 가로질러야 했기 때문에 더 민첩해졌으며 그렇게 얻은 민첩성을 자랑스럽게 여겨도 좋다고 자신을 타일러야 할 수도 있다.

그렇다고 상황이 공평해지는 것은 아니다.

하지만 노력을 하면 능력은 내 소유가 된다. 능력은 잃어버릴 수도 없고 빼앗길 수도 없다. 늘 간직하고 영원히 사용할 수 있다. 무엇보다 이 사실을 기억하길 바란다.

마지막으로 한 가지 모순이 더 남았다. 우리가 어떤 노력을 하든, 어떤 목적지에 가닿든 어떤 사람들은 우리가 지름길로 갔다고 비난할 것이다. 혹은 우리가 정상에 있을 자격이 없다고 비난할 것이다. 그런 사람들의 무기고에는 주로 적극적 우대 조치, 장학생, 성별 할당제, 다양성 정책 같은 말이 들어 있고 그들은 이런 말들을 무기 삼아 우리를 멸시할 것이다. 그러고는 매우 익숙한 메시지를 전달할 것이다.

'난 당신이 거기 있을 자격이 없다고 생각한다.'

내가 할 수 있는 조언은 듣지 말라는 것뿐이다. 그 독약을 삼키지 말자.

여기 생각해볼 이야기가 하나 있다. 20년쯤 전에 NBC 방송국은 유명한 영국 시트콤을 각색해서 미국에서 방송하기로 했다. 방송국은 작가 여덟 명을 고용해서 대본 작업을 시작했다. 작가

중 유색인종은 두 명밖에 없었고 그중 한 사람은 유일한 여성이기도 했다. 우연은 아니었을 것이다. 그 여성 작가는 스물넷이었다. 방송 작가 일은 처음이었고 겁에 질려 있었다. 이중으로 소수자였을 뿐만 아니라 또 다른 이유에서 남의 시선을 의식하지 않으려고 안간힘을 써야 했다. 이 작가는 NBC의 비교적 새로운 다양성 정책 덕분에 그 자리에 있게 된 터였다. 다양성 정책에 따라 채용된 신입 직원으로서 이 여성 작가는 인재가 아닌, 단지 어떤 항목에 체크 표시를 하기 위해 존재하는 사람으로 여겨질까 두려웠다.

"한참 동안 그게 정말 부끄러웠어요."[4]

작가는 이후 인터뷰에서 이렇게 말했다.

"아무도 뭐라고 하는 사람은 없었지만 다 알고는 있었어요. 저는 그걸 확실히 느꼈고요."

주홍 글씨를 달고 있는 기분이었다고 한다.[5] 어쩔 수 없이 바깥을 맴도는 느낌이었다.

작가의 이름은 민디 케일링이다. 시트콤 제목은 〈오피스〉. 케일링은 여덟 시즌 동안 이 시트콤에 직접 출연하기도 했다. 스물두 개 에피소드의 집필에도 참여했는데 다른 어느 작가보다 많은 개수다. 그리고 유색인 여성으로는 처음으로 에미상 희극 작가 부문 후보가 되었다.

케일링은 이제 다양성 정책의 혜택을 받아 채용되었다는 사실

미셸 오바마 자기만의 빛

을 자주, 그리고 자랑스럽게 이야기한다. 이 경험이 자신의 이야기에서 의미 있는 부분을 차지하고 있으며 자신이 직업적으로 현재의 자리에 오기까지 어떤 과정을 거쳤는지 사람들이 알아야 한다고 말한다. 지하 저장고에 숨겨둘 사실이 아니라는 것이다. 케일링이 남의 시선을 의식하는 버릇을 내려놓고 자신을 의심하는 습관을 제쳐둘 수 있었던 것은 동료들이 이미 누리고 있었던 이익을 더 잘 이해하기 시작했기 때문이다. 백인이자 남성인 동료들은 자기와 똑같은 사람들이 주로 만들고 유지하는 제도 안에서 활동하고 있었다. 거기서 오는 익숙함과 특권은 인맥의 형성으로 이어졌다. 케일링은 이렇게 말한다.

"다른 사람들이 인맥을 통해서 얻은 접근 권한이 제게도 주어진 것뿐이라는 사실을 깨닫는 데 한참이 걸렸어요."[6]

케일링은 뒷걸음칠 수도 있었지만 앞으로 발을 내디뎠다. '유일한 사람'으로서 겪는 불편함을 감내하고 일에 몰두했으며 그 덕분에 뒤따라오는 사람들을 위해 더 넓은 공간을, 더 많은 이야기꾼과 더 다양한 이야기를 위한 공간을 마련할 수 있었다. 케일링은 그야말로 글을 통해 가시성을 얻은 것이다. 물론 케일링은 이후 자신의 분야에서 강자가 되었다. 여러 TV 프로그램과 영화의 기획자, 제작자, 작가, 출연진으로 활동하고 있으며 거의 모든 작품에 유색인 여성의 이야기를 담고 있다. 작품을 통해 더 많은 사람이 소속 가능한 영역을 넓혀가고 있는 것이다.

＊　　　＊　　　＊

우리의 이야기를 충분히, 솔직하게 공유할 때 우리는 우리가 의외로 덜 고립되어 있고 더 연결되어 있다는 사실을 발견하곤 한다. 우리 사이에 새로운 플랫폼을 마련하게 된다. 살면서 이런 사실을 깊이 깨달은 순간이 몇 번 있었는데 그중에서도 『비커밍』을 출간한 직후 몇 달간의 경험은 나를 그 어느 때보다 겸허하게 만들었다. 공통점을 바탕으로 서로 연결되기를 바라며 행사에 참가한 사람이 놀라울 정도로 많았다. 사람들은 자기만의 이야기를 가지고 왔다. 사람들은 마음을 열어 보였다. 사람들은 다발성경화증을 겪는 부모 밑에서 살아가는 일이 어떤지 알고 있었다. 유산을 경험한 사람도 있었고 친구가 암으로 사망한 사람도 있었다. 인생을 완전히 새로운 방향으로 꺾어버릴 사람과 사랑에 빠지는 일이 어떤지 알고 있었다.

"언어는 숨는 곳이 아니라 발견하는 곳"이라고 소설가 지넷 윈터슨은 지적했고[7] 나한테는 정말 그랬다. 내 지하 저장고를 열고 내가 가장 취약하고 가장 통제력이 없었던 시기를 조명하자 전에는 몰랐던 공동체를 발견하게 되었다. 물론 나는 이미 '유명한' 사람이었지만 그것과는 또 달랐다. 내 이야기의 큰 뼈대는 나 자신과 남들을 통해 익히 알려져 있었다. 그러나 책을 쓸 공간과 힘이 생기자, 그리고 남편이 머물고 있던 정계에서 수십 년 만에 처음

　　　미셸 오바마 자기만의 빛

으로 해방되자 나는 빼놓았던 부분을 채워나갈 수 있었다. 좀 더 사적인 감정이나 경험, 위키피디아나 잡지의 소개글에서 볼 수 없는 내용을 써 내려가기 시작했다. 내 자신의 깊은 속까지 책 속에 다 꺼내놓았고 그 어느 때보다 경계를 늦추었다. 그러자 놀랍게도 다른 사람들 역시 빠르게 경계를 늦추었다.

독자들이 신나서 내게 하는 이야기는 대체로 우리의 피부색이나 우리가 속한 정당과 아무 상관이 없었다. 우리의 공통점은 그런 것들을 넘어서는 듯했다. 작아 보이게 만든다고 할 만했다. 그렇다고 해서 우리가 특별히 고상하거나 호화로운 세계를 논한 것도 아니다. 무도회 드레스를 입었던 일, 상원의원과 만났던 일, 백악관을 구경한 일 등에 대해 나와 간절히 이야기를 나누고 싶어 하는 사람은 없었다. 내 직업 인생이나 성취를 대단히 여기는 사람도 없었다.

그보다 우리는 어릴 적 땅콩버터가 아니면 먹지 않겠다고 버틴 일, 어른이 되어 적절한 일자리를 찾기 위해 고민한 일, 재수해서 직업 면허 시험에 합격한 일에 대해 이야기하며 공감했다. 집 안에서 자꾸 실수를 하는 반려견이나 끈질기게 지각을 해서 약 오르게 하는 남편에 대해 이야기를 나눴다. 인간이라는 존재의 따분한 일상이 우리 사이에 플랫폼이 되어준다는 사실을 나는 깨달았다. 그 일상은 우리를 구분 짓는 모든 것에 앞서 우리를 이어주었다. 전국 방방곡곡 수많은 도시에서 얼마나 많은 여자가 내게

다가와 손을 꼭 잡고 눈을 마주치며 이렇게 말했는지 모른다.

"점심시간에 쇼핑몰에 가서 차에서 치포틀레의 부리토볼 먹는 이야기 있잖아요? 그 시간을 '나를 위한 시간'으로 쳤다는 이야기. 그거 무슨 기분인지 정확히 잘 알아요. 저도 그러고 살아요."

우리 사이에서 작은 연결점을 찾을 때마다 나는 우리가 공유하는 점을 넘어선 상호 간 이해의 가능성을 느꼈다. 우리에게 통하는 점이 있다고 해도 통하지 않는 점이 더 많다는 사실은 자명하기 때문이다. 우리는 서로 다르다. 타인이 내 인생이나 기분 가장 깊은 곳의 지형을 알지 못하듯 나도 타인의 속을 알지 못한다. 출신지가 애리조나주 투손, 베트남, 시리아인 사람들의 마음을 완전히 이해하지는 못할 것이다. 부대 배치를 기다리는 기분이 어떤지, 아이오와주에서 수수를 재배하는 기분, 비행기를 조종하는 기분, 중독과 씨름하는 기분이 어떤지 정확히 알지 못할 것이다. 나는 흑인이자 여성으로서 얻은 경험이 많지만 그렇다고 해서 다른 흑인이자 여성인 사람이 몸으로 부딪히며 얻은 경험을 알고 있는 것은 아니다.

나는 타인의 고유함에 가까이 가고, 우리 사이가 작은 겹침으로 이어진 것을 느낄 수 있을 뿐이다. 공감은 이렇게 작동한다. 다름이 엮여 함께가 되는 방법이다. 공감은 우리 사이의 빈 공간을 채워주지만 완전히 없애지는 못한다. 타인의 삶 속으로 들어가려면 타인이 안심하고 마음을 열게 해야 하고 우리는 관용을 베풀

미셸 오바마 자기만의 빛

어야 한다. 한 사람 한 사람을 통해 야금야금 우리는 좀 더 풍요로운 세상을 배우기 시작한다.

우리가 할 수 있는 최선은 사실상 타인으로 향하는 다리에 올라 어느 정도 다가가는 일뿐이며, 거기 있을 수 있다는 사실만으로 겸허한 마음을 가져야 한다. 나는 밤마다 사샤와 말리아의 곁에 누워 이런 생각을 하곤 했다. 입을 살짝 벌린 채 잠에 빠져드는 아이들을 보면서, 아이들의 작은 가슴이 이불 밑에서 오르내리는 모습을 보면서 나는 아무리 노력해도 아이들의 생각을 절반도 알지 못할 것이라는 깨달음에 이르렀던 것이다. 우리는 저마다 홀로 서 있다. 인간으로 사는 일은 그래서 아프다.

우리에게 주어진 의무가 있다면 타인과 나 사이에 플랫폼을 놓을 의무다. 그것이 땅콩버터와 치포틀레의 부리토볼로 만들어져 있다고 해도, 서로 절반 이상 다가갈 수 없다고 해도. 나의 모든 비밀을 전부 뻔뻔하게 드러내야 한다는 말은 아니다. 책을 내거나 팟캐스트에 출연하는 것처럼 거창하고 공공연한 과정을 거쳐야 한다는 말도 아니다. 나의 모든 사적인 괴로움이나 머릿속의 모든 사견을 공개해야 할 의무는 없다. 한동안은 그냥 듣고 있어도 괜찮다. 타인의 이야기를 안전하게 담아주는 그릇이 되는 것도 괜찮다. 상냥한 태도로 타인의 진실을 받아들이는 기분을 연습 삼아 느껴보고, 솔직하고 대담하게 자기 이야기를 털어놓는 사람들의 품위를 잊지 않고 지켜주는 것도 괜찮다. 지인들과 그들의 이야기를 다룰 때는 신의를 지키고 다정함을 잃지 말자. 비밀을 지키고 험담은 참자. 나와 관점이 다른 사람들의 책을 읽고 이전에 들어본 적이 없는 목소리에 귀를 기울이자. 새롭게 느껴지는 서사를 찾아보자. 그 서사 안에서, 그 서사와 함께 나 자신이 머물 수 있는 보다 넓은 공간을 찾게 될지 모른다.

인간으로 사는 일의 아픔을 완전히 제거하는 방법은 없다. 그렇지만 줄이는 방법은 있다. 우리가 두려움을 참고 더 많은 이야기를 공유할 때, 더 귀를 기울일 때, 타인의 온전한 이야기가 나의 온전한 이야기에 더해질 때 아픔은 줄어들기 시작한다. 나는 타인을 조금 더 알게 된다. 타인은 나를 조금 더 알게 된다. 다 알 수는 없지만 서로 익숙한 편이 낫다.

우리가 타인의 영혼과 손을 붙잡고 타인이 털어놓는 이야기의 일부를 알아볼 때 우리는 두 가지 진실을 인정하고 긍정하게 된다. 우리는 고독하다. 그렇지만 혼자는 아니다.

9장

우리가 두른 갑옷

중요한 연설이 있을 때마다 나는 무대에 오르기 전에 연설문을 다 외우려고 애쓴다. 몇 주에 걸쳐 연습하고 준비하면서 최소한의 부분만을 우연에 맡긴다. 내 연설이 처음으로 전국 수많은 시청자에게 생중계된 때는 2008년이었다. 덴버의 펩시 센터에서 열리는 민주당 전당대회에서 황금 시간대에 중계될 연설을 맡게 된 것이다. 대통령 선거까지 몇 달 남지 않은 시점이었다. 버락과 나는 여전히 대중에게 우리가 누군지 소개하는 중이었는데 하필 작은 사고가 있었다.

그날 밤 나를 소개하고 분위기를 띄울 사람은 오빠 크레이그였다. 오빠는 애정 어린 소개말을 끝마치면서 관객들에게 환영의 박수와 함께 "제 여동생이자 이 나라의 차기 퍼스트레이디 미셸 오바마"를 무대 위로 불러보자고 호소했다.

관객은 환호성을 터뜨렸고 나는 무대 측면에서 걸어 나갔다. 연단으로 가던 도중 오빠와 포옹을 했다. 긴장감에 떨렸지만 오빠가 마지막 격려의 말로 나를 다잡아주리라 의심치 않았다. 오빠는 나를 안더니 바짝 잡아당겼다. 그리고 내 귀에 입을 갖다 댔다. 신나는 음악이 나오고 있었고 2만 명 넘는 관객이 환호하는 와중이었기 때문이다. 나는 오빠가 "잘할 수 있어!" 혹은 "네가 정말 자랑스럽다" 등의 말로 나를 격려해주기를 기다렸다. 하지만 오빠는 몸을 구부정하게 숙인 채 이렇게 말했다.

"왼쪽 프롬프터가 나갔어."

포옹을 풀면서 오빠와 나는 각자의 길로 가기 직전 과장된 미소를 지어보였다. 이런 의미였다. "괜찮을 거야, 이거 생중계니까 웃어." 한편 내 머리는 오빠의 말을 이해하려고 팽팽 돌아가고 있었다. 나는 관객을 향해 손을 흔들며 연단으로 다가갔다. 영혼이 몸을 떠나려는 와중에 나는 계속해서 생각했다. '오빠가 방금 뭐라고 한 거야?'

나는 마이크 앞에 서서 침착하려고 애를 썼다. 박수가 길게 이어지는 틈을 타 방향감각을 되찾으려고 했다. 그러면서도 실시간으로 의문을 해결하려고 흘긋 왼쪽을 쳐다보았다.

기술적인 문제로 인해 텔레프롬프터 두 대 중 한 대가 꺼져 있었다. 왼쪽 텔레프롬프터의 유리 화면에 연설문이 떠 있지 않다는 의미였다. 프롬프터는 내가 리듬을 유지하고 다음 연설 내용을 잊지 않을 수 있도록 도와주는 것이 목적이었다. 하지만 대회장 왼편을 향해 고개를 돌리면 연설문이 보이지 않았다. 화면은 텅 비어 있었다. 나는 생중계되는 행사에서 16분 동안 쉬지 않고 연설을 이어가야 한다는 사실을 상기하며 연단에 서 있었다. 멈출 수도 없고 도움을 청할 수도 없었다. 잠시 동안 나는 극심한 외로움을 느꼈고 철저히 무방비 상태였다.

나는 계속해서 미소를 지었다. 계속해서 손을 흔들었다. 조금씩 시간을 벌었다. 진정하려고 애쓰는 중이었다. 군중은 어느새 기립하고 있었다. 쉴 새 없이 격려의 환호를 보내고 있었다. 나는 시선을 반대로 돌려 적어도 우측 프롬프터는 제대로 작동하고 있다는 사실을 확인하고 이렇게 생각했다. '그래, 이건 다행이네.'

내가 기댈 수 있는 도구가 또 하나 있다는 사실도 기억해냈다. 이른바 '자신감 모니터(confidence monitor)'였다. 이것은 대회장 중앙에 설치된 거대한 디지털 화면으로 군중보다 조금 더 높은 위치에 설치되어 있었지만 제방처럼 촘촘히 놓여 대회의 매 순간을 포착하고 있는 방송국 뉴스 카메라보다는 아래에 있었다. 텔레프롬프터처럼 자신감 모니터에도 내 연설문이 큰 자막 형태로 지나갔기 때문에 나는 연설 내용을 놓치지 않으면서도 카메라를 똑바로 바라볼 수 있었다. 그날 텅 빈 동굴 같은 경기장에서 예행연습을 할 때에는 모든 것이 완벽하게 작동했다.

2008년 콜로라도주 덴버에서 열린 민주당 전당대회.

연설을 시작할 때가 되자 나는 행사장 중앙에 있는 자신감 모니터에 의지하고자 시선을 옮겼다.

바로 그때 다른 문제가 있음을 알아차렸다.

내가 등장하기 전에 민주당 측에서는 파란색과 흰색으로 '미셸'이라고 적은 예쁜 팻말을 제작해서 배포했다. 군중 세 명 중 한 명은 이 팻말을 머리 위로 치켜들고 열심히 흔들고 있었다. 흔들리는 팻말에 얻어맞는 사람이 없도록 하기 위해서였는지 팻말은 가로가 아니라 세로로 길게 디자인되어 있었다. 길쭉한 팻말은 1미터도 넘어 보였다. 긴 손잡이가 달린, 좁은 널빤지 모양의 직사각형이었다.

하지만 사람들이 자리에서 일어나 팻말을 치켜들고 지지의 환호를 보내자 널빤지들이 거대한 울타리를 이루며 움직였고 울타리가 너무 높고 촘촘해서 자신감 모니터가 보여주는 자막을 가려버리고 말았다. 거의 아무것도 보이지 않았다. 누구도 예상치 못한 상황이었다.

✦　　　✦　　　✦

내가 살면서 배운 가장 위대한 교훈 중 하나는 융통성과 준비성이 연결되어 있다는 역설적인 사실이다. 나한테 준비성은 몸에 두르는 갑옷이다. 나는 시험을 봐야 하거나 시험과 조금이라도 비슷한 상황에 처하면 계획을 짜고 예행연습을 하고 과제를 수행한다. 무슨 일이 벌어지든 길을 찾을 거라는 믿음이 있으면 압박감이 큰 상황에서도 더 차분하게 움직일 수 있기 때문이다. 계획과 준비가 되어 있으면 좀 더 안정적으로 서 있을 수 있다.

내가 『비커밍』에서 썼듯 오빠는 우리 가족 모두가 철저한 화재 대피 훈련에 규칙적으로 참여하도록 했다. 오빠는 우리 네 사람 모두가 작은 집에 마련된 모든 비상구를 다 잘 알고 있는지 확인했다. 온갖 창문을 여는 연습, 소화기를 가져오는 연습을 했고 필요에 따라서는 쇠약해진 아버지의 몸을 계단 아래로 옮길 수 있도록 대비했다. 당시에는 좀 과하다고 생각했지만 그게 왜 중요했는지 지금은 이해한다. 앞서 말했다시피 오빠는 걱정이 많은 성격을 타고났다. 대피 훈련은 오빠의 걱정을 좀 더 구체적이고 대응 가능한 것으로 만드는 오빠만의 방식이었다. 오빠는 모든 대피 경로를 보여주고 곤란한 상황에서 생존을 도울 모든 가능한 수단을 보여줌으로써 우리 가족이 더 민첩하게 움직이게 했다. 오빠는 우리가 모든 선택지를 파악하고 있어야 하며, 나아가 예기치 못한 재앙에 대처할 수 있도록 우리가 가진 모든 도구의 사용법을 익혀야 한다고 생각했다. 나는 오빠의 교훈을 잊지 않았다. 준비성이라는 안전망이 있으면 당황하지 않는다. 당황하면 재앙을 입는다.

그날 밤 덴버에서 나는 내가 절대적으로 신뢰하는 한 가지에 의지했다. 이후 8년 동안에도 수없이 여기 의지했다. 그것은 바로 나 자신의 준비 태세였다. 조심스러웠고 약간은 예민했던 몇 주간의 준비 기간 동안 갑옷을 두른 덕택에 나는 당황하지 않을 수 있었다. 나는 연설문의 모든 단어를 외우고 연습한 터였다. 연설문을 속속들이 알고 있었다. 오랜 시간을 들여 작성하고 반복해서 읽었기 때문이다. 한 문장이 자연스럽게 다음 문장으로 흘러갈 때까지, 모든 문장의 마무리가 편안하고 자연스러울 때까지 단어를 읽고 또 읽었던 것이다. 연설문은 내 마음을 정확히 반영하고 있었다. 무방비 상태의 취약한 순간에도 나에게는 마지막 한 겹의 보호막이 있었다. 나는 대피 훈련이 되어 있었다. 고장 난 것, 가려서 보이지 않는 것들에 대해서는 그만 안달하고 내 머릿속과 마음속에 있는 것에 의지해야 했다. 떨려서 정신이 하나도 없고 수십만 명이 지켜보고 있었지만, 텔레프롬프터가 오작동하고 자신감 모니터가 파도치는 팻말의 바다에 가려져 있었지만 나에게 필요한 것은 이미 나에게 있었다. 나는 이후 16분에 걸쳐 연설을 했고 단 한 마디도 빠뜨리지 않았다.

✦   ✦   ✦

아주 어렸을 때부터 나는 무언가를 성취하는 기분을 좋아했다. 난관을 헤치고 나아가는 기분, 자신에게 격려의 말을 건네 두려움을 극복하는 기분을 좋아했다. 나는 대단한 인생을 살고 싶었다. 대단한 인생이 정확히 뭔지, 시카고 사우스사이드 출신의 아이가 어떻게 대단한 인생을 살 수 있는지 몰랐지만 어쨌든 목표를 높게 잡고 싶었다. 훌륭한 사람이 되고 싶었다.

여느 아이들처럼 나도 개척자, 탐험가, 장애물을 뛰어넘은 사람, 상식에 도전한 사람 등 한계를 시험하거나 불가능을 가능하게 한 사람들의 이야기에 홀딱 반했다. 어밀리아 에어하트, 윌마 루돌프, 로자 파크스의 이야기를 담은 책을 도서관에서 빌려 보았다. 황금으로 꽉 찬 가방을 들고 반려 원숭이와 함께 일곱 개의 바다를 건넌 스웨덴의 빨강머리 소녀 삐삐 롱스타킹을 숭배했다.

나는 그들의 여정이 머릿속에 생생한 상태로 잠이 들곤 했다. 나는 한계를 시험하고 불가능에 도전하는 사람이 되고 싶은 아이였지만 순진한 아이는 아니었다. 어린 나이에도 나 같은 아이를 위해 존재하는 대체 서사가 무엇인지 알고 있었다. 그때부터 벌써 낮은 기대의 압박을 느낄 수 있었다. 노동자 계급 출신의 흑인 여자아이는 크게 되지 못하거나 멀리 가지 못한다는 생각이 퍼져 있었다.

이런 분위기는 우리 학교뿐 아니라 우리 도시, 나라 전체에 퍼져 있었다. 내가 똑똑하고 온갖 재능을 지니고 있다는 것을 알지만, 그와 동시에 세상은 전혀 다른 시각으로 나를 바라본다는 것을 인식하는 상황은 기이하지만 실재하는 현실이며 심지어 놀라

미셸 오바마 자기만의 빛

울 만큼 흔하다. 아주 곤란한 출발선이다. 그리고 그것은 어떤 절박함을 만들어내고 일정 수준의 경계심을 요구한다. 내가 다닌 초등학교에서는 빠르게는 1학년부터 아이들을 '학습반'에 넣었다. 능력이 뛰어난 극소수의 학생을 뽑아 높은 수준의 학습을 시키고 나머지 학생은 뒤처지도록 내버려뒀다. 나머지 아이들에게는 정성을 덜 쏟고 큰 틀 안에서 더 낮은 자리에 배치한 것이다. 우리에게 일어나는 일들을 말로 표현하기에 나이가 너무 어렸을지 몰라도 많은 아이가 느꼈다. 한 번만 실수를 해도, 한 번만 넘어져도, 집안일로 주의가 한 번만 흐트러져도 그 즉시, 영구적으로 강등되어 더 불리한 무리에 배정될 수 있었다.

이런 환경에서 자라는 어린이라면 분명히 감지할 수 있다. 주어지는 기회는 적고 빠르게 사라진다는 사실을. 성공은 구명정 같은 것이므로 그 안으로 재빨리 뛰어들어야 한다. 훌륭한 사람이 되려는 노력은 사실 익사하지 않으려는 몸부림이다.

좋은 소식은 어린 시절의 야망이 애가 타게 순수하다는 사실이다. 무엇이 나를 얽어매든 나는 멈출 수 없는 존재이며 나는 해낼 수 있다는 두근거리는 확신이다. 꿈과 열망의 이런 조합은 우리 안에 자리 잡고 불꽃처럼 타오른다. 이것이 내가 앞서 언급한 10대 청소년 티까나가 말하고 싶었던 것이다.

"비욘세처럼 세계를 정복하고 싶어요. 하지만 비욘세보다 더 큰 사람이 되고 싶어요."

하지만 인생은 어느 꿈이든 언젠가 반드시 곤란한 상황에 빠뜨린다. 그것이 특정한 직업 세계로 들어가는 꿈이든, 커다란 무대에서 공연하는 꿈이든, 의미 있는 사회적 변화를 만들어내는 꿈이든 상관하지 않는다. 한계는 꽤나 빠르게 시야로 들어온다. 장애물이 여기저기서 튀어나온다. 안 된다고 말하는 사람들이 나타난다. 불공정이 길을 막는다. 현실적인 고민이 종종 존재감을 드러낸다. 돈이 빠듯해진다. 시간이 부족해진다. 포기해야 하는 것이 많아지고 포기해야 하는 이유도 명백해진다. 원하는 곳에 조금이라도 가까워진 사람 누구에게든 물어보자. 원하는 곳에 다다르는 일은 어느 시점부터, 거의 필연적으로 투쟁처럼 느껴질 것이다.

이때부터 민첩성이 정말 중요해진다. 공격과 수비 태세에 동시에 돌입해야 한다. 앞으로 밀고 나가는 동시에 되돌아가 자원을 지켜야 한다. 목표를 향해 전진해야 하지만 힘을 소진해서는 안 된다. 순식간에 곤란해질 수도 있다. 갑옷도 입어야 한다. 장벽을 부수고 담장을 무너뜨리려면 나만의 경계를 찾고 보호해야 한다. 나의 시간, 에너지, 건강, 기운을 돌보아야 한다. 세상은 수많은 선과 한계로 가득하다. 어떤 것들은 넘기가 힘들고 어떤 것들은 넘지 않으면 안 되고 어떤 것들은 완전히 폭파해버리는 것이 낫다. 우리 중에는 어떤 선을 넘고 어떤 선을 넘지 않아야 하는지 판별하느라 애쓰며 일생을 보내는 사람도 많다.

미셸 오바마 자기만의 빛

요점은 이것이다. 무방비 상태로 영웅의 여정에서 살아남을 수는 없다. 대단한 인생을 살기 위해서는 어렵지만 나의 꿈과 열망을 보호하는 방법을 찾으려고 애써야 하고, 지나치게 방어적인 태도를 경계하는 동시에 억척스러워야 하고, 민첩함을 유지하면서도 성장을 모색해야 하며, 타인에게 있는 그대로의 나의 모습을 보여주어야 한다. 내가 가진 불꽃을 보호하면서도 그 빛을 가리지 않는 방법을 배워야 한다.

✦   ✦   ✦

여러 해 전 나는 한 영리하고 말주변이 좋은 젊은 여성을 만났다. 이름은 타인 헌터였다. 출판계에서 일하는 헌터는 동료들과 함께 워싱턴 D.C.에 있는 우리 사무실로 왔다. 이 책을 내기에 앞서 내가 어떤 생각을 갖고 있는지 듣기 위해서였다.

대화 중에 헌터는 『비커밍』을 읽고 특히 인상 깊었던 부분에 대해 말을 꺼냈다. 퍼스트레이디 신분으로 처음 영국을 방문했을 때 있었던 일에 관한 짧은 일화였다. 당시 버킹엄궁에서 열린 환영회에서 나는 영국 여왕과 대화를 하다가 일순간 마음이 따뜻해지는 것을 느끼고 손을 뻗어 여왕의 어깨에 다정하게 손을 얹었다. 당시 여든둘이었던 여왕 폐하는 조금도 불편해하지 않는 것 같았다. 뿐만 아니라 여왕도 내 허리에 팔을 갖다 대며 호응했다.

그럼에도 우리 둘의 만남은 카메라에 잡혔고 그 즉시 영국 언론으로 충격파가 퍼져나갔으며 전 세계에서 이를 주요 뉴스로 다루었다.

"미셸 오바마, 감히 여왕과 포옹을 시도하다!"

나는 무례를 범했다고 비난을 받았다. 뻔뻔하게 왕실 예법을 거스른 사람, 확립된 질서를 뒤엎은 사람으로 찍혔다. 그 이면에 있는 생각은 명백했다. 내가 침입자라는 생각, 어울리지 않는 사람과 어울리고 있다는 생각이었다.

나는 영국 여왕에게 손을 대면 안 된다는 사실을 전혀 몰랐다. 퍼스트레이디가 된 첫해, 그 낯선 시간 동안, 그리고 궁전이라는 낯선 공간에서 나는 다만 있는 그대로의 내 모습을 보여주기 위해 애썼던 것이다.

이 이야기는 나의 회고록에서 한 페이지도 채 되지 않는 분량을 차지하지만 헌터에게 깊은 인상을 남겼다. 왜? 숨은 의미를 읽어낼 수 있었기 때문이다. 유색인 여성으로서 헌터는 그 기분이 뭔지 잘 알고 있었다. 우리 둘 다 잘 알고 있는 기분이었다. 내가 소수인 장소에서 어색함을 느끼지 않으려고 애쓸 때 드는 기분이었다.

헌터에게 출판계에서 일한다는 것은 그 상징적인 의미가 버킹엄궁 환영회에 초대를 받는 일과 크게 다르지 않았다. 출판계는 전통적으로 백인들이 이끌어온 영역이고 백인의 관심사에 의해 형성되어왔다. 우리 둘 다 그 어색함을 잘 알고 있었다. 선은 도처에 그어져 있었다. 이런 곳은 무언의 관례, 해묵은 전통으로 가득했다. 신출내기는 아득하게 높은, 거의 불가능한 목표를 달성해야 했고 참고할 지도도 없었다. 수많은 미묘한 신호가 우리가 가까스로 그 자리에 속해 있다는 사실을 되새겨주었다. 우리의 존재가 실험에 가깝다는 사실, 우리의 자리는 우리가 남의 기준에 부합하는 올바른 태도를 보여주는 한에서만 유지된다는 사실을 자꾸만 일깨워주었다. 굳이 말로 할 필요가 없었다. 깊은 역사가 대신 말해주었다. 오랜 시간 동안 우리 같은 사람은 문을 통과하지조차 못하는 것이 당연했기 때문이다.

내가 깨달은 사실은 노력 끝에 안으로 들어가더라도 바깥에 있다는 느낌이 쉽게 사라지지 않는다는 점이다. 안개처럼 달라붙어 떨어지지 않는 긴장감이 있다. 이런 고민이 사라지지 않는 것이다. '언제 좀 덜 힘들어질까?'

많은 사람 '코드 전환(code-switch)'을 통해 이를 이겨낸다. 일터의 문화에 더 잘 스며들기 위해 행동, 겉모습, 말하는 습관을 바꾸는 것이다. 나는 여러 다른 아이와 마찬가지로 코드 전환의 중요성을 꽤 일찍 깨달았다. 그리고 이를 도구로 삼아 적응했다. 부모님은 일찌감치 '바른' 말씨가 무엇인지 배웠고 우리가 바른 말씨를 사용하는 것이 얼마나 중요한지 귀에 못이 박히도록 말했다. 하지만 동네 아이들과 있을 때 바른 말씨를 쓰면 욕먹을 각오를 해야 했다. 아이들은 내가 '잘난 척'을 한다느니 '백인 아이처럼' 말한다느니 흉을 보았다. 따돌림을 당하기 싫었던 나는 그 아이들과 닮아 보이기 위해 말씨를 적당히 맞춰주었다. 이후 프린스턴이나 하버드에 가서는 동료 학생들과 닮아 보이기 위해, 고정관념을 강화하지 않고 싶어서, 나의 '잘난 척'을 하는 말씨에 아주 많이 의지했다.

세월이 흐르면서 나는 내가 처한 환경을 읽어내는 데 점점 더 능숙해졌고 눈치도 늘었다. 주어진 분위기와 맥락에 맞게 어떻게 행동을 전환해야 하는지 거의 무의식적으로 알 수 있었다. 시카고 시정부에서 일하던 시절 대체로 블루칼라 노동자인 아프리카계 미국인 여성들이 참석하는 사우스사이드 지역공동체 모임에 참석할 때도 그랬고 부유한 백인 남성으로 이루어진 기업 이사진 회의에 참석할 때도 그랬으며 훗날 영국 여왕을 알현할 때도 그랬다. 나는 어디서든 자유자재로 융통성 있게 소통할 수 있었고 그 덕분에 더 많은 사람과 연결될 수 있다고 생각했다. 인종이나 젠더, 계급의 선을 넘을 수 있었다. 애쓸 필요가 없었다. 살아오는 동안 거의 언제나 선택의 여지 없이 그런 식으로 적응해야 한다고 느꼈기 때문이다.

이런 면에서 코드 전환은 꽤 오랫동안 여러 흑인과 아메리카 원주민을 비롯한 유색 인종의 생존 기술이었다. 부정적인 고정관념에 대한 반응이기도 하지만 일종의 여권처럼 기능하기도 한다.

나는 이 방법을 통해 더 멀리 갈 수 있었고 더 많은 경계를 넘을 수 있었으며 나와 어울리지 않는다고 여겨졌을 공간에도 들어갈 수 있었다.

그럼에도 이런 유형의 습관을 정상적인 것으로 받아들이거나 평등을 향한 지속 가능한 경로로 보는 데에는 바람직하지 못한 면이 있다. 많은 사람이 지속적으로 코드 전환을 하는 것이 얼마나 피로한지 이야기하기도 하지만 무엇보다 그래야 하는 상황의 근본적인 불공정함에 대해 말한다. 특히 코드 전환이 개인의 인종적, 문화적 정체성과 젠더 정체성을 숨기거나 최소화함으로써 직업적으로 앞서가거나 다수의 사람에게 불쾌감을 주지 않는 것이 목적이라면 그렇다. 무엇이 희생되는가? 누구를 위한 것인가? 인정받기 위해 너무 과한 타협을 하거나 우리의 진정한 모습을 거부하고 있지는 않은가? 이것은 통합에 대한 중요하고 포괄적인 물음을 제기한다. 개인이 스스로를 바꾸는 것이 아니라 실은 일터가 진정으로 변화해야 하는 게 아닌가?

문제는 이런 물음이 많은 것을 내포하고 있고 복잡한 사회문제와 연결되어 있기 때문에 일터에서 아등바등 하루를 버티는 것도 힘든 우리들이 쉽게 해결할 수는 없다는 점이다. 코드 전환은 피곤한 일이지만 제도적 차별에 도전하는 일도 피곤하기는 마찬가지다. 내가 편안하다고 느끼는 옷을 입거나 자연 그대로의 머리 상태로 출근하는 일조차 말처럼 쉽지가 않다. 어떤 선택을 하든 값비싼 대가를 치를 수 있다.

그날 워싱턴 D.C.에서 헌터는 출판계에서 일한 지 수년이 지났고 진급도 여러 차례 했지만 여전히 일터에서 외국인 같은 기분과 씨름한다고 말했다. 일터의 문화가 자신의 문화처럼 느껴지지만은 않았을뿐더러 그것을 애써 해석해야 했기 때문이다. 헌터는 종종 경계를 살폈다. 남들이 세워놓은 기준에 자신을 맞추어야 인정받을 수 있다는 느낌을 받곤 했기 때문이다. 어쩌면 자신의 '타자성'을 줄여야 할지도 모른다고 생각했다. 일터에서 의식적으로 코드 전환을 줄이려고 시도해보기도 했다. 백인들의 공간에서 흑인 여성으로 일한다고 해서 남의 시선을 지나치게 의식하고 싶지 않았다. 무언의 약속을 어길까 걱정하기보다 있는 그대로의 모습을 좀 더 드러내려고 애쓰면 오히려 일에 더 도움이 되지 않을까 하는 희망이 있었다. 헌터는 위험을 계산해보는 중이었다. 헌터 같은 여성이 손을 뻗으면 무심하게 뻗어도 도가 지나쳤다는 비판을 받을 수 있었기 때문이다. 헌터는 약간의 피로감과 약간의 유머를 섞어 이렇게 말했다.

"회사에서 거의 매일 고민하는 것 같아요. 여왕에게 손을 대어도 될지, 대지 말아야 할지."

미셸 오바마 자기만의 빛

나는 헌터의 강렬한 비유에 깊은 인상을 받고 이후에도 헌터의 말을 여러 번 곱씹어보았다. 헌터의 고민은 나한테도 익숙했다. 나도 일터에서 보낸 시간의 대부분을 똑같은 문제로 고민했다. 내 친구들도 직장 내에서 비슷한 긴장감을 느낀다고 했다. 보이지 않는 선을 넘지 않으려고 애쓰고 도가 지나쳤다는 비난을 받지 않으려고 고민하는 데서 오는 어려움이었다.

헌터처럼 내 친구들도 자연스러운 모습을 드러내고 자연스러운 목소리를 내고자 갑옷을 벗고 싶었지만 그에 앞서 위험과 보상을 계산해보곤 했다.

나는 누가 세워놓은 규칙을 따르고 있는 것일까?

어느 정도 경계를 풀어도 될까?

자기주장을 내세워도 될까?

있는 그대로의 모습을 보여도 될까?

많은 경우 친구들은 직장에서 얼마나 버틸 수 있을지 가늠해보고 있었다. 일터에서 앞서나가고 무럭무럭 성장할 정신적 여유를 찾을 수는 있을지. 지나치게 숨기고 걱정하느라 결국 의기소침해지고 소진되는 것은 아닐지.

수년 전 법률 회사에서 일을 시작했을 때 나는 나보다 높은 자리에 있는 여성들을 만날 수 있었다. 우리가 몸담은 거대한 다국

적 법률 회사에서 결국 파트너 변호사 자리까지 오른 사람들이었으며 대체로 굉장히 낮은 확률을 뚫은 사람들이었다. 수년에 걸쳐 계급의 사다리를 타고 오른 것이다. 남북전쟁에 참전했던 두 설립자가 1866년 회사를 연 이후로 거의 줄곧 남성에 의해 만들어지고 유지되고 지켜진 권력 구조 속에서 길을 개척한 것이다. 그 여성들은 언제나 나를 환영했고 지지했으며 진심으로 나의 성공을 기원했다. 그럼에도 나는 그 여성들이 개척자다운 억척스러운 태도를 유지하고 있음을 눈치채지 않을 수 없었다.

그들 대부분은 찔러도 피 한 방울 나지 않을 것 같았고 늘 바빴으며 사무실은 그들의 엄격한 통제 아래 치밀하게 돌아갔다. 가족 이야기를 하는 사람은 드물었다. 내가 기억하기로는 그 누구도 아이들 야구 경기를 보러, 혹은 소아과 진료 때문에 서둘러 퇴근하지 않았다. 경계는 확실하게 유지되고 있었다. 그들은 갑옷을 단단히 두르고 있었고 사적인 생활은 기적에 가깝게 숨겨두고 있었다. 따뜻하고 다정한 감정은 끼어들 데가 없었다. 그들의 탁월함은 오히려 예리한 칼날 같았다. 내가 입사했을 때 내 위에 있었던 두어 명의 여성 변호사가 신중하게 나를 살피는 듯했다. 그들의 물음은 단 하나였다. "과연 버틸 수 있을까?" 나의 전문적 능력과 헌신하려는 의지가 과연 그들을 따라올지, 내가 뒤처져서 회사 내에 있는 여성 전반에게 해를 끼치지는 않을지 가만히 평가해보고 있었던 것이다. 물론 이것 또한 안타까운 일이다. 우리

미셸 오바마 자기만의 빛

를 위해 지어지지 않은 성 안에서 '유일한 사람들'로 살다 보니 우리는 다 같은 취급을 받았고 이는 결국 모두에게 압박을 더했다. 우리의 운명은 연결된 것처럼 느껴졌다. '네가 일을 그르치면 우리 모두의 얼굴에 먹칠하는 거야.' 이 내기에 무엇이 걸려 있는지 모르는 사람은 없었다.

그 여성 파트너 변호사들이 전달하고 있었던, 전달하지 않을 수 없었던 메시지는 그들의 기준이 사내 어느 누구의 기준보다 높다는 메시지였다. 그들은 문을 통과할 자격을 얻었고 무리에 속할 자격도 얻었지만 그 자격은 영원히 조건부 같았다. 끝없이 자격을 입증해야 하는 것처럼 보였다.

내가 젊은 여성 변호사일 때 읽었던 어느 《뉴욕타임스》 기사가 떠오른다. 기사는 변호사들이, 특히 여성 변호사들이 일터에서 얼마나 피곤하고 불만족스러운 상태인지 보여주는 설문 조사를 인용하고 있었다. 기사를 읽고 난 뒤 나에게는 여러 불편한 의문이 생겼다. 나는 시작된 지 얼마 지나지 않은 나의 직업 인생을 위해 그때까지 내가 쏟아 넣은 모든 것을 떠올렸다. 내가 받은 모든 학자금 대출, 내가 이미 청구한 업무 시간 등을 생각했다. 내가 원하는 미래는 어떤 모습인지, 어느 정도의 고통을 수용하고 버티어 낼 의향이 있는지 고민해보아야 했다. 다른 남성을 누르고 그 지리에 올랐다는 사실을 단지 정당화하기 위해 완벽한 본보기를 보이고 과도한 성취를 목표로 삼아야 할 의무가 내게 있는 걸까? 이런 것들이 당연시되는 문화를 바꿀 힘이 내게 어느 정도 있을까? 내가 그 특정한 영역에서 그 특정한 싸움을 위해 쓸 수 있는 에너지는 얼마나 될까?

회사법 분야에서 새로운 길을 개척한 여성들은 대체로 내가 선망하지 않는 인생을 살고 있었다. 나는 그들처럼 희생할 준비가 되어 있지도 않은 것 같았고 그럴 능력이 있는 것 같지도 않았다. 하지만 그들이 쏟은 노력, 그들이 입은 갑옷이 없었다면 나는 그들의 인생을 조금이라도 목격할 수 없었을 것이다. 애초에 그 자리에 없었을 것이다. 그리고 어떤 인생을 살지 결정할 자유가 있다고 생각지 못했을 것이다. 그 여성들은 이전에는 잠겨 있던 문을 여는 데 가장 큰 기여를 했고, 새로운 세대가 저마다 자유롭게 판단을 내리거나 변화를 외치거나 후퇴할 수 있도록 길을 닦아놓았다. 그들은 내가 밟고 선 기반을 닦은 사람들이었다.

먼저 앞서간 사람들과 그들의 선택을 비판하기는 쉽다. 타협을 했다고 비난하거나 변화를 가져오지 못했다고 책망하기는 쉽다. 젊은 사람들에게는 앞선 세대가 입고 있는 갑옷이 너무 딱딱하고 시대에 뒤진 것처럼 보일 수 있지만 맥락을 고려해야 한다. 요즘 점점 더 많은 흑인 여성이 일터에서 좀 더 자유롭게 자신을 꾸밀 수 있는 것은 내가 다녔던 법률 회사의 여성 파트너 변호사 같은 사람들이 쏟은 노력과 적잖은 연관이 있다. 그들 덕분에 흑인 여성은 머리를 땋거나 여러 갈래로 묶은 채로 회사에 갈 수 있고, 젊

미셸 오바마 자기만의 빛

은 사람들은 신체에 변화를 주고 머리카락을 염색해도 소외감을 느끼지 않을 수 있다. 덕분에 회사에 안전한 수유 공간도 생겼다. 그들이 자격을 입증하며 밀고 나갔기 때문에 우리 나머지 사람들은 갈수록 입증에 대한 부담이 줄어들 것이다.

궁극적으로 나는 나에게 알맞은 선을 그었다. 나는 위험을 감수하고 변호사 일을 그만두었으며 다른 규칙의 지배를 받는 직장을 구체적으로 알아보았다. 적어도 이따금은 아이들의 무용 발표회나 소아과 진료가 있을 때 자리를 비울 수 있는 일을 찾은 것이다. 다른 곳에서 일하면 더 열심히, 그리고 더 효과적으로 일할 수 있다고 생각해서 법률 회사를 떠났다. 그러나 내가 그 법률 회사에서 얻은 조언, 특히 선배 여성들로부터 얻은 깨달음은 백악관에 들어갈 때에도 가지고 들어가지 않을 수 없었다. 그들 덕분에 어떤 싸움을 선택하고 어떤 자원을 관리할지 더 신중하게 고민할 수 있었다. 패러다임을 바꾸려 들기 전에 먼저 무엇에도 아랑곳하지 않는 태도를 보여야 하며 두 배 열심히 전문성을 단련하고 노력해야 한다는 사실을 그들은 가르쳐주었다.

이상적인 상황은 아니었지만 그것이 당시의 현실이었다. 어떤 면에서는 변경에서 영위하는 삶 자체에 대한 추가적인 교훈도 얻었다. 프린스턴대학교와 이후 하버드 법하대학원에서 깨달은 사실을 재차 확인할 수 있었던 것이다. 교과서를 통해서가 아니라 이중 소수자로 살면서 깨달은 사실, 지극히 내부자를 위한 공간에서 외부자로 살면서 깨달은 사실이었다. 갑옷을 입은 상태에서 민첩하게 움직여야 한다는 사실이었다. 문을 통과하려면 억척스러워야 한다는 사실이었다.

✦　　　✦　　　✦

나는 거의 모든 사람이 적어도 어느 정도의 갑옷을 입고 일터로 간다고 생각한다. 그래야 한다고 생각한다. 어떤 면에서 직업인들이 지켜야 하는 원칙의 하나라고 할 수 있다. 좀 더 질기고 강한 나의 모습으로 일에 임해야 한다. 나약한 모습은 누르고 복잡한 문제는 집에 두고 나와야 한다. 선을 지켜야 하며 동료와 상사들도 그렇게 하리라고 믿어야 한다. 일을 하러 나온 것이니까. 딱히 평생을 함께할 친구를 찾거나 개인적인 문제를 해결하기 위해, 혹은 남들의 개인적인 문제를 해결해주기 위해 나온 것이 아니다. 중학생을 가르치는 일이 됐든, 병원을 운영하든, 피자를 굽든, 기술 회사를 운영하든 보다 넓은 범위의 노력에 기여해야 한다. 자제력을 발휘하고 개인적인 감정은 대체로 다른 곳에 담아두어야 한다. 일이 나의 초점이 되고 의무가 되어야 한다. 그게 우리가 임금을 받는 이유다.

그럼에도 인간의 일이란 결코 이처럼 깔끔하지 않다. 어떤 선도 그렇게 반듯하지 않다. 팬데믹은 여러 장벽을 무너뜨리면서

미셸 오바마 자기만의 빛

우리 사이의 불평등과 진실을 더욱 많이 폭로하는 계기가 되었는데 이것이 도움이 된 경우도 있고 아닌 경우도 있을 것이다. 이제 막 걸음마를 배운 아이가 무릎 위에서 버둥거리는 와중에 치우다 만 주방을 배경으로 화상 회의를 시도해본다. 옆 화면에서는 개가 짖거나 룸메이트가 지나가지만 당면한 일에 집중하려고 애를 쓴다. 경계는 사라지고 혼란이 가중되었다. 아마도 이 모든 것은 부동의 진실을 역설하고 있는지도 모른다. 우리는 한정 지을 수 없는 다면적인 사람들이고 한정 지을 수 없는 다면적인 인생을 살고 있다. 복잡한 문제는 이따금 우리와 함께 일터로 온다. 우리의 나약한 모습들이 표면으로 드러나고 고민과 걱정은 밖으로 흘러나온다. 우리의 개성은, 그뿐만 아니라 우리 주변 사람들의 개성은 쉽게 틀에 다져 넣을 수 있는 것이 아니다.

나는 내 일과 어울리는 사람일까? 내 일은 나와 어울리는 일일까? 어떤 변화를 주면 좋을까? 내 주변 사람들로부터 어떤 변화를 기대하는 것이 합리적일까? 우리는 우리의 인간적인 면을 어느 정도까지 보여줄 수 있을까? 선은 어디에 그어져 있을까? 누구와 교류하면 좋을까? 어떤 방식으로 대처하면서 살아갈까? 그날 헌터는 이런 의문들을 곱씹어보고 있는 것 같았다.

나는 경험을 통해 갑옷이 유용할 수 있다는 사실을 알고 있다. 영원히 벗기 힘든 갑옷도 있을 것이다. 하지만 갑옷이 좌절감을 주는 경우도 많다고 생각한다. 적어도 우릴 지치게 하는 것은 분명하다. 너무 많은 갑옷을 두르고 다니면, 너무 방어적으로 굴면, 너무 전투태세로 살면 뒤처질 수 있다. 움직이기도 힘들고 자연스럽지도 못할 것이며 일터에서의 발전 가능성을 저해할 것이다. 가면 뒤에 숨다 보면 심지어 자기 자신으로부터 소외될 수 있다. 난공불락의 억척스러운 모습만을 고집하면 일터에서 나의 성장과 발전을 도울 진정성 있는 관계를 맺기 어려울 수 있으며 나의 능력을 전부 발휘하지 못할 수도 있다. 주변 사람들에 대해서 최악의 전제만을 가정하면 주변 사람들도 나의 최악을 상상할 것이다. 우리의 모든 선택에는 대가가 따른다.

결론은 이것이다. 우리가 과연 일터에 어울리는지, 속할 자격이 있는지 고민하는 데 너무 많은 시간을 쓰다 보면, 우리가 일터에서 꾸준히 우리 자신을 왜곡하고 바꾸고 숨기고 방어해야 한다면, 우리 자신의 가장 뛰어나고 진정한 모습을 보여주기 힘들다. 표현력이 뛰어나고 풍요로운 결실을 가져올 수 있는 사람, 아이디어로 충만한 사람으로서의 모습을 보여주기 힘들다.

바로 이런 이유에서, 타자로 취급되면 힘겹고 지친다는 것이다. 우리는 왕실의 선을 넘지 않으려고, 도가 지나친 행동과 그렇지 않은 행동의 미묘한 차이를 구별하려고 귀한 시간과 에너지를 쏟는다. 우리는 우리가 가진 자원과 그걸 어떻게 쓸지에 대해 골똘히 생각해보지 않으면 안 된다. 회의에서 내 의견을 이야기해도 좋을까? 나의 차별성을 바탕으로 한 관점이나 적절한 해결책

미셸 오바마 자기만의 빛

을 제안해도 좋을까? 나의 창의성이 불복종으로 비추어지는 것은 아닐까? 나의 관점이 무례하다고, 규범에 대한 환영받지 못할 도전이라고 여겨지지는 않을까?

✶   ✶   ✶

2009년에 워싱턴 D.C.로 거처를 옮겼을 때 나는 백악관에서의 삶이 어떤 것인지 잘 몰랐다. 하지만 새로운 일을 시작하는 것에 대해서는 꽤 잘 알고 있었다.

그 시점에 나는 이미 이직 경험이 많았다. 그리고 여러 곳에서 관리직으로 일하면서 여러 신입 직원을 감독한 경험도 있었다. 법률 회사, 시정부, 비영리단체, 의료계 등에서 일해본 덕분에 새로운 자리로 옮길 때에는 그 역할이 나에게 완벽하게 맞기를 기대하면서 무작정 시작하면 안 된다는 사실을 알고 있었다. 새로운 일을 배우고 새로운 자리에 적응하면서 연구도 해야 하고 잠시 뒤로 물러나 전략적으로 생각해보기도 해야 한다. 다시 말해 선을 다시 그리려고 하기 전에 먼저 그 선이 어떻게 그려져 있는지 파악해야 한다.

미합중국의 퍼스트레이디라는 역할은 기묘하고, 기묘하게 큰 권력이 주어지는 일자리 아닌 일자리다. 봉급도 없고 상사도 없으며 근무 지침도 없다. 평생 체크리스트를 만들며 살아온 사람으로서 나는 이 일도 제대로 하고 싶었다. 준비된 상태에서 시작하고 싶었다. 버락이 대통령에 당선된 직후 나는 퍼스트레이디가 해야 하는 일이 무엇이며 어떻게 해야 그 일을 가장 잘하는 동시에 나만의 에너지와 창의성도 발휘할 수 있을지 고민했다. 그리고 내가 만약 충분히 잘해낼 수 있다면 사람들이 그 자리에 대해 지닌 생각의 틀도 바꿀 수 있지 않을까 생각했다.

나는 가장 먼저 새로운 수석 보좌관에게 전 퍼스트레이디인 로라 부시의 공식 일정을 일 단위, 주 단위로 검토해달라고 했다. 어떤 행사에 참석했고 어떤 행사를 주최했는지 목록으로 만들어달라고도 했다. 첫해에는 일단 로라가 했던 그대로 똑같이 하면서 나만의 우선순위 목록을 만들고 새로운 목적 달성을 위한 계획을 세우기로 했다. 다른 한편으로 어떤 지름길도 택하지 않기로 했다. 이것은 일종의 보험, 또 다른 도구였다. 나는 최초의 흑인 퍼스트레이디로서 내가 줄타기를 하고 있다는 사실을 알았다. 내가 노력해서 인정을 받아야 한다는 사실을 분명히 알고 있었다. 다시 말해 월등히 뛰어나야 했다. 내가 물려받은 모든 의무를 빠짐없이 실행에 옮길 능력이 있다는 사실을 절대적으로 입증해서 게으르거나 무례한 퍼스트레이디라는 비난을 피하고 싶었다.

알고 보니 퍼스트레이디의 임무는 전통에 따라 축적되어온 것이 대부분이었다. 수백 년 동안 이어져온 임무도 많았다. 그러나 어디에도 적혀 있지는 않았다. 퍼스트레이디라면 당연히 해야 한

미셸 오바마 자기만의 빛

다고 여겨지는 일들이 있었다. 나는 공식 만찬에서부터 이스터에그 롤까지 여러 행사를 주최해야 했다. 미국을 방문하는 고위인사들의 배우자와 차를 마셔야 했고 매년 연말 장식의 방향을 정해야 했다. 그 밖에는 내 선택에 따라 어떤 목적 달성을 위한 계획을 지지할 수 있었고 내가 원하는 대로 특정 문제 해결을 위해 노력할 수 있었다.

미처 예상치 못한 부분도 있었다. 좀 더 미묘하고 잘 언급되지 않았지만 퍼스트레이디가 충족시켜야 하는 기대가 있었다. 버락의 취임식을 준비하는 동안 나는 새로운 사실을 접했다. 앞선 퍼스트레이디 네 명은 동일한 뉴욕 디자이너가 제작한 고급 핸드백을 들고 취임식에 섰다고 했다. 또 다른 대표적인 디자이너 오스카 드 라 렌타는 베티 포드 이후 모든 퍼스트레이디의 의상을 디자인했으며 이 사실을 언급하길 좋아했다. 그러니 나 또한 그에게 의상 디자인을 맡길 것이라고 생각해도 이상하지 않았다. 내가 앞선 퍼스트레이디들과 동일한 선택을 해야 한다고 고집하는 사람은 딱히 없었지만 그럴 것이라는 가정은 존재했다.

역사적인 역할을 맡아 역사적인 사저로 들어가게 된 버락과 나는 이런 인상을 받았다. 모든 일은 정해진 수순이 있으며 사소한 전통이라고 해도 일종의 경의를 표하기 위한 방식으로서 존재하고 있다는 인상, 한 시대에서 다음 시대로 끊이지 않고 전달되어야 하는 어떤 품위가 있다는 인상이었다. 그 연속성을 끊는 모든 선택은 다소 건방진 선택으로 여겨질 수 있다는 인상이었다. 그리고 이 나라에서 흑인으로 태어난 사람이라면 건방지다는 꼬리표가 얼마나 위험한지 모를 수 없다.

* * *

나는 결과적으로 취임식에 설 때 정해진 디자이너의 핸드백을 들지 않았다. 퍼스트레이디가 된 지 6년이 지나서야 오스카 드 라렌타가 만든 의상을 입었다. 그 대신 나에게 주어진 무대를 이용해서 잘 알려지지 않은 디자이너들의 재능을 선보였다. 나는 이런 판단을 내려도 괜찮다고 생각했고 기꺼이 나만의 선을 그렸다. 나의 외모와 관련된 문제, 내 몸에 무얼 걸치느냐 하는 문제였기 때문이다. 그럼에도 나의 이미지, 말, 계획, 프로젝트와 관련해서는 신중을 기했다. 어떤 선택을 하든 조심스러웠고 도가 지나치다는 인식의 위험성을 잊지 않았다. 일부 사람은 우리가 백악관에 들어왔다는 사실 자체를 급진적인 사건으로, 확립된 질서의 전복으로 받아들였다. 진보를 이루기 위해서라면 우리는 분별 있게 신용을 쌓고 또 소비해야 했다.

마침 버락이 물려받은 유산은 두 국가와의 복잡한 전쟁, 그리고 매주 더 극심해지는 경제 불황의 확산이었다. 웨스트윙 소통 담당 팀은 버락의 성공이 적어도 부분적으로는 나의 성공과 연결

미셸 오바마 자기만의 빛

되어 있다고 분명히 못 박아 이야기했다('네가 일을 그르치면 우리 모두의 얼굴에 먹칠하는 거야'). 내가 실수하면, 비난을 불러일으킬 만한 사고를 치거나 말을 하거나 직무 수행을 하면 버락의 지지율에 흠을 낼 수 있고, 그럴 경우 입법부 의원들에 대한 버락의 영향력이 약해져 의회에서 중요한 법안을 통과시키려는 버락의 노력이 틀어질 수 있다고 했다. 이는 또 버락의 재선 확률이 줄어드는 결과를 낳을 수 있고, 그러면 행정부의 많은 사람이 일자리를 잃게 될 터였다. 무엇보다 최초의 비백인 대통령이 실패하거나 어찌 됐든 좌절을 겪는다면 추후의 유색인 후보를 위한 문이 닫히고 잠겨버릴 수 있었다.

나는 이러한 경고가 머릿속을 울려대는 상태로 돌아다녔다. 기자와 이야기를 할 때에도, 퍼스트레이디 신분으로 새로운 목적 달성을 위한 행동을 개시할 때에도 경고를 되새겼다. 경고를 되새기며 군중 앞에 나섰고 수많은 사람이 치켜들고 있는 휴대폰의 바다를 바라보았다. 그 수백 개의 거짓된 작은 거울을. 그것들이 남길 수많은 개인적인 인상을.

그럼에도 그런 것들을 너무 걱정하면 생긴 대로 살 수가 없을 것 같았다. 나는 남들의 우려와 나 자신의 걱정 사이에서 경계를 확정해야 했다. 내 본능을 믿고 나 자신의 중심을 상기해야 했다. 남의 시선을 너무 의식해서 딱딱하게 굳어버리고 싶지는 않았다. 불안이나 방어적인 태도라는 갑옷에 갇히고 싶지 않았다. 그래서 민첩성을 유지하려고 애썼다. 신중했다가 대담하게 용기를 내기도 하면서 두 익숙한 기슭을 방향을 바꾸어 가며 왔다 갔다 했다. 유클리드가에서 어린 시절을 보내며 배웠던 법칙, 즉 두려움보다 준비성과 적응력을 우선시하는 법칙에 따라 살았다.

그러는 와중에도 나는 또 다른 꼬리표와 싸우고 있었다. 웬만해선 떨어지지 않는, 훨씬 더 음흉한 꼬리표였다.

미셸 오바마 자기만의 빛

10장

품위 있게 간다는 것

버락이 대통령 선거에 출마했을 때 나는 고정관념이 어떻게 '진실'의 한 형태로 재조합되는지에 관한 짧고 가슴 아픈 교훈을 얻었다. 내가 대중 앞에서 남편을 위해 선거운동을 할수록, 그리고 나의 영향력이 커질수록 나의 몸짓은 조작되거나 잘못 해석되었고 내 말은 왜곡되었으며 내 표정은 만화처럼 우스꽝스럽게 그려졌다. 대통령 후보자인 남편에 대한 나의 열정적인 신뢰가, 그가 이 나라에 보탤 것이 있다는 생각이 어떤 보기 흉한 분노처럼 그려진 경우가 한두 번이 아니었다.

나에 대한 언론의 묘사나 극우 세력의 말을 믿는다면 나는 불을 뿜는 괴물이나 다름없었다. 미간을 잔뜩 찌푸린, 항시 분노가 끓어넘치는 사람이었다. 일터에서 여성의 분노 표출에 관한 최근

연구에 따르면 불행히도 이것은 보다 폭넓고 깊게 뿌리박힌 인식과도 일맥상통했다.[8] 흑인 여성이 분노와 비슷한 것을 조금이라도 드러내면 사람들은 그것을 그 사람의 일반적인 성격 특징으로 생각했다. 분노가 그것을 자극하는 어떤 상황과 연결되어 있다고 생각하지 않았다. 그 결과 흑인 여성은 좀 더 쉽게 주변화되고 무시당한다. 무엇을 하든 어떤 행동을 취하든 선을 넘는다고 여겨진다. 그냥 경계 너머에 사는 사람으로 여겨져 무시당할 수 있다. 그 꼬리표가 달리면 모든 맥락은 지워져버리고 만다. "성난 흑인 여자! 넌 그냥 그런 사람이야!"

이것은 동네에 '게토'라는 이름이 붙는 과정과 그다지 다르지 않다. 게토는 한 지역을 빠르고 간단하게 무시하는 방법이다. 사람들에게 가까이 오지 말라고, 두려움에 떨며 물러나라고, 다른 곳에 투자하라고 은연중에 경고하는 편견의 단어가 게토다. 내가 가진 보물, 나의 활기, 나의 개성과 잠재력을 간과하고 나를 가장자리로 쫓아내는 말이다. 주변인의 삶에서 빠져나오지 못해 화를 내면 어떻게 될까? 투자가 이루어지지 않는 동네에 사는 탓에 틀에 갇힌, 절박한 사람처럼 행동한다면? 그러면 나의 행동은 그 고정관념을 강화하고 악화시킬 뿐이다. 나를 더욱 가두고 내가 그 고정관념에 대해 하는 모든 말의 신빙성을 더욱 떨어뜨린다. 나는 목소리를 내지 못하는 상태로, 아무도 들어주지 않는 상태로,

---

● 소수집단이 사회적, 법적, 경제적 압박으로 인해 모여 살게 된 동네를 칭한다.

미셸 오바마 자기만의 빛

타인이 규정해놓은 패배자의 삶을 살게 된다.

참혹한 기분이다. 내가 잘 이해하는 기분이기도 하다.

내가 얼마나 평정심을 유지하든, 퍼스트레이디로서 아무리 부지런하게 일하든, 공격적이고 분노에 찬 사람, 그러므로 존중받을 자격이 없는 사람이라는 나에 대한 편견을 없애는 것은 거의 불가능하다고 느껴질 때가 있었다. 2010년도에 나는 이 나라에 유행하는 아동 비만 문제에 대해 대중 앞에서 연설하기 시작했다. 학교에서 아이들이 좀 더 건강한 식사를 선택할 권리를 가질 수 있도록 비교적 간단한 변화를 주장했다. 그러자 잘 알려진 몇몇 보수 논객이 해묵은 고정관념을 이용해서 공격을 해왔다. 도가 지나친, 주먹을 흔들어대는 파괴자로 나를 묘사했으며 내가 아이들의 기쁨을 빼앗아 가고 나와 상관없는 일에 간섭하는 데 몰두하고 있다고 비판했다. 논객들은 내가 감자튀김을 먹는 사람들을 감옥에 넣을 것이라고 했다. 내가 정부 주도의 식이 조절을 강요하고 있다고도 했다. 음모론은 거기서부터 쉽게 퍼져나갔다.

"정부가 우리들 식단까지 통제하게 놔두면 그다음은 뭐가 되겠습니까?"[9]

한 폭스 뉴스 논객은 이렇게 고함을 쳤다.

"나중에는 누구랑 결혼하고 어디서 일한지 그것까지 정해주지 않겠습니까?"

어떤 말도 사실이 아니었다. 하지만 깊이 뿌리박힌 고정관념을

바탕으로 거짓을 구축하면 영속성을 부여하기가 훨씬 쉽다. 고정
관념을 해체하는 일은 힘들고 따분한 노동이기 때문이다. 나는
온 사방에 함정이 있다는 사실을 빠르게 깨달았다. 내가 이 고정
관념을 정면으로 돌파하려 들면, 가령 친근하고 가벼운 인터뷰에
서 이에 대해서 이야기하면(2012년 CBS 방송국의 〈오늘 아침〉에서 게
일 킹과 인터뷰했던 것처럼), 아래와 같은 반응이 되돌아오곤 했다.

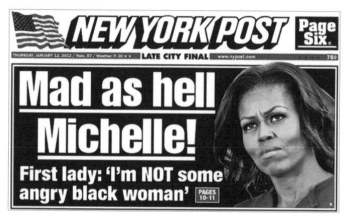

《뉴욕포스트》: 화가 잔뜩 난 미셸!
퍼스트레이디, "날 웬 성난 흑인 여자로 취급하지 말아요"[10]

영원히 성질난 사람으로 그려지는 데 대해 성질을 낼 수는 있
었다. 하지만 누구 좋으라고? 그렇게 한다고 내가 힘이 생길 것
같지 않았다.

대신, 나는 품위 있게 가야 했다.

미셸 오바마 자기만의 빛

내가 받는 모든 질문 가운데 가장 자주 등장하고 가장 예상하기 쉬운 질문이 하나 있다. 인터뷰를 하거나 새로운 사람들과 만남을 갖는 경우 누군가는 언제나 이 질문을 하고 다른 사람들은 귀를 기울인다.

"품위 있게 간다는 것이 무슨 뜻인가요?"

자칫하다가는 이 질문에 대답하는 데만 수년이 걸릴지 모르니 여기에서 대답해보겠다.

나는 2016년 필라델피아에서 열린 민주당 전당대회에서 연설하면서 처음으로 "상대가 수준 낮게 굴더라도 우리는 품위 있게 갑시다"라고 말했다. 힐러리 클린턴과 도널드 트럼프가 당시 대통령 후보였다. 내 역할은 민주당 지지자들을 격려하는 것이었다. 후보자가 당선될 수 있도록 선거일에 투표를 하는 일을 포함해 계속해서 참여하고 노력해야 한다는 사실을 강조하는 중이었다. 여느 때처럼 나는 두 딸의 엄마인 나에게 시대의 현안들이 어떤 의미를 갖는지 말했다. 그리고 버락과 내가 후보를 선택할 때는 반드시 우리가 아이들에게 귀중하다고 가르치는 원칙을 따른다고 말했다.

사실 "우리는 품위 있게 간다"라는 말이 이렇게 오래도록 나를 따라다닐 줄은 전혀 몰랐다. 이제는 내 이름의 동의어처럼 여겨지기도 한다. 나는 단지 우리 가족이 좌우명으로 삼고 있는 간단한 문구를 공유했을 뿐이다. 상대가 도덕성을 내던지더라도 우리는 계속 지켜야 한다는 의미를 되새기고자 버락과 내가 곧잘 사용하는 유용한 표어였다. '품위 있게 간다'는 언제나 좀 더 노력하고 좀 더 깊이 생각해보자는 우리의 선택을 의미하는 다른 말이다. 우리의 이상을 간소화해서 표현한 것이며 온갖 재료가 들어간 수프 냄비라고 할 수 있다. 우리가 자라면서 얻은 모든 교훈이 뭉근하게 끓고 있는 냄비였다. '진실만을 말하자. 타인 앞에서 최선을 다하자. 객관적인 관점을 유지하자. 꿋꿋하게 살자.' 이것이 우리가 살아가면서 되새기는 기본적인 요리법이었다.

버락과 나, 우리끼리는 품위 있게 간다는 다짐을 몇 번이고 하고 또 했다. 치열한 선거운동과 정치적 싸움을 하고 대중 앞에 노출된 삶을 살아온 탓이 크다. 누군가 우릴 시험하고 있다는 생각이 들 때 일부러 그 다짐을 떠올린다. 도덕성이 도전을 받았을 때 우리를 다잡기 위해서다. 타인이 최악의 모습을 보여줄 때 어떻게 해야 하는가? 공격을 받았다는 기분이 들 때 어떻게 반응해야 하는가? 답이 쉽고 아주 명백할 때도 있다. 답하기 좀 더 어려울 때도 있다. 상황이 좀 더 모호할 때도 있으며 올바른 길로 가려면 더 많은 생각을 해야 할 때도 있다.

품위 있게 간다는 것은 모래 위에 선을 긋는 일과 비슷하다. 눈에 보이는 경계를 만들고 잠시 고민해보는 것이다. 나는 이 선의

미셸 오바마 자기만의 빛

어느 쪽에 서고 싶은가? 잠시 멈추고 생각을 해야 한다는 의미이며 마음뿐 아니라 머리로 반응해야 한다는 요청이다. 내가 볼 때, 품위 있게 가는 일은 언제나 우리를 시험하는 일이다. 그래서 2016년 전당대회에서 그 많은 사람 앞에서 이 의견을 내놓아야 한다고 생각했다. 이 나라는 시험에 든 상태였다. 우리의 도덕성이 도전을 받고 있었다. 답을 내놓아야 했다. 물론 이런 일이 처음은 아니었고 결코 마지막도 아닐 터였다.

간단한 좌우명은 외우고 반복하기는 쉽다. (커피잔이나 티셔츠, 토트백, 야구 모자, HB 연필, 스테인리스 물통, 운동용 레깅스, 펜던트 목걸이, 벽에 거는 태피스트리 등에 새기기도 쉽다. 이 모든 것이 현재 인터넷에 판매되고 있다.) 문제는 매일 실천하기가 어렵다는 점이다.

사소한 일에 신경 쓰지 말자? 당황하지 말고 침착하자?

다 옳은 말이다. 하지만 그 방법을 알려달라는 것이다.

요즘 사람들이 품위 있게 가는 법이 뭔지 물어 오면 나는 그 이면에 또 다른 물음이 있다는 느낌을 받는다. 그 점잔 떨지 않는 물음에는 정상적인 회의감이 어려 있다. 피로감에서 우러나오는 기분이다. 노력이 결실을 맺지 못할 것 같을 때, 시험이 영영 끝나지 않을 것 같을 때 느끼는 기분이다.

"세상이 지금 어떤 꼴인지 보고 있기는 해요? 사태가 얼마나 심각해질 수 있는지 알긴 아세요? 어디서 싸울 힘을 찾으라는 말이죠?"

2020년 5월, 조지 플로이드가 한 경찰관의 무릎에 목이 눌려 사망한 뒤 사람들은 품위 있게 가는 것이 정말 올바른 대응인지 나에게 물어 왔다. 의회 의사당이 습격을 당하고 공화당 지도자들이 계속해서 선거에 대한 신뢰를 훼손하는 거짓 주장을 지지하고 있을 때에도 사람들은 비슷한 궁금증을 가졌다. 도발은 끝이 없었다. 100만 명이 넘는 미국인을 사망하게 만든 팬데믹은 우리 문화 속의 모든 불평등을 부각시켰다. 우리는 러시아 군대가 우크라이나에서 민간인들을 학살하는 모습을 보았다. 미국에서는 국내 지도자들이 임신 중단을 불법으로 만들겠다고 나섰으며 총격과 혐오 범죄가 수시로 지역공동체들을 초토화시킨다. 트랜스젠더 인권, 게이 인권, 투표권, 여성 인권 등은 전부 공격을 받고 있다. 또 다른 불의, 또 다른 참사, 지도력의 부재, 지도부의 부패, 인권유린 등이 일어날 때마다 나는 동일한 물음을 여러 형태로 제기하는 편지와 이메일을 받는다.

"여전히 품위 있게 가야 하나요?"

"지금은 어떤가요?"

나는 이렇게 대답한다. "그렇습니다. 여전히 그렇습니다." 우리는 끈질기게 품위 있게 가려고 해야 한다. 그렇게 하겠다고 다짐하고 또 다짐해야 한다. 도덕성을 발휘하는 일은 중요하다. 영원히 중요할 것이다. 중요한 도구다.

이와 동시에 분명히 해두고 싶은 한 가지가 있다. 품위 있게 간

미셸 오바마 자기만의 빛

다는 것은 단순한 기분이 아니라 행동이다. 현실에 안주하고 가만히 변화를 기다리라는 요청이 아니다. 경기장 밖에서 타인의 투쟁을 지켜보라는 뜻이 아니다. 억압의 조건을 받아들이는 일도, 권력과 무자비가 판치도록 내버려두는 일도 아니다. 품위 있게 간다는 개념은 우리가 더 공정하고 더 고상하고 더 정의로운 세상을 위해 싸울 의무가 있는지 그 여부에 대한 물음으로 이어져서는 안 된다. 오히려 어떻게 싸울지, 어떻게 우리를 가로막는 문제들을 해결하려고 시도할 것인지, 어떻게 지치지 않고 효과적으로 싸움을 지속할 수 있을지 묻는 계기가 되어야 한다. 품위 있게 가는 일을 불공정하고 효과적이지 못한 타협으로 보는 사람들도 있다. 체면의 정치(respectability politics)의 연장선에 있다고 보기도 한다. 상황을 모면하기 위해 규범에 도전하지 않고 오히려 순응한다는 비판이다. 이렇게 묻는 것도 이상하지 않다.

'왜 항상 우리만 이성을 지키려고 애써야 하는가?'

어떤 사람들은 이성 안에 분노가 설 곳이 없다고 생각하는 것 같다. 그럴 수 있다. 품위 있게 간다는 말을 거리를 둔다는 의미, 나를 화나게 하고 도발하는 모든 것 앞에서 초연함을 유지한다는 의미로 받아들일 수 있다.

그런데 결코 그런 의미가 아니다.

내가 2016년 필라델피아에서 열린 전당대회 연단에서 처음 이 말을 했을 때 나는 거리를 두고 있지도 않았고 초연하지도 않았다. 오히려 꽤 신경이 곤두서 있었다. 공화당 관리들 입에서 꾸준히 흘러나오고 있던 독설에 매우 분개하고 있었다. 남편의 노력이 거의 8년 내내 비난을 받는 모습을 보면서, 남편의 인격이 모욕을 당하는 모습을 보면서 지쳐 있었다. 남편의 국적을 문제 삼으려는 편협한 시도들도 거기 포함됐다(또다시 익숙한 후렴구가 등장한 것이다. '난 당신이 거기 있을 자격이 없다고 생각한다'). 게다가 그 편협한 증오를 부추기던 주인공이 대통령에 당선되기 위해 선거운동을 하고 있다니 화가 났다.

하지만 나의 실질적인 힘은 어디에 있었을까? 나의 상처와 분노 속에 힘이 없다는 사실은 알고 있었다. 적어도 여과되지 않은 날것의 상처와 분노 속에는 없었다. 내 힘은 내가 그 상처와 분노를 가지고 해낼 수 있는 일에 숨어 있었다. 상처와 분노를 어디로 가지고 갈지, 목적지를 어디로 정할지에 달려 있었다. 내가 그 날것의 감정을 타인이 무시하기 힘든 어떤 것으로 승화시킬 수 있는지에 달려 있었다. 명백한 메시지로 승화시켜야 했다. 행동을 촉구하는 말, 노력이 아깝지 않을 결과로 치환해야 했다.

이것이 내가 품위 있게 가는 방법이었다. 추상적이고 대개는 불편한 감정을 가져다가 어떤 실천 가능한 계획으로 전환하려고 애쓰는 일, 날것을 추려 더 큰 해결책을 모색하는 방향으로 움직이는 일이었다.

그리고 이것은 과정이며 시간이 걸릴 수도 있다는 점을 분명

미셸 오바마 자기만의 빛

히 해두고 싶다. 한동안 가만히 앉아 부글부글 끓고만 있어도 괜찮다. 불의나 공포, 슬픔이 유발한 감정의 동요 속에 살아도 괜찮고 고통을 표현해도 좋다. 회복과 치유를 위한 공간을 스스로에게 허락해도 좋다. 나 같은 경우 품위 있게 간다는 것은 대개 행동하기 전에 잠시 멈춘다는 의미다. 자제력을 발휘한다는 의미, 우리를 움직이는 좋은 충동과 나쁜 충동 사이에 선을 긋는다는 의미다. 품위 있게 간다는 것은 저급한 격정과 소모적인 경멸에 동참하고 싶은 유혹에 저항하고 주변의 저급하고 소모적인 것들에 대응해서 어떻게 명확한 목소리를 낼 것인지 고민한다는 의미다. 반작용을 숙성시켜 대응으로 빚어내는 일이다.

여기에는 이유가 있다. 감정은 계획이 아니다. 문제를 해결하지도 못하고 틀린 것을 바로잡지도 못한다. 감정을 느끼는 것은 괜찮다. 아니, 불가피하다. 그러나 감정이 이끌게 내버려두는 것은 조심해야 한다. 분노는 지저분한 앞 유리 같다. 상처는 고장 난 핸들 같다. 실망감은 뒷좌석에 부루퉁하게 앉아 아무 도움도 되지 못할 것이다. 건설적인 행동으로 바꾸지 못하면 우리는 곧장 도랑 속에 처박힐 것이다.

나는 도랑에 빠지지 않을 수 있는 능력을 발휘하는 한 언제나 나이 힘을 보여줄 수 있었다.

사람들이 품위 있게 간다는 말에 대해 물어보면 나는 이렇게 설명한다. 나를 얽매는 것들에도 불구하고 나의 노력에 의미를 부여하고 목소리를 내고자 애쓰는 일이다. 민첩성을 유지하고 변화에 그때그때 적응할 수 있으면 도움이 된다. 그리고 그 모든 것은 온갖 다양한 도구를 갖추고 있을 때, 그 사용법을 익혀두었을 때 더 쉬워진다. 품위 있게 가는 일은 하루 만에, 몇 달 만에 되지도 않고 선거 주기 한 번 만에 끝나는 것도 아니다. 일생에 걸쳐 이루어지고 세대에 걸쳐 이루어진다. 품위 있게 가는 일은 증명해야 하는 일이다. 사랑을 베푸는 삶, 고상한 원칙에 따라 움직이는 모습을 자녀들과 친구들, 동료들, 지역 사람들에게 보여주겠다는 약속이다. 종국에는, 적어도 내 경험에 따르면, 내가 타인을 위해 하는 노력은 그것이 희망이든 증오든 불어나기 때문이다.

하지만 오해하지 말기 바란다. 품위 있게 가는 일은 노력이다. 때로는 힘들고 따분하고 불편하고 멍을 남기기도 하는 노력이다. 혐오와 의심을 일삼는 사람들을 무시해야 할 때도 있다. 나와 내가 실패하는 것을 보고 싶어 하는 사람들 사이에 벽을 세워야 하는 일이기도 하다. 뿐만 아니라 내 주변 사람들이 지치거나 냉소주의에 빠졌을 때에도, 그들이 포기했을 때에도 계속해야 하는 일이다. 시민권 운동가 존 루이스는 우리에게 바로 이 사실을 일

미셸 오바마 자기만의 빛

깨워주었다.

"자유는 상태가 아니고 실천이다. 우리가 마침내 주저앉아 쉴 수 있는, 저 멀리 고원에 자리 잡은 마법의 정원이 아니다."[11]

우리는 반작용이 너무 쉬워진, 너무 편리해진 시대에 살고 있다. 분노는 쉽게 퍼진다. 상처도, 절망도, 공황 상태도 그렇다. 진짜 정보와 가짜 정보가 같은 속도로 흘러나오는 듯하다. 우리는 엄지손가락을 잘못 놀려 사고를 치기도 한다. 쉽게 분노를 매개하는 역할에 빠진다. 분노에 찬 말을 로켓처럼 디지털 성층권으로 쏘아 올리기는 쉽다. 그 말이 어디에 어떻게 누구에게 가닿을지 정확히는 결코 알 수 없다. 물론 우리의 분노에는, 절망감에는 이유가 있다. 그러나 우리는 물어야 한다. 우리는 분노를 가지고 무얼 하고 있는가? 분노에 자제력이라는 멍에를 걸어 소음이 아닌 좀 더 지속력 있는 어떤 것을 만들 수는 없을까? 요즘 무사안일의 감정은 종종 편의라는 가면을 쓰고 있다. 우리는 '좋아요'를 누르거나 남의 글을 다시 게시하는 기능을 활용하고 난 뒤 실천을 했다고 뿌듯해하기도 하고 딱 3초 노력한 뒤 활동가가 되었다고 생각한다. 소란을 일으키고 자축하는 데 능숙해졌지만 노력하는 것을 깜빡 잊기도 한다. 3초의 투자로 인상을 남길 수는 있지만 변화를 만들 수는 없다.

내가 하고 있는 것이 반작용인가 대응인가? 이따금 생각해볼 필요가 있다. 나 또한 소셜 미디어에 뭔가를 올리거나 대중 앞에서 어떤 말이든 할 때 이렇게 자문한다.

'나 하나 기분 좋자고 충동적으로 행동하는 것은 아닐까?'

'내 기분을 어떤 구체적이고 실천 가능한 일과 연결시켰는가? 아니면 단지 기분에 끌려다니고 있는가?'

'변화를 만드는 데 필요한 실질적인 노력을 할 준비가 되어 있는가?'

나에게는 품위 있게 가기 위한 도구로서 글을 쓰는 과정이 큰 도움이 된다. 글쓰기를 수단으로 삼아 감정을 추리고 걸러내 유용한 형태로 만들 수 있다. 버락의 선거운동을 할 당시, 그리고 백악관에서 보낸 세월 동안 나는 재능 있는 연설문 작가들과 함께 일하는 행운을 누렸다. 나는 작가들과 앉아 머릿속에 있는 것들을 말로 쏟아놓았다. 작가들은 내가 적나라한 감정을 털어놓는 동안 메모를 하면서 내가 생각을 정리하고 새로이 빚어낼 수 있도록 도와주었다.

내가 신뢰하는 사람이 귀를 기울여주는 가운데 생각을 말로 옮기는 방식을 통해 나는 언제나 나의 생각을 밝은 대낮에 꺼내어 살펴보게 됐다. 나의 분노와 우려를 해체해보고 좀 더 광범위한 논리를 찾게 됐다. 무엇이 생산적인지 아닌지 구별할 수 있게 됐고 내가 생각하는 좀 더 고양된 진실에 가닿을 수 있었다. 내가 처음 가지는 생각은 별 값어치가 없다는 사실을 깨달았다. 앞으로 나아가기 위한 시작점을 제공할 뿐이다. 모든 것이 글로 옮겨

미셸 오바마 자기만의 빛

지면 나는 글을 정제하고 수정하고 다시 생각함으로써 더 진실한 목적을 가진 어떤 것을 향해 나아갈 길을 모색한다. 글을 쓰는 일은 내가 가진 가장 강력한 도구에 속한다.

2008년 덴버에서 했던 전당대회 연설이 나에게 어떤 시작, 퍼스트레이디로서 나의 인생으로 이어지는 진입로였다면, 2016년에 했던 연설은 출구처럼 느껴졌다. 끝으로 가는 시작이었다.

나에게는 연설을 통해 하고 싶은 말, 전달하고픈 메시지, 핵심적인 감정이 있었다. 연설은 다 외운 상태였고 반복 연습을 통해 머릿속에 잘 넣어둔 상태였다. 하지만 다시 한번 일이 살짝 틀어졌다. 이번에는 고장 난 텔레프롬프터가 아니었다. 내가 탄 비행기가 필라델피아에 착륙하려고 접근하던 바로 그때 마침 도시 위를 뒤덮은 심상치 않은 여름 폭풍우가 문제였다.

나는 당시 소수의 보좌관과 이동 중이었고 전당대회 연설을 단 한 시간 앞두고 있었다. 기류가 불규칙해졌고 자리에 앉은 우리들은 심한 진동을 느꼈다. 안전벨트를 착용하라는 공군 기장의 목소리가 기내 방송을 통해 들려왔다. 날씨가 좋지 않아 어쩌면 델라웨어주에 착륙을 해야 할 수도 있다고도 말했던 것 같다. 그러자 우리 팀원들은 연설이 지연될 경우 어떻게 할지 긴박하게 논의하기 시작했다. 나는 그날 밤 전당대회의 기조연설을 맡은 상황이었고 황금 시간대 일정은 이 기조연설을 중심으로 짜여 있었다.

그런데 심한 진동은 맛보기에 불과했다. 잠시 후 비행기는 갑자기 급격하게 한쪽으로 기울어졌다. 마치 쏟아지는 빗줄기 속에 모습을 드러낸 거대한 밤의 괴물이 앞을 가로막는 비행기를 툭 친 것 같았다. 몇 초간 비행기는 옆으로 기울어져 아래로 곤두박질치는 느낌이었다. 통제가 불가능한 상태 같았다. 옆에 있던 사람들도 비명을 지르거나 울음을 터뜨렸다. 창밖으로 번개가 쳤고 비행기는 몹시 흔들리며 구름 사이로 돌진했다. 아래로는 도시의 불빛이 희미하게 보였다. 나는 죽을 걱정은 하지 않았다. 오로지 그 연설이 하고 싶었다.

당시 나는 거의 8년 동안 퍼스트레이디로서 역할을 수행해오고 있었다. 그동안 나는 끔찍한 전쟁 부상으로 치료를 받고 있던 장병들의 병상 옆에 앉아보았다. 하굣길에 시카고의 한 공원에서 총격을 받아 숨진 열다섯 살 딸을 둔 어머니와 함께 눈물을 흘려본 적도 있었다. 넬슨 만델라가 27년 수감 기간의 대부분을 보냈으나 그럼에도 꿋꿋이 인내했던 작은 독방에 서본 적도 있었다. 그동안 우리는 오바마 케어 법안의 통과, 동성 결혼을 허락하는 대법원 판결을 포함한 수십 가지의 크고 작은 승리를 자축했다. 코네티컷주에서 한 남자가 총으로 초등학교 학생 스무 명을 살해했을 때 대통령 집무실로 가서 버락을 안아주고 같이 비탄에 잠겨 말없이 서 있었던 경험도 있었다.

나는 몇 번이고 다시, 또다시 세상사에 혼란을 느끼고 겸허해

미셸 오바마 자기만의 빛

지고 또 충격을 느꼈다. 나의 역할로 인해 바닥을 치기도 하고 다시 절정에 오르기를 거듭했다. 인간의 조건을 가능한 모든 관점에서 목격하면서 기쁨과 슬픔의 교차하는 파도에 얹어맞는 기분이었다. 예상한 대로 이루어지는 일은 매우 적으며 앞으로 몇 걸음을 가든 반드시 어떤 일이 일어나 옛 상처가 곪아 터지고 우리는 다 함께 뒤처질 것이라고 줄기차게 되새겨주었다.

단 하루도 아버지를 생각하지 않은 날이 없었다. 나는 아버지와, 아버지의 힘과 기동성을 서서히 빼앗아간 질병에 대해 생각했다. 질병이 가로놓은 정서적, 신체적 장애물과 마주한 아버지가 보여준 인내와 품위에 대해 생각했다. 계속해서 가족들의 곁에 있어주었던 아버지, 앞으로 나아가기 위해 날마다 희망과 가능성을 일신했던 아버지를 생각했다. 아버지는 '품위 있게 가는' 법을 보여주는 지도를 제공한 셈이었다. 나는 2016년 당시 우리가 무엇과 마주하고 있는지 잘 알고 있었다. 우리는 그 어느 때보다 암울하게 느껴졌던 또 한 번의 선거와 선택을 앞두고 있었다. 비행기 속에서 나는 동요하고 있었다. 걱정하고 있었다. 그럼에도 나에게는 갑옷이 있었다. 그 순간 나를 경로에서 이탈시킬 수 있는 것이 있다면 그것은 필라델피아 상공의 불안정한 대기보다 훨씬 거대한 것이어야 했다.

우리는 결국 착륙했다. 회의장에 도착했다. 나는 신속하게 의상과 구두를 착용하고 립스틱을 바르고 연단으로 올라갔다. 나는 마음을 가라앉히고 텔레프롬프터와 자신감 모니터를 확인했으며 군중에게 미소와 손짓을 보낸 다음 연설을 시작했다.

이상하게 들릴지 모르겠지만 경기장에 들어찬 관객 앞에서 연설을 하는 일도 한두 번 해보면 적응이 되어 꽤 편안하게 느껴진다. 정말이다. 더 정확하게 말하자면 남들 앞에 나서는 일의 불편함에 좀 더 적응이 된다. 편안하게 두려워하는 법을 깨우치는 것이다. 극도의 긴장감을 주는 아드레날린의 자극, 흥분한 사람들을 실시간으로 마주하는 일에서 피할 수 없는 온갖 불확실성에 갈수록 둔감해지는 것이다. 전반적인 기분은 갈수록 두려움보다 연료에 가까워진다. 꼭 전달하고 싶은 말이 있을 땐 더욱 그렇다.

그날 밤 필라델피아에서 한 연설은 수년 전 덴버에서 했던 첫 연설만큼 간곡했다. 차이가 있다면 우리가 곧 떠나게 되어 있다는 사실이었다. 그날 전당대회에서 무슨 일이 있든 간에, 이후 선거 결과가 어떻든 간에, 누가 대통령이 되든 간에 우리 가족은 약 6개월 후 백악관을 나와 휴가를 떠날 예정이었다. 어떻게 되든 우리는 대통령과 관련된 일에서 손을 떼게 될 터였다.

나는 그날 밤 온갖 감정으로 차올라 있었다. 그럼에도 그 모든 감정을 모아 하나의 계획으로 이어지게 하려고 애쓰고 있었다. 나는 군중에게 어떤 결론도 필연적이지 않다고 일깨워주었다. 선거를 앞두고 피로감을 호소하거나 답답해하거나 냉소적인 태도에 빠질 여유가 없다고 말했다. 품위 있게 가는 길을 선택해야 한

미셸 오바마 자기만의 빛

다고 말했다. 승리를 위해 노력을 해야 한다고, 모든 문을 두드리고 모든 유권자의 투표를 독려해야 한다고 했다. 연설의 마지막에는 이렇게 말했다.

"그러니까 일을 시작합시다."

그런 다음 공항으로 돌아가 다시 비행기를 타고 여전히 불안정한 대기 속으로 이륙했다.

✳   ✳   ✳

내가 그날 밤 했던 연설로 인해 "상대가 수준 낮게 굴더라도 우리는 품위 있게 가자"라는 말이 보다 광범위한 시대정신 속에 남게 되었을지 몰라도 궁극적으로 연설의 의미는 전달되지 못했다. 많은 사람이 나의 부름을 들었지만 노력하는 것을 잊었기 때문이다. 2016년 선거 당일 9000만 명이 넘는 유권자가 투표를 하지 않았다. 그로 인해 우리는 도랑에 처박혔다. 우리는 4년간 그 결과를 감수해야 했다. 여전히 감수하는 중이다.

잠잠해질 기미가 보이지 않는 폭풍우 속에서 방향을 바로잡으려면 어떻게 해야 할까? 주변의 대기가 불안정하고 밟고 선 땅마저 자꾸만 흔들리는 것 같을 땐 어떻게 안정감을 찾을 수 있을까? 나는 그것이 지속되는 혼란 속에서 주체성과 목적을 찾는 데서, 작은 힘도 의미 있는 힘이 될 수 있다고 믿는 데서 시작한다고 생각한다. 투표를 하는 일은 중요하다. 이웃을 돕는 일은 중요하다. 내가 옳다고 믿는 대의를 위해 시간과 에너지를 빌려주는 일은 중요하다. 한 사람이, 혹은 집단이 모욕을 당하거나 비인간적인 대접을 받을 때 발언을 하는 일은 중요하다. 타인의 존재를 기뻐하는 일도 중요하다. 자녀든, 동료든, 심지어 길에서 지나치는 행인이든 상관없다. 작은 행동은 나 자신의 가시성, 나 자신의 안정감, 그리고 연결감을 위한 수단이 된다. 나 또한 중요하다는 사실을 일깨워줄 수 있다.

우리 주변의 문제들은 갈수록 복잡해지고 있다. 우리는 타인에 대한 신뢰를 재발견해야 할 것이고 잃어버린 신념을 회복해야 할 것이다. 지난 몇 해가 빼앗아간 모든 것을 되찾아야 할 것이다. 혼자서 할 수 있는 것은 없다. 우리가 비슷한 사람들 사이에서 고립된 채 머문다면, 오직 우리와 똑같은 시각을 가진 사람들과 어울리며 듣기보다 말하기에 치중한다면 아무 일도 벌어지지 않을 것이다.

내가 필라델피아에서 그 연설을 하기 불과 며칠 전, 온라인 잡지 《슬레이트》에서 "2016년은 역사상 최악의 해인가"라는 제목의 기사를 냈다.[12] 그러면서 트럼프의 뚜렷한 인기, 경찰의 총격, 지카 바이러스, 브렉시트 등을 증거로 들었다. 하지만 흥미롭게도 그것은 우리가 2017년을 겪기 전이었다. 언론에 따르면 갤럽에서 전 세계를 대상으로 실시한 정신 건강에 관한 조사 결과 2017년

미셸 오바마 자기만의 빛

은 '지난 10년간 세계 최악의 해'였다.[13]

물론 2017년 이후에도 새해는 찾아왔고 또 다른 새해가 찾아왔으며 매해 새로운 위기와 새로운 재앙으로 점철되었다.《타임》은 2020년을 "지상 최악의 해"라고 선언했지만[14] 2021년도 그다지 낫지 않았다는 사실에 많은 사람이 동의할 것이다. 요점은 불확실성이 상수라는 것이다. 우리는 계속해서 투쟁해야 하고 두려움과 싸워야 하며 약간의 통제력이라도 얻기 위해 노력해야 한다. 우리가 처해 있는 역사적 순간 속에서 방향을 잃지 말라는 법도 없다. 세상은 지금 더 나은 곳을 향해 가고 있는가, 아니면 그렇지 않은가? 누구를 위해 가고 있는가? 과연 측정이 가능하기는 할까? 나에게 좋은 날이 나의 이웃에게는 끔찍한 날일 수도 있다. 한 국가가 번성하는 동안 다른 국가는 고통받고 있을 수도 있다. 기쁨과 고통은 종종 아주 가까이 산다. 서로 얽혀 있다. 우리 대부분은 그 중간 어디에서 인간의 가장 본능적인 충동을 따른다. 희망을 놓지 않는 것이다. 포기하지 말자. 우리는 서로에게 당부한다. 줄기차게 노력하자.

이 또한 중요하다.

내가 어머니가 되었을 때 나는 어머니에게 어떻게 아이들을 잘 키울 수 있는지 묻기 시작했다. 그때 어머니가 했던 말 중에는 이런 것도 있다.

"모든 답을 아는 것처럼 행동하지 마. 모르겠다고 말해도 괜찮단다."

나는 이 책을 시작하면서 다른 사람들이 나에게 물어 오는 몇 가지 질문에 대해 이야기했다. 다시 말하지만 내가 줄 수 있는 답변은 별로 없다. 진정한 답변을 얻기 위해서는 더 길고 더 깊은 대화를 모두가 함께 나누려고 애써야 한다.

미래가 어떨지 확실히 알 수는 없지만 우리가 마주한 걱정과 고민 앞에서 절망감을 느낄 필요가 없다는 사실을 기억해야 한다. 우리는 설계를 통해 변화를 가져올 수 있는 능력을 가졌다. 혼란에 대한 반작용이 아닌 대응책으로서의 변화 말이다. 우리는 두려움이 아닌 희망을 바탕으로 움직일 수 있으며 분노를 이성과 결합할 수 있다. 그럼에도 할 수 있다는 믿음을 몇 번이고 새로이 다져야 할 것이다. 지팡이가 제 역할을 하지 못해 바닥에 넘어질 때마다 아버지가 소리 없이 되새긴 믿음에 대해 나는 생각한다. '넘어지면 일어나서 가던 길을 가면 된다.'

'품위 있게 가라'는 식의 구호는 듣고 반복하는 데 그치면 아무

소용이 없다. 말만으로 쉽게 되는 일은 없다. 슬프다고, 화가 났다고, 약속했다고, 희망이 있다고 선언한 다음 주저앉아 있기만 해서는 안 된다. 그러면 소용없다는 교훈만을 계속 얻게 될 뿐이다. 2016년 선거에서 보았듯이 모든 것이 내가 원하는 대로 잘 풀릴 것이라는 생각은 주제넘은 가정이다. 지도자를 선출하는 일에서 나의 운명을 전적으로 타인의 손에 맡기는 것은 위험하다. 우리는 희망을 안고 선택을 해야 하며 관련된 노력을 하기로 다짐하고 또 다짐해야 한다. 존 루이스가 말했든 자유는 마법의 정원이 아니다. 끊임없이 머리 위로 들어 올려야 하는 역기다.

품위 있게 간다는 것은 주변부를 구분 짓는 특정한 경계 내에서, 경계 자체가 도발적일지라도 그 안에서 활동한다는 의미가 될 수 있다. 무도회장에서 더 잘 눈에 띄고 더 잘 들릴 수 있도록 그 안의 웅장한 계단을 어느 정도 올라야 한다는 의미다.

백악관에 있는 동안 나는 갑옷을 입고 있어야 한다는 사실을 알았고 때로는 타협을 해야 한다는 사실도 알았다. 내가 나 혼자만을 대표하는 존재가 아니었기 때문이다. 내 일과 나의 계획, 나의 희망을 놓칠 수 없다는 사실도 알았다. 반작용보다는 작용에 힘을 넣어야 했다. 방어적인 태도는 오히려 역효과를 가져올 수 있었다. 지격과 신용을 서서히 쌓아가야 했다. 함정은 최대한 피하고 도랑에 빠지지 않도록 조심해야 했다. 이것이 전략과 타협을 요구했음은 물론이다. 때로는 내가 걷고자 하는 길을 스스로

닦아야 하는 법이고 그것은 다른 사람들을 위한 길을 닦는 일일 수도 있다. 이미 말했듯 꽤 따분하고 불편한 일이며 상처를 입을 수 있는 일이다. 그러나 내 경험상 새로운 개척지로 들어갈 때는 그렇게 할 수밖에 없다.

현실이 지긋지긋한 청년들, 의욕적인 동시에 마음이 급한 이들은 종종 내게 묻는다. 사회 활동, 저항, 변화가 어떠해야 하는지에 대한 폭넓은 질문이기도 하다.

어느 정도 참아야 하고 어느 정도 거부해야 하는가? 제도를 무너뜨려야 하는가, 인내심을 갖고 안에서부터 개혁해야 하는가? 효율적으로 변화를 요구하려면 주변부에서 시작해야 하는가, 주류가 되어야 하는가? 대담함이란 어떤 모습이어야 하는가? 공손한 태도는 어느 순간부터 행동하지 않기 위한 핑계가 되는가?

이런 질문은 새로운 질문이 아니다. 새로운 토론거리가 아니다. 모든 세대가 스스로 재발견한다. 답은 명확하지 않다. 그래서 토론은 매번 신선하고 질문은 언제나 열려 있다. 운이 좋다면 우리의 자녀들과 그들의 자녀들이 언젠가 상기된 모습으로 우리를 찾아올 것이다. 답답하고 조급한 마음으로, 우리가 넓히려고 애썼던 바로 그 주변부의 경계에 대해 고민하며 거기 도전할 준비가 된 모습으로 똑같은 질문을 처음부터 다시 할 것이다.

존 루이스를 포함한 600여 명의 시민권 운동가가 앨라배마주 셀마에서 에드먼드 페터스 다리 위를 행진했을 때 나는 겨우 한 살이었다. 그들은 분리주의자였던 보안관 대리들과 주 경찰관들의 가혹한 공격을 이겨내며 투표권을 연방법으로 보장해야 한다는 주장에 관심을 모으기 위해 애썼다. 나는 너무 어렸기 때문에 마틴 루서 킹 주니어 박사가 몽고메리에 있는 주 의사당 계단에 서서 연설했던 그날이 기억나지는 않는다. 그날 킹 박사의 연설은 이후 2만 5000명까지 늘어난 존 루이스의 시위대를 위한 것만은 아니었다. 마침내 그들의 투쟁에 관심을 갖게 된 국민들을 위한 것이었다. 킹 박사는 연설에서 투쟁이 끝나려면 멀었으며 결코 목적지에 다다른 것이 아니라고 말했다.

"여러분은 오늘 묻고 계실 겁니다. 얼마나 남았는지."[15]

킹 박사는 미국 국민들에게 비폭력을 맹세하고 계속해서 정의를 위해 노력하라고 당부하면서, 그리고 믿음과 용기를 함께 실천하도록 격려하면서 질문에 대한 답변을 내놓았다.

"얼마 남지 않았습니다."

나는 우리가 변화와 진보의 본질에 대해 토론할 때 알고 보면 "얼마 남지 않았다"라는 말의 의미에 대해서 토론하는 것이 아닌가 싶다. 몇 년, 몇 십 년, 몇 세대가 지나야 공정하고 평화로운 세상에 근접할 수 있을까? 걸어서 갈 수 있을까, 뛰어서 가야 할까, 아니면 멀리뛰기를 해야 할까? 이떤 전략이 필요할까? 어떤 타협이 요구될까? 어떤 희생을 해야 할까? 얼마 남지 않았다는 것은 과연 얼마나 남았다는 뜻일까?

버락의 부모님이 1961년 하와이에서 결혼식을 올렸을 당시 미국의 거의 절반인 스물두 개 주에서는 인종 간의 결혼이 불법이었다. 내가 열 살이 되어서야 미국 여성은 남편의 허락 없이 신용카드를 신청할 법적 권한을 갖게 되었다. 우리 할아버지는 흑인이 투표를 시도하는 것만으로도 총에 맞아 죽을 수 있는 시대에 남부에서 자랐다. 나는 백악관의 트루먼 발코니에 서서 피부가 검은 두 딸이 잔디 위에서 놀고 있는 모습을 볼 때마다 이 사실을 되새겼다.

흑인 퍼스트레이디로서 나는 '유일한 사람'이었다. 내가 퍼스트레이디라는 역할에 적응하고 맞추어나가는 동안 세상 또한 적응하고 맞추어나갈 수 있도록 도와야 했다는 뜻이다. 버락 역시 대통령으로서 그렇게 해야 했다. 우리는 물론 달랐지만 그렇게 많이 다르지는 않았다. 우리는 우리의 도덕성에 대한 공격을 이겨내면서 사람들 앞에서 이 사실을 보여주고 또 보여주어야 했다. 민첩성을 유지하고 함정을 피해야 했다. 내가 아는 수많은 사람이 자신만의 사적인 영역에서 그리고 업무 영역에서 이와 똑같은 과제를 수행해야 한다. 동시에 가르치고 설명하고 대표해야 한다. 그 부가적인 수고를 원하지 않거나 즐기지 않아도 할 수 없다. 인내와 순발력, 때로는 추가적인 갑옷이 요구되는 일이다.

백악관은 궁전처럼 생겼고 또 그렇게 느껴졌지만 그 안의 나는 여전히 나였다. 나는 그 공간에서 갈수록 편안함을 느꼈고 내 모

미셸 오바마 자기만의 빛

습을 점점 더 드러낼 수 있게 되었다. 춤을 추고 싶으면 춤을 출 수 있었다. 농담을 하고 싶으면 농담을 할 수도 있었다. 일을 배워가면서 경계를 좀 더 시험하기 시작했고 더 자유롭게 표현하는 모습, 더 창의적인 모습을 나에게 허락했다. 더 온전한 내 모습으로 퍼스트레이디로서의 역할을 수행할 수 있게 된 것이다. TV에 나와서 지미 팰런과 춤을 추거나 엘런 디제너러스와 팔굽혀펴기를 하면서 아이들의 건강을 지키기 위한 활동 '렛츠 무브(Let's Move!)'를 홍보할 수 있었다는 뜻이다. 백악관 잔디에서 아이들과 줄넘기, 축구를 하기도 했다. 〈새터데이 나이트 라이브〉의 출연자와 랩을 하면서 왜 대학 졸업장이 중요한지 젊은이들에게 일깨워주려고도 했다. 나의 목표는 언제나 즐거운 방식으로 진지한 일을 하는 것, 우리가 계속해서 품위 있게 가는 쪽을 선택한다면 어떤 일들이 가능할지 보여주는 것이었다.

내 생각에 추악한 고정관념과 싸우는 가장 좋은 방법은 내 모습을 있는 그대로 보여주면서 그 고정관념이 얼마나 잘못됐는지 보여주는 것이었다. 아무리 오래 걸릴지라도. 결코 생각을 바꾸지 않는 사람들이 있을지라도. 다른 한편으로는 애초에 그 고정관념을 만들었던 체계를 바꾸기 위한 노력도 멈추지 않았다. 현명하게 힘을 키우고 신중하게 내게 기긴 목소리를 사용해야 했다. 내가 택한 방식이 내 뒤를 따라오는 이들을 위해 주변부를 다만 넓힐 수 있기를 바랄 뿐이었다. 내가 성공하려면 퍼스트레이디로서 나의 목표를 이루는 데 모든 노력을 쏟을 수 있어야 했다. 내가 실패하길 원하는 사람들로 인해 방향감각을 잃거나 주의를 빼앗기지 않아야 했다. 나는 이것을 도전 과제로 보았다. 일종의 도덕성 시험으로 보았다. 늘 그래왔듯이 나는 에너지 소비를 신중하게 계산하고 있었다. 한 걸음도 허투루 내딛지 않았다.

연방대법원 대법관 커탄지 브라운 잭슨은 하버드 학부생 시절 겪은 일에 대해 의미심장한 이야기를 털어놓았다. 1988년 잭슨은 행정을 공부할 의욕에 넘쳐 플로리다 남부에서 하버드대학교로 왔다. 잭슨은 연극을 좋아해서 오디션을 볼 마음에 들떠 있었다. 흑인 학생회에도 가입했다.

한 백인 학생이 교내 안뜰이 내다보이는 기숙사 창문에 남부동맹군 깃발을 내걸자 흑인 학생회는 신속하게 항의 집회를 조직했다. 잭슨을 포함해서 대부분 흑인 학생으로 이루어진 학생회는 모든 것을 멈추고 항의 서명을 받고 전단을 돌리고 집회를 계획했다. 학생회는 학교 행정 당국을 압박하는데 성공했고 국내 언론의 상당한 주목을 받았다. 그들의 저항은 효과를 보았지만 이미 영리했던 미래의 대법관은 여기서 일종의 함정을 눈치챘다.

"우리는 온갖 매우 고결한 활동을 하고 있었지만 도서관에서 공부를 하고 있지는 않았어요."[16]

잭슨은 이후 이렇게 회고했다. 그 모든 노력에는, 수세적인 방어 태세에는 대가가 있었다. 학생들의 에너지를 빼앗았다. 학생들은 연극 연습이나 자율 학습, 사교 모임을 위한 시간을 마련할 수 없었다. 가능성도 많고 창의적이며 흥미로운 아이디어가 잔뜩 있는 학생들이었지만 다른 영역에서 모습을 드러낼 기회를 갖지 못했던 것이다.

"그게 정말 불공평하다고 생각했던 기억이 납니다."

잭슨은 말했다.

바로 이것이 편견에 기초한 차별의 보다 광범위한 기제라는 사실을 잭슨은 깨달은 것이다. 이런 식으로 외부인은 내부로 너무 깊이 들어갈 수 없었고 웅장한 계단에서 밀려났으며 무도회장 밖으로 쫓겨났다.

"깃발을 내건 학생이 정말 원했던 것이 바로 이거였어요. 우리가 정신이 팔린 나머지 낙제 점수를 받으면 결국 우리가 하버드 같은 곳에서 버틸 수 없다는 고정관념이 강화될 테니까요."

＊　　　＊　　　＊

틀에서 벗어나 바깥에서 사는 일은 힘겹다. 바깥에서 평등과 정의를 위해 싸우는 일은 더욱 힘겹다. 그래서 나는 우리가 싸움을 골라서 해야 한다고 생각한다. 감정을 다치지 않도록 조심하고 장기적인 목표에 대해 생각해보아야 한다. 우리 중에서 가장 효율적으로 일하는 사람들은 바로 이 점이 그 자체로 중요하고 품위 있게 가는 일의 핵심이라는 사실을 알고 있다.

나는 에너지와 시간, 자원을 어떻게 쓰는 게 최선인지 고민하는 젊은이들과 종종 이야기를 나눈다. 그들은 압박감을 느끼고 있으며 두 세상 사이에 끼어 있는 기분이라고 말한다. 새로운 꿈을 이루기 위해 가족이나 고향을 떠나온 이런 친구들은 참사 생존자가 느끼는 죄책감과 유사한 감정에 시달리고 있다. 내가 목표를 향해 움직이기 시작하면 한 번도 나를 다르다고 생각하지 않았던 사람들이 나를 다르다고, 내가 변했다고 생각할 수 있다. 내가 문을 통과했기 때문에 이제 궁전에 살고 있다고 생각할 수도 있다. 이것은 우리가 안고 가야 하는 또 하나의 난제다. 우리가 헤치고 가야 할, 타협점을 찾아야 할 또 하나의 문제다. 대학 장학금을 받아 순식간에 집안 또는 동네의 자랑이 될 수 있다. 그렇다고 해서 삼촌의 전기 요금을 내줄 수 있는 능력이 생긴 것도 아니며 주말마다 집으로 돌아와 할머니 또는 어린 동생들을 돌볼 수 있는 것도 아니다. 성공을 위해서는 여러 어려운 선택을 거듭해야 하고 그와 연관된 온갖 선을 그어야 한다. 궤도를 벗어나지 않을 수만 있다면 나의 발전이 장기간에 걸쳐 보상으로 돌아오리라고 믿어야 한다. 자꾸만 되뇌어야 한다. "얼마 남지 않았다."

대법관 잭슨은 어린 시절 부모로부터 받은 가장 큰 선물이 어떤 억척스러움, 고집스러운 자신감이라고 했다. 어릴 때부터 독특한 아프리카식 이름으로 불린 잭슨은 학교에서 종종 '유일한 아

390 ✦✦   미셸 오바마 자기만의 빛

이'였고 이후 법조계에서 일을 하면서 자신과 타인의 평가 사이에 심리적 장벽을 만드는 법을 터득했다. 보다 큰 목표를 집요하게 물고 늘어졌으며 불공정이나 외부의 공격을 받아도 궤도에서 밀려나기를 거부했다. 잭슨은 자신의 성공 비결로 세 가지를 꼽았다. 끈질긴 노력, 절호의 기회, 그리고 아랑곳 않는 태도였다. 아랑곳 않는 태도란 분노와 상처를 어떻게 할지, 어디로 보낼지, 어떻게 실질적인 힘으로 변환할 수 있는지 아는 태도다. 목적지를 정했지만 거기까지 가는 데는 시간이 꽤나 걸린다는 사실을 이해하는 일이다. 잭슨은 2020년 어떤 흑인 학생 모임을 방문한 자리에서 이렇게 말했다.

"여러분이 여러분과 지역공동체를 위해서 할 수 있는 최선은 집중력을 잃지 않는 것입니다."[17]

품위 있게 간다는 것은 독을 거부하고 힘을 간직하는 법을 터득한다는 뜻이다. 에너지를 현명하게 사용하고 분명한 신념을 지닌다는 뜻이다. 때로는 밀고 나가되 때로는 한 걸음 물러나 휴식과 회복의 시간을 갖는다는 뜻이다. 우리의 주의력, 시간, 신용, 우리가 타인에게 보여주는 선의와 타인이 우리에게 보여주는 선의는 제한되어 있지만 새로 채울 수 있는 자원이다. 우리는 살면서 끊임없이 주머니를 채우고 또 비우기를 반복한다. 벌고, 저축하고, 또 쓴다.

"우리 부자예요?"

어릴 때 오빠가 아버지에게 이렇게 물은 적이 있다.

아버지는 웃으면서 아니라고 말하고 넘겼다. 얼마 안 가 월급날이 돌아오자 아버지는 은행에 가서 수표를 입금하는 대신 현금으로 바꾸었고 집에 두둑한 현금 다발을 들고 돌아왔다. 그런 다음 오빠와 내가 모든 지폐를 빠짐없이 볼 수 있도록 침대 발치에 현금을 펼쳐두었다. 돈이 정말 많아 보였다.

잠깐 동안은 우리가 부자인 것도 같았다.

아버지는 이어서 매달 집으로 날아오는 청구서 뭉치를 가져왔다. 봉투를 하나씩 열어가면서 어디 얼마나 돈이 들어가는지 설명했다. 전기 요금은 이만큼, 자동차 할부금은 이만큼. 부엌에서 쓰는 가스에는 또 얼마가 들어가고 냉장고를 채우는 데에는 얼마나 들어가는지 설명했다. 그리고 지불해야 하는 대략의 금액을 온갖 봉투 속에 넣으며 또 어디에 돈이 들어가는지 이야기했다. 예를 들면 차에 기름을 넣을 돈, 매달 로비 할머니에게 드릴 월세, 학교에 입고 갈 새 옷을 살 비용, 미시간주 가족 휴양 시설로 매년 일주일간 피서 갈 때 필요한 돈, 미래를 위해 저축할 돈.

아버지는 산처럼 쌓여 있던 현금을 야금야금 넣었고 침대에는 결국 20달러 지폐 한 장만이 남았다. 아이스크림 가게나 자동차 전용 극장 같은 특별한 곳에 갈 때 쓸 여윳돈을 의미했다.

아버지는 우리가 부자는 아니지만 현명하다고 말하고 있었다. 우리는 신중했다. 우리는 잘 알고 있었다. 낭떠러지가 저기 보였지만 그렇다고 그리로 떨어진다는 의미는 아니었다. 우리가 영리하게 소비한다면 언제나 괜찮을 것이라고 아버지는 보여주고 있었다. 아이스크림도 먹을 수 있고 영화도 볼 수 있었다. 언젠가 대학에도 갈 수 있을 터였다. 분별 있게 사는 한 우리도 꿈을 꿀 수 있었다.

나는 퍼스트레이디로 일할 때에도 이러한 접근 방법을 택했다. 내가 가진 자원이 어떤 것인지, 얼마나 쓸 수 있고 아직 얼마나 더 벌어야 하는지, 항상 염두에 두었다. 전략적인 방식으로 노력하려고 애썼다. 실천 가능한 계획에 충실하고 무분별한 분노는 타인의 몫으로 남겨두었다. 찾을 수 있는 가장 건전한 갑옷을 입었다. 건강을 유지했다. 잘 먹었고 잘 자는 것을 우선으로 두었다. 친구, 가족과 시간을 보내면서, 나의 부엌 식탁의 힘을 빌려 행복과 안정감을 유지했다. 두려워하는 마음에 발동이 걸릴 때에는 말을 걸어 조용히 시켰다. 감정이 강렬해질 때—화가 날 때, 혹은 속이 답답해 터질 것 같을 때—시간을 내서 가까운 사람들과 감정을 이야기했다. 어머니나 친구들을 공명판 삼아 더 나은 계획을 짜보려고 애썼다.

나는 내 이야기를 알고 있었다. 나를 알고 있었다. 내가 모두가 원하는 사람이 될 수 없다는 사실도 알고 있었다. 덕분에 가혹한 비판과 오해에도 흔들리지 않을 수 있었다. 나는 나의 우선순위를 알았고 수년간의 연습을 통해 경계를 유지하는 법을 알고

불의와 공포, 슬픔과 마주할 때 가장 도움이 된 해독제는
아이들과 함께하는 시간이었다.

있었다. 그래서 들어오는 수많은 요청을 분명하게, 그러나 감사의 뜻을 담아 거절할 수 있었다. 나는 사소한 일에서 나오는 힘을 동력으로 삼기 위해 집중할 영역을 줄이기로 했다. 나에게 의미가 있는 몇 가지 주요 활동만을 남기고 가족에게 정성을 쏟기로 했다. 그리고 나를 상냥한 태도로 대하며 나의 빛을 지키는 동시에 나누기로 했다. 한편 다른 이들, 이 아름다우면서도 고장 난 세상에서 내가 그동안 만난 수많은 사람이 나누어주는 한없는 빛을 나누어 받기로 했다.

스트레스 지수가 높아지거나 냉소주의가 내 안에서 꿈틀거리는 기분이 들면 일부러 학교를 방문하거나 아이들을 백악관으로 초대하곤 했다. 그러는 즉시 잃어버렸던 객관성을 되찾을 수 있었고 목적은 다시 분명해졌다. 아이들은 언제나 일깨워준다. 우리는 모두 사랑을 아는 열린 마음, 혐오를 모르는 마음을 가지고 태어났다는 것을. 우리가 아랑곳하지 않는 태도를 유지하고 자꾸 길을 개척하려는 이유가 바로 아이들이다. 아이들이 성인이 되는 모습을 보면 깨닫는다. 그 과정은 한없이 평범한 동시에 한없이 심오하다. 천천히 이루어지는 동시에 순식간에 이루어진다. 걷는가 싶으면 뛰는 식이다. 아이들을 보면 이해할 수 있을 것 같다. 얼마 남지 않았다는 말의 의미를.

우리 아이들은 툭하면 식구들의 옛날 사진들을 보면서 깔깔대고 웃는다. 귀여운 아기였을 적 제 사진이나 꼬맹이 때 생일 파티 사진뿐만 아니라 더 오래된 사진에서도 재미있는 것들을 발견한다. 사진에는 1980년대 고수머리를 하고 데님으로 머리끝에서 발끝까지 치장한 열일곱 살 내 모습도 있다. 아이들은 하와이의 얕은 파도 속에서 물놀이를 하고 있는, 얼굴이 토실토실한 버락의 사진을 발견하고 웃는다. 어머니의 사진을 발견하고 신기해하기도 한다. 1950년대 후반 세피아 톤의 사진 속 어머니의 모습은 젊고 우아하다. 아이들은 옛날 사진 속에 우리들이 지금 모습 그대로 있다고 한다. 오랜 세월에도 변하지 않는 그 일관된 모습을 거의 기적처럼 여긴다.

재미있는 것이, 아이들의 말은 사실이기도 하고 아니기도 하다. 물론 옛날 모습이 남아 있다. 어머니의 둥근 뺨은 세월이 흘러도 한결 같은 곡선을 그리고 있으며 버락의 짓궂은 미소 속에는 익숙한 활기가 있다. 하지만 우리는 과거와 다르기도 하다. 옷도 다르고 머리 스타일도 다르고 피부의 매끄러움, 사진 자체의 질도 다르다. 모든 것이 지나간 세월을 말해준다. 지나간 여정을, 잃은 것들과 얻은 것들을, 끝없이 순환하는 시대를 말해준다. 그래서 옛날 사진을 보면 그렇게 재미있고 눈을 뗄 수 없는 것이다. 우리의 한결같음을 보여주기 때문이다. 또 우리가 얼마나 변화하는 지 보여주기 때문이다.

언젠가 우리는 지금 이 시대를 돌아볼 것이다. 지금과 다른 역사의 횃대에 앉아 바라볼 것이다. 우리가 지금은 상상도 할 수 없는 미래의 다양한 상황 속에서 보게 될 것이다. 그때 이 시대에 대해 무슨 생각을 하게 될지 궁금하다. 무엇이 그대로이며 무엇이 정말 고색창연하다고 느껴질까? 어떤 이야기가 살아남을까? 우리가 어떤 변화를 가져오는 데 성공하게 될까? 우리는 어떤 것을 망각하고 어떤 것을 소중히 여기게 될까?

재건, 회복, 재창조 같은 희망적인 생각을 입에 담기는 쉽지 않다. 지난 몇 년간 우리를 두렵고 슬프게 만든 모든 것에 비해, 우리가 겪은 모든 뚜렷하고 구체적인 고통에 비해 그런 생각은 추상적으로 느껴진다. 그러나 진보에는 창의력과 상상력이 요구된다. 언제나 그래왔다. 천재성은 대담함에서 나온다. 우리는 무엇이 가능할지 상상할 수 있어야 한다. 존재하지 않는 것을, 우리가 살고자 희망하는 세계를 미지로부터 소환해야 한다. 그래야 비로소 거기 가닿기 위한 계획의 실현에 착수할 수 있다.

모든 잠재한 꿈은 기쁨을 표현하는 사람만이 깨울 수 있다. 선생님이 "네가 오늘 학교에 와서 기쁘다"라고 할 때, 동료가 "의견을 말해줘서 기쁘다"라고 할 때, 인생 동반자가 "세월이 지나도 여전히 당신 곁에서 아침을 맞을 수 있어 기쁘다"라고 할 때 깨울 수 있다. 이런 메시지를 가장 먼저 솔직하게 전달하기로 하자.

우리가 나란히 앉아 일할 수 있게 되어 기뻐.

네 모습 그대로가 좋아. 나도 지금 이대로의 내 모습이 좋아.

이것이 우리가 품은 빛이고 나눌 수 있는 빛이다.

✷   ✷   ✷

품위 있게 가는 것은 어떤가? 아직도 그렇게 할 수 있을까? 그렇게 해야 할까? 우리가 살고 있는 이 세상 모든 암울하고 무자비하고 괴롭고 화가 나는 일들 앞에서 효과가 있기는 할까? 이 힘든 시절에 도덕성이 무얼 해줄 수 있을까?

나는 이런 의문을 에워싼 모든 날것의 감정을 이해한다. 우리가 느끼는 분노와 절망, 상처와 공황 상태는 타당하다. 그렇지만 그것들이 우리를 얼마나 빨리 도랑에 처박히게 할 수 있는지 잊지 말자.

내가 하고 싶은 말, 내가 언제나 되새겨주고 싶은 말은 이것이다. 품위 있게 간다는 것은 약속이다. 그다지 화려한 약속도 아니고 다만 계속 나아간다는 약속이다. 우리가 노력을 기울일 때만이 효과가 있을 것이다.

구호란, 그저 되풀이하거나 장터에 내놓을 수 있는 상품에 새기는 데 그치는 순간 허황해진다. 우리는 구호를 구현하고 거기에 우리를 쏟아 넣어야 한다. 그 속에 우리의 답답한 마음과 상처 받은 마음까지 쏟아 넣어야 한다. 역기를 들어야 결과를 얻을 수 있다.

결국 내가 하고 싶은 말은 활기를 잃지 말고 신념과 겸손한 자세, 공감을 잃지 말자는 것이다. 진실을 말하고 타인 앞에서 최선을 다하고 객관적인 관점을 유지하고 역사와 맥락을 이해하자. 분별 있게 살고 억척같이 살며 분노하며 살자.

하지만 무엇보다 노력을 잊지 말자.

나는 계속해서 독자들의 편지를 읽어볼 것이다. 질문에 대답할 것이다. 그리고 품위 있게 가는 일이 과연 의미가 있는지 묻는 질문에 계속해서 동일한 답변을 제시할 것이다.

의미가 있다. 반드시 있다.

미셸 오바마 자기만의 빛

이 책을 만들면서 나는 여러 대단한 사람의 도움을 받는 행운을 누렸다. 그들에게 보내는 감사의 인사가 마음 깊은 곳에서 우러나온다. 여러분이 내 곁에 있어 기뻐요.

진정한 동지이자 친구가 되어준 세라 코빗에게 고마움을 전한다. 열정, 책임감, 흔들리지 않는 믿음을 보내주어 고마워요. 우아하게, 그러나 두려움 없이 이 책 속으로 풍덩 뛰어들어주고 나와 함께 전국을 돌아다녀준 것, 내 생각과 아이디어에 귀 기울여준 것 전부 고맙습니다. 뛰어난 안목과 공감 능력으로 내 머릿속과 내 삶 속에 기꺼이 머물러준 당신이 없었다면 다른 누구와도 이 일을 해내지 못했을 거예요. 당신은 진정 나에게 선물 같은 존재입니다.

크라운출판사의 편집자 질리언 블레이크는 모든 출판 과정을 능숙하게 이끌어주었다. 블레이크는 현명하고 지칠 줄 모르며 환상적인 재능을 가진 편집자로 이 책을 더 나은 책으로 만들고자 온 힘을 쏟았다. 마야 밀레트도 넓은 마음과 예리한 문학적 지성으로 편집을 도와주면서 온갖 핵심적인 제안을 해주고 격려해주었다. 두 사람 덕분에 나는 생각을 다듬고 아이디어를 정리할 수 있었고 두 사람은 아주 정신없던 몇 달 동안 나를 붙잡아주는 유익한 존재가 되어주었다. 두 사람뿐 아니라 이 책의 영국판 편집을 도와준 대니얼 크루에게도 깊은 감사를 표한다.

4년 안에 책을 두 권 내게 되면 지난번에 함께 일했던 사람들과 대부분 다시 함께 일하게 된다는 점에서 즐겁다. 갈수록 호흡이 잘 맞는다. 데이비드 드레이크는 나의 책 두 권을 세상에 나오게 하는 데 결정적인 역할을 했다. 지칠 줄 모르고 지혜를 베풀며 틀에 박히지 않은 사고를 환영하는 태도를 지닌 사람이다. 초과근무까지 마다하지 않으며 모든 것을 최고의 상태로 만들기 위해 힘썼다. 데이비드는 우리 팀의 모두에게 친구가 되어주기도 했다. 매디슨 제이콥스 역시 환하고 지칠 줄 모르는 모습으로 우리 모두를 지원해주었다. 출간의 모든 면에 관여했고 우리 모두의 진심 어린 애정을 받았다.

아름다운 표지를 디자인하고 디자인 전반을 감독한 크리스 브랜드, 오디오북 제작을 도와준 댄 지트에게도 고마움을 전한다.

질리언 브라실도 다시 한번 연구 조사에 도움을 주고 능숙하게 사실 확인을 도와주었다. 꼼꼼하면서도 호기심이 많고 능률적이면서 쾌활한 질리언은 함께 일하기 아주 환상적인 동료다. 내가 지구에서 가장 좋아하는 사진작가 밀러 모블리는 지난 두 권의 책 표지에 들어간 사진을 찍어주었다. 모블리와 그 팀은 넘치는 에너지와 전문성을 갖고 일하며 언제나 나를 편안하게 해준다. 나는 이들 모두를 존경하고 아낀다.

완벽한 안목과 멋진 기운을 지닌 스타일리스트 메러디스 쿱의 상당한 재능에도 계속 도움을 받고 있다. 예네 댐튜와 칼 레이는 내 곁에서 이 모든 여정을 함께하면서 뛰어난 기술과 따뜻한 마음으로 나의 자신감을 북돋아주었다. 카티나 호일스는 우리 모두를 셀 수 없는 방식으로 뒷받침해주었다. 이들은 내게 그들의 직함이 의미하는 것보다 훨씬 더 큰 의미를 지닌다. 내 부엌 식탁에서 중요한 자리를 차지하는 사람들이고 가족 같은 사람들이다.

워싱턴 D.C. 사무실에서 일하는 뛰어난 여성들로 이루어진 환상적인 팀도 나를 도와주었다. 그들은 매일 나에게 빛을 나누어주며, 그들의 성실성, 노력, 낙관은 내게 연료가 되어준다. 크리스털 카슨, 차이나 클레이턴, 메론 하일레메스컬, 앨릭스 메이 실리에게 고마움을 전한다. 물론 멀리사 위터의 침착한 태도와 빛나는 지도력이 없다면 그 무엇도 가능하지 않았을 것이다. 한 사람 한 사람 모두 내 곁에 있어주어 기쁩니다.

펭귄랜덤하우스의 마커스 돌이 계속해서 나와 파트너십을 유지해준 데도 겸허한 마음으로 감사를 전한다. 좋은 책을 만들기 위한 그의 지속적인 의욕과 책임감은 지켜보는 사람에게 놀라움을 안긴다. 매들린 매킨토시, 니하르 멀레이비야, 지나 센트렐로 역시 전문성을 바탕으로 언제나 세련된 안목, 높은 기준을 유지하며 이 프로젝트를 훌륭하게 이끌어주었다. 이들이 제공한 모든 도움에 감사를 전한다.

크라운출판사의 제작팀에게도 빚을 졌다. 샐리 프랭클린, 리네아 놀뮬러, 엘리자베스 렌드플라이셔, 마크 버키뿐 아니라 이 책이 외국 독자들과 만나게 도와준 드니스 크로닌에게 고마움을 전한다. 미셸 대니얼, 재닛 르나드, 로리 영, 리즈 카보넬, 트리샤 와이걸은 최고 수준의 교정교열을 가능하게 했다. 스캇 크레스웰은 오디오북의 공동 제작을, 제니 푸치는 사진 조사, 디버시파이드 리포팅의 미셸 엔초치크와 그 팀은 필사를 도와주었다. 노스 마켓 스트리트 그래픽스는 페이지 구성을 담당했다. 여러분 덕분에 기쁨을 느낍니다.

펭귄랜덤하우스의 재능 있는 직원들에게도 감사를 전한다. 이사벨라 알칸타라, 토드 베어만, 커크 블리머, 줄리 케플러, 대니얼 크리스튼슨, 어맨다 다시어노, 아네트 다네크, 마이클 디페이지오, 커밀 듀잉발레호, 벤저민 드레이어, 수 드리스킬, 스킵 다이, 리사 푸이어, 랜스 피츠제럴드, 리사 곤잘레즈, 커리사 헤이스, 니

콜 허시, 브리아나 쿠실레크, 신시아 래스키, 새라 리먼, 에이미리, 캐롤 로웬스타인, 수 멀론바버, 매슈 마틴, 룰루 마르티네즈, 아네트 멜빈, 케이틀린 뮤저, 세스 모리스, 그랜트 뉴먼, 타이 노위키, 도나 패서넌트, 레슬리 프라이브스, 아파르나 리시, 케이틀린 로빈슨, 린다 슈미트, 매트 슈워츠, 수전 시먼, 데이미언 샌드, 스티븐 쇼딘, 페니 사이먼, 홀리 스미스, 팻 스탱고, 앤크 스타이네크, 케슬리 티피, 티아나 톨버트, 메건 트립, 새라 터빈, 제이시 업다이크, 밸러리 밴 델프트, 클레어 본 실링, 지나 워치텔, 샨텔 워커, 에린 워너, 제시카 웰스, 스테이시 위트크래프트가 그들이다.

이 책의 주제는 지난 몇 년간 내가 다양한 단체의 사람과 대면 및 비대면으로 가진 토론과 대화에서 나왔다. 시카고, 댈러스, 하와이, 런던 등의 젊은 여성 모임, 전국 스물두 개 대학의 학생들과 나눈 인상 깊은 토론, 『비커밍』 북투어에서 만난 수많은 북클럽과 지역 사회 단체와의 교류가 바탕이 되었다. 자극이 되어주는 심오한 경험이었으며 이 세상에 진정하게 소중한 것은 무엇인지 상기하는 귀중한 계기가 되었다. 자신의 생각과 고민, 희망을 나에게 털어놓아주고 나를 믿고 자신을 솔직하게 드러내준 모든 사람에게 감사를 전한다. 여러분의 빛은 여러분의 상상 이상으로 내게 중요한 의미로 다가왔습니다.

타인 헌터, 에보니 라델, 마둘리카 시카, 저미아 윌슨에게도 특별한 감사를 전한다. 여러분의 통찰, 솔직하고 깊은 생각은 이 여

감사의 말

✦✦ 405

정의 초기부터 나에게 큰 영감이 되었습니다. 우리가 나눈 대화 덕분에 이 책에 담긴 핵심적인 생각에 다다를 수 있었습니다.

마지막으로 우리 가족과 나의 부엌 식탁에 둘러앉은 모든 사람에게 감사한다. 당신의 사랑과 꿋꿋함은 어디에도 비할 수 없고 이 이상하고 불확실한 시기에 나를 붙들어 매주었으며 내가 희망을 가질 수 있게 해주었습니다. 언제나 내가 버틸 수 있게 도와주어서 감사합니다.

프롤로그

1. Barbara Teater, Jill M. Chonody, and Katrina Hannan, "Meeting Social Needs and Loneliness in a Time of Social Distancing Under COVID-19: A Comparison Among Young, Middle, and Older Adults," *Journal of Human Behavior in the Social Environment* 31, no. 1–4 (2021): 43–59, doi.org/10 .1080/10911359.2020.1835777; Nicole Racine et al., "Global Prevalence of Depressive and Anxiety Symptoms in Children and Adults During COVID-19: A Meta-Analysis," *JAMA Pediatrics* 175, no. 11 (2021): 1142–50, doi. org/10.1001/jamapediatrics.2021.2482.

2. Imperial College London, COVID-19 Orphanhood Calculator, 2021, imperialcollege london.github.io/orphanhood_calculator/; Susan D. Hillis et al., "COVID-19–Associated Orphanhood and Caregiver Death in the United States," *Pediatrics* 148, no. 6 (2021): doi.org/10.1542/peds.2021-053760.

1부

1. Kostadin Kushlev et al., "Do Happy People Care About Society's Problems?," *Journal of Positive Psychology* 15, no. 4 (2020): 467–477, doi.org/1 0.1080/17439760.2019.1639797.

2. Brian Stelter and Oliver Darcy, *Reliable Sources*, January 18, 2022, web. archive.org/web/20220119060200/https://view.newsletters.cnn.com/messages /1642563898451efea85dd752b/raw.

3. *CBS Sunday Morning*, "Lin-Manuel Miranda Talks Nerves Onstage," December 2, 2018, www.youtube.com/watch?v=G_LzZiVuw0U.

4. *The Tonight Show Starring Jimmy Fallon*, "Lin-Manuel Miranda Recalls His Nerve-Wracking Hamilton Performance for the Obamas," June 24, 2020, www.youtube.com/watch?v=wWk5U9cKkg8.

5. "Lin-Manuel Miranda Daydreams, and His Dad Gets Things Done," *Taken for Granted*, June 29, 2021, www.ted.com/podcasts/taken-for-granted-lin-manuel-miranda-daydreams-and-his-dad-gets-things-done-transcript.

6. *The Oprah Winfrey Show*, "Oprah's Book Club: Toni Morrison," April 27, 2000, re-aired August 10, 2019, www.facebook.com/ownTV/videos/the-oprah-winfrey-show-toni-morrison-special/2099095963727069/.

7. Clayton R. Cook et al., "Positive Greetings at the Door: Evaluation of a Low-Cost, High-Yield Proactive Classroom Management Strategy," *Journal of Positive Behavior Interventions* 20, no. 3 (2018): 149–159, doi.org/10.1177/1098300717753831.

8. "Toughest Admissions Ever," *Princeton Alumni Weekly*, April 20, 1981, 9, books.google.com/books?id=AxNbAAAAYAAJ&pg=RA16-PA9; "Slight Rise in Admissions," *Princeton Alumni Weekly*, May 3, 1982, 24, books.google.com/books?id=IhNbAAAAYAAJ&pg=RA 18-PA24.

9. "Toughest Admissions Ever."

10. W.E.B. Du Bois, *The Souls of Black Folk* (New York: Penguin, 1989), 5.

11. Monument Lab, *National Monument Audit*, 2021, monumentlab.com/audit.

12. Stacey Abrams, "3 Questions to Ask Yourself About Everything You Do," November 2018, www.ted.com/talks/stacey_abrams_3_questions_to_ask_yourself_about_everything_you_do/transcript; Jim Galloway, "The Jolt: That Day When Stacey Abrams Was Invited to Zell Miller's House,"

The Atlanta Journal-Constitution, November 10, 2017, www.ajc.com/blog/
politics/the-jolt-that-day-when-stacey-abrams-was-invited-zell-miller-house/
mBxHu03q5Wxd4uRmRklGQP/.

13. Sarah Lyall and Richard Fausset, "Stacey Abrams, a Daughter of the South,
Asks Georgia to Change," *The New York Times*, October 26, 2018, www.
nytimes.com/2018/10/26/us/politics/stacey-abrams-georgia-governor.html.

14. "Stacey Abrams: How Can Your Response to a Setback Influence
Your Future?," *TED Radio Hour*, October 2, 2020, www.npr.org/
transcripts/919110472.

2부

1. Daniel A. Cox, "The State of American Friendship: Change, Challenges,
and Loss," June 8, 2021, Survey Center on American Life, www.
americansurveycenter.org/research/the-state-of-american-friendship-change-
challenges-and-loss/.

2. Vivek H. Murthy, *Together: The Healing Power of Human Connection in a
Sometimes Lonely World* (New York: HarperCollins, 2020), xviii.

3. Ibid., xvii.

4. Munirah Bangee et al., "Loneliness and Attention to Social Threat in Young
Adults: Findings from an Eye Tracker Study," *Personality and Individual
Differences* 63 (2014): 16–23, doi.org/10.1016/j.paid.2014.01.039.

5 Damaris Gracupner and Alin Coman, "The Dark Side of Meaning-
Making: How Social Exclusion Leads to Superstitious Thinking," *Journal
of Experimental Social Psychology* 69 (2017): 218–222, doi.org/10.1016/
j.jesp.2016.10.003.

6. Tracee Ellis Ross, Facebook post, December 27, 2019, facebook.com/
TraceeEllisRossOfficial/posts/10158020718132193.

7. Julianne Holt-Lunstad, Timothy B. Smith, and J. Bradley Layton, "Social
Relationships and Mortality Risk: A Meta-Analytic Review," *PLOS Medicine* 7,
no. 7 (2010): doi.org/10.1371/journal.pmed.1000316; Faith Ozbay et al., "Social
Support and Resilience to Stress," *Psychiatry* 4, no. 5 (2007): 35–40, www.
ncbi.nlm.nih.gov/pmc/articles/PMC2921311/.

8. Geneviève Gariépy, Helena Honkaniemi, and Amélie Quesnel-Vallée,
"Social Support and Protection from Depression: Systemic Review of Current
Findings in Western Countries," *British Journal of Psychiatry* 209 (2016):
284–293, doi.org/10.1192/bjp.bp.115.169094; Ziggi Ivan Santini et al., "Social
Disconnectedness, Perceived Isolation, and Symptoms of Depression and
Anxiety Among Older Americans (NSHAP): A Longitudinal Mediation
Analysis," *Lancet Public Health* 5, no. 1 (2020): doi.org/10.1016/S2468-
2667(19)30230-0; Nicole K. Valtorta et al., "Loneliness and Social Isolation
As Risk Factors for Coronary Heart Disease and Stroke: Systematic Review
and Meta-Analysis of Longitudinal Observational Studies," *Heart* 102, no. 13
(2016): 1009–1016, dx.doi.org/10.1136/heartjnl-2015-308790.

9. Gillian M. Sandstrom and Elizabeth W. Dunn, "Social Interactions
and Well-Being: The Surprising Power of Weak Links," *Personality
and Social Psychology Bulletin* 40, no. 7 (2014): 910–922, doi.
org/10.1177/0146167214529799.

10. Edelman Trust Barometer, "The Trust 10," 2022, www.edelman.com/sites/
g/files/aatuss191/files/2022-01/Trust%2022_Top10.pdf.

11. Jonathan Haidt, "Why the Past 10 Years of American Life Have Been
Uniquely Stupid," *The Atlantic*, April 11, 2022, www.theatlantic.com/
magazine/archive/2022/05/social-media-democracy-trust-babel/629369/.

12. Toni Morrison, *Beloved* (New York: Knopf, 1987), 272–273.

13. Simone Schnall et al., "Social Support and the Perception of Geographical Slant," *Journal of Experimental Social Psychology* 44, no. 5 (2008): 1246–1255, doi.org/10.1016/j.jesp.2008.04.011.

14. Scott Helman, "Holding Down the Obama Family Fort, 'Grandma' Makes the Race Possible," *The Boston Globe*, March 30, 2008.

15. Matt Schulz, "U.S. Workers Spend Up to 29% of Their Income, on Average, on Child Care for Kids Younger Than 5," LendingTree, March 15, 2022, www.lendingtree.com/debt-consolidation /child-care-costs-study/.

3부

1. David Murphey and P. Mae Cooper, *Parents Behind Bars: What Happens to Their Children?*, Child Trends, October 2015, www.childtrends.org/wp-content/uploads/2015/10/2015-42ParentsBehindBars.pdf.

2. "'Unity with Purpose': Amanda Gorman and Michelle Obama Discuss Art, Identity, and Optimism," *Time*, February 4, 2021, time.com/5933596/amanda-gorman-michelle-obama-interview/.

3. Ariel Levy, "Ali Wong's Radical Raunch," *The New Yorker*, September 26, 2016, www.newyorker.com/magazine/2016/10/03/ali-wongs-radical-raunch.

4. Hadley Freeman, "Mindy Kaling: 'I Was So Embarrassed About Being a Diversity Hire,'" *The Guardian*, May 31, 2019, www.theguardian.com/film/2019/may/31/mindy-kaling-i-was-so-embarrassed about-being-a-diversity-hire.

5. Antonia Blyth, "Mindy Kaling on How 'Late Night' Was Inspired by Her

Own 'Diversity Hire' Experience & the Importance of Holding the Door Open for Others," *Deadline*, May 18, 2019, deadline.com/2019/05/mindy-kaling-late-night-the-office-disruptors-interview-news-1202610283/.

6. Freeman, "Mindy Kaling."

7. Jeanette Winterson, "Shafts of Sunlight," *The Guardian*, November 14, 2008, www.theguardian.com/books/2008/nov/15/ts-eliot-festival-donmar-jeanette-winterson.

8. Daphna Motro et al., "Race and Reactions to Women's Expressions of Anger at Work: Examining the Effects of the 'Angry Black Woman' Stereotype," *Journal of Applied Psychology* 107, no. 1 (2021): 142–152, doi.org/10.1037/apl0000884.

9. John Stossel, "Michelle Obama and the Food Police," *Fox Business*, September 14, 2010, web.archive.org/web/20101116141323/http://stossel.blogs.foxbusiness.com/2010/09/14/michelle-obama-and-the-food-police/.

10. *New York Post,* January 12, 2012, nypost.com/cover/post-covers-on-january-12th-2012/.

11. John Lewis, *Across That Bridge: Life Lessons and a Vision for Change* (New York: Hyperion, 2012), 8.

12. Rebecca Onion, "Is 2016 the Worst Year in History?," *Slate*, July 22, 2016, www.slate.com/articles/news_and_politics/history/2016/07/is_2016_the_worst_year_in_history.html.

13. Jamie Ducharme, "Gallup: 2017 Was the World's Worst Year in at Least a Decade," *Time*, September 12, 2018, time.com/5393646/2017-gallup-global-emotions/.

14. *Time*, December 14, 2020, cover, time.com/5917394/2020-in-review/.

15. Martin Luther King Jr., "Our God Is Marching On!" (speech, Montgomery, Ala., March 25, 1965), American RadioWorks, americanradioworks.publicradio.org/features/prestapes/mlk_speech.html.

16. Ketanji Brown Jackson, "Three Qualities for Success in Law and Life: James E. Parsons Award Dinner Remarks" (speech, Chicago, Ill., February 24, 2020), www.judiciary.senate.gov/imo/media/doc/Jackson%20SJQ%20Attachments%20Final.pdf.

17. Ibid.

사진 출처

THE LIGHT WE CARRY

미셸 오바마 자기만의 빛

초판 1쇄 발행 2023년 4월 17일

지은이 미셸 오바마
옮긴이 이다희

발행인 이재진 **단행본사업본부장** 신동해
편집장 김경림 **책임편집** 송현주 **교정교열** 김정현
디자인 김은정 **마케팅** 최혜진 백미숙
홍보 반여진 허지호 정지연 **국제업무** 김은정 김지민 **제작** 정석훈

브랜드 웅진지식하우스 **주소** 경기도 파주시 회동길 20
문의전화 031-956-7066(편집) 031-956-7129(마케팅)
홈페이지 www.wjbooks.co.kr
인스타그램 www.instagram.com/woongjin_readers
페이스북 www.facebook.com/woongjinreaders
블로그 blog.naver.com/wj_booking

발행처 ㈜웅진씽크빅
출판신고 1980년 3월 29일 제406-2007-000046호

한국어판 출판권 ⓒ웅진씽크빅, 2023
ISBN 978-89-01-26996-2 (03840)